TEHERANS TÖCHTER

Tehran's Daughters

NIKOO KAFI

with

MAY MCGOLDRICK

with

JAN COFFEY

Book Duo Creative

Buch 1

Wir sind nicht hierhergekommen, um Gefangene zu machen,
sondern um uns immer tiefer hinzugeben
der Freiheit und der Freude.
Wir sind nicht in diese exquisite Welt gekommen,
um uns selbst als Geiseln der Liebe zu halten.
Lauf, mein Lieber,
vor allem lauf weg von allem,
was deine kostbaren, sich entfaltenden Flügel
nicht stärken könnte.
Lauf wie der Teufel, mein Lieber,
von jedem, der beabsichtigt,
ein scharfes Messer
in die heilige, zarte Vision
deines schönen Herzens zu stechen.
Denn wir sind nicht hierhergekommen, um Gefangene zu machen
oder um unsere wundersamen Geister einzusperren,
sondern um immer und immer tiefer zu erfahren
unseren göttlichen Mut, unsere Freiheit und unser Licht!

- Hafiz

Kapitel Eins

Teheran, Iran
Dezember 1978

Ich war siebzehn, und ich brach das Gesetz. Wissentlich.

Die Einfachverglasung in den hohen Fenstern des alten Highschool-Gebäudes schepperte vom schrillen Klang der Glocke. Das metallische Läuten schallte durch die leeren Flure und störte die Andacht in den überfüllten Klassenzimmern, indem es die Dutzenden von Mädchen, die sich in jedem Raum drängten, in Aufregung versetzte.

Ich knallte meine Bücher zu und stopfte sie schnell in meine Tasche. Das Stimmengewirr übertönte die Rufe unserer Naturwissenschaftslehrerin, die versuchte, letzte Anweisungen für unsere Laborberichte zu geben. Ich schnappte mir meine Tasche und meine Jacke und suchte nach meinen drei Freundinnen. Sie standen bereits an der Tür.

„Omid", hielt mich unsere Lehrerin zurück.

Ich sah, wie sie einen Artikel aus einer Fachzeitschrift in der Hand hielt, den sie mir zu kopieren versprochen hatte.

„*Farda. Merci*", rief ich zurück. Morgen ist früh genug. Ich konnte mich nicht ablenken lassen. Nicht jetzt.

Selbst als ich mich zum Gehen wandte, protestierten meine Gelenke gegen die Bewegung. Mein Körper zitterte. Ich führte es auf die Aufregung zurück. Wir waren dabei, das Gesetz zu brechen. Die Konsequenzen, wenn wir erwischt würden, könnten katastrophal sein. Aber das spielte keine Rolle. Wir kämpften für das Allgemeinwohl.

Meine Freundinnen warteten auf mich und ich rannte an ihnen vorbei, als erste in den Flur des zweiten Stocks hinaus. Just als ich das tat, blieb die Glocke abrupt stehen. Noch bevor ihr Echo verklingen konnte, füllten sich die leeren Flure mit Mädchen, die aus ihren Klassenzimmern strömten. Wir vier tauschten ein Nicken aus, bevor wir uns zerstreuten.

Jede von uns hatte einen Stapel Flugblätter dabei. Wir hatten unseren Ablauf geprobt. Wir wussten, wie viele andere Schüler uns helfen und an welchem Ort in der Schule sie uns treffen würden. Wir hatten das weitläufige Areal der Marjan High School und das Gelände unter all denen aufgeteilt, die bereit ... und mutig genug ... waren für die Freiheit zu arbeiten.

Die Schüler drängten sich in der Halle. Die meisten der Mädchen aus unserer Klasse hatten bereits die Flugblätter, die wir verteilten. Die anderen mussten nicht lange animiert werden, um einige zu nehmen.

Das zweiseitige Flugblatt war vollgepackt mit Informationen. Termine der Demonstrationen. Zeit und Ort für die Anreise. Hinweise darauf, wer wir waren, wofür wir eintraten und was während des Marsches gesungen werden sollte. Es enthielt Angaben zum Kriegsrecht, das seit September über die Stadt Teheran verhängt worden war. Die Rückseite war mit Informationen der vom Schah-Regime begangenen Gräueltaten versehen. Die Verbrechen, die die verhasste SAVAK – die von der CIA ausgebildete Geheimpolizei des Schahs – in ihren versteckten Gefängnissen verübte. Wir sprachen darüber, warum es für uns, die Gymnasiasten, so wichtig war, uns den anderen anzuschließen und unsere Stimme zu erheben.

Eine Klassenzimmertür zu meiner Linken öffnete sich, aber bevor jemand heraustreten konnte, zog die Lehrerin sie wieder zu. Sie brüllte Anweisungen in das Getümmel hinein.

Der morgige Marsch würde um 7:00 Uhr beginnen, bevor der morgendliche Pendlerverkehr einsetzt. Letzte Woche hatten 40.000 Studenten eine Kundgebung abgehalten. Diese Woche schlossen wir uns ihnen an, was mit Sicherheit zu einer viel größeren Beteiligung führen würde. Wir würden die Stadt lahmlegen.

Mit Verspätung öffnete sich eine weitere Klassenzimmertür und die Schüler strömten heraus. Die ersten fünf Mädchen nahmen mir ohne jede Aufforderung Flugblätter aus der Hand. In diesem Flügel im zweiten Stock, in dem ich stand, waren die Zwölftklässler untergebracht. Die marineblau gekleideten Mädchen strömten in den Flur wie Käfer, die ein Nest unter einem umgestürzten Felsen verlassen. Der Lärm im überfüllten

Korridor war jetzt lauter als die Glocke gewesen war. Ich klemmte meine Tasche zwischen meine Füße und kämpfte gegen den Ansturm der Menschen an.

Ich war ein selbst ernanntes Mitglied der Rebellengruppe *Fedayeen-e-Khalq* und damit der Anführer der Schule. Meine drei Freundinnen und ich hatten vier Monate zuvor, zu Beginn unseres Abschlussjahres, eine Ortsgruppe an der Highschool gegründet. Jede von uns hatte ihre eigenen Gründe und Motive, sich zu engagieren. Aber wir hatten alle ein gemeinsames Ziel vor Augen.

Ich verteilte drei weitere Flugblätter.

„*Farda sobb.*" Morgen früh, sagte ich jedem Mädchen. „*Geloyeg madresseh.*" Vor der Schule.

Meine Freunde und ich wollten Redefreiheit, Meinungsfreiheit, die Freiheit, Führer zu wählen, denen die Interessen des iranischen Volkes am Herzen liegen. Wir wollten der blutigen Diktatur, die unser Land beherrschte, ein Ende setzen.

Wir wollten Veränderung.

Meine beste Freundin Roya hatte leider den persönlichsten Grund, sich für Veränderungen einzusetzen. Ihr Bruder war ein politischer Gefangener. Er war die letzten sechs Jahre im Evin-Gefängnis im Nordwesten Teherans eingesperrt gewesen. Wir hatten schon so viele Geschichten über diesen Ort gehört. Horrorgeschichten. Selbst wenn jemand das Glück hatte, aus dem Evin-Gefängnis herauszukommen, war er nicht mehr derselbe.

Auch unsere Freundin Neda hatte Grund, den Schah zu hassen. Sie war die Cousine eines berühmten linken Dichters, der eines Tages vor über einem Jahrzehnt aus seinem Haus verschwunden war … und nie wieder gesehen wurde. Es wurde geflüstert, dass SAVAK für sein Verschwinden verantwortlich war. Keiner zweifelte daran. Neda hatte sogar denselben Nachnamen wie der Dichter, und es war immer noch ein Name, der für Protest stand. Neda sah es als ihre Berufung, als ihre erbliche Bestimmung an, sich an diesem Kampf zu beteiligen.

Und Maryam war beteiligt, weil wir anderen es auch waren. Sie wurde in eine wohlhabende Familie hineingeboren und genoss die Vorzüge, die zum inneren Kreis der wenigen Privilegierten gehörten. Sie kannte niemanden, der wegen seiner intellektuellen Ansichten gelitten hatte oder inhaftiert worden war. Dennoch schloss sie sich unserem Kampf an und genoss deshalb den Respekt von uns allen.

Ich war in all das verwickelt, weil ich mit offenen Augen aufgewachsen war. Meine Mutter ließ nicht zu, dass ich ein behütetes Leben führte. Ich wurde ermutigt, den Diskussionen zuzuhören, die Azar mit den anderen Intellektuellen und Aktivisten führte, die sie nach Hause brachte. Streitereien über den Schah, das Land, Gott. Sie hatte zu allem eine starke Meinung. In ihren Armen sah ich mir die geschmuggelten Filme an, die im Iran nicht legal gezeigt werden durften. Ich hörte die Geschichten der Geflüchteten und der Enteigneten.

Und so wurde ich zur Abtrünnigen. Ich habe mich nie angepasst. Ich stellte das Leben und die Regeln in Frage, von denen ich glaubte, dass sie von den Verantwortlichen willkürlich aufgestellt wurden, von Männern, die nichts anderes im Sinn hatten, als sich zu bereichern und ihre eigenen Interessen zu schützen. In der Schule habe ich häufig die Autorität infrage gestellt und bin deswegen in Schwierigkeiten geraten. Aber ich habe mir meine Momente ausgesucht. Ich war nicht ständig feindselig und auch nicht mit jedem. Meine Mutter hat immer gesagt, das sei mein Glück gewesen.

Mit dem Pahlavi-Regime nicht einverstanden zu sein, war für mich so natürlich wie die Luft, die ich atmete, und das Wasser, das ich trank. Ich war mit meiner Mutter durch das Land gereist, in den Süden nach Abadan und in den Norden nach Mashhad. Ich hatte hungernde Kinder gesehen, die in den unzähligen verfallenen Steindörfern mittendrin um Essen bettelten. Ich war durch die schmutzigen Straßen im Süden von Teheran gelaufen, durch die ärmsten Viertel der Stadt. Der Geruch von Haschisch und Müll hing in der Luft und zerlumpte Kinder saßen mit alten Männern im Schatten verfallener Gebäude auf staubigen Straßen. Dies waren Orte, an denen die Menschen nicht einmal mehr von fließendem Wasser oder einer anständigen Schule träumten.

Und ich war auch in den Straßencafés in Shermoon, im Norden von Teheran, gewesen, wo Wohlstand in der Luft hing und nach Chanel, Givenchy und Gauloises duftete. Hier wurden Reichtum und Komfort durch die glitzernden Geschäfte und die schönen Menschen, die sie frequentierten, definiert. Und in den von Bäumen gesäumten Straßen und Vierteln im Norden Teherans standen die Häuser der Reichen hinter hohen Mauern, erbaut aus Stein und Mörtel und dem Blut der Massen.

Meine Wut über die Ungerechtigkeiten um mich herum war im vergangenen Sommer nach einer Entdeckung meiner Freundin Roya hochgekocht. Meine Mutter, Azar Parham, Geschichtsprofessorin an der Universität Teheran, war vor acht Jahren ein Gründungsmitglied der *Fedayeen-e-Khalq* an der Universität gewesen. Diese Entdeckung rückte mein ganzes Leben in den Mittelpunkt. In diesem einen Moment lösten sich Dutzende von Fragen, auf die ich nie eine Antwort finden konnte, in Luft auf.

Ich verstand mein Leben, ihr Leben und den Respekt, den ihre Studenten und die anderen Dozenten ihr entgegenbrachten. Im Handumdrehen wusste ich, warum sie mich so sein ließ, wie ich war – rechthaberisch und eigensinnig. Jetzt verstand ich auch, warum Azar ihre Kurse außerhalb der Universität abhielt und warum alle ihre Studenten sie weiterhin besuchten. Die Art und Weise, wie sie sie behandelten, hatte etwas Bewunderndes an sich, ganz anders als das, was ich für meine Lehrer empfand.

Ich hatte immer gewusst, dass sie klug, ja sogar brillant war. Sie war eine der ersten Frauen, die von der Universität Teheran einen Doktortitel erhalten hatten. Und mit dieser Bezeichnung ging eine gewisse Autorität einher. Aber die Aufmerksamkeit, die sie auf sich zog, war auf einer anderen Ebene angesiedelt, und ich konnte sie bis jetzt nicht verstehen.

Ich verstand jetzt auch besser den Grund für die Entfremdung, die zwischen meiner Mutter und meinen Großeltern bestand. Sie war eine alleinerziehende Mutter und eine Freidenkerin. Sie waren Muslime, so gläubig, dass sie eine Hadsch-Pilgerreise nach Mekka gemacht hatten. Sie starrten einander über einen gähnenden Abgrund hinweg an.

Ich wusste, dass wir Familie hatten; Azar war die jüngste von drei Schwestern. Alle anderen in unserer Familie lebten in Isfahan, und doch waren wir nie dort. Wir wurden nie zu Hochzeiten eingeladen. Wir gingen nicht zu Beerdigungen. *Norooz*, das persische Neujahrsfest, wurde nur von uns beiden gefeiert. Meine Mutter tauschte Nachrichten über die Familie aus, indem sie gelegentlich mit ihren Schwestern telefonierte.

Azar war der Meinung, dass die islamischen Kleriker zu ihren Lebzeiten immer reaktionärer geworden waren. Sie benutzten den Islam nicht so, wie er gedacht war, sondern in einer Weise, die an das Mittelalter erinnerte, als Mittel zur Kontrolle der Gläubigen. Sie war von traditionellen islamischen Eltern erzogen worden und hatte dennoch immer ihre eigene Meinung vertreten.

Als sie in den 1950er Jahren aufwuchs, kannte sie das empfindliche Gleichgewicht, das Reza Schah, der Vater des jetzigen Königs, zwischen den Kräften der Verwestlichung und den islamischen Traditionen, die dem iranischen Volk nach den arabischen Invasionen vor etwa vierzehnhundert Jahren aufgezwungen worden waren, hergestellt hatte. Azar akzeptierte dieses Gleichgewicht, da sie wusste, dass jeder Einzelne den Lebensstil wählen konnte, der ihm passte. Was sie jetzt wollte, war Demokratie, um die Korruption zu ersetzen, die die Monarchie zu durchdringen schien wie das verrottete Gebälk eines alten Hauses. Sie wollte eine Revolution für das iranische Volk.

Als ich diese Dinge erfuhr, stieg meine Meinung über sie sprunghaft an. Sie wusste nicht, dass ich es wusste. Sie hatte keine Ahnung, dass ich seit jenem Sommertag viele der Artikel, die sie geschrieben hatte, recherchiert und gefunden hatte. Ich hatte Abschriften der zahlreichen öffentlichen Reden gefunden, die sie gehalten hatte. In unserem eigenen Haus waren Akten über Akten verborgen. Sie war eine Lehrerin. Kisten voller Papiere und mit Büchern gefüllte Regale waren Teil ihrer Existenz ... Teil *unserer* Existenz. Ich stöberte in ihrer Arbeit und suchte nach den verborgenen Schätzen des Wissens. Ich fand die Revolution zwischen den Zeilen. Ich entdeckte die Wurzeln ihrer Überzeugungen und wusste irgendwie, dass ich ein lebendiger Zweig war. Das Lesen ihrer Worte half mir, meine eigenen zu formulieren.

Und es war komisch, dass Azar bei all dem, mit all ihrer Intelligenz keine Ahnung hatte, warum ich nach Jahren der Rebellion und des ständigen Streits nun mit großen Augen zu ihr aufblickte und sie bewunderte.

Sie wusste auch nicht, dass ich, anstatt den täglichen Konkoor-Kurs nach der Schule zu besuchen, um mich auf die nationale Universitätsprüfung vorzubereiten, Anti-Schah-Flugblätter verteilte, Versammlungen abhielt und am Entwurf für unsere nächste Publikation arbeitete. Ich war eine Organisatorin, eine Führungspersönlichkeit in meinen eigenen Kreisen, hungrig danach, Veränderungen herbeizuführen ... so wie sie daran arbeitete, Veränderungen herbeizuführen.

„*Farda sobh.*" Morgen früh. Viele Mädchen nahmen das angebotene Papier an. Aber einige drückten sich mit der Schulter an die gegenüberliegende Wand, um mir auszuweichen. Sie nahmen keinen Blickkontakt auf.

Sie waren das Niedrigste vom Niedrigen. Die meisten von ihnen waren Schüler, die von ihren Vätern oder Brüdern zur Schule begleitet wurden. Heuchler. Sie trugen den *Hadschab*, wenn sie mit diesen Männern unterwegs waren, aber sobald sie die Schule betraten, rannten sie zur Toilette, legten ihre Kopfbedeckung ab und schminkten sich so dick wie möglich. Einige von ihnen nahmen sogar mittags das Kopftuch ab und verbrachten den Nachmittag mit ihren Freunden. Ich sah, wie sie bei Schulschluss in die Menge der Schüler zurückschlüpften, die Gesichter sauber geputzt und die Haare ordentlich bedeckt. Sie taten so, als wären sie so fügsam und pflichtbewusst und anständig vor den Männern ihrer Familien.

Es verging jedoch keine Woche, in der nicht die Nachricht von der „Fehlgeburt" einer von ihnen auf der Toilette durch das Gebäude schallte.

Ich hatte gehört, wie diese Mädchen sagten, dass unsere Gedanken wie *gormeh sabzi* rochen, der scharfe grüne Eintopf, der in jedem persischen Haushalt serviert wird. Sie meinten damit, dass wir unsere Gedanken und Handlungen nicht verbergen konnten. Es spielte keine Rolle, was wir sagten oder taten. Für sie waren wir gefährlich, weil wir so dachten. Wir waren offen kritisch gegenüber der Autorität. Schlimmer noch, sie hielten uns für Kommunisten. Die Veränderungen, die wir anstrebten, so dachten sie, würden ihnen alles wegnehmen, was sie schätzten. Geld, Jungs und ihren muslimischen Glauben. Zumindest den Islam, wie sie ihn gerne praktizierten.

Ich verzieh ihnen ihre Ignoranz. Ich glaubte, dass sie wie Schafe zu unserer Denkweise getrieben werden würden, sobald wir unsere Schlacht gewonnen hätten. Sie waren keine Anführer, sondern Mitläufer. Und ich begrüßte die Herausforderung, diesen Frauen eines Tages den Wert des unabhängigen Denkens beizubringen. Die Kraft der Freiheit. Ich sehnte den Tag herbei, an dem dieselben Menschen ihre Gleichstellung mit den Männern in der Gesellschaft erkennen und schätzen würden.

Ein weiteres Flugblatt. „*Geloye madresseh*". Vor der Schule.

Mit Freude stellte ich fest, dass die Zahl der Schüler, die die Flugblätter mitnahmen, im letzten Monat erheblich zugenommen hatte. Der Wandel lag in der Luft, er war ansteckend. Die Angst, erwischt zu werden, wurde von dem Adrenalin überwältigt, das durch unsere Körper strömte. Wir wurden alle von den elektrischen Strömen des Wandels mitgerissen.

Ich holte einen weiteren Stapel Flugblätter aus meinem Rucksack, als Maryam mir von der nächsten Gangkreuzung aus zuwinkte, dass ihr das Material ausgegangen sei. Unsere Naturwissenschaftslehrerin verließ die Klasse und schloss die Tür hinter sich ab.

„Khanoom Habadi", rief ich und winkte mit einem Flugblatt in ihre Richtung. Sie verdrehte die Augen, schüttelte den Kopf und berührte ihren schwellenden Bauch. Wir alle wussten, dass ihr erstes Kind noch vor dem persischen Neujahr im März erwartet wurde. Sie war eine der Guten, was uns betraf. Obwohl sie sich unserem Kampf nicht anschloss, verurteilte sie ihn auch nicht. Und wir verstanden, dass sie viel verletzlicher war als jeder von uns.

Bei mir persönlich hatte sie einen Stein im Brett. Aufgrund ihrer ständigen Ermutigung hatte ich die Anzahl der naturwissenschaftlichen Kurse, die ich belegt hatte, verdoppelt. Sie wollte, dass ich eine Karriere als Ingenieur anstrebte – etwas, worüber ich immer mehr nachdachte.

Es waren nur noch wenige Schüler auf dem Flur. Ich sah Maryam mit leeren Händen auf mich zugehen. Hinter ihr tauchte Neda aus dem Treppenhaus auf. Die Panik in ihrem Gesicht ließ uns beide erstarren.

„Sie sind hier", rief sie.

Diese Aussage beendete meine friedlichen Tagträume über Babys und Technik. Die Papiere glitten durch meine Finger und breiteten sich zu meinen Füßen aus. Sofort ging ich in die Hocke, um sie einzusammeln. Sie und Maryam erreichten mich im Handumdrehen. Gemeinsam sammelten wir die losen Zettel ein, während Neda uns aufklärte.

„Ein Armeelaster steht am hinteren Tor der Schule, ein weiterer vor dem Haupteingang. Ein Dutzend Soldaten hat sich auf der Straße verteilt. Sie sind bewaffnet und haben an den Toren Kontrollpunkte eingerichtet. Jeder wird befragt, bevor er die Schule verlässt." Sie senkt ihre Stimme. „SAVAK-Agenten sind auch hier."

Die Erwähnung der Geheimpolizei des Schahs auf dem Campus bedeutete eine Katastrophe. Ich merkte, dass meine Hände zitterten, als ich mit den Papieren in meinen Armen aufstand. Ich stopfte die Flugblätter in meinen Rucksack, zusammen mit ein paar hundert anderen, die schon darin waren.

„Was sollen wir tun?", fragte Maryam. Ihr Gesicht war aschfahl.

Ich führte die anderen zu dem Fenster mit Blick auf das Eingangstor. Die Schüler standen Schlange und versuchten, hinauszukommen. Die Soldaten öffneten einige Schultaschen und ich konnte sehen, wie die gerade von uns verteilten Flugblätter auf dem Schulhof lagen, wo die Mädchen sie hingeworfen hatten. Die Busse warteten und auf der Straße dahinter kam der Verkehr zum Stillstand. Ich blickte in die Gesichter zweier mit Gewehren bewaffneter Soldaten, die beim ersten Bus standen. Sie konnten nicht mehr als ein Jahr älter sein als wir.

Die Informationen, die ich auf die Rückseite der Flugblätter getippt hatte, waren plötzlich Realität. Jeden Tag wurden Studenten verhaftet. Sie verschwanden einfach. Es gab keinen Richter und keine Geschworenen, keinen Prozess für die Verhafteten. Keine Gesetze schützten die Angeklagten. Die Familien erhielten keine Nachricht. Die Verhafteten wurden in das Evin-Gefängnis gebracht, wo Frauen und Männer gefoltert wurden, damit sie gestanden oder die Namen anderer Personen nannten, damit sie verhaftet werden konnten.

Kalte Stacheln der Angst durchbohrten meine Wirbelsäule. Ich spürte Maryams Hände, die meinen Arm umklammerten. Wir zitterten alle.

„Ihr Mädchen", sagte Khanoom Habadi scharf hinter uns. „Kommt mit mir."

Die Lehrerin für Naturwissenschaften schaute hinter uns aus dem Fenster. Bis zu diesem Moment hatte ich nicht bemerkt, dass die junge Lehrkraft zurückgekehrt war. Mit ängstlichen Blicken folgten wir ihr zurück zum Klassenzimmer, wo sie die Tür aufschloss und uns alle hineinließ.

Das große Klassenzimmer diente gleichzeitig als Chemie- und Physiklabor. Sie führte uns zu einem überdimensionalen Waschbecken an der Seite des Raumes und forderte uns auf, alle Flugblätter, die wir noch hatten, hineinzulegen. Wir taten, wie uns gesagt wurde. Sie half mir, meinen Rucksack zu durchsuchen, um sicherzugehen, dass keine mehr darin waren. Auch die, die in den Schulbüchern steckten, wurden herausgezogen und zu den anderen gelegt.

Als wir alle in das Waschbecken befördert hatten, entzündete sie ein Streichholz an den Papieren.

Ich schaute entsetzt auf den Rauch, aber Khanoom Habadi schaltete ungerührt die Ventilatoren für die Abluftöffnungen über der nahen Reihe von Brennern ein.

„Öffne die Fenster halb", befahl sie.

Ich beeilte mich, zu tun, was mir gesagt wurde. Der beißende Geruch des Rauches brannte mir in der Nase, aber die kalte Luft, die hereinströmte, brachte mich mit einem Schlag zurück in die Realität der Gefahr, in der wir uns befanden. Mit dem Versuch dieser Frau, uns zu helfen, wurden uns die möglichen Folgen unseres Handelns noch deutlicher vor Augen geführt. Unser Leichtsinn gefährdete sowohl sie als auch ihr Baby. Ich schaute über meine Schulter. Da war immer noch Rauch im Raum, aber die junge Lehrerin wirkte ruhig, als sie in den Papierbündeln herumstocherte und dann Neda anwies, die Abluftventilatoren auf die höchste Stufe zu stellen.

„Ihr seid länger geblieben und habt mit mir ein Chemieexperiment zu Ende gebracht", sagte Frau Habadi zu uns allen.

Ich sah mich um und bemerkte, dass Roya nicht bei uns war. Sie hatte unten Flugblätter verteilt.

„Roya", flüsterte ich ihren Namen laut.

Sie *durfte nicht* erwischt werden. Letzten Freitag waren wir bei ihr zu Hause zum Mittagessen gewesen. Ihre Mutter war jünger als meine, aber die Last der Trauer um ihren inhaftierten Sohn hatte sie so gebrechlich gemacht, dass sie doppelt so alt aussah wie Azar. Ihre Familie hatte schon so viel gelitten. Mit Royas Nachnamen und der Vorgeschichte ihres Bruders würde das ausreichen, um sie für schuldig zu erklären.

Ich rannte zur Tür. Die Naturwissenschaftslehrerin rief mir nach. Erst an der Tür drehte ich mich zu ihnen um. Meine beiden Freundinnen standen bei ihr, die Augen weit aufgerissen und starr auf mich gerichtet.

„Ich bin gleich wieder da", log ich.

Kapitel Zwei

Die Flure waren leer, und das Treppenhaus hatte das Echo eines Mausoleums, als ich zwei Stufen auf einmal nehmend hinunterrannte. Unten angekommen, drängte ich mich durch die Tür, die zu dem Flur führte, von dem ich wusste, dass Roya dort sein sollte. Die schwere Tür prallte mit einem lauten Knall gegen ihre Feder und schwang zu mir zurück.

Dieser Korridor führte zum Haupteingang der Schule. Zusätzlich zu den doppelten Reihen von Glastüren, die den Weg draußen freigaben, führten drei separate Flure, zwei Treppenhäuser und eine Reihe von Verwaltungsbüros in die geräumige Eingangshalle.

Zwei Personen standen an der Tür zum Hauptbüro. Frau Elahi, die Schulleiterin, sprach mit einem Mann mittleren Alters, der einen dunkelgrauen Anzug mit Krawatte trug. Er hatte nichts Auffälliges an sich, außer einer Hasenscharte und einem Blick, der sich auf mich richtete, sobald ich die Eingangshalle betrat. Als es an der Tür klopfte, blickte auch Frau Elahi in meine Richtung. Der Mann starrte mich weiter an. Ich verlangsamte meine Schritte und versuchte, ruhig zu wirken, als ob nichts geschehen wäre. Mein Herz pochte jedoch in meiner Brust, und ich spürte, wie sich die Angst wie Eiswasser in meinem Körper ausbreitete.

Zwei Lehrer standen an den Glastüren, die aus dem Gebäude führten. Ich konnte einige der Militäruniformen und die Menge der Schüler erkennen, die sich immer noch auf die Tore zubewegte.

Vielleicht hat sich Roya unter die anderen Schüler gemischt und versucht zu entkommen. Ich hoffte so sehr, dass sie genau das getan hatte. Mit einem Nicken zu Frau Elahi ging ich auf die beiden Lehrer zu. Beide kannten mich, und einer von ihnen war im Jahr zuvor mein Mathelehrer gewesen.

„Was ist denn los?", fragte ich sie leise, als ich zu ihnen trat. „Warum ist die Polizei hier?"

„Nicht die Polizei", sagte einer von ihnen leise und deutete auf den grauen Anzug mit Frau Elahi. „SAVAK."

Mein Herz sank. Es stimmte. Ich wusste genug über SAVAK, um ihre Anwesenheit mit dem endgültigen Untergang von allem gleichzusetzen, was wir zu tun versuchten. SAVAK wusste alles, früher oder später.

„Was wollen sie?" schaffte ich es zu fragen.

„Ich glaube, sie haben bereits ... äh, die Person, hinter der sie her sind", flüsterte der andere Lehrer. „Deshalb lassen sie die Schüler jetzt endlich gehen."

„Roya ...", flüsterte ich bestürzt. Die beiden sahen mich an.

Sie hatten Roya abgeholt. Ich tat es nicht bewusst, aber ich ertappte mich dabei, wie ich mich in Richtung des Hauptbüros bewegte. Wie ein Roboter bewegte ich mechanisch einen Fuß und dann den anderen. Meine Gedanken rasten, während ich versuchte, mir Szenarien auszudenken, die meine Mutter nicht in diese Sache hineinziehen würden. Sie würde natürlich auch in Gefahr sein. Aber ich konnte mich nicht zurückhalten. Die Agenten würden unser Haus durchsuchen. Wenn ich in der Lage war, die Beweise für ihren Aktivismus zu finden, würden sie es auch sein.

Aber dann war da noch Roya. Meine beste Freundin seit der ersten Klasse. Sie konnte die Verantwortung für unser Handeln nicht allein tragen. Sie war eine Mitläuferin, die ich geführt hatte. Ich hatte den Anstoß gegeben, der die Flammen ihrer Rebellion angefacht hatte. Ich war der Wind gewesen, der das Feuer verbreitet hatte. Ich konnte sie diesen Weg nicht allein gehen lassen. Ich würde mich selbst aufgeben und ihnen sagen, dass sie mir nur einen Gefallen getan hatte.

Mein Körper bewegte sich aus eigenem Antrieb auf den SAVAK-Agenten und die Schulleiterin zu.

Frau Elahis Blick war auf den Mann gerichtet, aber ich wusste, dass sie mich beobachtete, als ich näher kam. Der SAVAK-Agent stand jetzt mit dem Rücken zu mir und schaute in das Büro, während er mit der Direktorin sprach.

Während meiner Zeit an dieser Highschool hatte ich manchmal

Angst vor dieser Frau gehabt. Sie brauchte keine eiserne Faust, um für Disziplin zu sorgen. Ihr missbilligender Blick reichte aus, um jedem der Mädchen, das ihre Schule besuchten, Angst einzuflößen. Ich sah, wie ihr Gesicht blass wurde, als ich mich näherte. Sie war diejenige, die ängstlich aussah.

„Ihr habt die falsche Person", sagte ich, als ich sie erreichte.

Er wirbelte herum und sah mir direkt in die Augen. Als er das tat, spürte ich, wie mir das Blut in den Adern gefror. Sein dunkler Blick enthielt Albträume, Ängste, die alles übertrafen, was ich mir je hätte vorstellen oder auf einem unserer Flugblätter hätte notieren können. Es war der Blick der Toten. Ich spürte, wie mein Kinn zu zittern begann. Meine Zunge schwoll unter meinem Gaumen an, und ich war mir nicht sicher, ob ich überhaupt noch Luft in meine Lungen bekommen würde.

„Was hast du gesagt?", fragte er. Seine Stimme war tief und hart, und das schwache Lispeln tat nichts, um die Wirkung abzuschwächen.

Ich öffnete meinen Mund, um zu wiederholen, was ich gesagt hatte. Ich schuldete Roya meine Loyalität, egal was passierte, aber es kam kein Ton heraus.

„Oh, nein", sagte Frau Elahi schroff. „Ich habe die *richtige* Person. Aber jetzt habe ich auch ihre Komplizin."

Ich hatte meine Direktorin noch nie so wütend gesehen. Sie zitterte vor Wut, und der Agent wandte seinen Blick wieder zu ihr.

„Es tut mir leid, Mr. Fattah", sagte sie, ohne den Blick von mir zu nehmen. „Diese junge Frau hat mit mir gesprochen und nicht mit Ihnen."

Tränen stiegen mir in die Augen. Ich schüttelte den Kopf und sah sie an. Sie wusste, wie sehr Royas Familie gelitten hatte. Ich konnte das nicht zulassen.

„Ich ... ich bin ..."

„Sie werden in meinem Büro auf mich warten", befahl sie.

Ich schüttelte den Kopf. Meine Füße waren auf dem Boden zementiert. Ich würde nie wieder den Mut aufbringen können, so etwas zu tun. Ich musste sie retten, solange ich noch konnte, bevor man sie mir wegnahm.

„Was hat sie getan?", fragte der Agent. Er starrte mir ins Gesicht.

Ich konnte sehen, wie Frau Elahi kurz in Panik geriet, doch dann fasste sie sich und eine eisige Maske trat an ihre Stelle.

Sie hatte Angst, und ich musste ihr die Last abnehmen. Da war etwas, das *ich* getan hatte. Ich musste die Konsequenzen tragen. Ich griff in die Vordertasche meines Rocks und fand einen der gefalteten Zettel. Ich nahm ihn heraus und streckte meine Hand aus. Blitzschnell griff die Direktorin zu und schloss meine Hand in ihre eigene Faust.

„Sie hat geschummelt, ich schäme mich, das zu sagen. Dieses Mädchen, eine unserer besten Schülerinnen, hat mit einer Freundin bei einem Mathetest geschummelt."

Frau Elahi zerrte mich zur Bürotür.

„Entschuldigen Sie mich. Ich bin gleich wieder da."

Ich war mindestens einen halben Kopf größer als die Direktorin, aber der Griff um meine Hand war schmerzhaft und ließ mir keine andere Wahl, als zu tun, was sie wollte. Ich warf einen Blick auf die beiden Lehrer, die immer noch in der Nähe der Tür standen und uns mit großen Augen anstarrten. Ich sagte mir, dass ich noch Zeit hatte, zu streiten. Ich hatte nicht vor, meine Freundin zu verraten.

Die beiden Rezeptionistinnen starrten über ihre Schreibtische hinweg, als wir durch die Tür stürmten. Keiner von beiden sagte etwas, als die Direktorin mich einen kurzen Korridor entlang zu ihrem Büro schob.

„Holen Sie ihre Mutter ans Telefon", sagte Mrs. Elahi knapp über ihre Schulter, bevor sie mich durch die Tür schob.

Die Wände des Büros der Direktorin waren mit dunklem Holz getäfelt. Die Jalousien an den Fenstern waren zugezogen. Sie schob mich zu einem kleinen Sofa an der gegenüberliegenden Wand, aber ich setzte mich nicht. Ich war jedoch froh, mich aus ihrem Griff zu befreien. Ich drehte mich um, bereit zum Kampf, als sie die Tür mit so viel Kraft zuschlug, dass die Bilder an den Wänden klapperten.

Das einzige Mal, dass eine Schülerin hierher gebracht wurde, war, wenn sie kurz vor dem Rauswurf stand. In Anbetracht dessen, was ich noch zu tun bereit war, war ein Schulverweis wohl kaum eine Strafe. Die Direktorin wandte sich an mich, und ich wusste, dass ich nur ein kleines Zeitfenster hatte, um mich zu erklären.

„Ich kann nicht zulassen, dass sie Roya mitnehmen", sagte ich hastig. „Ich war es. So war es schon immer. Ich bin derjenige, der die Flugblätter schreibt. Ich schreibe das Material. Eher sterbe ich, *khanoom*, als dass ich zulasse, dass ihre Familie noch eines ihrer Kinder verliert. Bitte, ich weiß, was ich tue."

„Hören Sie auf mit der Hysterie", sagte sie heftig. Sie schüttelte den Kopf und warf einen nervösen Blick auf die geschlossene Tür. „Ich will kein weiteres Wort von diesem Unsinn hören. Ich weiß nicht, wo Roya ist, aber sie sind weder deinetwegen noch ihretwegen, noch wegen irgendeines Schülers hierhergekommen."

„Was?" Die Erkenntnis über das, was sie sagte, setzte sich nur langsam durch. „Sie ... die Lehrer ... sie sagten, er sei SAVAK ... dass er bereits jemanden verhaftet hätte."

„Ja", sagte sie leise. „Aber *keinen* Schüler."

„Aber ..." In meinem Kopf drehte sich alles.

„Kein Wort mehr", schnauzte sie. „Du setzt dich hin und bleibst da, bis deine Mutter kommt."

Sie ging zur Tür, blieb aber stehen, drehte sich zu mir um und hob drohend den Finger.

„Und du wirst dich nie wieder so dumm anstellen, wie du es da draußen getan hast. Das ist kein Spiel. Hast du mich verstanden?"

Kapitel Drei

DIE MINUTEN DEHNTEN sich zu Stunden. In der überbevölkerten und ausufernden Stadt Teheran war niemand nur einen Telefonanruf entfernt. Seit meinem ersten Jahr an der Highschool war ich entweder mit dem Schulbus oder, in seltenen Fällen, mit dem Taxi nach Hause gefahren. Ich konnte mich nicht erinnern, wann meine Mutter das letzte Mal zur Schule gekommen war, um mich abzuholen.

Kurz nachdem Frau Elahi mich in ihrem Büro zurückgelassen hatte, brachte eine der Sekretärinnen meinen Mantel und meine Schultasche herein, die Neda oder Maryam aus dem Labor mitgebracht haben mussten. Als ich die Frau fragte, ob meine Freunde schon nach Hause gegangen seien und ob sie Roya gesehen habe, sagte sie nichts. Sie war offensichtlich angewiesen worden, nicht mit mir zu sprechen.

Als ich wieder allein war, ging ich zu einem der Fenster und spähte über den Rand der Jalousien. Das Büro des Schulleiters blickte auf einen großen Innenhof, der durch ein hohes Tor mit zwei Metalltüren von der Straße getrennt war. Auf der Straße jenseits der Mauern herrschte reger Verkehr. Ich konnte keine Schüler sehen, aber einer der Soldaten stand auf der Straße und sprach mit jemandem, der nicht in meinem Blickfeld lag. Die Worte von Frau Elahi kamen mir wieder in den Sinn. Sie waren nicht hierhergekommen, um einen Schüler zu verhaften. Das bedeutete, dass einer der Lehrer verdächtigt worden war. Mir gingen verschiedene Möglichkeiten durch den Kopf, wer ihr Opfer gewesen sein könnte.

Im Iran waren die Menschen unglücklich. Es spielte keine Rolle, welcher sozioökonomischen Gruppe man angehörte. Die Beschönigung der Wahrheit durch die Medien funktionierte nicht mehr. Die wiederholten Studentenproteste und die ständigen Zusammenstöße mit dem Militär hatten den Schah letzten Monat gezwungen, im Fernsehen zu sagen, dass er die Stimme unserer Unzufriedenheit gehört habe. Er versprach, die Fehler der Vergangenheit nicht zu wiederholen und Wiedergutmachung zu leisten. Unmittelbar nach der Sendung war es jedoch zu zahlreichen Verhaftungen gekommen. Nichts hatte sich geändert. Wieder einmal hatte der Schah gelogen.

Ich setzte mich wieder aufs Sofa und kramte in meiner Tasche nach Stift und Papier. Ich war ein guter Schüler, aber an Lernen war im Moment nicht zu denken. Ich begann, den Text für das nächste Flugblatt aufzuschreiben. Ich schrieb Ideen für eine Demonstration auf, die wir organisieren könnten, um gegen die Verhaftung unseres Lehrers zu protestieren. Die Verwaltung würde sicherlich angewiesen werden, nichts zu sagen, aber bis morgen würden die Schüler herausfinden, wer fehlte. Nichts würde das Interesse der Schüler, die bisher gleichgültig gewesen waren, so sehr wecken wie die Verhaftung eines ihnen so nahestehenden Menschen.

Es war meine Aufgabe, dieses Interesse zu schüren und das Beste daraus zu machen. Es waren Zeiten des Aufbruchs, des emotionalen und politischen Aufbruchs. Die Mädchen an unserer Highschool waren zwischen zwölf und neunzehn oder zwanzig Jahre alt. Die Umwälzungen im Lande drängten die Menschen in bestimmte politische Lager. Zu den wichtigsten ideologischen Gruppierungen gehörten die nationalistisch Gesinnten und die Anhänger des Kommunismus. Beide Gruppen waren gegen den Schah, und das machte viele Studenten zu potenziellen Demonstranten auf der Straße, wenn nicht diese Woche, dann nächste oder übernächste Woche.

Im vergangenen Jahr waren im ganzen Iran Taschenbücher von Hand zu Hand gereicht worden, die die Geschichten derjenigen erzählten, die den Kampf des Volkes in Russland begonnen hatten. Sie waren leicht und schnell zu lesen. Wir hatten Dutzende von ihnen. Jetzt war es an der Zeit, sie an weitere Schüler des Gymnasiums weiterzugeben.

Ich verlor die Zeit aus den Augen, aber ich hatte schon mindestens ein Dutzend Seiten mit Ideen aufgeschrieben, als meine Mutter und die Direktorin in der Tür erschienen.

Ich blickte in das Gesicht meiner Mutter und versuchte, ihre Stimmung herauszulesen.

„Komm, Omid. Wir müssen vor sechs Uhr noch etwas erledigen."

Groß, schlank, immer professionell gekleidet, war Azar eine auffällige Frau. Sie hatte einen Streifen vorzeitig ergrauten Haares, der in ihrem streng zurückgekämmten Haar aufleuchtete. In diesem Moment fiel mir nur auf, dass sie blass aussah. Nicht wütend, nur sehr blass und müde.

Meine Mutter war eine leidenschaftliche Frau. Sie wusste, was sie im Leben wollte, und es fiel ihr nicht schwer, es auszudrücken. Ich war da nicht viel anders. Es gab viele Fälle, in denen unsere Nachbarn trotz geschlossener Türen und Fenster wahrscheinlich jedes Wort unserer Schreiduelle gehört hatten. Ich stopfte die Zettel in meine Tasche und schloss den Reißverschluss. Ich nahm an, dass Frau Elahi und meine Mutter bereits alles durchgesprochen hatten, was zu besprechen war, denn wir taten jetzt nichts dergleichen. Das war eine Erleichterung; ich war auch müde. Ausgelaugt. Und ich war ungeduldig, nach Hause zu kommen und meine Freunde anzurufen. Wir hatten heute Abend noch eine Menge Arbeit vor uns.

Die Sekretärinnen waren für heute weg. Die Lichter über den Schreibtischen waren erloschen, und vom Flur aus konnte ich das Summen des Staubsaugers eines Hausmeisters hören.

„Rufst du mich an, sobald die Vorbereitungen getroffen sind und du weißt, wohin ich die Unterlagen schicken soll?", fragte Frau Elahi meine Mutter, als wir uns auf den Weg durch das Büro machten.

Ich wollte fragen, welche Vorkehrungen getroffen wurden und wessen Aufzeichnungen, aber dann ließ die Direktorin die nächste Bemerkung fallen.

„Morgen findet keine Schule statt." Sie sprach zu mir. „Sag das deinen Freunden, die du heute Abend siehst."

„Sie wird sich mit keinem ihrer Freunde treffen", sagte Azar knapp, gab mir keine Gelegenheit zu einer Antwort und schob mich durch die Bürotür in die Eingangshalle.

Ich war beunruhigt, als ich zwei bewaffnete Soldaten in der Eingangshalle sah. Der oberste Hausmeister des Gebäudes stand in ihrer Nähe. Als wir in die hereinbrechende Dämmerung hinausgingen, begleitete er uns zum verschlossenen Eingangstor und ließ uns hinaus.

Ich beschloss, keine voreiligen Erklärungen über das Geschehene abzugeben. Ich wusste, dass Azar es nicht auf sich beruhen lassen würde. Sie ließ nie etwas auf sich beruhen. Ich wusste, dass wir nicht nur eine, sondern viele Diskussionen über die Ereignisse des Tages haben würden, aber ich würde sie darauf ansprechen lassen.

„Hast du ein Taxi genommen?", fragte ich.

„Nein, ich bin gefahren", sagte sie. „Wie ich schon sagte, wir müssen Dinge erledigen."

Wir gingen die Straße entlang und ich war überrascht, dass ihr Ton noch immer nicht wütend war. Ich beschloss, das Gespräch zwanglos zu halten. „Wohin gehen wir?"

Die Stimme meiner Mutter hatte einen kalten Biss, der zu der späten Nachmittagsluft passte. „Das erfährst du schon noch."

Ich blieb stehen, zog meine Jacke an und zog die Büchertasche höher auf meine Schulter. Sie wurde nicht langsamer, und ich musste rennen, um sie einzuholen. Während wir liefen, dachte ich darüber nach, dass die Schule morgen geschlossen sein würde. Ich fragte mich, ob Frau Elahi diese Entscheidung getroffen hatte oder ob der SAVAK-Agent dies angeordnet hatte. Aber warum hingen diese Soldaten immer noch in der Nähe der Schule herum, als wir gingen? Vielleicht eine Durchsuchung. Die Schließung des Gymnasiums könnte einige Mädchen ermutigen, sich dem Marsch anzuschließen. Und wie sollte ich alle erreichen, wenn wir die Demonstration absagen würden? Die Studenten der Universität haben trotz des Streiks ihre Demonstrationen fortgesetzt. Das würden wir auch tun. Ich konnte es kaum erwarten, nach Hause zu kommen und Roya anzurufen. Wir mussten uns einen Plan einfallen lassen.

„Ich kann auch ein Taxi oder den Bus nach Hause nehmen", bot ich hoffnungsvoll an. „Dann kannst du dir Zeit lassen, was auch immer du zu tun hast."

„Nein, du kommst mit mir."

Der Ton meiner Mutter blieb kühl, und als wir das Auto erreichten, fielen die ersten Regentropfen vom Himmel. Sie hatte unerlaubt geparkt, zu nah an der Kreuzung. Doch in einer Stadt, die bereits mit fünfmal so vielen Autos vollgestopft war, wie sie vernünftigerweise aufnehmen konnte, bedeuteten Verkehrsregeln nicht viel.

„Wie viele Stopps machen wir?", fragte ich und stieg ein. Ich konnte nicht aufhören, an Roya zu denken. Wichtiger als die Pläne für morgen war mir, ihre Stimme zu hören, mich zu vergewissern, dass sie sicher zu Hause angekommen war. Ich wollte jedes Detail darüber wissen, wie gefährlich ihre Situation war und wie sie es geschafft hätte, zu entkommen.

„Zwei Haltepunkte", antwortete Azar. Sie bog in den Verkehr ein. Der Fahrer des Wagens, dem sie die Vorfahrt schnitt, drückte aus Protest auf die Hupe.

„Was sind die Stopps?“

„Ich sagte doch, dass du es erfährst, wenn wir dort sind.“

Ich dachte schon daran, dass ich ein öffentliches Telefon finden könnte, sobald meine Mutter an der ersten Haltestelle war. „Ich warte im Auto.“

„Du kommst mit mir rein.“

„Warum?“, fragte ich, denn ich wusste, dass alle unsere Streitereien damit begannen, dass ich nach dem Warum fragte. Normalerweise wäre der nächste Schritt gewesen, dass sie gesagt hätte, sie sei die Erziehungsberechtigte und ich müsse tun, was man mir sage. Danach konnten wir richtig loslegen, aber dieses Mal ging sie nicht darauf ein. Ihre Lippen verengten sich zu einer dünnen Linie, und sie antwortete nicht. Stattdessen griff sie nach unten und schaltete das Radio ein, eine Taktik, die ich selbst anwandte, wenn ich ein Gespräch vermeiden wollte.

Die beschwingte, schwüle Stimme von Googoosh erfüllte sofort die Stille und ich dachte an sie. Googoosh hatte alles. Schönheit. Ruhm. Geld. Die Säle und Stadien füllten sich, wenn sie sang. Sie ging, wohin sie wollte, tat, was ihr gefiel. Sie stand über den Problemen all der Menschen, für die sie sang.

Wir fuhren, ohne zu sprechen. Ich überlegte, ob ich sie jetzt nicht bedrängen sollte; ich hatte heute Abend noch etwas zu erledigen, und unser Gespräch würde weder einfach noch kurz sein. Ich war mir ohnehin nicht ganz sicher, was die Direktorin meiner Mutter erzählt hatte.

Eine Sache, die ich aber unbedingt tun wollte, war, ihr mitzuteilen, was ich bei der Durchsicht ihrer Akten über sie erfahren hatte. Ich wollte, dass Azar wusste, wer sie war und wofür sie stand. Ich war stolz auf sie, und plötzlich wollte ich, dass sie das wusste.

Nicht reden wollen. Ich wollte reden. Ich wollte nicht. Meine eigenen widersprüchlichen Impulse brachten mich um. Schließlich griff ich hinüber und schaltete das Radio aus.

„Bringen wir es hinter uns. Können wir darüber reden, was vorgefallen ist?“

„Nein.“

„Ich habe nichts getan, was du nicht auch getan hast.“ Sie sagte nichts, also machte ich weiter. „Es tut mir leid … aber ich bin nur einer von einer Million anderer junger Menschen in diesem Land, die unzufrieden sind mit dem, was vor sich geht. Ich habe das getan, was alle anderen auch tun. Was alle anderen auch tun *sollten*. Ich habe meine Meinung geäußert. Das ist doch nicht so schlimm, oder?“

Keine Antwort. Ich warf einen Blick in ihre Richtung. Wir befanden uns auf der Roosevelt Street, und es herrschte reger Verkehr, aber ihre Knöchel waren weiß, als sie das Lenkrad mit einem Todesgriff festhielt.

„Das hast du mir beigebracht. Zu sprechen. Zu denken. Aktiv zu sein. Ich bin der Mensch, zu dem du mich gemacht hast."

„Ich weiß."

Ihre Stimme war kaum ein Flüstern, aber ich spürte den Ton der Selbstanklage in ihr.

„Warum bist du dann wütend?"

„Weil das hier anders ist."

„Ich kann nicht erkennen, wie."

„Du spielst ... du spielst mit deinem Leben."

Ihre Stimme wurde brüchig. Ich starrte auf ihr Profil und sah, wie ihr die Tränen über die Wange liefen.

„Warum weinst du?"

Sie wischte sich eine Träne weg, und die Finger kehrten zum Lenkrad zurück. Ich konnte so viel besser mit ihr umgehen, wenn sie mich anschrie. Es kam nicht allzu oft vor, dass sie sich von ihren Gefühlen überwältigen ließ. Zumindest nicht in meiner Gegenwart. Sie war die Verkörperung der Stärke. Sie war die Löwin aus den alten Kindergeschichten.

„Azar *joon*", sagte ich sanft und berührte ihren Arm. Meine liebe Azar. Das war ein Kosename, mit dem ich sie seit meiner Kindheit bezeichnet hatte. Sie war für mich so sehr eine Freundin wie eine Mutter; wir waren nur zwanzig Jahre auseinander. Die Worte milderten immer ihre Stimmung, brachten sie zum Lächeln. Aber heute Abend nicht. „Rede mit mir. Schrei mich an. Sei wütend. Ich hasse es, dich weinen zu sehen."

Sie sah mich an und blickte dann wieder auf die Straße, aber ich sah eine Traurigkeit in diesem Blick, die ich noch nie in ihren Augen gesehen hatte. Ich lenkte meinen Blick aus dem Fenster.

Azar bog links in eine Straße ein und ich schaute nach vorn. Ich kannte diese Gegend. Diese Blocks waren der Anfang des amerikanischen Botschaftsviertels. Ich blickte auf den Stacheldraht an einer Backsteinmauer und spürte, wie sich ein mulmiges Gefühl in meinem Magen ausbreitete.

An der nächsten von Bäumen gesäumten Straße bog sie rechts ab und suchte nach einem Parkplatz.

Mein Mund wurde plötzlich trocken. Der Teil von mir, der immer vergessen wollte, dass mich zwei Menschen gezeugt hatten, kam wieder zum Vorschein.

„Wer wohnt hier in der Nähe?" Meine Stimme zitterte.

Sie fuhr rückwärts in eine Parklücke. „Du hast einen Termin in der amerikanischen Botschaft."

„Warum?"

Sie stellte den Motor ab. Ihre Hände blieben auf dem Lenkrad. Sie schaute weiter geradeaus.

Ich schüttelte den Kopf. „Nein. Ich gehe da nicht rein. Du kannst mich nicht zwingen."

Sie drehte sich um und sah mich an. „Ich schicke dich weg, Omid."

„Nein. Das kannst du nicht. Wir haben darüber gesprochen, erinnerst du dich?" Ich protestierte. „Du kannst mich nur nach Amerika schicken, wenn ich an keiner der Universitäten hier angenommen werde. Ich habe die Konkoor-Prüfung noch nicht abgelegt, aber ich gehöre zu den Besten meiner Klasse. Ich *werde* es schaffen. Ich weiß, dass ich es schaffe. Du hast gesagt, du würdest bis nach meinem Abschluss warten, um Entscheidungen zu treffen."

„Ich warte nicht bis zur Abschlussfeier. Ich schicke dich jetzt weg." Die Gelassenheit in ihrer Stimme machte mir Angst. Sie versuchte nicht, mich zu überzeugen. Sie sagte mir, was sie zu tun gedachte.

„Das kannst du nicht", rief ich. „Ich bin mitten im Schuljahr. Du kannst mich nicht einfach so entwurzeln. Das ist nicht fair mir gegenüber. Du hast versprochen, mich die Schule beenden zu lassen."

„Omid —"

„Ich dachte, du liebst mich. Ich dachte, du wolltest, dass ich – dein einziges Kind – bei dir lebe. Was habe ich getan? Bitte ... Azar *joon*." Ich konnte meine Tränen nicht zurückhalten. „Tu mir das nicht an. Wirf mich nicht weg. Bitte!"

Sie streckte die Hand aus und griff nach meinem Kinn. Ihre Finger waren eiskalt. Ihr Blick begegnete meinem durch einen Tränenschleier hindurch. „Ich werfe dich *nicht* weg. Hörst du mich? Ich schicke dich weg, weil ich dich liebe. Weil ich möchte, dass meine Tochter lebt. Hör mir zu. Ich will, dass du *lebst*."

„Es geht um die Flugblätter, die ich herumgereicht habe, nicht wahr?", fragte ich. Ich war nicht mehr in der Lage, meine Gefühle zu kontrollieren. „Wir können über sie reden. So wie wir auch über alles andere reden. Ich werde vorsichtiger sein. Ich werde mich nicht mehr in eine solche Situation begeben. Es war dumm von mir, dass ich mich dem SAVAK-Agenten ausliefern wollte. Das weiß ich jetzt. Ich verspreche, dass ich nie wieder so irrational handeln werde."

Ihre Finger lösten sich von meinem Kinn, und sie ergriff meine Hände. „Omid, du bist siebzehn. Nächsten Sommer wirst du achtzehn sein. Ich kann dich nicht mehr beschützen. Ich —"

„Ich brauche keinen Schutz."

„Doch, den brauchst du. Weißt du, ich weiß, was du in der Schule gemacht hast. Und ich weiß, dass du meine Akten durchgesehen hast. Ich hätte dich aufhalten sollen, als ich es herausfand, aber ich habe es nicht getan. Ich nehme an, es war Eitelkeit ... Ich weiß, es war Dummheit. In gewisser Weise hat es mich stolz gemacht, zu denken, wie viel wir beide gemeinsam haben."

„Aber es ist wahr. Wir sind gleich. Deshalb gehöre ich hierher ... wo du bist. Ich sollte bei dir sein. Du bist der einzige Elternteil, den ich habe."

Noch während ich es sagte, wusste ich, dass ich einen Fehler gemacht hatte. Sie schüttelte den Kopf.

„Ich habe mit deinem Vater gesprochen. Er ist einverstanden. Du wirst bei ihm und seiner Frau bleiben, bis du die Highschool abgeschlossen hast."

„Nein." Ich zog meine Hände weg und drückte mich gegen die Tür hinter mir. „Ich kenne sie nicht."

„Doch, du *wirst* gehen", sagte sie fest. „Und du *wirst* sie kennenlernen ... und deine beiden Halbbrüder."

„Bitte ..." Ein Schluchzen entrang sich meiner Kehle. Ich blickte nach draußen in den immer stärker werdenden Regen. Habib Mottahedeh war kein Vater, für mich war er nur ein Name. Noch weniger wusste ich über seine Frau und seine Kinder. Er und meine Mutter hatten geheiratet, als sie beide im ersten Studienjahr an der Universität Teheran waren, und sie waren nur zwei Jahre lang verheiratet gewesen. Als ich geboren wurde, ließen sie sich scheiden und er wechselte an eine Universität in Amerika. Er ging und kam nie wieder zurück. Azar blieb. Sie blieb, beendete ihr Studium und behielt mich bei sich.

HABIB und seine neue Frau schickten mir zweimal im Jahr Geschenke – zu meinem Geburtstag und zu Norooz. Sie war Amerikanerin, und seltsamerweise war sie es, die ein paar Mal im Jahr anrief und nach mir fragte. Obwohl ich in der Schule entsprechenden Unterricht hatte, sprach ich kein Englisch, also war meine Mutter diejenige, die übersetzte und das meiste sagte. Zu Weihnachten bekam ich von ihnen auch eine Karte mit einem Bild ihrer Familie. Der Anblick dieser Karte löste bei mir keinerlei

Gefühle aus. Ich war nicht eifersüchtig, und ich vermisste ihn nicht. Er war ein gut aussehender Mann mit südländischen Zügen. Sie hatte irisches Blut und rötliches Haar und die Zwillingsjungen hatten das Aussehen ihrer Mutter. Was mich betraf, so hätte das Familienfoto ein Ausschnitt aus einem amerikanischen Magazin sein können.

Ich wusste nichts über sie. Azar hätte mich genauso gut in eine Kommune in China schicken können.

„Azar *joon* ...“ fing ich wieder an.

Sie schüttelte den Kopf und hatte sichtlich Mühe, ihre Gefühle zu kontrollieren. Das gab mir Hoffnung. Sie wollte mich nicht wirklich wegschicken.

„*Madar* ...“, flehte ich.

Azar unterbrach mich mit einer Handbewegung. „Vor einem Jahr ... vor sechs Monaten ... selbst im Herbst gab es noch Hoffnung. Aber jetzt wird es immer schlimmer werden.“

„Nein, es wird besser werden. Der Schah kann sich nicht mehr lange halten. Wir sind dabei, ihn zu schlagen. Die Menschen sind auf der Straße. Unsere Stimmen werden gehört.“

Ich hielt inne und merkte, dass es töricht war, ihr einen Vortrag über die Situation zu halten; sie wusste so viel mehr als ich. Plötzlich waren meine politischen Überzeugungen und Hoffnungen trostlos und sinnlos im Vergleich zu dem, was mir am wichtigsten war. Ich kämpfte darum, in dem einzigen Zuhause zu bleiben, das ich kannte, mit dem einzigen Elternteil, den ich kannte. Ihr entschlossener Blick verriet mir jedoch, dass sie sich nicht so leicht beirren lassen würde.

„Ich werde mich ändern. Ich werde mit all dem hier aufhören. Ich werde mich nicht mehr einmischen. Ich werde nach der Schule nach Hause kommen. Ihr müsst euch keine Sorgen um mich machen. Ich bitte dich. Ich gebe dir mein Wort. Ich werde nie —-“

„Omid.“ Sie nahm mein Gesicht in ihre Hände und zwang mich, ihr in die Augen zu sehen. „Ich weiß Dinge, die du nicht weißt. Ich bitte dich, dies für mich zu tun... für meine Sicherheit und für deine. Ich bitte dich, zu Habib und seiner Familie zu gehen und dort bis zum Ende des Schuljahres zu bleiben. Wenn die Dinge dort nicht funktionieren ... wenn du zurückkommen willst, dann ... kannst du das. Du kannst hierher zurückkommen und auf die Universität gehen.“

„Wenn du mich nicht bei dir haben willst, schick mich nach Isfahan zu deinen Eltern.“

„Nein. Du und ich werden nur sicher sein, wenn du außer Landes bist“, sagte sie in einem zerbrechlichen Ton. „Die Vorbereitungen sind getroffen worden. Du *wirst* gehen, Omid."

Die Diskussion war beendet. An den Rest des Nachmittags kann ich mich kaum noch erinnern. Das Innere der US-Botschaft bestand aus einem Warteraum und einem Schalter mit einer Frau, die meiner Mutter mein Visum aushändigte. Auf dem Heimweg holten wir meine Flugtickets in einem Reisebüro ab.

Später in der Nacht dachte ich, dass es Hunderte von Dingen gab, die ich hätte tun können. Ich hätte aus dem Auto springen und bei Royas Familie bleiben können. Ich hätte mehr kämpfen und streiten können. Ich hätte noch viel schwieriger sein können. Aber da war etwas im Ton meiner Mutter, ein Ton des Flehens, den ich noch nie gehört hatte. Das war es, was mich zum Aufhören brachte. Sie war verzweifelt. Ich musste ihr helfen.

Kapitel Vier

ICH KEHRTE NICHT zur Marjan High School zurück, und mein Flug ging drei Tage später vom Flughafen Mehrabad. Ich konnte meine Freunde anrufen, um mich von ihnen zu verabschieden, aber meine Mutter verbot mir, jemanden zu sehen. Ich verließ den Iran mit dem Versprechen, dass ich im nächsten Sommer zurück sein würde. Ich ließ alles zurück, was ich kannte, und alles, was mir lieb und teuer war.

Ich weigerte mich, mehr als einen kleinen Koffer mitzunehmen. Die Dinge, die einen besonderen Platz in meinem Herzen hatten, wollte ich unbedingt zurücklassen. Mein Tagebuch, meine Farsi-Übersetzungen von Victor Hugos *Les Misérables-Benavayan und* Tolstois *Krieg und Frieden-Gangh va* Solh-mein *Divan von Hafiz*, mein abgenutztes Lederexemplar *des Golestan von Sa'di* und das Dutzend anderer Bücher, die ich so oft gelesen hatte und immer wieder zur Hand nahm. Die Jeansröcke, in denen ich praktisch lebte, habe ich nicht eingepackt. Meine Lieblingsturnschuhe und die Wildlederjacke, die ich im letzten Sommer in Mashhad gekauft hatte, ließ ich zurück. Die neue Unterwäsche, die Azar für mich besorgt hatte, schob ich in die unterste Schublade der Kommode. Ich packte nur alte Kleidung und Dinge ein, die mir nicht gefielen. Ich nehme an, das war meine Art, gegen die Entscheidung zu protestieren, die mir aufgezwungen wurde.

Im Geiste der Rebellion nahm ich eine Sammlung mit, die entscheidend dazu beigetragen hatte, den Nährboden für meine Überzeugungen zu schaffen: den Gedichtband von Khosrow Golesorkhi, dem Dichter, Journalisten und Revolutionär, dessen aufmüpfiges Auftreten gegenüber der Schah-Regierung – und seine anschließende Hinrichtung durch ein Erschießungskommando – seinen Namen in vielen von uns verankert hat. Khosrow Golesorkhi war von der Regierung beschuldigt worden, ein Mitglied der *Fedayeen-e-Khalq* zu sein ... wie meine Mutter.

Es war noch dunkel, als wir am Morgen meines Fluges unser Haus verließen. Meine Mutter fuhr. Das Kriegsrecht war noch eine halbe Stunde in Kraft, aber es wurden Sonderausweise für diejenigen ausgestellt, die zum Flughafen mussten oder medizinische Notfälle hatten.

„Er ist ein guter Mann", sagte Azar auf Farsi zu mir, als wir fuhren.

Wenn ich nicht so wütend wäre, hätte ich gelacht. Sie hatte siebzehn Jahre gewartet, bevor sie versuchte, mich wie meinen Vater zu machen. Sie war zu spät dran, wollte ich ihr sagen. Aber ich konnte mich nicht dazu durchringen, gemein zu ihr zu sein. Ich wusste, dass sie in den letzten drei Tagen mindestens so sehr gelitten hatte wie ich. Jedes Mal, wenn ich aus meinem Zimmer kam, sei es mittags oder um Mitternacht, war sie wach und lief durch die Wohnung. Ihre Augen waren vom Schlafmangel geschwollen ... oder vielleicht vom Weinen. Trotz alledem blieb sie standhaft in ihrer Entscheidung. Sie war nicht ins Wanken geraten, und das würde sie auch nicht tun.

Sie sprach weiter über meinen Vater, aber ich ignorierte sie.

Ich blickte auf die leeren Bürgersteige, auf die Militärfahrzeuge, die hier und da an den Kreuzungen parkten, auf die Soldaten auf den Straßen. Niemand hielt uns an, um unseren Pass zu kontrollieren. Es war, als wüssten sie bereits, dass sie einen Unruhestifter loswerden würden. Gut, dass wir sie los sind.

Roya erzählte mir am Telefon, dass sie in den letzten Tagen zu keiner einzigen Demonstration gegangen war. Sie durfte nicht aus dem Haus, außer um zur Schule zu gehen. Selbst da wurde sie hin und zurück eskortiert. Sie hatte den Verdacht, dass meine Mutter mit ihrer Mutter gesprochen hatte; ihre Familie behielt sie sehr genau im Auge. Neda und Maryam waren auch nicht zu irgendwelchen Kundgebungen gegangen. Azar muss auch mit ihren Familien telefoniert haben.

Roya und ich waren das Rückgrat der Organisation unserer Schule. Das war ein Rückschlag, aber ich wusste, dass mein Weggang nichts ändern würde. Das, wofür wir kämpften, war größer als jeder Einzelne.

Als ich mir die geschlossenen Geschäfte und die leeren Straßen ansah, sagte ich mir, dass ich im nächsten Sommer in einen freien Iran zurückkehren würde. Meine Mutter hat mir immer gesagt, dass es für mich keinen halben Weg gibt. Nichts war gerade gut genug. Ich engagierte mich für eine Sache und ging den ganzen Weg, oder ich war überhaupt nicht interessiert. Und ich engagierte mich für den Wandel, der sich in meinem Land vollzog.

Als wir uns dem Shahyad-Turm näherten, waren noch mehr Autos auf der Straße. Der Flughafen befand sich gleich hinter dem Monument aus geschliffenem Marmor, das so gestaltet worden war, dass es das Alborz-Gebirge im Norden der Stadt widerspiegelte. Ich blickte auf die prächtige weiße Spitze des Damavand-Gebirges, hielt den Atem an und versprach im Stillen, dass ich bald wiederkommen würde.

Am Flughafen suchte Azar nach der Auffahrt zum Parkplatz.

„Du kannst mich vorn absetzen", sagte ich barsch. „Ich brauche dich nicht, um mit mir hineinzugehen."

„Ich weiß, dass du mich nicht brauchst. Aber ich brauche *dich*."

Ich klappte meine Kiefer zusammen, verärgert über die Reaktion, die ihre Worte noch in mir auslösen konnten. Ich wollte nicht fühlen. Ich wollte nicht zusammenbrechen.

Einen Parkplatz zu finden, war kein Problem. Die Hälfte der Autos auf dem Parkplatz schien illegal geparkt zu haben, und meine Mutter tat es ihnen gleich. Ich stieg aus dem Auto, sobald sie den Motor ausschaltete.

Ein kalter Luftzug strich durch meine Jacke. Der Geruch von Schnee, der vom Alborz-Gebirge herüberkam, wehte über die Stadt. Ich merkte, dass ich nicht genug Atem in meine Lungen bekam. Ich war noch nicht abgereist und schon vermisste ich die Luft, die Aussicht, das Pflaster, den rücksichtslosen Autofahrer, der mir zu nahe kam, als ich am offenen Kofferraum des Wagens stand.

Alles, was geschah, stürzte im selben Moment auf mich ein. Ich verließ zum ersten Mal in meinem Leben mein Zuhause. Ich ging in ein fremdes Land, lebte mit Fremden zusammen, weg von meiner Mutter, meinen Freunden, meiner Schule. Ich beherrschte nicht einmal die Sprache.

Meine Mutter stieg aus dem Auto und ich lehnte mich an den Kofferraum und wischte mir die ungewollten Tränen weg.

„Lass mich dir damit helfen."

„Nein, ich mach' das schon."

Ein leichter Koffer und eine Umhängetasche waren alles, was ich mitnehmen wollte. Ich war erleichtert, als Azar das Schweigen beibehielt, als wir beide zum Terminal gingen. Ein alter Mann, der an den Flughafentüren arbeitete, kam auf mich zu und fragte mich, ob ich Hilfe mit dem Gepäck bräuchte. Ich winkte ihm ab.

Die Morgendämmerung war nur ein Schimmer am östlichen Himmel, aber die Stadtlandschaft sah von innen heraus beleuchtet aus. Ich sah die Schönheit im Nichts einer hässlichen Stadt, die ich liebte. Trotzdem schaffte ich es, meine Füße zügig zu bewegen.

Im Inneren des riesigen Gebäudes mit zwei Räumen, das als Terminal diente, wimmelte es nur so von Menschen, aber ich entdeckte sofort die Schlange für meinen Flug. Ich würde mit PanAm fliegen. Ich würde einen Zwischenstopp in Istanbul einlegen und in Rom umsteigen müssen, bevor ich in New York ankommen würde. Ich schlängelte mich durch die Menge. Ich schaute nicht einmal über meine Schulter, um zu sehen, ob Azar mir folgte oder nicht. Es war ärgerlich, als ich gezwungen war, am Ende der Schlange vor dem Check-in-Schalter stehenzubleiben. In der Schlange waren acht Leute vor mir. Ich habe das Gepäck nicht auf den Boden gestellt, weil ich dachte, dass ich die Schlange durch das Halten des Gepäcks dazu bringen könnte, sich schneller zu bewegen.

Azar stand neben mir.

„Ich kann das machen. Du brauchst nicht bei mir zu bleiben. Bitte fahr nach Hause." Ich wusste nicht, wie ich es schaffte, die Worte auszusprechen. Tränen brannten in meinen Augen, Traurigkeit drohte mich zu ersticken.

„Omid, du bist jetzt wütend auf mich. Aber in einer Woche ... oder in einem Monat wirst du dich nicht mehr so fühlen."

„Ich bin *nicht* wütend. Ich habe es dir gesagt. Ich verstehe es nur nicht."

„Du wirst es auch verstehen, eines Tages, wenn du deine eigenen Kinder hast." Sie legte ihre Hand auf meinen Arm. „Sieh mich an."

Ich wollte es nicht, aber ich tat es, und was ich in ihrem Gesicht sah, zerriss mir das Herz. Ich verlor die Kontrolle. Ich ließ alles fallen und warf mich in ihre Arme. Wir schluchzten ganz offen. Wir hielten uns gegenseitig fest, als ob wir uns zum letzten Mal sehen würden. Als wäre dies der letzte Moment, den wir für den Rest unserer Tage in unser Gedächtnis einbrennen müssten. Ich wollte, dass sie sagt: *Geh nicht.*

„Das ist so viel besser", flüsterte sie stattdessen. „Kein Bedauern. Ich bereue nichts und du solltest niemals mit Bedauern auf diesen Moment zurückblicken."

„Ich komme zurück, Azar *joon*. Ich verspreche dir, dass ich nächsten Sommer wiederkomme."

Sie nickte und wischte mir die Tränen aus dem Gesicht.

„Boro, khanoom", sagte jemand hinter uns. Los, Lady.

Die Leute hinter uns murrten. Ich bemerkte, dass sich die Schlange verschoben hatte. Plötzlich ging es viel zu schnell.

Azar hatte bereits meine Umhängetasche genommen. Ich nahm meinen Koffer. Sie hatten ein neues Fenster am Schalter geöffnet, und wir waren nur die Zweiten in der Schlange.

„Rufst du mich an?", fragte ich sie.

„Jede Woche."

„Wirst du mir schreiben?", fragte ich.

„Jeden Tag."

Plötzlich war ich die Bedürftige. Ich wollte die Zeit einfrieren. Ich wünschte, ich könnte die drei Tage, die ich vergeudet hatte, zurücknehmen. Ich wollte eine zweite Chance, jede Minute mit ihr zu verbringen, mit ihr zu reden, ihr Fragen zu stellen. Sie zu halten.

Ich stand ganz vorn in der Schlange.

„Das war's. Ich glaube, ab hier kannst du es schaffen", sagte sie und umarmte mich ein letztes Mal.

Ich umklammerte ihre Jacke, weil ich nicht gehen wollte. Sie hielt mich fest. Unsere Gesichter waren beide tränenüberströmt. Keiner von uns wollte der Erste sein, der loslässt. Die Frau am Fenster rief mich nach vorn. Die Leute hinter mir begannen sich wieder zu beschweren. Meine Mutter küsste mich auf beide Wangen und ging weg.

Ich hielt den Atem an und versuchte, die Tränen zu verdrängen.

„Montazereh ast", sagte der Idiot hinter mir ungeduldig. Sie wartet.

Ich ging zum Schalter. Die Flugbegleiterin war Amerikanerin. Auf ihrem Namensschild stand Lucy.

„Passport. Ticket."

Ich hatte noch nichts herausgenommen. Ich stellte meinen Koffer auf die Waage und griff in meiner Umhängetasche nach den Sachen.

Meine Hand berührte das kleine Rechteck. Als ich die Tasche weiter öffnete, sah ich einen silbernen Rahmen. Ich nahm ihn heraus. Darin befand sich ein Bild von meiner Mutter und mir. Ich kann nicht älter als zwei oder drei gewesen sein. Sie hielt mich in ihren Armen, und meine Arme waren fest um ihren Hals geschlungen. Unsere Wangen waren aneinander gepresst, unsere Augen geschlossen, während der Wind unsere Haare hinter uns her peitschte.

Unter dem Bett meiner Mutter stand ein Schuhkarton mit all den alten Bildern. Dieses hatte ich dort gesehen. Ich schaute nach oben in die Richtung, in die sie gegangen war. Die wachsende Menge der Reisenden hatte sie eingehüllt. Sie muss dieses Bild gerahmt und in meine Tasche gesteckt haben.

„Reisepass und Flugticket, Miss", wiederholte die Frau.

Ich drückte den Rahmen an meine Lippen und steckte ihn zurück in meine Tasche. Dann nahm ich meinen Pass und mein Ticket heraus.

Kapitel Fünf

BEGRÜßUNGSBANNER in verschiedenen Sprachen säumten das Terminal. Ich blieb stehen und sah zu dem Banner auf, das in Farsi geschrieben war. *Khosh amadid.* Ich wischte mir eine Träne aus den Augen, überrascht von meiner Reaktion. Ich muss müde sein, dachte ich.

In den letzten zwanzig Stunden hatte ich entweder in einem Flugzeug gesessen oder war ziellos auf einem Flughafen herumgelaufen. Ich konnte mich nicht erinnern, wann ich das letzte Mal geschlafen hatte. Mein Kopf tat weh. Meine Kleidung klebte an meinem Körper. Ich brauchte eine Dusche und richtiges Essen, das nicht in einem Plastikbehälter serviert wurde.

Von der Landung her wusste ich, dass es draußen dunkel war, aber ich hatte keine Ahnung, wie spät es war. Ich war sehr müde und hatte bereits Heimweh.

Die Leute eilten an mir vorbei, als ob sie irgendwo sein mussten oder jemand auf sie wartete. Ich verweilte weiter unter meinem Banner. Auch ich wollte irgendwo hin. Ich wollte nach Hause gehen. Ich wollte zurück in den Iran. Ich wollte eine weitere Chance, meiner Mutter diese schlechte Entscheidung auszureden. Ich wollte bei ihr sein. Ich vermisste meine Freunde, meine Schule, die Aufregung, weil ich wusste, dass ich in sechs Monaten meinen Abschluss machen würde. Ich vermisste bereits die kleine Wohnung im zweiten Stock im Teheraner Stadtteil Abbas Abad, in der meine Mutter und ich in den letzten zehn Jahren gelebt hatten. Ich sehnte mich danach, in einer kalten Nacht meine Bettdecke auf das Dach zu schleppen und in den Himmel zu starren, auf den schneebedeckten Gipfel des Berges Damavand, der im Mondlicht glitzerte.

Das war mein Zuhause. Dorthin gehörte ich.

„Brauchen Sie Hilfe?"

Eine der Flugbegleiterinnen aus dem Flugzeug blieb neben mir stehen. Sie war älter als der Rest des Flugpersonals und hatte sich während der letzten Etappe der Reise besonders um mich gekümmert. Sie zog eine kleine Gepäcktasche, die an einem verchromten, zweirädrigen Rollwagen befestigt war.

Ich sah den besorgten Blick in ihrem Gesicht und wischte mir schnell mit einem Handrücken über das Gesicht, verlegen über die Tränen, von denen ich wusste, dass sie sie gesehen haben musste.

„Mir geht es ... gut." Ich hatte in der Highschool vier Jahre Englisch gelernt. Ich konnte Substantive, Pronomen und Adjektive benennen, und ich beherrschte die Verbtabelle. In meinem Grammatiktest für das letzte Schuljahr hatte ich achtzehn von zwanzig möglichen Punkten erreicht. Aber wenn es darum ging, die gesprochene Sprache zu verstehen oder zu versuchen, mich tatsächlich in ihr zu unterhalten, war ich hilflos.

„Ich gehe ohnehin in diese Richtung", sagte sie und gestikulierte mit ihrer freien Hand. „Wir können zusammen hinausgehen. Warten Ihre Leute auf Sie?"

Auch wenn sie sich bemühte, langsam zu sprechen, kamen die Worte zu schnell, als dass ich alles verstehen konnte, was sie sagte. Aber ihre Absicht war klar. Sie wollte bei mir bleiben, bis ich mich mit meiner Familie getroffen hatte.

Ich ging neben ihr her und bemühte mich, genügend Worte zu finden, um ihr klarzumachen, dass der Grund für meine Aufregung nichts mit meiner Verirrung zu tun hatte. Mein Verstand funktionierte nicht. Ich schien die grundlegendsten Dinge vergessen zu haben, zum Beispiel, wie man einen einfachen Satz zusammensetzt. Zuerst das Subjekt, dann das Verb.

„Ich bin Holly", sagte die Flugbegleiterin zu mir, als wir am Gepäckband auf mein Gepäck warteten.

„Omid. Ich ... bin Omid."

„Schöner Name. Was bedeutet er?"

„Bedeuten?"

„Ja. Hat er eine Bedeutung auf Arabisch?"

„Nicht Arabisch", sagte ich ihr. „Farsi."

„Oh. Hat es eine Bedeutung in Farsi?"

„Ja. Wunsch ... guter Wunsch", sagte ich und dachte an einen frühen Sprachkurs, in dem wir die englischen Entsprechungen unserer Namen besprochen hatten.

Sie lächelte und irgendwie überraschte mich diese einzige Geste. Ich wollte alles und jeden in Amerika hassen. Ich hatte bereits beschlossen, nur noch nach dem Negativen zu suchen. Aber es war schwer, Holly und ihr warmes Lächeln nicht zu mögen.

„Kommst du nach Amerika, um zur Schule zu gehen?"

Ich nickte.

„College?"

Ich schüttelte den Kopf. „Highschool."

„Das ist großartig!"

Wenn sie etwas daran auszusetzen hatte, dass jemand mitten im Schuljahr ankam, ließ sie es sich nicht anmerken.

Mein Koffer tauchte auf, und ich zog ihn vom Förderband. Ich trat vom Karussell weg, und sie schaute wieder auf die Reihe der Koffer und erwartete mehr.

„Ist das alles?", fragte sie erstaunt.

Ich nickte erneut. „Nur einer."

Sie führte mich durch einen langen, gewundenen Korridor zu einer Reihe von Kabinen, in denen die Zollbeamten die ankommenden Passagiere kontrollierten. Sie deutete auf eine Reihe.

„Du gehst in diese Reihe. Ich muss in die andere Richtung gehen. Ich warte und sorge dafür, dass Sie abgeholt werden."

Auch hier verstand ich nur wenig von dem, was sie sagte, aber ich wusste, dass sie mich bat, in eine bestimmte Reihe zu gehen. Ihre Geste verriet mir, wo sie warten würde.

„Mir geht es gut", erinnerte ich sie erneut. Ich begann, mich für ihre Freundlichkeit zu schämen. „Danke."

Sie schenkte mir wieder dieses sanfte Lächeln. Sie glaubte nicht, dass es mir gut ging.

Zum Glück stellte mir der Beamte hinter der Glaskabine keine schwierigen Fragen, sondern stempelte nur meinen Pass ab und steckte ein Stück Papier hinein.

Holly und ich folgten den anderen durch einen anderen Gang zu einer Doppeltür und hinaus in einen großen Wartebereich, in dem aufgeregte

Menschen hinter einer Absperrung aus dicken Samtkordeln warteten. Einige winkten wie Verrückte den ankommenden Angehörigen zu. Ein Gefühl von Erwartung und Freude lag in der Luft. Meine Stimmung hingegen war ernst. Ich empfand nur Traurigkeit, ein Gefühl des Nicht-Dazugehörens. Ich würde hier nicht hingehören. Ich hatte hier keine geliebten Menschen.

Ein paar Schritte in den Wartebereich hinein und ich blieb stehen. Ich sah mich in dem Meer von Menschen um und konnte mich plötzlich nicht mehr an die Gesichter auf dem letzten Bild erinnern, das ich von meinem Vater und seiner Familie gesehen hatte. Ich war davon ausgegangen, dass sie mich abholen würden, da meine Mutter gesagt hatte, dass er das Flug-ticket gekauft und die Vorbereitungen für mein Visum getroffen hatte. Jetzt war ich mir nicht mehr sicher. Es gab niemanden, den ich erkannte.

„Ist Ihre Familie hier?"

Ich war erleichtert, dass Holly noch bei mir stand. Ich schaute wieder in die Menge. „Ich weiß es nicht."

Wir versperrten anderen Leuten den Weg, die gerade herauskamen. Holly ging mit mir zu einem großen Glasfenster am Rande der grüßenden Menge. Taxis und Autos waren direkt vor dem Fenster zu sehen. Ich stellte meinen Koffer ab und suchte weiter die Menge ab, um meinen Vater zu finden. Ich dachte, ich hätte bessere Chancen, einen Mann aus dem Nahen Osten ausfindig zu machen als eine amerikanische Frau, die wie seine Frau aussieht.

Gesichter zogen an mir vorbei. Sie hatten alle ein Ziel. Keiner sah in meine Richtung. Die Minuten vergingen wie im Flug.

„Sie können gehen, Holly. Sie kommen", sagte ich zu der Flugbeglei-terin und fühlte mich schlecht, weil sie dort mit mir wartete.

„Nein, das ist kein Problem. Ich werde warten."

Wir warteten schweigend und beobachteten, wie die Leute weiter an uns vorbeizogen. Die Menge des Fluges, mit dem ich gekommen war, begann sich zu lichten. Diejenigen, die noch auf Passagiere warteten, zeigten kein Interesse an mir.

„Wer soll Sie abholen?", fragte sie.

Ich verstand das ‚wer'.

„Mein Vater und seine Frau."

„Ich werde sie ausrufen lassen."

Ich schaute sie ausdruckslos an.

„Ihr Name. Der Name Ihres Vaters ... und der Ihrer Stiefmutter."

Ich kannte das Wort ‚Stiefmutter' bis dahin nicht. Die Bedeutung war amüsant. Eine Mutter, die man beraubt. Ich wusste nicht, wie ich mich dabei fühlen sollte.

Ich nannte Holly ihre Namen. Sie bat mich, den letzten Namen zu buchstabieren und schrieb ihn auf ein Blatt Papier.

„Warum kommen Sie nicht mit mir?"

Ich folgte ihr zu einem Telefon, an dem Holly mit jemandem sprach. Eine Minute später hörte ich, wie mein Nachname, Mottahedeh – völlig verstümmelt und unkenntlich – über die Lautsprecher aufgerufen wurde. Ich dachte mir, selbst wenn mein Vater am Flughafen wäre, könnte er die verstümmelte Aussprache unmöglich verstehen.

Die Flugbegleiterin war sichtlich genervt von meiner scheinbar sorglosen Familie. Als sie wieder auf ihre Uhr und dann auf die Glastür eines Büros in der Nähe der Rolltreppe schaute, wurde mir klar, dass sie sich langsam Gedanken darüber machte, wo sie mich absetzen könnte. Ich nahm es ihr nicht übel. Andererseits war ich mit all dem einverstanden; ich schmiedete meinen eigenen Plan. Ich beschloss, dass ich, falls sie nicht auftauchen würden, vielleicht einfach den nächsten Flug zurück in den Iran nehmen würde.

Diese Idee zerschlug sich einen Moment später, als ein kleiner, glatzköpfiger Mann auf uns zukam. Es war der Fahrer, den mein Vater beauftragt hatte, mich abzuholen und nach Wolcott, Connecticut, zu bringen. Holly kontrollierte seinen Ausweis, und er hatte einen Brief und die Telefonnummer meines Vaters dabei.

Ich verabschiedete mich von Holly und ging mit diesem Fremden weg, denn ich wusste jetzt ganz genau, wie wenig ich dieser Familie bedeutete, die ich als meine eigene akzeptieren sollte.

Kapitel Sechs

Wolcott, Connecticut

NIEMAND IM HAUS WAGTE ES, am Sonntagmorgen um 8.00 Uhr ans Telefon zu gehen. Ich war seit zwei Wochen hier, und trotz des anfänglichen Albtraums der Kommunikation hatten Carol und meine beiden Halbbrüder Verständnis. Nur ich konnte zum Zeitpunkt des erwarteten Anrufs meiner Mutter ans Telefon gehen.

Als ich an diesem zweiten Sonntag den Hörer abnahm, begann ich mich zu beschweren, noch bevor meine Mutter den persischen Brauch der Begrüßung und der anschließenden Erkundigung nach dem Befinden jeder einzelnen Person, die im Umkreis von drei Häuserblocks um das Haus wohnte, durchführen konnte.

„Ich will nach Hause kommen", begann ich auf Farsi. „Ich halte es nicht mehr aus. Ich habe getan, worum du mich gebeten hast, aber ich kann nicht einen Tag länger bleiben."

Am anderen Ende der Leitung herrschte Schweigen. Ich wusste, dass dies etwas ganz anderes war, als sie erwartet hatte. Azars erster Anruf war gleich nach meiner Ankunft gekommen. Ich war noch immer wie betäubt vom Schlafmangel und dem Wechsel der Zeitzonen. In der letzten Woche war ich noch sehr verhalten; ich hatte mich noch nicht an eine Routine gewöhnt. Außerdem wurde ich von meinem Vater und seiner Frau Carol immer noch wie ein Gast behandelt. Die Zwillinge hielten sich auf

Distanz. In dieser Woche hatte ich das Gefühl, dass der Himmel auf mich gefallen war.

Als ich eine Atempause einlegte, sagte meine Mutter ruhig. „Warum erzählst du mir nicht von deiner Woche?"

Ihre ruhige Antwort brachte mich nur noch mehr in Rage. „Du hast mich schon vergessen. Du liebst mich nicht."

„Omid", sagte sie fest. „Keine leeren Anschuldigungen. Sag mir, was du gemacht hast. Wie läuft es in der Schule?"

Ihr Ton verriet mir, dass dieses Gespräch nicht weitergehen würde, wenn ich nicht meine Taktik änderte. Ich wusste, dass sie auflegen würde und dann würde ich eine ganze Woche warten müssen, bevor ich ihre Stimme wieder hören würde.

„Sie haben mich aus dem regulären Unterricht genommen. Ich muss wieder auf eine Mittelschule gehen, um Englisch zu lernen. Ein Bus, der behinderte Kinder transportiert, holt mich an der Haustür ab und bringt mich zum „Englisch als Fremdsprache"-Unterricht. Es ist so peinlich. Ich bin das Riesenmonster unter den Zwergen. Sie machen sich alle über mich lustig."

„Hast du mit deinem Vater darüber gesprochen?"

„Er ist nie zu Hause. Er kommt von einer Geschäftsreise zurück und ist nur einen Tag im Haus, bevor er wieder abreist. Seit ich hier bin, hat er insgesamt zehn Worte mit mir gewechselt. Du hättest mich genauso gut zu einem Fremden schicken können, so viel Interesse hat er an mir. Ich hasse ihn. Ich will hier nicht bleiben. Bitte, Azar *joon*, kann ich zurückkommen?"

„Wie geht es Carol?"

Die Tatsache, dass sie nicht ‚nein' sagte, gab mir Auftrieb. Das war meine Chance. Ich wusste, wenn es mir gelang, meine Mutter davon zu überzeugen, dass Carol mich schrecklich behandelt hatte, dann würde Azar etwas unternehmen. Aber trotz all meines Elends konnte ich nicht lügen.

„Carol ... versucht es. Sie ist nett, nehme ich an. Aber sie hat alle Hände voll zu tun mit den beiden Jungs", sagte ich wahrheitsgemäß. „Beide Jungen haben Windpocken ... und was macht ihr Mann? Er geht wieder auf Reisen."

„Du kannst ihr helfen."

„Ich spreche kein Englisch, und sie spricht kein Farsi."

„Du sprichst viel besser Englisch, als du dir selbst eingestehst. Und so lernst du, Omid“, sagte Azar sanft. „Meinst du nicht, wenn Carol freundlich ist, solltest du das auch erwidern?“

„Sie hat mich von den Jungs und sich selbst ferngehalten. Sie hat mich gefragt, ob ich Windpocken hatte, und ich wusste es nicht. Sie hat Angst, ich könnte mich anstecken.“

„Du kannst ihr sagen, dass du die Windpocken hattest. Dann kannst du eine Hilfe sein.“

„Ich kann mich nicht daran erinnern, Windpocken gehabt zu haben“, antwortete ich.

„Es gibt viele Dinge, an die man sich nicht erinnert. Ja, du hattest sie.“

„Ich rege mich nicht über Windpocken auf“, sagte ich schnell, da ich meine Probleme nicht so einfach abtun lassen wollte. „Ich war in Teheran in der Oberstufe. Ich wollte in sechs Monaten meinen Abschluss machen und dann auf die Universität gehen. Hier werde ich nicht einmal am Ende des Schuljahres fertig sein. Ich muss die zwölfte Klasse wiederholen. Ich bin nicht dumm. Ich bin diesen Schülern in Mathematik und Naturwissenschaften weit voraus, aber ich muss das alles noch einmal durchmachen. Das ist furchtbar. Ich werde mich zu Tode langweilen.“

Ich legte so viel Dramatik in meinen Tonfall, wie ich aufbringen konnte. Ich wollte, dass sie weiß, wie demoralisierend das alles für mich sein würde.

„Du raubst mir ein ganzes Jahr meines Lebens. Das ist total unfair.“

„Ich werde mit Carol sprechen. Vielleicht kann sie mit jemandem in der Schule sprechen, damit sie dich schnell wieder in die richtige Klasse einteilen können.“

„Ich habe eine Woche lang in diesen Highschool-Klassen gesessen. Ich weiß es besser als jeder andere. Ich schaffe es nicht. Ich kann nicht verstehen, lernen oder Tests in Englisch schreiben. Mama, ich bin nicht in der Lage, sie zu verstehen. Und du hast mir versprochen, dass ich mich für das nächste Jahr an der Universität in Teheran bewerben kann. Aber jetzt bin ich völlig durcheinander. Ist das die richtige Art, mich zu behandeln? Willst du nicht, dass ich auf die Universität gehe? Überleg doch mal. Du gibst mir nicht die gleiche Chance, die du selbst hattest.“

Ich wartete nicht auf ihre Antwort. Ich wusste, dass ich zu ihr durchdringen würde.

„Habe ich das verdient? Willst du mein Leben wegwerfen?“

Ich drehte mich um und sah das halbe Gesicht meines Bruders Darius durch die Küchentür ins Wohnzimmer lugen. Das Gesicht des Sechsjährigen war mit einem pickligen rosa Ausschlag bedeckt. Die Zwillinge taten dies oft. Sie starrten mich nur aus der Ferne an. Es war offensichtlich, dass sie sich noch nicht entschieden hatten, ob sie mich mögen oder hassen sollten.

Ich verfolgte mehr von dem, was in diesem Haus vor sich ging, als ich meiner Mutter zu verstehen gab. Die Zwillinge waren ganz verrückt nach Weihnachten. Es war nur noch eine Woche hin. Carol nutzte die Aufregung über das bevorstehende Fest, um sie zu erpressen, damit sie ihre Anweisungen befolgten, während sie durch die Krankheit ans Haus gefesselt waren. Das erinnerte mich daran, wie meine Mutter Norooz, unser persisches Neujahrsfest, nutzte, das auf den ersten Frühlingstag fiel und Weihnachten und Ostern in einem war. Sie nutzte diesen Feiertag immer, um mich zu erpressen, damit ich mich benahm.

„Norooz", sagte meine Mutter am anderen Ende der Leitung.

„Was?", fragte ich hoffnungsvoll.

„Omid, du wirst bis Norooz dort bleiben", sagte sie mir. Danach werde ich versuchen, dich wieder hier herzuholen und dich an der Oberschule anzumelden, damit du das Jahr mit deiner Klasse beenden kannst. Was sagst du dazu?"

Morgen zurückzugehen, wäre besser gewesen. Aber der erste Frühlingstag war nur noch dreieinhalb Monate entfernt. Das war sehr viel besser als das, was ich jetzt hatte.

„Großartig.", antwortete ich und legte viel Enthusiasmus in die Antwort. „Ich werde bis Norooz durchhalten."

Kapitel Sieben

REVOLUTION BEDEUTET VERÄNDERUNG.

In der Schule habe ich im Unterricht gesprochen.

Zu Hause habe ich das Gespräch mit Carol gesucht.

Ich war entschlossen, meinen Teil beizutragen. Die Verbesserung würde langsam vonstattengehen, aber ich wollte die Veränderungen herbeiführen. Es war schwierig, meine Scheu zu überwinden, Englisch zu sprechen. Ich erweiterte meinen Wortschatz. Ich versuchte zu verstehen, was um mich herum gesagt wurde und nicht einfach nur die Worte zu erkennen. Ich bemühte mich, Sätze aneinander zu reihen. Ich hatte die Motivation dazu.

Und ich hatte etwas, über das ich sprechen wollte. Die Revolution.

In meinem Land fand eine Revolution statt, und ich war nicht dabei. Aber ich war trotzdem glücklich darüber. Der Schah hatte den Iran zwei Wochen zuvor verlassen. Ayatollah Khomeini war diese Woche eingetroffen. Ich hatte gemischte Gefühle dabei, da er nie Teil der Zukunft war, die ich für mein Land sah. Aber als ich die Nachrichtenbilder von Millionen von Menschen sah, die den religiösen Führer am Flughafen begrüßten, war ich stolz.

Ich hatte dazu beigetragen, einen Wandel herbeizuführen.

Mein Sprachlehrer in der Schule ließ mich diese Woche vor der Klasse über den Iran sprechen. Nur zwei der Schüler in meiner Klasse wussten, dass im Iran eine Revolution im Gange war, und keiner von ihnen konnte mein Land auf der Karte finden. Ich habe trotzdem mein Bestes gegeben. Ich fühlte mich als Vertreter meines Heimatlandes. Ich war derjenige, der den anderen die Macht der Menschen und die enorme Bedeutung dessen, was wir dort erreicht hatten, verständlich machen musste.

Carol förderte diese neue Einstellung in mir, indem sie zuließ, dass der Fernseher sogar während des Abendessens angelassen wurde. Mein Vater war wieder einmal auf einer seiner Geschäftsreisen und er war die letzten zehn Tage abwesend gewesen.

Ich zweifelte nicht ein einziges Mal an meiner Entscheidung, mich über diese Wendung der Ereignisse zu freuen, bis mein Vater am Ende der Woche nach Hause kam. Carol hatte die Zwillinge um vier Uhr zu einer Geburtstagsfeier bei einem ihrer Freunde mitgenommen. Als er ankam, saß ich vor dem Fernseher und versuchte, jedes Wort eines ausführlichen Berichts über die Ereignisse im Iran zu verstehen, aber ich begrüßte meinen Vater tatsächlich an der Haustür. Ich nahm ihm seine Winterjacke und seine Aktentasche ab und sagte ihm, dass im Kühlschrank noch etwas übrig sei, falls er Hunger hätte.

Er war überrascht. „Carol hatte recht. Du siehst wirklich glücklich aus.“

Ich habe mich immer darüber geärgert, dass er kein Farsi mit mir gesprochen hat. Er hatte mir in meiner ersten Woche in Connecticut gesagt, dass ich nur so die Sprache schnell lernen könne. Außerdem hielt er es für Carol und die Zwillinge für besser, wenn er kein Farsi sprach. Er wollte nicht, dass sie sich ausgegrenzt fühlen. In diesem Moment war es mir egal, welche Sprache wir sprachen. Ich stellte mir bereits meinen Flug zurück in einen freien Iran zu Norooz vor.

„*Engelab* ... Rev... Revolution“, sagte ich zu ihm, folgte seinem Beispiel und sprach in seiner Sprache. „Ich bin glücklich.“

Habib runzelte die Stirn und sah mich einen Moment lang an, bevor er sich abwandte. Er teilte meine Begeisterung nicht. Aber ich ließ mich auch davon nicht beirren. Ich wusste bereits, dass mein Vater zu sehr in die amerikanische Kultur eingetaucht war, um sich für die iranische Politik zu interessieren. Er äußerte nie eine Meinung. Er fragte mich nie nach meiner Meinung zu den Geschehnissen dort. Er stellte mir nie eine Frage zu den Schwierigkeiten, in die ich an meiner Highschool geraten war, bevor ich hierher kam. Wenn er das alles schon von meiner Mutter wusste, hat er es nie erwähnt.

Er war in seiner Einstellung so anders als meine Mutter, dass es leicht zu verstehen war, warum ihre Ehe nicht überlebt hatte. Für mich war Azar eine Iranerin und Habib ein Amerikaner. Sie war so leidenschaftlich und wortgewandt, und er war … nun ja … nicht.

Er ging in die Küche, um etwas zu essen, und ich ging zurück ins Wohnzimmer zum Fernseher. Ich wollte mir von ihm nicht die Laune verderben lassen.

Der Sender, den ich zuvor gesehen hatte, war mit den Nachrichten fertig. Ich schaltete um und freute mich, im öffentlich-rechtlichen Fernsehen einen weiteren Bericht über den Iran zu sehen. Ich war überrascht, als mein Vater mit einem Teller kalten Hühnchens ins Zimmer kam und in der Tür stand, um zu sehen, was ich eingeschaltet hatte.

Es wurde eine Rede ausgestrahlt, die Khomeini Anfang der Woche gehalten hatte. Ich hatte sie schon vorher gehört, als sie im Hintergrund auf Farsi gesendet wurde, aber jetzt hörte ich sie auf Englisch und freute mich, dass ich mehr von den Worten verstehen konnte.

„Durch die Vormundschaft, die ich vom Propheten habe, erkläre ich hiermit Bazargan zum Herrscher, und da ich ihn ernannt habe, muss ihm gehorcht werden. Die Nation muss ihm gehorchen. Dies ist keine gewöhnliche Regierung. Es ist eine Regierung, die auf der *Scharia* basiert. Sich gegen diese Regierung aufzulehnen bedeutet, sich gegen die *Scharia* des Islam aufzulehnen. Eine Revolte gegen die Regierung Gottes ist eine Revolte gegen Gott."

Mein Vater fluchte leise vor sich hin.

Fassungslos schaute ich zu ihm hinüber. Ich kannte bereits die Bedeutung des Wortes, das er benutzt hatte, und mir war klar, dass es völlig unangebracht war, es laut und in höflicher Gesellschaft auszusprechen.

„Du magst ihn nicht", sagte ich.

„Er ist ein Heuchler."

Ich wusste nicht, was das heißen sollte. Mein verwirrter Blick muss es ihm gesagt haben.

„*Adame do royeh*", sagte er wieder, diesmal auf Farsi. „Prophet. Islamisches Gesetz. Er verdreht alles nach seinem Gusto. Und Mehdi Bazargan ist ein Narr, wenn er das Amt des Ministerpräsidenten annimmt, das Khomeini ihm gibt. Er verkauft seine Seele. Diese Mullahs werden ihm die Hände binden, du wirst sehen. Sie werden ihn daran hindern, die Veränderungen, für die er steht, umzusetzen. Er wird sich nicht lange in diesem Amt halten. Ich gebe ihm ein Jahr, wenn überhaupt. Der Kampf ist noch lange nicht vorbei."

So viel hatte ich ihn noch nie sagen hören, und ich starrte ihn an und sammelte meine Gedanken. Mein Verstand war schnell und scharf, aber ich war meiner Mutter so ähnlich. Ich musste erst alle Fakten berücksichtigen, bevor ich argumentierte. Ich wusste über Bazargan Bescheid. Er hatte in den 1950er Jahren in der Regierung von Dr. Mohammed Mossadegh gedient, der für viele ein Held war. Als Mossadegh die Ölindustrie im Iran verstaatlichte und die in britischem Besitz befindliche Anglo-Iranian Oil Company übernahm, beauftragte er Bazargan mit der Leitung der Geschäfte des Unternehmens. Nachdem Mossadegh 1953 durch einen von der CIA unterstützten Staatsstreich gestürzt worden war, begann Bazargan, sich für den Sturz des jungen Schahs einzusetzen, den er beschuldigte, die Menschenrechte zu verletzen. Er wurde mehrmals inhaftiert und wurde selbst für meine Generation zum Helden.

Es gab jedoch noch andere Informationen, die mir nicht vorlagen. Informationen über Ayatollah Khomeini. Ich starrte zurück auf den Fernseher und das Meer von Menschen, das sich auf den Straßen von Teheran versammelt hatte.

„Warum sprichst du so über den Ayatollah?", fragte ich. Ich wollte ihn nicht angreifen, aber ich war neugierig.

„Er glaubt, dass er von Gott auserwählt ist. Der Schah glaubt auch, dass er von Gott auserwählt ist. Das allein macht sie schon sehr gefährlich, denn Menschen, die das glauben, glauben auch, dass nur Gott das Recht hat, sie von der Macht zu entfernen." Habib setzte sich auf die Armlehne des Sofas. Er sah nicht bequem genug aus, um zu bleiben, aber auch nicht bereit, zu gehen. „Die Menschen, die sie auf den Straßen Teherans zeigen, sehnen sich nach Freiheit und Unabhängigkeit, etwas, das ihnen das Schah-Regime vorenthalten hat. Aber Khomeini spricht bereits über die *Scharia* und die Konsequenzen, wenn man nicht mit seinen Ansichten übereinstimmt. Er ist ein Fundamentalist. Er glaubt nicht an die Demokratie. Es ist sein Weg oder der Tod. Vergiss das nicht, Omid. Unter der Herrschaft dieses Mannes werden mehr Menschen sterben, als unter der Regierung des Schahs getötet wurden.

„Nein. Du warst nicht dabei", sagte ich leidenschaftlich. „Du hast keine Ahnung, wie viele Verhaftungen es jeden Tag gab ... wie viele Studenten einfach verschwunden sind. In meiner letzten Woche im Iran stürmten SAVAK-Agenten und Soldaten in meine Schule und verhafteten einen meiner Lehrer."

Ich war so voller Hass auf den Schah, dass ich mir nicht vorstellen konnte, dass jemand einem Land mehr Schaden zufügen könnte.

„Gib diesen Mullahs Zeit. Sie werden noch Schlimmeres tun", sagte Habib hartnäckig. „Sie sprechen bereits von einer islamischen Revolution, nicht von einer demokratischen."

„Das Volk wird entscheiden", argumentierte ich. „Das iranische Volk wird seine Wünsche äußern."

„In dem, was ich von diesem Mann höre, ist kein Platz für die Wünsche des Volkes", behauptete er. „Khomeini repräsentiert den reaktionären Teil der Gesellschaft. Er predigt religiösen Fanatismus. Es wird keine Toleranz für jene geben, die an etwas anderes glauben."

„Du bist zu streng mit ihm."

„Das wirst du nicht mehr denken, wenn er anfängt, die Bahá'í zu töten. Oder wenn er Juden und Christen daran hindert, ihre Religion auszuüben. Du wirst seine Ansichten nicht unterstützen, wenn er gegen Studenten und Intellektuelle und vor allem gegen Frauen vorgeht."

„Bei den Demonstrationen vor meiner Abreise war von den Mullahs nichts zu sehen. Es waren die Studenten und Intellektuellen, die damit angefangen haben ..."

„Streitet ihr euch etwa?"

Erschrocken drehten mein Vater und ich uns beide zur Tür. Carol stand dort mit ihrem Mantel in der Hand. Die beiden Jungen lehnten an ihr und beobachteten uns mit großen Augen. Wir hatten uns so laut gestritten, dass wir sie nicht hatten hereinkommen hören.

„Nein", sagte Habib auf Englisch.

„Kein Streit", sagte ich. „Krieg."

Ich wollte eigentlich ‚argumentieren' sagen, aber mir fiel das Wort nicht ein. Anhand von Carols Gesichtsausdruck vermutete ich jedoch, dass die Wortwahl nicht die richtige war.

Mein Vater stellte seinen Teller auf den Tisch, hockte sich hin und öffnete die Arme für seine Söhne. Die Zwillinge rannten zu ihm. Als ich sie beobachtete, musste ich mir den Anflug von Eifersucht verkneifen. Stattdessen zählte ich die Tage, die bis Norooz noch blieben. Dann würde ich meine eigene Familie wiederhaben.

Ich würde meine Mutter haben.

Kapitel Acht

März 1979

AUF EINE EINFACHE Frage sollte es eine einfache Antwort geben. Aber niemand in meiner Umgebung war mutig genug, sie auszusprechen.

Carol sagte, sie wisse nicht, wer sich um den Kauf meines Rückflugtickets in den Iran für Norooz kümmern würde. Mein Vater sagte, Azar treffe alle Vorkehrungen, und er halte sich da raus. Es blieben nur noch drei Wochen bis zum ersten Frühlingstag, und meine Mutter beschloss, dass dies der perfekte Zeitpunkt war, um ihre sonntagmorgendlichen Anrufe bei mir einzustellen, was es etwas schwierig machte, sie zu fragen.

So viel dazu, eine einfache Antwort zu bekommen.

Ich versuchte, mir keine Gedanken darüber zu machen. Sie sagte Norooz und ich musste darauf vertrauen, dass sie ihr Wort nicht brechen würde.

Aber es sah ihr gar nicht ähnlich, nicht anzurufen. Sie war der zuverlässigste Mensch auf der ganzen Welt.

Anstatt mich jedoch am Sonntagmorgen anzurufen, wie sie es seit meiner Ankunft in Amerika immer getan hatte, rief sie am Montag an, als ich in der Schule war. Carol erzählte mir später, dass Azar sagte, alles sei in Ordnung und sie habe nichts Neues zu berichten. Sie sagte, meine Mutter habe meinen Flug in den Iran an Norooz nicht erwähnt.

Ich versuchte, sie am Dienstagmorgen vor der Schule anzurufen, aber sie ging nicht ans Telefon. Wegen der achtstündigen Zeitverschiebung war es in Teheran drei Uhr nachmittags, und so war ich nicht allzu überrascht, dass sie nicht zu Hause war. Gegen Mitternacht versuchte ich es erneut. Das wäre im Iran acht Uhr morgens gewesen. Wieder keine Antwort.

Ich weiß nicht mehr, wie oft ich in den nächsten Tagen unsere Nummer wählte. Es war nicht ungewöhnlich, dass Azar für ein paar Tage wegfuhr, aber sie ließ mich immer vorher wissen, dass sie es tat. Am Samstag war ich völlig fertig, aber ich hoffte immer noch, dass sie am nächsten Tag anrufen würde.

Am Sonntagmorgen war ich kurz nach fünf Uhr wach, in eine Decke gehüllt, und saß auf dem Wohnzimmersofa neben dem Telefon.

Es fiel mir schwer, mich an die extreme Kälte in Neuengland zu gewöhnen. In Teheran gibt es vier Jahreszeiten, und da ich dort aufgewachsen bin, hatte ich schon viel Schnee gesehen. Was uns dort zum Glück fehlte, waren der schneidende Wind und die täglichen Minustemperaturen. Keine zusätzlichen Kleidungsschichten konnten die klirrende Kälte abhalten.

In der Nacht zuvor war Schnee vorhergesagt worden, aber als ich aus dem Fenster schaute, konnte ich keine Spur von dem weißen Zeug sehen. Der Winter war hier immer noch in vollem Gange und es gab keine Anzeichen dafür, dass er nachlässt. Zu Hause würde das anders sein. Ich stellte mir schon vor, wie ich in Teheran ankam, wo die Kirschbäume bereits blühten und der Duft von Hyazinthen in der Luft lag.

Ich schaltete den Fernseher ein, achtete aber darauf, die Lautstärke niedrig zu halten. Mein Vater war zu Hause – zur Abwechslung – und die Zwillinge spielten an den Wochenenden in ihrem Zimmer, bis Carol sie zum Frühstück rief.

In den letzten Tagen hatte ich wegen meiner Schularbeiten und weil die Nachrichten über den Iran im Fernsehen fast verschwunden waren, nicht oft Nachrichten gesehen. Anfang der Woche war ich wieder in den regulären Klassenraum versetzt worden, und meine Lehrer hatten der Beratungsstelle mitgeteilt, dass ich, wenn ich mich anstrengte, im Juni vielleicht mit den regulären Schülern meinen Abschluss machen könnte. Ich machte mir nicht die Mühe, ihnen zu sagen, dass ich nach der dritten Märzwoche nicht mehr da sein würde.

Wie ich es zu Hause immer getan hatte, lernte ich fleißig und sorgte dafür, dass ich trotz der Sprachschwierigkeiten in allen Fächern aufholen konnte. Kalkulation war einfach; an der Marjan High-School hatte ich Multivariabilität gelernt, und meine Klassenkameraden hier hatten immer noch mit den Grundlagen zu kämpfen. Abgesehen vom Schreiben von Laborberichten waren auch die Naturwissenschaften kein Problem. Womit ich mich schwertat, waren Literatur und Geschichte und alles, was umfangreiches Lesen und Schreiben erforderte. Englisch stand nicht auf der Liste der drei wichtigsten Sprachen, mit denen ich als Kind in Berührung gekommen war. Farsi, Französisch und Arabisch waren die ersten Sprachen, die ich gelernt hatte. Englisch wurde erst in der Highschool zu einem Schwerpunkt. Aber es lag in meiner Natur, niemals aufzugeben.

Heute Morgen war ich überrascht und erfreut, als ich in den Nachrichten sah, dass ein „Frauenmarsch" auf den Straßen Teherans übertragen wurde. Die Frauenbewegung war in der Schule und in den USA ein heißes Thema und der Bericht in den Morgennachrichten stellte eine Verbindung zwischen den Bewegungen her.

Im vergangenen Monat hatte ich versucht, eine positive Einstellung zur Revolution zu bewahren, aber die Nachrichten, die ich hier über die Rechte der Menschen im Iran finden konnte, waren sehr enttäuschend. Die Mullahs zerstörten mit ihrem lauten, unnachgiebigen islamischen Fundamentalismus systematisch eine populäre, antidiktatorische Revolution. Ständig gab es Hinrichtungen. Die Bilder der Toten schafften es sogar in die Zeitungen und Zeitschriften hier. Die meisten Namen der Menschen, die ich sah, waren Leute, die für die Schah-Regierung gearbeitet hatten. Aber nicht alle von ihnen.

Ein paar Wochen zuvor hatte mir meine Mutter am Telefon erzählt, dass der Ayatollah angeordnet hatte, dass keine Frauen mehr zu Richterinnen ernannt werden durften. Auch zum Militär durften Frauen nicht mehr gehen, und diejenigen, die bereits im Dienst waren, sollten entlassen werden. Azar erzählte mir, dass eine große Protestaktion gegen die jüngste Anweisung, Frauen in der Öffentlichkeit zum Tragen des Schleiers zu zwingen, geplant sei.

Ich versuchte, mich von dieser Nachricht nicht zu sehr beunruhigen zu lassen. Ich glaubte, dass nach dem, was wir als Nation mit dem Schah überwunden hatten, uns nichts und niemand die Freiheiten nehmen konnte, die allen gehörten – Männern *und* Frauen. Ich versuchte auch, mich nicht mehr auf Gespräche mit meinem Vater einzulassen. Seine Ansichten waren wie eine dunkle Wolke über den hellen Veränderungen. Ich wusste, dass sich unser Land in die richtige Richtung bewegte. Diese Zeit der Unruhen war ein Sprungbrett, eine Übergangsphase, hin zu etwas Größerem und Besserem.

„Darf ich mich zu dir setzen?"

Ich war überrascht, als Carol, immer noch in ihrem Flanellpyjama, ihren Kopf ins Wohnzimmer steckte. Ich schaute auf die Uhr an der Wand. Es war noch nicht einmal fünf Uhr dreißig morgens, und dies war der einzige Tag in der Woche, an dem sie normalerweise etwas länger schlief.

Diese Frage verwirrte mich immer. Ich wusste nicht, was ich darauf antworten sollte.

„Ja ... nein ... Du kannst reinkommen", sagte ich schließlich und hoffte, dass meine Botschaft ankam.

Sie hat es offensichtlich verstanden, denn sie kam herein und starrte auf den Fernsehbildschirm. Es gab noch andere bequeme Sessel im Zimmer, aber sie setzte sich neben mich auf das Sofa.

„Was schaust du?", fragte sie.

„Eine Nachrichtensendung."

Sie sah etwa eine Minute lang zu. „Sie sprechen über die Demonstration zum Internationalen Frauentag in Teheran."

Ich wünschte mir so sehr, dass mein Englisch so gut werden würde, dass ich schnell verstehen könnte, was im Fernsehen gesagt wurde. Ich übersetzte immer noch alles in meinem Kopf, bevor ich es sagte. Meine Träume waren immer noch auf Farsi. In der Schule hatte ich immer ein Taschenwörterbuch Farsi-Englisch dabei. Ich habe einmal gehört, dass man in dem Moment, in dem man aufhört, alles in seinem Kopf zu übersetzen, fast am Ziel ist. Ich war noch weit davon entfernt.

Ich sah, wie Carol sich die Arme rieb.

Ohne etwas zu sagen, streckte ich ihr die Hälfte meiner Decke entgegen. Sie nahm sie und rückte näher an mich heran.

Ich starrte auf den Bildschirm. Vom ersten Tag an hatte ich sie nicht mögen wollen. Ich wollte sie zu dem Grund machen, warum ich von einer alleinerziehenden Mutter großgezogen worden war. Aber ich konnte es nicht. Carol und Azar, so unterschiedlich sie auch waren, hatten viele ähnliche Qualitäten. Jede von ihnen war auf ihre Weise eine unabhängige Frau, und beide führten ein glückliches Zuhause, ohne dass mein Vater dabei sein musste.

In der Sendung wurden Fotos von Frauen gezeigt, die vor einem der Nachrichtensender in Teheran protestierten.

„Deine Mutter hat mir gesagt, dass sie dort sein wird", sagte Carol und zeigte auf den Bildschirm.

Ich hätte nicht überrascht sein sollen. Trotzdem starrte ich mit gesteigertem Interesse auf den Fernseher. Ich hielt nach ihr Ausschau. Was ich jedoch sah, waren die wütenden Gesichter einer Reihe von Männern mit Knüppeln, die einer Gruppe demonstrierender Frauen gegenüberstanden.

„Sie planten für jeden einzelnen Tag in der Woche einen Protest", fügte Carol hinzu. „Sie gingen überall hin – vom Büro des Premierministers bis zur Residenz des Ayatollahs in Qom. Tausende waren in der Woche zuvor zu jeder Versammlung gekommen. Aber leider vertuscht die neue Regierung alles. Sie hat den Medien verboten, etwas davon im Iran zu drucken oder zu zeigen. Ich weiß nicht, wie es ihnen gelungen ist, diese Bilder hinauszuschmuggeln."

„Das hat meine Mutter gesagt?", fragte ich sie.

Carol nickte.

„Du hast gesagt, am Montag sei alles in Ordnung."

„Ich wollte dich nicht beunruhigen und sie auch nicht. Wir wussten, dass du dich so lange aufregen würdest, bis du mit ihr gesprochen hast. Aber mit ihr ist alles in Ordnung. Und sie hat versprochen, heute Morgen anzurufen. Du kannst sie heute danach fragen."

Ich schaute wieder auf die Uhr am Kaminsims. Die Minutenzeiger bewegten sich nicht schnell genug.

„Wenn deine Mutter anruft, sag ihr bitte, dass ich an sie gedacht habe."

Ich sah Carol an und nickte leicht. „Ich glaube, wenn du in Teheran leben würdest, wärt ihr zwei ... Freunde."

„Das denke ich auch." Carol lächelte. „Aber ich sehe mich selbst gerne als ihre Freundin, trotz allem."

Es wäre so einfach, sie zu mögen und Teil des Hauses zu werden, das sie geschaffen hatte. Ich richtete meine volle Aufmerksamkeit auf den Fernsehbildschirm. Ich fühlte mich schuldig, weil ich so empfand. Carol hatte ihre eigenen Kinder. Ich gehörte zu meiner Mutter. Ich wollte im Iran sein.

Das Programm war zu Ende. Carol wechselte den Sender. Es war offensichtlich, dass sie wusste, wonach ich suchte. Aber das waren alle Nachrichten aus dem Iran. Auf einem UHF-Sender wurde gerade einer meiner Lieblingsfilme gezeigt.

„Das ist gut."

Sie setzte sich wieder auf das Sofa. „Hast du *Sound of Music* schon mal gesehen?"

„*Sound of Music*", wiederholte ich. „Auf Farsi nennen wir ihn *Ashkha va Labkhandha*."

Sie versuchte, den Titel auf Farsi zu wiederholen. Ihre Aussprache von

‚kh'war grauenhaft. Ich lachte, als ich ihr beibrachte, wie man das Geräusch macht, während sie so tat, als würde sie sich räuspern.

„Was bedeutet das?", fragte Carol.

„*Tränen und Lächeln*." Ich zuckte mit den Schultern. Ich wusste nicht, warum sie die Namen in der Übersetzung geändert hatten.

Die alte Nonne sang nur davon, Berge zu besteigen und Träume zu finden. Ich dachte an den Berg Damavand und das Alborz-Gebirge, das Teheran vom Kaspischen Meer trennt. Damavand war so wichtig für das iranische Volk. Er war immer ein Symbol für die Freiheit von Tyrannen gewesen. In dem großen Buch *Shahnameh*, einer Zusammenstellung der gesamten altpersischen Mythologie, Legende und Geschichte, erzählt Ferdowsi von dem bösen König Zahhak, der in einer Höhle unter Damavand angekettet wurde, nachdem er von Fereydun besiegt worden war.

Diese Berge hatten für mich aber noch eine andere Bedeutung. Im Sommer fuhren meine Mutter und ich über diese Pässe zu einem besonderen Badeort im Norden. Auf dem Grundstück befand sich ein Leuchtturm. Wir hielten jedes Mal an einem bestimmten Teehaus in den Bergen an. Es hatte eine Terrasse, die über einem klaren, rauschenden Bach lag, umgeben von einem Wald mit riesigen Bäumen, und wir saßen auf Kissen auf den dicken Teppichen und aßen zu Mittag und tranken Tee.

Ich wollte jetzt kein Heimweh haben und schüttelte diese Gedanken ab.

„Der erste Film, den ich gesehen habe", sagte ich ihr. „Im Kino."

„Wie alt warst du da?"

„Fünf. Meine Mutter nahm mich mit. Wir waren zu zweit. Wir haben kein Taxi genommen und sind nach dem Film nach Hause gelaufen. Wir haben die Lieder gesungen."

„Waren die Lieder auf Englisch?", fragte Carol.

„Nein, sie waren auch auf Farsi. Und Julie ... Julie ..."

„Julie Andrews."

Ich nickte. „Ihre Stimme war anders als diese."

„War es offensichtlich, dass sie synchronisiert wurde?" Sie machte eine Bewegung mit ihrem Mund. „Der Gesang und die Lippen ... haben sie zusammengepasst?"

Ich nickte. „Ich war mir sicher, dass sie auf Farsi singt. Sie haben gute Arbeit geleistet."

Wir hörten uns einige Minuten lang ein Lied an.

„All diese Stimmen waren anders."

In meinem Kopf tauchten plötzlich Bilder von meiner Mutter und mir auf, wie wir Hand in Hand durch die Straßen von Teheran hüpften. Es war eine Sommernacht. Es war hell draußen, als wir ins Kino gingen, aber es war dunkel, als wir wieder herauskamen. Das allein war für mich wie Magie. Die Straßen waren nass, denn es hatte geregnet, als wir drinnen waren. Der Geruch des dampfenden Pflasters, das Geräusch des jungen Straßenverkäufers, der die Kunden zum Kauf von Walnüssen auffordert, der Anblick der vielen Kinder und Erwachsenen, die das Kino verlassen, alle noch mit großen Augen von der Magie der Leinwand ergriffen.

Die Erinnerung lag so lange zurück, dass ich nicht mehr wusste, ob all die kleinen Details, an die ich mich erinnerte, real waren oder meiner Fantasie entsprungen.

Wir saßen die meiste Zeit da und sahen uns den Film an. Von Zeit zu Zeit hörte ich, wie Carol einige der Lieder leise vor sich hin summte.

„Vielleicht könnten wir beide irgendwann einmal ins Kino gehen", sagte Carol.

„Das haben wir schon. Du ... Jungs ... ich."

„Das waren Filme, die gut für die Zwillinge waren. Action, Zeichentrickfilme, Disney. Ich meine, nur wir beide. Wir können uns einen Film ansehen, den du gerne sehen würdest. Ich werde einen Babysitter für die Jungs besorgen."

Das hätte mir gefallen, aber ich wollte ihr nicht sagen, dass mir nur noch ein paar Wochen blieben, bevor ich den Jet nach Hause bestieg. Selbst jetzt wollte ich mich nicht an Carol binden. Ich wollte sie nicht vermissen, wenn ich wieder in Teheran war. Gleichzeitig wollte ich aber auch ihre Gefühle nicht verletzen.

Ich gab ihr die einzige Antwort, die ich für angemessen hielt. „Vielleicht."

Sie verlangte nicht nach mehr, und das wusste ich zu schätzen. Wir sahen uns den Rest des Films schweigend an. Ich behielt weiterhin die Uhr im Auge. Als der Film zu Ende war, war es schon acht.

Ich setzte mich aufrecht hin. Mein Herz schlug mir bis zum Hals. Ich war bereit, aufzuspringen und das Telefon zu holen, sobald es klingelte. Carol streichelte mir liebevoll den Rücken, bevor sie sich aufrichtete und den Fernseher ausschaltete.

„Vergiss nicht, ihr zu sagen, dass ich an sie gedacht habe."

Ich nickte. Mit der Decke war mir zu warm. Ohne sie war mir zu kalt. Carol machte sich auf den Weg in die Küche. Meine Handflächen schwitzten. In meinen Gedanken versuchte ich, mich ganz auf meine Mutter zu konzentrieren. Azar hatte immer gesagt, dass sie wusste, wann ich verzweifelt war. Sie glaubte, dass es eine mentale Verbindung zwischen einer Mutter und ihrer Tochter gab – eine Art Telepathie, die existierte. Daran wollte ich jetzt glauben. Ich wollte, dass sie merkte, wie sehr ich ihre Stimme in diesem Moment brauchte.

Die Uhr tickte weiter, aber das Telefon klingelte nicht. Acht Uhr fünfzehn. Acht Uhr dreißig. Ich hörte, wie Carol nach oben ging, und ein paar Minuten später kamen die Zwillinge die Treppe heruntergestürmt, um ihr Frühstück zu holen. Mein Vater kam auch herunter. Carol steckte ihren Kopf wieder ins Wohnzimmer.

„Kannst du etwas frühstücken?", fragte sie mich.

Ich schüttelte den Kopf. Ich saß wie erstarrt da.

„Warum rufst du sie nicht an?"

Sie war nicht zu Hause, sonst würde sie mich anrufen. Trotzdem musste ich es versuchen. Ich wählte die Nummer für das Auslandsgespräch und hielt das Telefon an mein Ohr. Die Verbindung kam zustande. Unsere Telefonnummer in Teheran klingelte und klingelte. Niemand nahm ab. Schließlich musste ich auflegen, als sich eine Aufnahme der Telefongesellschaft meldete und mich aufforderte, es noch einmal zu versuchen.

Ich legte den Hörer auf, setzte mich und spürte, wie mir die Tränen über das Gesicht liefen. Ich hatte gar nicht bemerkt, dass Carol noch im Zimmer war. Sie kam und setzte sich neben mich auf das Sofa und nahm mich in die Arme.

„Sie wird dich heute anrufen. Irgendwann heute. Das verspreche ich dir."

Aber Azar rief an diesem Tag nicht an.

Kapitel Neun

Ich hatte kein Fieber, keine Symptome einer Erkältung oder Grippe. Mir fehlte nichts, was es gerechtfertigt hätte, die Schule zu schwänzen. Aber Carol verstand, warum ich zu Hause bleiben musste, und sie ließ mich.

Am Montag teilte ich meine Zeit zwischen dem Wohnzimmer und meinem Schlafzimmer auf. Auf das Frühstück hatte ich keinen Appetit, aber Carol machte mir ein gegrilltes Käsesandwich zum Mittagessen und zwang mich, es zu essen. Am Nachmittag klingelte das Telefon zweimal und beide Male ging ich ran wie ein Stier an einen Matador. Beide Male spürte ich den scharfen Stich der im Umhang verborgenen Klinge.

Am Montagabend hatte mein Halbbruder Niroo beschlossen, dass er sich meine eingebildete Krankheit eingefangen hatte. Er wich nicht von meiner Seite des Sofas und setzte sich bereits dafür ein, am nächsten Tag von der Schule zu Hause zu bleiben. Von meinen beiden Brüdern war er derjenige, der ganz begeistert von der Idee war, eine ältere Schwester zu haben, vor allem eine iranische. Er war wie ein Schwamm und lernte alles über meine Vorlieben und Abneigungen in Bezug auf Essen, Kleidung oder Fernsehsendungen. Ich hatte ihm bereits beigebracht, wie man auf Farsi bis zehn zählt und wie man auf einfache Begrüßungen antwortet. Er übte sie bei jeder Gelegenheit, wenn wir zusammen waren. Jeden Abend bestand er darauf, seine Hausaufgaben zu machen, wo immer ich auch war. Obwohl ich immer noch Schwierigkeiten mit dem Englischen hatte, bat er mich um Hilfe bei seinen Schularbeiten und brachte mir seine Bücher, damit wir gemeinsam lesen konnten.

Sein Bruder Darius wusste noch nicht so recht, was er von mir halten sollte. Er beobachtete mich aus sicherer Entfernung und ich spürte, dass er sich darüber ärgerte, dass er die liebevolle Aufmerksamkeit seines Zwillings verloren hatte. Nach dreieinhalb Monaten konnte ich feststellen, dass Niroo Carols Persönlichkeit hatte und Darius die unseres Vaters.

Ich dachte gerne, dass ich ganz ich selbst war. Ehrlich, schroff, rational, offen und, wie ich annehme, nicht übermäßig anhänglich. Ich konnte nicht verstehen, warum Carol und Niroo mir so viel Aufmerksamkeit schenkten. Doch insgeheim tröstete es mich, dass sie mich gern hatten.

Mein Vater war am Montag wieder auf einer seiner Geschäftsreisen. Es war sinnlos, mit ihm über das Thema Heimreise zu diskutieren. Meine Bitten, dass er mir das Flugticket für die Reise in den Iran zu Norooz kaufen solle, hatte er wiederholt abgewiesen. In meinem Beisein hatte er auch Carol befohlen, nichts dergleichen zu tun. Ich ärgerte mich über seinen Ton und sein Verhalten, nicht nur mir gegenüber, sondern auch gegenüber Carol. Es war offensichtlich, dass er damit klarmachen wollte, wer das Sagen über mich hatte.

Am Montagabend hatte Carol die Schnauze voll von den Eskapaden der beiden Sechsjährigen, die am nächsten Tag zu Hause bleiben wollten. Nachdem sich Niroo mit meiner „Krankheit" angesteckt hatte, sprang Darius schnell auf den Zug auf. Ich hatte sogar Mitleid mit ihr und verkündete, dass es mir besser ginge und ich morgen früh wieder zur Schule gehen würde. Damit war die Revolte beendet.

Carol kam an diesem Abend in mein Zimmer, nachdem die Jungs im Bett waren. Seit meiner Ankunft in den USA hatte ich begonnen, ein neues Tagebuch zu führen, und jeden Abend hatte ich treu einen Eintrag darin geschrieben.

Ich schloss das Notizbuch und schob es unter mein Kopfkissen, als sie hereinkam. Sie setzte sich auf die Kante meines Bettes.

„Danke für das, was du den Jungs erzählt hast", sagte sie zu mir. „Ich weiß, wie schwer es für dich war."

Ich nickte, denn ich war mir nicht sicher, ob irgendjemand das Ausmaß meines Kummers ermessen konnte, aber ich schätzte es trotzdem, dass sie versuchte, mitfühlend zu sein.

„Ich muss dir etwas sagen." Sie zögerte, sah zu Boden und strich die Decke zwischen uns glatt. „Letzte Woche, als ich mit Azar telefonierte, sagte sie mir, dass sie nicht möchte, dass du zu Norooz in den Iran zurückkehrst."

Mein Körper spannte sich an und es war offensichtlich, dass Carol es spürte.

„Ich habe sie gebeten, dir das selbst zu sagen, weil ich weiß, wie sehr du dich danach gesehnt hast", fuhr Carol fort. „Ich hatte gehofft, sie würde es tun. Als Mutter musste Azar die schwierigste Entscheidung ihres Lebens treffen, als sie dich im Dezember zu uns schickte. Du bist alles für sie. Sie könnte nicht leben, wenn sie wüsste, dass du auch nur im Geringsten in Gefahr bist und sie dich nicht beschützen könnte."

„Das war wegen des Schahs", erinnerte ich sie.

„Vielleicht", sagte Carol. „Aber ich glaube, sie hat sich so entschieden, weil du eine intelligente und freimütige junge Frau bist. Ganz so wie sie selbst. Azar ist eine Anführerin, keine Mitläuferin. Sie ist eine Intellektuelle. Sie hat ihr ganzes Leben lang gearbeitet, um sich Respekt zu verschaffen und eine Position im Leben zu erreichen, die nicht nur für eine Frau, sondern für jeden Menschen erstrebenswert ist. Jetzt versucht diese Regierung das Gleiche wie die letzte, sie zum Schweigen zu bringen. Und sie hat Angst vor dem, was passieren wird."

Ich erinnerte mich an die Frauenproteste, die Carol und ich am Sonntagmorgen gemeinsam im Fernsehen gesehen hatten.

„Sie braucht mich, wie ich sie brauche. Wir können den ... Krieg ... zusammen kämpfen. Ich werde nicht in Gefahr sein."

Carol strich mir eine Haarsträhne aus der Stirn. „Sie denkt, du wärst in Gefahr. Sie weiß, dass *sie* nicht völlig in Sicherheit ist. Aber ich kenne die Details nicht. Ich kann dir nicht mehr sagen als das, was sie mir gesagt hat. Das ist sogar viel mehr, als ich dir jemals sagen wollte. Sie wird dich anrufen. Das hat sie mir versprochen. Sie wird es viel besser erklären, als ich es je könnte."

Irgendwie schlief ich schließlich doch ein, aber die Nacht wurde durch eine Reihe kurzer, beunruhigender Albträume unterbrochen. In einem protestierte ich vor meiner Highschool in Teheran. Meine Freunde waren drinnen eingesperrt. Sie erzählten mir, dass Roya ermordet worden war ... erschossen. Eine Kette von Erwachsenen mit verschränkten Armen ließ mich nicht durch. In einem anderen Fall verirrte ich mich in der Moschee von Imam Reza in Mashhad. Ich war noch ein Kind, und eine Menschenmenge füllte den offenen Bereich draußen. Dann war meine Mutter verschwunden. Ich kletterte auf den Sockel einer Säule. Ich konnte meine Mutter auf der anderen Seite der Menschenmenge sehen. Sie suchte verzweifelt nach mir, aber aus meiner Kehle drang kein Laut. Ich konnte ihre Aufmerksamkeit nicht auf mich lenken. In meinem letzten Traum bin ich gefallen. Ich stürzte eine endlose Wendeltreppe hinunter, außer Kontrolle, stürzte und fiel, immer weiter hinab, in einen schwarzen unterirdischen Abgrund.

Es war zwanzig nach vier, als ich erschrocken die Augen öffnete. Ich starrte auf die Uhr. Das Telefon klingelte im Wohnzimmer. Ich kann mich nicht erinnern, dass meine Füße überhaupt den Boden berührt haben, während ich die Treppe hinunterlief und zum Telefon rannte.

Es war meine Mutter.

Ich fing an zu weinen wie ein kleines Kind. Verzweifeltes Schluchzen raubte mir den Atem, und ich konnte kaum sprechen.

„Hör mir zu, mein Schatz", sagte sie.

„Ich habe dich vermisst", sagte ich zu ihr. „Ich habe immer wieder versucht, dich anzurufen. Ich möchte nach Hause kommen. Du hast mir versprochen, dass ich zurückkommen kann. Ich habe alles getan, worum du mich gebeten hast. Es ist an der Zeit."

„Hör mir zu, Omid." Die Stimme meiner Mutter war angespannt. „Ich bin nicht zu Hause gewesen. Ich habe nicht angerufen, weil ich mich versteckt habe."

„Versteckt vor wem?"

„Sie haben eine Akte über mich angelegt. Diese Regierung. Sie behaupten, ich sei einer der Anführer der Mudschaheddin. Sie haben einen Haftbefehl gegen mich."

„Das ist lächerlich. Deine Studenten werden während eines Prozesses für dich aussagen. Andere Fakultätsmitglieder ... all die Leute, die dich so sehr respektieren ..."

„Omid, fast alle, die ich kenne, sind entweder tot, im Gefängnis oder untergetaucht. Es gibt hier keine Gesetze mehr. Eine Schreckensherrschaft hat begonnen. Täglich gibt es Attentate. Die Liberalen und diejenigen, die eine säkulare Regierung wollen, werden ohne Gerichtsverfahren getötet. Khomeini nutzt seine Rhetorik gegen den „Großen Satan und seine einheimischen Agenten", um alle loszuwerden, die die Revolution geplant und herbeigeführt haben. Ich weiß bereits, dass es für mich keinen Prozess geben wird. Wenn sie mich erwischen, werde ich auch tot sein."

Ich vertraute meiner Mutter, aber ich konnte den Worten keinen Glauben schenken. Das war nicht der neue Iran, den ich mir vorgestellt hatte.

„Ich will bei dir sein. Wenn du dich versteckst, werde ich mich mit dir verstecken. Du hast mir versprochen, dass ich zurückkommen kann. Das ist auch mein Kampf. Es ist mein Land."

Es gab eine lange Pause. Ich dachte, ich hätte sie auch weinen hören. Ihre Stimme zitterte, als sie wieder sprach.

„An dem Tag, an dem du geboren wurdest, habe ich dir ein Leben versprochen. Und das gebe ich dir heute."

„Mama."

„Ich bin auf dem Weg nach Isfahan. Ich werde dort bei einigen Freunden meiner älteren Schwester wohnen. Ich rufe dich an, wenn ich dort bin."

„Warte", rief ich. „Bitte, du kannst mich hier nicht einfach so zurücklassen. Erzähl mir mehr darüber, was dort los ist. Bitte sag mir, dass es Hoffnung gibt, dass sich die Dinge ändern werden."

„Es gibt immer Hoffnung, meine Liebe. Solange es einen menschlichen Geist gibt, gibt es Hoffnung. Ich muss jetzt gehen. Ich rufe dich morgen um die gleiche Zeit aus Isfahan an. Ich liebe dich."

Kapitel Zehn

Als ich am Freitag nach Hause kam, las ich die Definition von ‚Zombie‘ im Wörterbuch. Am Ende des Tages hatte mich meine Klassenlehrerin einen Zombie genannt.

Azar hatte mich am Mittwoch nicht angerufen. Oder Donnerstag. Oder Freitag.

‚Tod‘ war wahrscheinlich eine genaue Beschreibung von mir. Was das Laufen anging, so wusste ich nicht, wie ich es weiterhin tun sollte. Ich schlief jede Nacht für ein paar Stunden unruhig. Dann war ich vor vier Uhr wach und kampierte neben dem Telefon im Familienzimmer. Ich ging jeden Morgen zur Schule, wie Carol es von mir verlangte, aber in den Klassenzimmern hörte ich gar nichts. Ich beteiligte mich nicht und beantwortete keine Fragen. Ich habe meine Hausaufgaben nicht gemacht. Meine Lehrer schickten mich viermal in der Woche zur Krankenschwester. Carol wurde zu Hause angerufen und ihr wurde gesagt, dass ich auf Pfeiffersches Drüsenfieber getestet werden sollte. Aber sie schickten mich nicht nach Hause, denn ich hatte kein Fieber, keine Halsschmerzen, keine anderen Symptome als Depressionen und extreme Müdigkeit.

Carol machte sich nicht die Mühe, Bluttests mit mir zu machen. Sie wusste, was mit mir los war. Sie versuchte, mich aus meiner Stimmung zu reißen, aber das war nicht möglich. Ich wollte ihr helfen – das wollte ich wirklich –, aber ich konnte nicht aufhören, mir Sorgen zu machen.

Es gab Ausschnitte aus Zeitungen und Zeitschriften, die ich aufbewahrte. Ich klebte sie in mein Tagebuch. Ich unterstrich Abschnitte, damit ich sie immer wieder lesen konnte.

Ein Autor schrieb, dass es im Iran ein „Machtvakuum" gebe. Ein anderer vertrat die Ansicht, dass die iranische revolutionäre Bewegung im Grunde keine religiöse Bewegung gewesen sei. Die teilweise Immunität, die religiösen Äußerungen gewährt wurde, habe ihr lediglich eine Öffnung und einen Sammelpunkt verschafft. Ich glaubte das.

In einem Zeitschriftenartikel war die Rede von Frauen, die früher den Schleier als Symbol des Widerstands gegen den Schah trugen und sich nun Khomeini widersetzten, indem sie sich weigerten, ihn zu tragen. In einem anderen Teil desselben Artikels erwähnte der Autor, dass die Ölarbeiter die Religion sicher nicht respektierten.

All dies gab mir Hoffnung. Andere kämpften gegen die neue Regierung, so wie ich gegen die alte gekämpft hatte, so wie es meine Mutter seit Jahren getan hatte. Ich kopierte eines der Zitate, die oben auf jeder Seite meines Tagebuchs standen.

Die einzige Möglichkeit, die Revolution zu verteidigen, besteht darin, sie auszuweiten.

Das war es, was meine Mutter zu tun versuchte. Ich musste mit ihr reden.

Ich hatte die Telefonnummer des Hauses meiner Tante in Isfahan. Ich versuchte, sie zwischen Mittwoch und Freitag ein Dutzend Mal anzurufen. Es kam nie eine Antwort. Ich fragte mich, ob sich ihre Nummer geändert hatte, seit ich hierher gekommen war. Ich hatte keine Möglichkeit, das herauszufinden. Im Iran gab es keine Telefonauskunft wie für alle Städte in Amerika. Ich war verloren und hatte keine Ahnung, was ich tun sollte.

Mein Vater sollte bis Freitagabend verreist sein. Ich hoffte, dass er die Telefonnummern von weiteren Familienmitgliedern hatte. Das musste er auch. Irgendwann einmal war er mit ihnen verwandt gewesen. Aber ich war auch mit ihnen verwandt, und ich hatte nie Kontakt zu ihnen gehabt. Meine Mutter und ich lebten in unserem eigenen Kokon der Privatsphäre, der alle anderen ausschloss.

Am Freitagabend flehte ich Carol an, meinen Vater zu bitten, mit mir zu sprechen, bevor er nach seiner Ankunft ins Bett ging. Sein Flug sollte erst sehr spät am JFK in New York ankommen. Er würde dann nach Connecticut fahren.

Um elf Uhr war ich noch wach. Ein neuer Gedanke trieb mich aus dem

Bett, und ich war froh, dass Carol noch wach war und im Wohnzimmer las. Seit ich nach Amerika gekommen war, hatte ich mit keinem meiner Freunde im Iran mehr telefoniert. Wir hatten eine Handvoll Briefe ausgetauscht – meistens zwischen mir und Roya –, aber das war alles. Wir wussten alle, wie teuer ein internationales Telefonat war, und es erschien uns völlig unvernünftig, das Geld unserer Familie dafür auszugeben.

„Du solltest versuchen zu schlafen, Schatz. Dein Vater kommt vielleicht erst sehr spät nach Hause", sagte Carol zu mir.

„Kann ich dich um etwas bitten, das mir wirklich wichtig ist?"

Carol griff nach meiner Hand und zog mich neben sich aufs Sofa. „Wenn ich es dir geben kann und wenn es dich glücklich macht, auf jeden Fall."

„Kann ich eine meiner Freundinnen in Teheran anrufen? Roya war meine beste Freundin. Wir haben schon ewig nicht mehr miteinander telefoniert."

„Roya ist die Freundin, von der du Briefe bekommst", sagte Carol.

Ich nickte. „Es tut mir leid. Ich weiß, es ist teuer." Carol und mein Vater hatten mir in meiner ersten Woche hier gesagt, dass ich das Telefon benutzen konnte, um meine Mutter jederzeit anzurufen. Meistens brauchte ich das nicht; Azar rief immer selbst an.

„Das ist völlig in Ordnung für mich. Es tut mir leid, dass ich nicht selbst daran gedacht habe. Natürlich kannst du sie anrufen."

Ich schüttelte den Kopf. „Ich würde nicht fragen ... wenn es nicht wichtig wäre."

„Mach nur."

Ich warf einen Blick auf die Uhr und dann auf das Telefon. „Wenn ich jetzt anrufe, nimmt sie vielleicht ab, bevor sie zur Schule geht."

„Morgen ist Samstag", sagte Carol und fügte hinzu: „Ach ja, stimmt. Samstag und Sonntag sind reguläre Schultage in Teheran. Ich werde mir jetzt eine Tasse Tee holen. Warum rufst du sie nicht gleich an?"

Ich kannte die Vorwahlen von Land und Stadt auswendig. Ich kannte auch Royas Nummer besser als meine eigene.

Die ersten beiden Male bekam ich nach der Landesvorwahl ein Besetztzeichen. Dann wählte ich die Vermittlung und bat um Unterstützung, um durchzukommen.

Die Magie war schon so lange aus meinem Leben verschwunden, dass mir die Tränen kamen, als das Telefon klingelte und Roya abnahm. Sie fing auch an, zu weinen. Ich weiß nicht mehr, was wir beide in den ersten

Minuten gesagt haben, aber ich habe mich schnell wieder an die Zeit erinnert und daran, was dieser Anruf Carol kosten würde.

„Ich brauche deine Hilfe", sagte ich zu Roya auf Farsi.

„Alles."

Ich erzählte ihr in vielen Worten von dem letzten Anruf von Azar und davon, dass es schon drei Tage her war und sie noch immer nicht zurückgerufen hatte.

„Du musst herausfinden, wo meine Mutter ist und ob sie in Sicherheit ist."

Ich wusste, dass Roya von all meinen Freunden die besten Beziehungen zu Leuten an der Universität hatte, die meine Mutter kannten. Wenn etwas Schreckliches passiert war, würden sie es wissen.

Sie versprach, alles herauszufinden, was sie konnte.

„Die Dinge hier sind schrecklich", sagte sie mir, ohne das Gespräch beenden zu wollen. „Sie haben meinen Bruder gleich nach Beginn der Revolution freigelassen. Aber letzte Woche haben sie ihn wieder abgeholt."

Aus ihren Briefen wusste ich, dass Royas Bruder Ende Dezember freigelassen worden war. „Mit welcher Begründung haben sie ihn inhaftiert? Wo ist er jetzt?"

„Das wissen wir nicht. Sie haben es uns noch nicht gesagt. Wir bekommen nicht einmal eine Antwort, ob er wieder im Evin-Gefängnis ist oder nicht."

„Es tut mir leid, Roya."

„Es ist verrückt. Sobald man jetzt eine Meinung äußert, nennen sie einen Marxisten, einen Kommunisten, Mudschaheddin, Anti-Islam ... irgendetwas. Sie verhaften Menschen ohne jeden Grund. Jeden Tag gibt es Hinrichtungen und die Bilder der Leichen werden in den Zeitungen abgedruckt. Meine Mutter hat nicht mehr aufgehört zu weinen, seit sie bei uns zu Hause aufgetaucht sind und meinen Bruder mitgenommen haben."

Ich erinnerte mich an die Worte meines Vaters, als ich die Demonstrationen nach der Ankunft von Khomeini bejubelt hatte. Er hatte dies vorausgesagt.

„Gott, Roya ..."

„Alle sind verängstigt. Ich spreche nicht mehr mit Neda und Maryam. In der Schule wissen die anderen Mädchen, dass mein Bruder wieder verhaftet wurde und sie haben Angst, etwas mit mir zu tun zu haben."

„Ich wünschte, ich wäre bei dir."

„Ich auch. Ich war noch nie so allein wie jetzt."

Wir unterhielten uns noch eine Weile, aber bevor ich auflegte, war ich noch mehr als zuvor davon überzeugt, dass ich dorthin gehörte ... in den Iran, zu meiner Mutter, zu Roya, zu den Menschen, die mich brauchten.

Kapitel Elf

Das Wochenende ging leise in die Schulwoche über. Norooz war nur noch fünf Tage entfernt, und meine Mutter hatte nicht angerufen. Ich hatte das Versprechen meines Vaters, dass er alles tun würde, um herauszufinden, wo Azar war, aber das war nur ein dünner Zweig, an den ich mich klammern musste.

Das einzige Überbleibsel unserer persischen Kultur, das mein Vater in seinem amerikanischen Leben bewahrt zu haben schien, war die Feier des Neujahrsfestes. Norooz, der erste Tag des Frühlings, ist ein uralter Feiertag. Sein Ursprung liegt in einer nebligen, prähistorischen Zeit, die politische Systeme, nationale Identitäten und sogar bestehende Religionen überdauert hat. Aber es ist ein ganz besonderer Feiertag, ein Tag, an dem die Welt irgendwie erneuert wird. Er schafft eine Gegenüberstellung von Ursprünglichem und Modernem und strahlt wie Sonnenschein auf den Glaswänden eines Wolkenkratzers mit einem ewig blauen Himmel dahinter.

Ich war überrascht, als ich sah, wie Carol in der Woche vor dem Fest die Vorbereitungen dafür traf. Auf dem Esszimmertisch lag eine handgefertigte persische Tischdecke. Sie hatte eine Liste mit den Gegenständen erstellt, die sie für die Auslage benötigte, die sie aufstellen würde. Sieben traditionelle Gegenstände, die alle mit dem persischen „S" beginnen. Ein Spiegel, Kerzen, ein Apfel und ein Dutzend Goldfische, bei deren Kauf die

Jungs ihr geholfen hatten. Sie hatte ihnen versprochen, dass sie am Sonntag Eier bemalen würden.

Am Freitag wurde ich fünf Minuten vor dem Schulschlussgong ins Hauptbüro gerufen. Ich war überrascht, dass Carol dort auf mich wartete.

„Anstatt mit dem Bus nach Hause zu fahren, dachte ich, wir könnten zusammen einkaufen gehen, was ich noch für den Sieben-S-Tisch besorgen muss."

„Was ist mit den Zwillingen?"

„Da Habib zu Hause ist, wird er da sein, wenn die Jungs aus dem Bus steigen." Als wir ins Auto stiegen, kramte Carol in ihrer Handtasche nach ihren Schlüsseln und brachte eine Kreditkarte zum Vorschein, die sie mir zuwarf. „Es kommt nicht allzu oft vor, dass er mir seine Kreditkarte gibt und sagt, wir beide sollten einkaufen gehen, was immer wir wollen."

Ich hatte bereits die Macht der Kreditkarte in Amerika kennengelernt. Der Gedanke, erst etwas zu kaufen und dann zu entscheiden, wie man es am Ende des Monats bezahlt, war für mich ein neues Konzept. Ob man sie im Iran benutzte, wusste ich nicht. Ich konnte mich nicht erinnern, dass Azar jemals eine besaß. Wir bezahlten alles bar, soweit ich wusste.

Als wir den Parkplatz der Schule verließen, schaute ich beiläufig auf die Kinder, die aus der Schule kamen und sich in die Busse drängten. Mein Vater war diese Woche ausnahmsweise nicht auf Reisen, und das erforderte von uns allen Anpassungen. Es schien mehr Regeln im Haus zu geben und einen festen Zeitplan.

„Ich habe deinem Vater gesagt, dass wir zum Abendessen Pizza holen und um sechs zu Hause sein werden.

„Hat heute jemand aus dem Iran angerufen?", fragte ich. Ich war zu vorsichtig, um nach Azar namentlich zu fragen. Zu diesem Zeitpunkt wäre ich über jede Nachricht froh gewesen.

„Nein. Aber ich weiß, dass Habib einige Telegramme an verschiedene Leute geschickt hat. Ich bin sicher, er wird dir alles darüber erzählen, wenn wir zu Hause sind."

Ich wäre am liebsten sofort nach Hause gefahren, aber Carol war wie ein aufgeregtes Kind wegen Norooz. Sie traf dieses Jahr die Vorbereitungen für das Fest und hatte ein Dutzend Fragen dazu. Sie wollte alles richtig machen. Wir fuhren nach Hartford; jemand hatte ihr erzählt, dass es dort einen Laden für nahöstliche Produkte gab, in dem sie einige der Gewürze kaufen konnte, von denen mein Vater ihr erzählt hatte. Als wir in der Hauptstadt ankamen, stellte sich jedoch heraus, dass sie sich bei der

Adresse nicht ganz sicher war. Und als wir herumfuhren, sahen wir einige der gleichen Geschäfte zwei- oder dreimal.

„Habt ihr nicht noch ein paar von diesen Sachen aus früheren Jahren?“, fragte ich, nachdem wir zweimal angehalten und nach dem Weg gefragt hatten.

Carol schaute verwirrt hinüber. „Wir haben es zu Hause noch nie gefeiert.“

„Aber mein Vater ... er hat ...“

„Er hat immer die Pläne gemacht, und wir sind nach Boston oder New York gefahren und haben in einem persischen Restaurant zu Norooz gegessen. Dieses Jahr ist es das erste Mal, dass er die ganze Sache zu Hause machen will.“

Ich wollte nicht emotional werden, aber ich wurde es. „Wir könnten dieses Jahr auch in ein Restaurant gehen.“

Carol schüttelte den Kopf. „Er hat mir erzählt, dass deine Mutter es immer zu Hause gefeiert hat, und es ein sehr wichtiger Feiertag für euch beide ist. Er möchte, dass wir ihn mit dir in deinem neuen Zuhause feiern.“

Ich schaute aus dem Fenster und wischte die hartnäckigen Tränen weg, die mir über die Wangen liefen. Ich hatte geplant, an diesem Feiertag zu Hause zu sein. Aber das würde ich nicht sein. Ich wünschte, ich würde von Azar hören. Ich wollte noch eine Chance haben, mit ihr zu sprechen. Nur um ihre Stimme zu hören und mich zu vergewissern, dass es ihr gut ging.

„Dein Vater sagt, du weißt viel über Norooz.“

Ich zuckte mit den Schultern. Ich wollte sie daran erinnern, dass meine Mutter Geschichtsprofessorin war und ich daher über vieles ein wenig Bescheid wusste, vor allem, wenn es um unsere Kultur ging. Aber ich dachte mir, dass Carol das schon wusste.

Sie hielt den Wagen an einer roten Ampel an. „Die Bedeutung von *haft-seen*. Ich weiß, dass damit der Stoff von sieben Gerichten gemeint ist, von denen jedes mit dem persischen Buchstaben ‚S‘ beginnt. Warum sieben und nicht acht oder neun oder zehn?“

Obwohl Schmollen und eine Schnute zu ziehen eher zu meinem Gefühl passten, war ich froh, Carol mein Wissen über Norooz mitzuteilen. Das war Teil meiner Berufung hier.

„Die Zahl Sieben ist in der iranischen Kultur sehr bedeutsam. Meine Mutter hat mir erzählt, dass sie auf *Zartoush* zurückgeht ...“

„Oh, ja ... Zoroastrismus. Dein Vater hat vor ein paar Jahren etwas darüber gesagt.“

„Zoroastrianismus." Ich mühte mich ab, das Wort auf Englisch auszusprechen. „Die sieben Gerichte stehen für sieben Engel. Engel des Lebens oder der Wiedergeburt, der Gesundheit, des Glücks, des Reichtums, der Freude, der Geduld ..." Ich musste sie noch einmal zählen. „Und Schönheit."

Carol sah mich bewundernd an. „Ich frage mich, ob Habib das alles weiß."

„Ich glaube schon", antwortete ich bescheiden, obwohl es mich kitzelte, dass ich über etwas mehr wissen könnte als mein Vater. Ein Auto hupte hinter ihr. Die Ampel war grün. Carol fuhr wieder los.

„Was ist mit den anderen Dingen, die auf den Tisch kommen? Zum Beispiel bemalte Eier?"

Mir fiel das englische Wort dafür nicht ein. „Babys ... Babys bekommen?"

„Trächtigkeit? Fruchtbarkeit?"

Ich nickte. „Fruchtbarkeit. Es ist ein Symbol dafür."

„Ich muss noch einmal darüber nachdenken, ob ich bemalte Eier auf den Tisch stellen soll." Sie lächelte. „Also müssen die Münzen für Reichtum stehen."

„Ja."

„Wofür stehen der Spiegel und die Kerzen?"

„Der Spiegel ist die Reflexion der Schöpfung. Wir feiern alte persische Traditionen und den Glauben, dass die Schöpfung am ersten Tag des Frühlings stattfand. Das geschieht jedes Jahr wieder und wieder. Die Kerzen stehen für Erleuchtung und Glück. Und für jedes Kind in der Familie sollte es eine Kerze geben."

Carol schaute zu mir herüber und sah verärgert aus. „Es tut mir leid, ich hatte keine Ahnung davon. Ich hätte drei Kerzen auf den Tisch stellen sollen und nicht zwei. Aber wir sind noch nicht fertig mit dem *Haft-Seen*, also hoffe ich, dass du---"

„Kein Problem", sagte ich sanft. „Meine Mutter hat immer zwei Kerzen hingestellt, weil das besser aussah."

Sie lächelte mich an.

„Ich kenne die Bedeutung von Norooz und die Traditionen, weil meine Mutter sie mir beigebracht hat. Aber wir haben uns nicht an alles gehalten. Es gab Jahre, in denen wir das eine oder andere nicht finden konnten, also haben wir andere Dinge auf den Tisch gestellt, die hübsch aussahen ... oder die wir gefunden haben."

„Wir müssen auch eine Hyazinthenpflanze besorgen", sagte sie.

Ich nickte und dachte an die Jahre zurück, in denen ich mit Azar Norooz feierte. „Eine Sache, die man auf der *Haft* sehen kann, ist Samanu – *eine* besondere Art von Pudding. Meine Mutter wusste nie, wie man ihn zubereitet, also haben wir immer etwas anderes dafür genommen."

„Was bedeutet *Samanu?*"

„Ich dachte an Kochen ... aber es soll für Wohlstand stehen." Ich zuckte mit den Schultern. „Und es gibt Dinge, die sich jedes Jahr wiederholen, die Familientraditionen sind. Zum Beispiel erzählt ein Mitglied der Familie jedes Jahr eine Geschichte oder sagt etwas Lustiges – denselben Witz oder dieselbe Geschichte – jedes Jahr. Das ist eine Tradition."

„Ja!", rief Carol und fuhr in eine Parklücke ein. Auf der anderen Straßenseite hatte sie das Schild eines nahöstlichen Ladens entdeckt. „Erinnerst du dich an Geschichten, die du bei Norooz gehört hast, als du klein warst?"

„Amoo Norooz-Geschichten." Ich nickte. „Viele Geschichten von Onkel Norooz. Er kommt herein und spielt Musik. Er hat schwarze Haut und kommt in jedes Haus. Wie der Weihnachtsmann. Vielleicht kann ich den Zwillingen ein paar davon erzählen." Ich überraschte mich selbst mit meinem unaufgeforderten Angebot.

„Ich hatte gehofft, dass du das tust." Carol legte ihre Hand auf meinen Arm. „Würde es dir etwas ausmachen, uns allen ... den Jungs und mir und sogar deinem Vater ... einige der Traditionen beizubringen und was das alles bedeutet, wenn wir nächste Woche das Norooz-Fest feiern?"

Ich schaute sie an. Ich wusste, was sie vorhatte. Sie wollte mir das Gefühl geben, dass ich wichtig bin und gebraucht werde. Das hat meine Gefühle nur noch mehr verwirrt. Ich wollte nicht glücklich sein. Ich wollte nicht dazugehören. Alle auf Abstand zu halten, würde die Entscheidung, wo ich leben sollte, wesentlich erleichtern. Sie wartete auf eine Antwort.

Ich zuckte schließlich mit den Schultern und hoffte, dass diese unverbindliche Antwort genügte.

Sie reichte mir die Hand und umarmte mich. Keine kühle, höfliche Umarmung. Das war nicht Carol. Stattdessen schlang sie ihre Arme um mich, hielt mich fest und zog mich an sich. Ihre Arme waren stark, aber ich habe mich nicht gewehrt. Ihre Schulter war weich, und sie sagte mir auf ihre Weise, dass sie sich sorgte ... mehr als sorgte.

Sie war für mich da und sie verstand mich. Und plötzlich merkte ich, dass ich weinte.

Kapitel Zwölf

AM NÄCHSTEN TAG schleppte Carol mich zum Einkaufen und ließ die Zwillinge bei meinem Vater. Freitagabend war der „haft-seen-" Abend. Am Samstag ging es um neue Kleidung. Die einzigen beiden üblichen Norooz-Vorbereitungen, von denen Carol vor meiner Ankunft zu wissen schien, waren der Frühjahrsputz im Haus und der Kauf neuer Kleidung für das neue Jahr.

Heute konzentrierten wir uns auf Letzteres. Wir verbrachten den ganzen Vormittag und einen Teil des Nachmittags in der Westfarms Mall auf dem Weg nach Hartford. Dies war der erste Einkaufsbummel, den ich seit meiner Ankunft in Amerika unternommen hatte. Sogar zu Weihnachten hatte ich mich davor gescheut, einkaufen zu gehen. Ich hatte nur den Jungs Geschenke gemacht, und das waren kleine Geschenke, die meine Mutter für sie geschickt hatte.

Carol war fest entschlossen, mich mehr als nur ein Kleidungsstück kaufen zu lassen. Sie drängte mir Jeans, Röcke und Pullover auf, und ich versuchte, sie bei jedem Schritt zurückzuweisen. Ich sagte immer wieder, dass ich mit dem zufrieden sei, was ich hatte, aber sie akzeptierte kein Nein als Antwort.

Den Blicken nach zu urteilen, weckte ich wohl den Neid aller Teenager, die an diesem Tag einkauften.

Es war schon Nachmittag, als wir in die Einfahrt einbogen. Für ein paar kurze Stunden hatte Carol es fast geschafft, mich von den Sorgen um meine Mutter abzulenken. Wir betraten das Haus mit vielen Tüten im Arm, und Darius und Niroo stürzten sich sofort auf uns. Im Gegensatz zu Weihnachten sind die Geschenke zu Norooz keine Überraschung. Die Menschen tragen ihre neuen Kleider am ersten Frühlingstag, und die Kinder bekommen knisterndes Papiergeld oder glänzende neue Münzen, die in die Seiten des Korans, der Bibel, der Thora oder eines anderen religiösen Buches der Familie gesteckt werden.

Ich sah keine Spur von meinem Vater, bis ich meine Pakete in mein Zimmer brachte und sie auf den Boden fallen ließ. Ich drehte mich um und er stand in der Tür.

„Ich hatte einen Anruf aus dem Iran", sagte er ohne Umschweife.

„Von Azar?"

„Ja."

„Geht es ihr gut?"

„Natürlich."

Ich sprang auf und stemmte eine Faust in die Luft. Ich wippte mit den Füßen, als ob ich tanzen würde. Er sah mich mit großen Augen an, und mir wurde klar, dass er mich wahrscheinlich zum ersten Mal völlig glücklich gesehen hatte. Ich versuchte, mich zu beruhigen, aber es war vergebliche Mühe.

„Wo ist sie? Wie lautet ihre Telefonnummer? Kann ich sie anrufen und selbst mit ihr sprechen?" Ich hatte hundert Fragen. Meine Aufregung brodelte in mir. Mittwoch war Norooz. Vielleicht war noch Zeit für mich, in den Iran zurückzukehren.

„Du kannst sie nicht anrufen. Sie hat beschlossen, bei Freunden in einem Dorf außerhalb von Isfahan zu wohnen. Sie haben kein Telefon in ihrem Haus. Sie dachte, es wäre das Beste für ihre Familie, wenn sie nicht bei ihnen bleibt."

„Wann meldet sie sich zurück? Ich muss mit ihr sprechen."

„Sie war sich nicht sicher, ob sie in den nächsten Wochen anrufen kann. Wegen Norooz ist es sehr schwer, Verbindungen ins Ausland zu bekommen. Sie sagte, es sei schwierig gewesen, heute durchzukommen. Sie musste mehrere Male zu einem Telefonamt gehen."

Ich saß auf der Kante meines Bettes, und ein Gefühl der Schuld drängte sich in mein Bewusstsein. Ich hätte nicht einkaufen gehen sollen. Ich hätte hier sein sollen, um mit ihr zu reden.

„Ich bin froh, dass du hier bist, Omid", sagte mein Vater unwirsch und unterbrach meine Gedanken. „Das ist das erste Mal ... nun, seit vielen Jahren, dass ich meine ganze Familie zusammen habe."

Seine Stimme zitterte, seine Emotionen waren deutlich zu hören. Jetzt war ich an der Reihe, ihn mit großen Augen anzustarren. Er war fähig, etwas zu fühlen.

Und es schien, so dachte ich, als würde er sich tatsächlich um mich sorgen.

Kapitel Dreizehn

ICH HABE EINEN SECHSTEN SINN, der mir oft sagt, wann das Telefon klingelt, vor allem, wenn es in der Nacht passiert.

Ich öffnete die Augen, und die Dunkelheit umgab mich. Ich schaute auf die Nachttischuhr. Es war 3:57 Uhr. Ich wartete, denn ich wusste, dass der Anruf kommen würde. Bevor die Minutenziffer auf der Uhr weiterrücken konnte, klingelte das Telefon.

Einen Moment später war ich im Wohnzimmer und hatte die Hand auf dem Hörer, bevor es das zweite Mal klingelte.

„Hallo, kann ich ...“

„Roya, ich bin's“, unterbrach ich meine Freundin auf Farsi.

„Wie spät ist es bei Euch?“

Ich nannte ihr die Uhrzeit, gab ihr aber zu verstehen, dass ich bereits wach war und es kein Problem war, mich jederzeit anzurufen. Wir unterhielten uns ein wenig über Norooz. Sie sagte, dass ihre Familie dieses Jahr nicht feierte; es war so schwierig, so zu tun, als ob sie sich freute, wenn ihr Bruder wieder im Gefängnis war. Es war mir zu peinlich, etwas über die Bemühungen von Carol und meinem Vater zu sagen, mich hier willkommen zu fühlen. Ich wollte nicht glücklich klingen, wenn meine Freundin litt.

Ich nahm an, dass Roya nicht einfach anrufen würde, um über einen Feiertag zu plaudern, den sie nicht feierte, also lenkte ich das Gespräch auf meine Mutter.

„Ich habe immer noch nicht mit ihr sprechen können." Ich bin mir nicht sicher, warum ich ihr nicht gesagt habe, was mein Vater gestern Abend gesagt hat. Streng genommen *hatte* ich die Wahrheit gesagt. Ich hatte ihre Stimme nicht *persönlich* gehört.

Die lange Pause in der Leitung schickte eine Welle der Kälte durch mein Herz.

„Roya, hast du Neuigkeiten über meine Mutter?"

Ich glaubte, sie weinen zu hören.

„Roya", sagte ich etwas schärfer. „Bitte. Ich habe dich angerufen, weil ich verzweifelt war. Du musst mir sagen, was du weißt."

„Was ich gehört habe ... ist nicht sicher. Wir haben Gerüchte gehört, aber niemand weiß etwas Genaues."

„Was für Gerüchte?" drängte ich.

„Azar Khanoom ist vor ein paar Wochen in einen Bus nach Isfahan gestiegen."

„An welchem Tag ... hast du gehört, an welchem Tag?"

„Nein."

Ich rechnete im Geiste nach, wie viele Tage es her war, dass meine Mutter angerufen und mit mir gesprochen hatte. Es waren fast zwei Wochen.

„Was hast du noch gehört?", fragte ich.

„Sie ist nie in Isfahan angekommen", sagte Roya leise.

„Wahrscheinlich ist sie bei einer Freundin zu Besuch", bot ich an und spürte, wie mir das Blut aus dem Körper floss.

„Nein, Omid. Die Leute, die sie abholen sollten, konnten sie nicht finden", erklärte Roya. „Es gab Gerüchte, dass der Bus unterwegs von bewaffneten Wachen angehalten worden war. Einige der Fahrgäste wurden zum Aussteigen gezwungen. Deine Mutter war ... war eine von ihnen."

„Nein. Das sind nur Gerüchte. Sie können nicht wahr sein." Tränen liefen mir über die Wangen. Ich erinnerte mich daran, was mein Vater gestern Abend gesagt hatte. Azar hatte angerufen. Es ging ihr gut. Sie müssen sie gehen lassen haben. Sie war jetzt bei Freunden untergebracht.

„Vielleicht hast du recht. Aber es gibt noch andere Gerüchte, die meine Tante gehört hat", sagte Roya mit ernster Miene. „Sie hat mir erzählt, dass der Name deiner Mutter auf einer Liste von Personen steht, die nächste Woche in Teheran vor Gericht stehen sollen. Sie geben die Namen erst bekannt, wenn sie die Person in Gewahrsam haben."

Ich hockte mich auf den Boden neben dem Sofa, die Knie fest an die

Brust gezogen. Ich hielt mir den Mund zu, um ein Schluchzen zu unterdrücken.

„Es tut mir leid, Omid. Es ist möglich, dass nichts davon wahr ist. Du weißt doch, wie die Gerüchte ...“

„Die Gerüchte, die du über deinen Bruder gehört hast, waren immer richtig, nicht wahr?“ erinnerte ich meine Freundin.

„Ja.“

„Stammen sie aus derselben Quelle?“

Wieder gab es eine lange Pause. „Ja, sie stammen von einem Freund meiner Tante.“

Ich wusste, dass mein Vater mich anlügen würde, um mich zu beruhigen. Roya hatte mich angerufen, um mir die Wahrheit zu sagen. Meine Mutter wusste, wie besorgt ich war. Wenn es ihr gut ging, rief sie zu einer Zeit an, zu der ich zu Hause war, damit wir uns gegenseitig hören konnten.

„Roya, ich muss zurückkommen“, sagte ich mit gebrochenem Herzen.

„Ich weiß. Es muss so viel schwieriger sein, so weit weg zu sein. Aber das ist nahezuunmöglich, nicht wahr?“

Ich wusste, dass ein einfaches Flugticket von New York in den Iran mit Pan Am tausend Dollar kostete. Ich hatte den Preis bereits überprüft, als ich im vergangenen Monat ein Reisebüro angerufen hatte. Das war weit mehr als die achtundsechzig Dollar, die ich in meiner Brieftasche hatte.

„Kannst du mich vom Flughafen abholen und kann ich bei deiner Familie wohnen, wenn ich nach Hause komme?“

„Natürlich. Aber ist das dein Ernst? Das muss doch ein Vermögen kosten. Wird dein Vater dir das Ticket kaufen?“

„Ich weiß es nicht. Ich werde es herausfinden. Aber warte auf meinen Anruf. Hoffentlich rufe ich dich vom Flughafen aus an, wenn ich in Teheran lande.“

Wir beendeten das Gespräch. Ich schaute auf die Uhr. Es war noch nicht fünf Uhr morgens.

Meine Mutter brauchte mich. Was würde sie tun, wenn sie an meiner Stelle wäre? Ich erinnerte mich an ein Sprichwort von Sa'di: *„Wer seiner Herkunft nicht treu ist, wird nicht zum Gefährten des Glücks.“* Ich war die Tochter meiner Mutter, und die Antwort war für mich klar. Ich musste in den Iran gehen.

Ich stapfte in die Küche. Carols Handtasche lag auf dem Tresen. Ich öffnete sie, sah in ihr Portemonnaie und fand, was ich suchte.

Ich verließ die Küche mit der Kreditkarte meines Vaters in der Faust. Ich würde in den Iran reisen.

Kapitel Vierzehn

DIE DRÄHTE des Maschendrahtzauns durchkreuzten meinen Blick auf den leeren Bahnhof. Zumindest hoffte ich, dass es noch der Bahnhof war.

Der Taxifahrer hatte geschworen, dass dies der Ort war. Es gab zwar Gleise, aber der riesige Bahnhof aus rotem Backstein – mit Brettern vernagelt und bröckelnd – sah in der trüben Märzdämmerung trostlos aus.

Mein Vater hatte mich belogen.

Ich ging um den Zaun herum und stapfte einen breiten Gehweg entlang, der von der Straße zu den Gleisen führte. Ein verandaähnliches Dach ragte aus dem Gebäude heraus, und als ich darunter hindurchging, konnte ich sehen, dass Bretter fehlten und der graue Himmel durch die Öffnungen zu sehen war. Braune Stängel des Unkrauts vom letzten Sommer säumten die Ränder des Gehwegs, und grauer Papiermüll glitt in Fetzen über das kaputte Pflaster, das von gelegentlichen Windböen aufgewirbelt wurde. Am Ende des Weges erstreckte sich ein leerer Parkplatz entlang der Gleise, der durch eine alte, verrottende Holzplattform und einen weiteren rostigen Zaun von den Schienen getrennt war.

Ich stieg vorsichtig die Treppe zum Bahnsteig hinauf und blickte auf die Gleise hinunter. Bevor sie um eine Kurve verschwanden, führten die Stahlbänder unter dem komplizierten Gewirr von Autobahnen hindurch, die auf einer doppelstöckigen Brücke über den eisigen Fluss zusammenliefen. Hinter mir ragte ein hoher Uhrenturm aus Backstein, der aussah, als gehöre er an einen anderen Ort – in eine warme, helle italienische Renaissancestadt –, einsam über diese verfallende städtische Einöde. Die schneidenden Windstöße und der graue Himmel vervollständigten das Bild nur noch; sie passten perfekt zu meiner Stimmung.

Ich war allein.

Ich setzte mich auf eine der Bänke auf dem Bahnsteig. Die abblätternden Holzlatten fühlten sich durch meine Jeans hindurch kalt an. Ich schaute auf die leeren Gleise und hoffte, dass der Taxifahrer recht gehabt hatte, dass die Züge nach New York von diesem Bahnsteig abfuhren. Ich konnte sehen, dass die Gleise hier endeten, also war es zumindest möglich, dass die Züge wirklich bis hierher fuhren.

Aber mein Vater hatte mich angelogen, warum also nicht ein kettenrauchender Taxifahrer.

Ich musste aus dem Haus gehen. Ich musste es tun, bevor jemand aufwachte. Ich war alt genug, mein Leben selbst in die Hand zu nehmen. Alles, was ich brauchte, stopfte ich in meinen Schulrucksack. Ich verließ das Haus mit weniger, als ich gekommen war, und das passte mir.

Ich rief mir ein Taxi. Ich wusste, dass das der schnellste Weg war, um aus dem Haus zu kommen. Auf Zehenspitzen schlich ich hinaus und zog die Tür hinter mir zu. Der Himmel begann sich gerade aufzuhellen, als ich den Fahrer am Ende der Straße traf. Ich wollte zurück in den Iran. Ich wollte nicht angehalten werden. Es war das Einfachste für mich, einfach zu gehen. Ich sah keine Notwendigkeit für eine große Szene.

Ich war seit dem Tag meiner Ankunft nicht mehr in New York gewesen. In dieser Nacht war der Fahrer zwei Stunden lang unterwegs gewesen, um mich nach Wolcott zu bringen. Ich hatte auf keinen Fall genügend Geld, um das Taxi zu bezahlen, das so weit fuhr. Also bat ich den Fahrer, mich zu dem nächstgelegenen Ort zu bringen, an dem ich einen Zug nach New York erreichen konnte. Hier hatte er mich abgesetzt. Waterbury.

Ich war nur ein paar Mal mit Carol in Waterbury gewesen, um verschiedene Besorgungen zu machen. Ich konnte sehen, dass sie nicht allzu begeistert von dem Ort war; sie schloss immer die Türen ab, wenn wir durchfuhren. Darüber hinaus wusste ich nur sehr wenig über die Stadt.

Ich merkte, dass ich zitterte, schlug den Kragen meiner Jacke hoch und drückte meine Tasche an meine Brust. Mein Plan nahm in meinem Kopf Schritt für Schritt Gestalt an. Ich würde zuerst zum New Yorker Flughafen fahren. Zum JFK-Flughafen. Dann musste ich eine Fluggesellschaft finden, die in den Iran flog. Ich war mit Pan Am eingeflogen. Dort würde ich als Erstes nachsehen. Dann würde ich ein One-Way-Ticket in den Iran kaufen, das Gate suchen und auf den Aufruf zum Boarding warten.

Auf meinem Flug in die USA waren noch ein paar Plätze frei gewesen. Und da ich die Reisen meines Vaters in den letzten Monaten beobachtet hatte, wusste ich, dass er viele seiner Reisen in letzter Minute plante, sodass es nicht ausgeschlossen schien, ein Ticket zu kaufen und noch am selben Tag in ein Flugzeug zu steigen.

Ein Windstoß peitschte über die leeren Gleise und versetzte mir einen Stich mit dem Sand, den er auf seiner Reise aufgenommen hatte. Ich zog meine Jacke höher über die Ohren. Für dieses Wetter war ich nicht angemessen gekleidet. Ich blickte wieder auf das Backsteingebäude. Unter dem überhängenden Dach waren die Fenster, an denen vermutlich – zumindest früher – Fahrkarten für die Züge verkauft worden waren, mit Brettern vernagelt wie der Rest des Gebäudes. So wie es aussah, war der ganze Ort verlassen. Es gab keinen Warteraum. Ich schaute auf die Turmuhr. Es war noch nicht einmal sieben Uhr morgens.

Ich hatte keine Ahnung, wann der Zug von diesem Bahnhof abfahren würde. An einem der vergitterten Fenster an der Seite des Gebäudes hatte einmal ein Fahrplan geklebt, aber ich konnte sehen, dass nur noch die Ränder übrig waren, die im Wind baumelten.

„Hey, wie heißt du?"

Ich erschrak fast zu Tode. Ich stand auf, drückte meine Tasche an meine Brust und drehte mich um. Ein Mann saß auf einem erhöhten Betonvorsprung, der sich entlang des Parkplatzes erstreckte. Er war nur etwa drei Meter entfernt. Ich schaute mich um, um einen Fluchtweg zu planen, falls er sich entschließen sollte, von seiner Sitzgelegenheit herunterzukommen.

„Sei nicht so verklemmt, Babe. Wie ist dein Name?"

Ich warf ihm einen „Lass mich in Ruhe"-Blick zu, aber er schien nicht überzeugt zu sein.

Er trug einen dreckigen alten Armeeparka und eine Hose, die aussah, als hätte er einen Monat lang darin geschlafen. Wahrscheinlich hatte er das, entschied ich. Sein Gesicht war schmutzig und unrasiert, und das Haar, das unter einer schwarzen Strickmütze hervorlugte, war schwarz und grau und sah fettig aus. Hinter ihm auf dem Boden lag ein grüner Seesack in Armeefarben. Alles in allem war er ein Wrack. Am anderen Ende des Vorsprungs führte eine Betontreppe hinunter zum Parkplatz.

Ich stand auf und ging die Holzstufen wieder hinunter, um schnell auf einen Gehweg zu gelangen, der zurück zur Straße führte.

„Hey! Ich will nur mit dir reden."

Ich hasste es, wenn Menschen dumme Dinge taten. Ich hasste Filme, in denen Menschen – meistens Mädchen in meinem Alter – sich unnötig in Gefahr brachten, weil sie zur falschen Zeit am falschen Ort waren. Ich konnte es nicht glauben, aber ich war gerade diese dumme Person geworden.

Als ich mich von dem Mann entfernte, behielt ich ihn in meinem Blickfeld. Ich war nie ein besonders religiöser Mensch gewesen, aber das hatte mich auch nicht vom Beten abgehalten. Ich wollte nicht zum Haus meines Vaters zurückkehren, aber ich wollte auch kein Opfer werden.

Ich sah, wie er aufstand, und begann, schneller zu gehen. Ich sagte mir, wenn ich nur auf die Straße käme, könnte ich weglaufen, wenn er mich weiter verfolgte. Ansonsten würde ich einfach dort warten, bis jemand auf den Parkplatz kam.

„Komm schon, Babe. Es ist zu kalt, um hier draußen allein zu sitzen", rief er und ging am Rand entlang. „Du musst denjenigen lieben, mit dem du zusammen bist, weißt du?"

Genau in diesem Moment fuhren zwei Autos auf den Parkplatz, und wir beide drehten uns um und sahen zu, wie sie in der Nähe der Holzplattform parkten. Die Autos waren vollgepackt mit Menschen, und als die Insassen aus den Autos stiegen, sah ich, dass sie nicht viel älter waren als ich. Insgesamt stiegen neun lärmende junge Männer und Frauen aus, die alle bunt gekleidet waren und lustige Hüte trugen und bewegten sich auf die Bank zu, die ich gerade verlassen hatte.

Ich warf einen Blick auf meinen vermeintlichen Freund. Er trug seine Tasche und ging in Richtung Straße davon.

Ich ging zurück zu den Gleisen.

„Happy St. Patrick's Day", rief mir eine junge Frau zu, als ich mich näherte.

„Einen schönen guten Morgen!", rief einer der Männer mit schlechtem irischen Akzent und einem kecken Gruß.

Ich versuchte zu lächeln und erwiderte den Gruß, weil ich mich daran erinnerte, wie Carol gestern Abend beim Ausgehen über den irischen Feiertag gesprochen hatte. Ich hatte sie nach den Traditionen gefragt, die damit verbunden waren. Sie hatte gesagt, dass der St. Patrick's Day vor allem bedeutet, grün zu tragen und viel zu trinken. Sie nannte es einen Feiertag für junge Leute und alte Betrunkene.

Ein Pickup fuhr auf den Parkplatz, und keine Minute später kam ein Lieferwagen herein. Die Leute darin sahen aus, als ob sie auch feiern wollten.

„Fährst du zur Parade nach New York?", fragte die junge Frau.

„Ja, ich fahre nach New York", sagte ich vage.

„Jetzt geht es los", sagte einer der anderen, als das Pfeifen eines Zuges auf den Gleisen ertönte. „Wir haben es gerade noch rechtzeitig geschafft."

Ich atmete erleichtert auf, als der ankommende Zug in Sicht kam.

Ich war auf dem Weg nach Hause.

Kapitel Fünfzehn

DIE ERKENNTNIS, dass ich am falschen Bahnhof ausgestiegen war, kam mir erst, als ich auf die Straße trat. Ich war mir sicher, dass ich den Schaffner „New York" hatte sagen hören. Ich hatte einfach nicht bedacht, dass es mehr als einen Bahnhof für die Stadt geben könnte.

Ich stand am Bordstein und schaute auf das Schild über der Bahnhofstür – *125th Street-Harlem*. Ich drehte mich um und blickte auf den Stau. Die Autos bewegten sich kaum, aber es gab viel Hupen und Geschrei aus den Fenstern auf der Fahrerseite. Das war so ähnlich wie die ständigen Staus in Teheran, dachte ich.

Gebäude, Schaufenster und bunte Schilder reihten sich aneinander und ergaben vor meinem geistigen Auge einen Regenbogen aus Farben. Die Bürgersteige waren überfüllt mit Menschen, die unterwegs waren. Die meisten von ihnen waren schwarz, ein paar weiße waren darunter gemischt.

Als ich mir die Leute auf der Straße ansah, wurde mir klar, dass ich einen weiteren Hinweis darauf übersehen hatte, dass ich an der falschen Haltestelle aussteigen würde. All die lauten St. Patrick's Day-Partygänger im Zug. Keiner von ihnen hatte den Zug an dieser Haltestelle verlassen. Ich schüttelte den Kopf und überlegte, was ich als Nächstes tun sollte.

Ich war noch nie in New York City gewesen. Obwohl ich bei meiner

Ankunft auf dem Kennedy-Flughafen gelandet war, hatte ich Manhattan noch nie betreten. Aber ich hatte Bilder davon gesehen, und in dieser Straße fehlten die hoch aufragenden Wolkenkratzer, von denen ich dachte, dass sie die Stadt ausmachten.

Nur wenige Schritte von mir entfernt verkaufte ein Straßenverkäufer mit einem Wagen voller Brezeln seine Waren. Ich ging zu ihm hinüber.

„Ist das New York? Dieser Bahnhof ... New York?" fragte ich, um mich zu vergewissern.

Ein dunkelhäutiger Mann mit einer Augenklappe schaute mich an und dann auf das Gebäude, aus dem ich gekommen war. Er nickte. „Oh, ja. Aber du bist in Harlem, Süße. Du hättest an der *nächsten* Station aussteigen sollen. Am Grand Central."

Ich kannte Harlem aus Filmen. Ich hatte *Shaft* gesehen. Der Name Harlem war in meinem Gedächtnis eingebrannt als ein armes Viertel mit gefährlichen Menschen und ständigen kriminellen Aktivitäten. Das war derselbe Ruf, den die Viertel im Süden Teherans hatten. In solchen Gegenden ging man nicht spazieren, zumindest nicht ohne Begleitung. Man fuhr nicht einmal nachts durch sie hindurch. Ich schaute mich um. Keiner beachtete mich, geschweige denn, dass er sich auf mich stürzen wollte. Die Leute schienen sich um ihre eigenen Angelegenheiten zu kümmern. Tatsächlich fühlte ich mich überhaupt nicht bedroht.

Eine Frau, die ein Kind an der Hand hielt, blieb bei dem Verkäufer stehen und kaufte eine Brezel und ein Getränk. Mein Magen knurrte. Ich hatte noch nicht gefrühstückt. Ich gab dem Verkäufer die gleiche Bestellung auf und holte mein Portemonnaie aus der Tasche. Ich reichte ihm einen Fünf-Dollar-Schein.

„Woher kommst du, Süße?", fragte der Mann und gab mir das Wechselgeld.

Ich wusste, was er meinte. Ich hatte einen persischen Akzent. Es war offensichtlich, dass ich eine Ausländerin war, aber ich hatte mich bereits über die Frage geärgert. Ich fühlte mich wie ein Außenseiter. ‚Woher *komme ich?*' bedeutete eigentlich ‚*Du gehörst nicht hierher*'. Und die Leute fragten mich das dauernd. Wenn ich in der Apotheke ein Päckchen Kaugummi kaufte, stellte mir die Kassiererin die gleiche Frage. Völlig Fremde, die mir das Gefühl gaben, unbedeutend zu sein.

„Connecticut", sagte ich und nahm dem Mann das Getränk und die Brezel ab. Die Brieftasche steckte ich in meine Jackentasche und nicht zurück in den Rucksack. Ich wartete auf die nächste Frage, von der ich wusste, dass sie immer folgte. ‚*Woher kommst du wirklich? Dein Akzent.*'

Dann würde ich Iran sagen und die Leute würden einen leeren Gesichtsausdruck bekommen. Entweder hatten sie keine Ahnung, wo das Land liegt, oder, was noch schlimmer war, diejenigen, die vermuteten, dass der Iran im Nahen Osten liegt, stellten alle möglichen Fragen über Araber. Meine nächste Antwort war dann immer die gleiche. *„Iraner sind keine Araber.“* Die Verwirrung, die aus dieser Aussage resultierte, beendete in der Regel das Gespräch.

„Wohin willst du?“ Er überraschte mich.

„Zum Flughafen.“

„Welcher Flughafen?“

New York war eine große Stadt. Obwohl es mir nicht in den Sinn gekommen war, dass es dort mehr als einen Flughafen geben musste. „Kennedy.“

Der Verkäufer kratzte sich am Kinn, als ob er nachdachte. „Du könntest ein Taxi nehmen. Aber das wäre zu teuer.“

„Wie teuer?“

„Weiß ich nicht. Hab's noch nie gemacht.“ Er zog an dem Schirm seiner Baseballkappe. „Es wäre billiger, den Bus zu nehmen.“

„Wo kann ich einen Bus nehmen?“

Er sah sich um. „Als Mets-Fan war ich schon oft in Queens, aber noch nie am JFK. Ich sehe hier Lieferwagen vorbeifahren, auf denen ‚Flughafen‘ steht, aber ich weiß nicht, wo man die findet. Und mir gefällt der Gedanke nicht, dass du hier allein herumläufst und nicht weißt, wohin du gehst.“

Ich sah den Mann an, überrascht von seiner Besorgnis. Er musste nicht nett zu mir sein oder gar meine Fragen beantworten. Ich fragte mich, ob man mich so anständig behandeln würde, wenn ich mich im Südende Teherans verlaufen hätte.

„Auf die U-Bahn würde ich mich auch nicht verlassen. Ein paar Jugendliche haben heute früh die Haltestelle in die Luft gejagt und der Laden war vor einer Stunde noch geschlossen.“ Er runzelte die Stirn und dachte nach. „Ich schätze, das Beste für dich wäre, gleich wieder in den Bahnhof zu gehen und denen zu sagen, dass du zu früh ausgestiegen bist und zum Grand Central musst ... so, wie du für die Fahrt bezahlt hast. Dort hättest du schon beim ersten Mal aussteigen sollen.“

„Das ist die nächste Haltestelle dieses Zuges?“, fragte ich.

„Die letzte Haltestelle, Süße. Dort steigen alle aus. Das ist ein wirklich großer Ort, aber du kannst jeden dort fragen, wo du den Bus zum Flughafen erwischen kannst.“

„Danke“, sagte ich und meinte es wirklich ernst. Ich holte wieder mein

Portemonnaie aus der Tasche, holte zwei Dollar heraus und reichte sie ihm.

„Willst du noch mehr Brezeln?", fragte er und sah auf die, die er mir verkauft hatte. Ich hatte nicht einmal einen Bissen genommen.

„Nein ... das ist ein Dankeschön dafür, dass Sie mir geholfen haben."

Er lächelte. Mir fiel auf, dass ihm zwei Vorderzähne fehlten.

„Gern geschehen." Er nahm das Geld und steckte es in seine Tasche. „Sei vorsichtig ... und steck die Brieftasche weg. Es gibt viel zu viele Taschendiebe im Big Apple."

Ich bedankte mich noch einmal und schob das Portemonnaie tief in meine Jackentasche. Während ich die Brezel und die Limonade in einer Hand balancierte, nahm ich mit der anderen meinen Rucksack und ging zurück zum Eingang des Bahnhofs.

Es öffnete sich eine Schwingtür und ein Jugendlicher winkte mir, hineinzugehen. Ich flüsterte ein höfliches Dankeschön und ging an ihm vorbei, nur um mir den Arm fast aus der Gelenkpfanne reißen zu lassen, als derselbe Teenager meine Tasche packte und losrannte, wobei er so heftig zerrte, dass ich entweder loslassen musste oder mit dem Gesicht gegen die sich schließende Tür prallte.

Ich ließ los und schaffte es trotzdem, gegen den Türpfosten zu prallen. Die Limonade in meiner anderen Hand fiel herunter und explodierte auf dem Gehweg. Ich sah gerade noch rechtzeitig auf, um zu sehen, wie der Dieb in der Menschenmenge auf der Straße verschwand.

Shaft hin oder her, Harlem hatte seinem Ruf alle Ehre gemacht.

Kapitel Sechzehn

UM MICH HERUM GABEN DIE Leute unverständliche Anweisungen, alle gleichzeitig. Einige hatten die Person gesehen, die mir den Rucksack entrissen hatte. Draußen vor dem Gebäude schrie jemand in das Fenster eines Polizeiautos, das nicht weit von meinem Brezel verkaufenden Freund entfernt am Straßenrand stand. Ein Hausmeister, der gerade die Eingangshalle fegte, kam heraus und fragte, was vorgefallen sei.

Ich war immer noch etwas fassungslos über die Plötzlichkeit des Vorfalls, ging zurück in den Bahnhof und versuchte, mich zu sammeln. Das war schwierig, denn alle redeten immer noch auf mich ein, wie ein Schwarm aufgeregter Vögel. Ich sagte ihnen immer wieder, dass es mir gut ginge, aber niemand schien mir zuzuhören.

Technisch gesehen war ich eine Ausreißerin, die die Kreditkarte ihres Vaters gestohlen hatte. Ich wollte nichts mit der Polizei zu tun haben, weil ich Angst hatte, dass sie meinen Vater und Carol in Connecticut benachrichtigen würden. Ich steckte meine Hand in die Manteltasche und war erleichtert, dass meine Brieftasche noch da war. Auf die Sachen, die im Rucksack waren, konnte ich verzichten.

Als ich durch die Türen des Bahnhofs schaute, sah ich einen Polizisten, der mit einer Frau sprach, die den Diebstahl beschrieb. Sie gestikulierte sehr lebhaft und deutete in die Richtung, in der der Jugendliche mit seiner Beute verschwunden war. Ich drehte mich um und ging direkt zu einem Fahrkartenschalter.

„New York. Grand Central", sagte ich und schob das Geld unter dem Sicherheitsgitter aus Metallstangen hindurch zum Schalterbeamten.

Der Angestellte schaute mich an. „Miss, normalerweise verkaufen wir von hier aus keine Fahrkarten nach Grand Central. Sie können die U-Bahn oder den Bus oder sogar ein Taxi für weniger Geld nehmen als---"

„Nein", sagte ich. „Ich bin an der falschen Station ausgestiegen. Ich muss mit dem Zug zum Grand Central fahren. Ticket, bitte."

Der Angestellte starrte mich einen Moment lang an, zuckte dann mit den Schultern, nahm das Geld und schob das Wechselgeld und die Fahrkarte unter dem Gitter hindurch. „Der Bahnsteig ist oben an der Treppe links."

Ich stopfte das Geld in meine Tasche, als mir plötzlich klar wurde, was in dem Rucksack war. Das Einzige, was ich wirklich brauchte. Mein Reisepass.

Ohne ihn würde ich das Land nicht verlassen können. Ich hatte keine Ahnung, wie oder wo ich einen Ersatz beantragen konnte. Und selbst wenn ich es herausfinden könnte, war die Zeit nicht auf meiner Seite.

Ich musste meinen Rucksack holen.

Ich eilte zur Tür hinaus, vorbei an dem Polizisten und der lebhaften Frau. Sie zeigte auf mich, als ich vorbeiging.

„Es war ihre Tasche, die er genommen hat. Er hat sie sich einfach geschnappt und ..."

„Moment mal, Miss", rief er mir nach.

„Nein", rief ich über meine Schulter. „Ich brauche meine Tasche."

Ich rannte weiter.

Ich bin in einer Stadt aufgewachsen, und ich war nicht dumm. Was ich tun würde, wenn ich den Dieb überhaupt einholte, war ein Problem. Aber ich brauchte diesen Pass. Alles andere konnte er haben. Ich hoffte, diese Erklärung würde ausreichen. Oder ich könnte ihn dafür bezahlen. Ich wusste, dass die Chance, dass ich überhaupt mit ihm reden konnte, gering war, aber ich musste es versuchen.

Im Endeffekt hatte ich keine andere Wahl.

Die Frau hatte an der nächsten Kreuzung auf die andere Straßenseite gedeutet. Ich sprintete hinüber und schlängelte mich zwischen den stehenden Autos hindurch. Ich hatte für mich festgelegt, dass man allen Straßenverkäufern trauen konnte. Kurz hinter der Kreuzung blieb ich an einem kleinen Tisch stehen, an dem ein Mann Schals und Mützen verkaufte.

„Mann ... läuft. Er hat meine Tasche gestohlen. Haben Sie ihn gesehen?" fragte ich.

Er starrte mich an, als ob ich völlig verrückt wäre.

„Bitte. Hast du einen Teenager rennen sehen?"

„Ja. Vor ein paar Minuten ... aber jetzt ist er weg." Er zeigte auf mich
und ich lief die Straße entlang, die parallel zu den Hochbahngleisen verlief.
Der Verkehr auf dieser Straße war in Bewegung und schien weniger stark
zu sein, aber es waren immer noch viele Leute auf den Gehwegen. Am
Ende des Blocks glaubte ich, einen Blick auf meine Tasche auf der
Schulter eines Jugendlichen zu erhaschen, der um die Ecke bog. Ich rannte
ihm hinterher.

Ob ich tatsächlich meinem Rucksack folgte oder einfach nur ziellos
durch die Straßen von New York lief, wusste ich nicht. Sechs oder sieben
oder zehn Zickzack-Blöcke vom Bahnhof entfernt blieb ich jedoch stehen.
Ich hatte keine Ahnung, wo ich war oder wie ich hierher gekommen war.
Ich stand in einer schmalen Seitenstraße. Reihen von aneinandergebauten
Ziegel- und Holzhäusern säumten den Bürgersteig, und gelegentlich
trennte eine Gasse ein Gebäude vom nächsten. Bei einigen von ihnen
führten Stufen aus braunem Stein vom Bürgersteig zu ramponierten Türen
hinauf, und alle Häuser – ob aus Holz oder Ziegeln oder was auch immer –
sahen alt aus. Als ich weiterging und in der Hoffnung, den Dieb oder
meinen Rucksack zu sehen, die Gassen hinunterschaute, warf ich einen
Blick auf die Häuser. So viele Fenster waren zerbrochen und mit Klebe-
band oder Pappe abgedeckt worden. In anderen waren Decken drapiert;
die meisten waren mit etwas bedeckt, das jede Sicht von der Straße aus
versperrte. Das zweite Haus am Ende der Straße war komplett mit Brettern vernagelt, offensichtlich durch ein Feuer zerstört.

Die wenigen Menschen, an denen ich vorbeikam, sahen mich seltsam
an, als wüssten sie, dass ich mich verlaufen hatte oder nicht dort hinge-
hörte. Ich war frustriert, verärgert und verängstigt. Ich wollte nicht zurück
nach Connecticut, aber ich wusste nicht, wohin ich sonst gehen sollte.

Und zum ersten Mal, seit ich aus dem Zug gestiegen war, spürte ich die
Kälte. Meine Hände waren eiskalt. Ich stopfte sie tief in meine Taschen
und erinnerte mich daran, dass ich in einer Stadt aufgewachsen war. Ich
war sehr unabhängig gewesen, als ich in Teheran lebte. New York war auch
eine Stadt. Hier galten die gleichen Regeln.

Belebte Alleen waren immer sicherer als Seitenstraßen und Gassen.

An der Ecke sah ich, dass ich mich wieder an einer Hauptstraße
befand. Ich schaute auf das Schild. Zweite Avenue. Der Verkehr auf dieser

Straße war sehr gering, aber ich dachte, ich könnte wenigstens ein Taxi finden, das mich zurück zum Bahnhof bringt.

Das Schild des Reisebüros an der Ecke gab mir neue Hoffnung. Als ich durch die Glasfront hineinspähte, sah ich eine Frau, die dort arbeitete.

Die Türglocke läutete, als ich eintrat. Sie war am Telefon, schaute aber auf und winkte mir, zu warten.

Ich sah mich in dem überfüllten Büro um. Drei Schreibtische, viele Regale mit allen möglichen Prospekten und Broschüren, auf den Schreibtischen stapelten sich weitere Papiere und Zeitschriften. An der Rückwand hingen Poster von sonnigen Stränden und schicken Hotels. Eines davon, das ein Paar bei verschiedenen Aktivitäten auf einem Kreuzfahrtschiff zeigte, war am unteren Rand zerrissen, und die Ecke baumelte in Richtung Boden. Ein muffiger Geruch nach alten Büchern durchzog den Raum. Mein Blick fiel auf die Decke; von einem großen dunklen Kreis blätterte die Farbe ab, wo sich offensichtlich Wasser gesammelt hatte und durchgesickert war. Auf dem Boden darunter stand ein Plastikeimer, der strategisch dort platziert worden war.

Die Frau beendete das Gespräch und legte auf.

„Danke, dass Sie gewartet haben."

„Hallo", sagte ich und klang schüchterner, als ich erwartet hatte. „Sie arbeiten am Sonntag?"

„Ich hole nur Papierkram nach."

Die Frau war schwarz und kräftig, hatte sehr kurzes grau meliertes Haar und freundliche braune Augen, die mich über die Spitzen einer funkelnden, goldumrandeten Brille hinweg ansahen.

„Und Sie müssen sich verlaufen haben", sagte sie. Das war keine Frage.

Der Gedanke, dass ich so deplatziert aussah, war bedauernswert. „Ich war am Bahnhof. Ein Mann hat meine Tasche gestohlen. Mein Reisepass war darin. Und ich will heute in den Iran fliegen und weiß nicht, was ich tun soll und da habe ich das Schild eines Reisebüros gesehen." Ich hielt inne und merkte, dass ich plapperte.

Sie schaute mich an.

Die Leute sagten mir immer, dass ich für mein Alter alt aussah. Ich hoffte, dass das stimmte, besonders in diesem Moment.

„Komm doch rein und setz dich, Schatz", sagte sie sanft und wies auf den Stuhl gegenüber von ihr.

Als ich mich setzte, bemerkte ich, dass neben ihrem Schreibtisch ein Heizstrahler aufgestellt worden war. Als ich mich hinsetzte, spürte ich die Wärme, die von der roten Glut ausging.

„Sie sagten, Ihre Tasche wurde am Bahnhof gestohlen?"

Ich nickte.

„Haben Sie mit der Bahnpolizei gesprochen? Haben Sie Anzeige erstattet?"

„Nein. Ich dachte, ich hätte gesehen, wohin der Junge gerannt ist, also bin ich ihm gefolgt." Ich klemmte die Hände zwischen die Knie. „Er war ein Teenager. Ich weiß, das war dumm, aber ich brauche meinen Pass."

„Na ja, wir alle erleben manchmal solche Sachen. Letzten Monat verließ ich die Reinigung ein paar Blocks von hier, und dieser Junkie tauchte aus dem Nichts vor mir auf, hielt ein Messer in der Hand und wollte meine Handtasche. Ich habe dem Idioten ‚Nein' gesagt, und zwar in aller Deutlichkeit."

Sie lachte. Sie hatte ein warmes, ansteckendes Lachen, das mich zum Lächeln brachte ... trotz der Geschichte, die sie erzählte.

„Sie haben ‚Nein' gesagt?"

„Ja, das habe ich. Ich habe ihm gesagt, dass ich ihm meine Handtasche nicht gebe, weil meine Tochter mir gerade neue Fotos von meinen drei Enkelkindern geschenkt hat und sie in meiner Brieftasche in meiner Handtasche waren und ich mich nicht von ihnen trennen würde ... auf keinen Fall."

„Was hat er getan?", fragte ich erstaunt.

„Nun, der arme Teufel hat stattdessen meine gereinigten Sachen genommen und ist damit abgehauen."

Sie lachte wieder. Und dann konnte ich nicht anders, als mit ihr zu lachen. Ich konnte mich nicht erinnern, wann ich das letzte Mal gelacht hatte.

„Er hat gute Kleidung mitgenommen?"

„Ja, hat er. Zwei Röcke und ein rosa Kleid. Meine Größe. Ich bin sicher, dass der Junge darin hervorragend aussehen wird." Sie lachte wieder bei dem bloßen Gedanken daran.

Als sie mit ihrer Geschichte fertig war, fühlte ich mich schon viel entspannter. Und ich dachte, dass sie ihren Job so perfekt macht. Die meisten Menschen reisten, um sich zu entspannen und glücklich zu sein. Sie war in der Lage, das für dich zu tun, bevor du überhaupt für eine Reise bezahlt hast.

„Okay ... mal sehen", sagte sie, setzte sich in ihrem Stuhl nach vorn und sah mich an. „Möchten Sie Kaffee oder Tee?"

„Nichts, danke."

„Wie wäre es mit heißer Schokolade? Ich habe hier eine Mischung, und heißes Wasser steht bereit." Sie wartete nicht auf eine Antwort von mir, sondern stand auf. Ich nickte achselzuckend, und sie ging zu einem Tisch, auf dem eine Kaffeekanne und einige Styroporbecher standen. Für eine große Frau bewegte sie sich mit enormer Anmut.

Ich knöpfte meinen Mantel auf und betrachtete die Bilder, die sie auf ihrem Schreibtisch hatte. Ich vermutete, dass es ihre Enkelkinder waren.

„Danke", sagte ich, als sie mit einer dampfenden Tasse heißer Schokolade zurückkam.

Bevor sie sich hinter den Schreibtisch zurückzog, beugte sie sich hinunter und drehte den Heizkörper weiter in meine Richtung.

„Ist schon gut. Mir ist warm."

Sie winkte abweisend mit einer Hand. „Ich lasse das Ding nur laufen, um die Luft in diesem Raum zu trocknen. Die Sanitäranlagen in der Wohnung oben scheinen nicht in Ordnung zu sein, also habe ich jeden zweiten Tag eine Wasserpfütze, die auf mich wartet, wenn ich zur Arbeit komme."

Ich schaute mitfühlend auf den dunklen Fleck an der Decke.

„Übrigens, mein Name ist Rita Wilson. Und wie heißen Sie, Schätzchen?"

Ich nannte ihr meinen Vor- und Nachnamen und buchstabierte ihn für sie. Sie schrieb sie auf ein Blatt Papier und starrte es an, um sich den Namen einzuprägen.

„Also, Omid. Sie haben gesagt, Sie haben ein Flugticket in den Iran?"

„Ich fliege in den Iran, aber ich habe mein Ticket noch nicht. Ich muss es erst kaufen."

„Und deshalb sind Sie in ein Reisebüro gekommen", sagte sie und nickte. „Was ist im Iran?"

„Meine Mutter."

Sie lächelte sanft, als würde sie es verstehen.

„Und bei wem leben Sie in den USA?"

„Bei meinem Vater und seiner Frau."

Sie notierte etwas auf dem Papier.

„Sie sind sehr nette Leute", fügte ich hinzu. Ich weiß nicht, warum ich das Gefühl hatte, etwas erklären zu müssen, aber ich tat es. „Carol, die Frau meines Vaters, ist mehr wie eine Freundin für mich als jemand, der mit meinem Vater verheiratet ist."

„Haben Sie Geschwister?"

Ich nickte. „Zwillingsbrüder. Halbbrüder", korrigierte ich. „Sie sind klein, aber sie sind auch nett."

Mir wurde klar, dass ich versuchte, ihr mitzuteilen, dass ich hier nicht vor meiner Familie weglief, weil sie gemein oder gleichgültig zu mir gewesen war. Ich wollte zu meiner Mutter, weil sie mich jetzt brauchte. Aber ich wusste nicht, wie ich das sagen sollte.

„Wann wollen Sie abfliegen?", fragte sie.

„Je früher, desto besser. Norooz ... das persische Neujahrsfest ist am Mittwoch, und ich wollte bis dahin bei meiner Mutter sein. Aber da mein Pass jetzt weg ist, weiß ich nicht, was ich tun muss und wie schnell ich einen neuen bekommen kann."

„Der Pass sollte kein Problem sein. Sie haben Glück, dass die iranische Botschaft ein Büro in Manhattan hat. Ich glaube, die meisten Botschaften können einen verlorenen Reisepass über Nacht ersetzen. Fluggesellschaften hingegen ..." Rita hielt inne und zog ein dickes, magazinartiges Buch aus einem Stapel ähnlicher Bücher heraus. Ein Blick auf den Einband verriet mir, dass es sich um ein Buch mit Flugplänen von Fluggesellschaften handelte. „Wir müssen sehen, ob wir einen Flug für Sie finden."

„Ich bin mit Pan-Am in die USA geflogen", sagte ich in der Hoffnung, dass das helfen würde. „In dem Flugzeug gab es freie Plätze. Also vielleicht ..."

„Ich rufe dort an und erkundige mich nach freien Plätzen und Stand-by-Tickets."

Rita suchte die Telefonnummer in einer Rollkartei und wählte sie. Ich war so froh, dass ich in dieses Büro gegangen war und Rita gefunden hatte.

„Ich bin in der Warteschleife", sagte sie eine Minute später und legte eine Hand auf den Hörer. „Weiß Ihre Mutter, dass Sie kommen oder wollen Sie sie überraschen?"

„Wir hatten schon früher darüber gesprochen, dass ich zu Norooz in den Iran fliege", erklärte ich. „Ich weiß, dass sie sich freuen wird, mich dort zu haben."

Ich hatte mir vorgenommen, mich nicht mit den Einzelheiten der Situation meiner Mutter zu befassen, solange ich noch in Amerika war. Ich musste mich auf eine Sache konzentrieren, und das war, zu ihr nach Hause zu kommen.

Rita begann wieder am Telefon zu sprechen. Ich sah, wie ihr Stift wie wild auf dem Papierblock herumfuhr.

„Bleiben Sie bitte kurz dran", sagte sie und sah zu mir auf. „Sie haben noch freie Plätze für ihren Flug am Dienstagabend. Bis dahin sollten wir uns um Ihr Passproblem kümmern können."

Ich nickte aufgeregt.

„Es ist teuer", warnte sie. „Tausend Dollar für ein einfaches Ticket."

Ich griff in meine Jackentasche und holte mein Portemonnaie heraus. Ich zog die Kreditkarte meines Vaters heraus und reichte sie Rita.

Sie schaute darauf hinunter. „Die deines Vaters?"

Ich nickte.

Sie las dem Angestellten der Fluggesellschaft die Kreditkartennummer vor und machte sich weitere Notizen, bevor sie auflegte.

Die Aufregung stieg in mir auf. Dies wurde Wirklichkeit. Ich würde nach Hause fliegen.

„Okay, Sie haben einen reservierten Sitzplatz. Sie werden die Karte erst am Montag belasten, wenn ich zurückrufe, um es zu bestätigen. Lassen Sie mich in der Zwischenzeit alle Informationen notieren, die wir brauchen, bevor ich die iranische Botschaft anrufe."

„Sie werden sich auch darum kümmern?", fragte ich erstaunt.

„Ich werde es sicher versuchen, Schatz."

Ich nannte ihr wieder meinen Namen, meine Adresse in Teheran und in Connecticut, mein Geburtsdatum und die Nummer meiner Geburtsurkunde. Sie fragte nach dem vollen Namen meines Vaters und dem meiner Mutter und schrieb alles auf.

„Ich werde sie morgen anrufen, denn ich weiß, dass keine dieser Botschaften sonntags geöffnet ist. Ich sollte in der Lage sein, alles zu klären, bis ich Ihren Flug bestätigen muss."

Ich nahm noch einen Schluck heiße Schokolade. Es war die beste heiße Schokolade, die ich je gekostet hatte. „Und was soll ich jetzt tun? Hier warten oder zurückkommen?"

„Bei wem wohnen Sie in New York?", fragte Rita und schaute auf den Block.

Ich wollte sie jetzt nicht anlügen. „Bei niemandem. Ich bin heute Morgen mit dem Zug in die Stadt gefahren."

„Sie könnten zurück nach Connecticut fahren ..."

„Nein, das will ich nicht."

Rita blickte zu mir auf, bevor sie sich wieder auf ihren Notizblock konzentrierte. „Oder ich kann Ihnen ein günstiges Hotelzimmer in der Nähe des Flughafens besorgen."

„Das wäre am besten", sagte ich. Ich nahm an, dass sie meine Geschichte bereits durchschaut hatte und wusste, was ich vorhatte. Ich war erst siebzehn und mit der Kreditkarte meines Vaters in New York. Ich hatte zwar nicht sein Einverständnis, aber sie war trotzdem bereit, mir zu helfen.

„Kann ich mit dieser Kreditkarte auch ein Hotel für Sie buchen?"

Ich nickte und hoffte, dass noch genug Geld auf der Karte war. Carol hatte mich beim Einkaufen über das Limit von Kreditkarten aufgeklärt.

Ihre Finger blätterten wieder durch die Visiten-Karten, und sie tätigte einen weiteren Anruf. Noch bevor ich meine heiße Schokolade ausgetrunken hatte, hatte sie ein Zimmer für mich in einem Sheraton in der Nähe der Grand Central Station reserviert. Sie rief erneut an, und ich hörte, wie sie jemanden bat, einen Wagen zum Reisebüro zu bringen.

„Ich bin der glücklichste Mensch, der Ihr Büro je betreten hat", sagte ich zu ihr, als sie mir die Kreditkarte und das Blatt Papier mit den Informationen über das Hotel und den Flug überreichte. Oben auf dem Blatt war ihre Visitenkarte angeheftet, auf der sie ihre Privatnummer notiert hatte. „Vielen Dank."

„Es war mir ein Vergnügen, Schatz." Rita kam um den Schreibtisch herum. „Jetzt möchte ich, dass Sie direkt zum Hotel fahren ... und nicht in dieser großen, gefährlichen Stadt herumirren. Ich rufe Sie am Montagmorgen an und sage Ihnen, wie ich mit der iranischen Botschaft verblieben bin."

Ich stand auf und ging mit ihr zur Eingangstür. „Soll ich einen Bus oder ein Taxi zum Hotel nehmen?"

„Ich habe schon einen Wagen bestellt, Omid. Der Mann einer Freundin aus meiner Kirche wohnt gleich um die Ecke. Er wird Sie in die Stadt zum Hotel bringen, und ich weiß, dass Sie in dem Hotel sicher sind." Sie schaute aus dem Glasfenster. „Und da ist er auch schon."

Wir gingen zum Bordstein hinaus, wo der Wagen wartete. Während Rita mit dem Mann ihrer Freundin sprach und ihm sagte, wohin er mich bringen sollte, dankte ich Gott, dass er mir einen Engel in Gestalt eines völlig Fremden an einer Straßenecke in Harlem geschickt hatte.

Irgendwo im Iran hielt meine Mutter Ausschau nach mir. Sie wollte, dass ich nach Hause komme.

Kapitel Siebzehn

Ich wusste nicht, was ich von Sonntag bis Dienstag tun sollte, aber Sightseeing kam nicht in Frage. Ich hatte noch achtzehn Dollar und etwas Kleingeld in meiner Tasche. Ich hatte die Kreditkarte meines Vaters, aber es war mir zu peinlich, sie für etwas anderes zu benutzen.

Der Wagen setzte mich vor dem Hotel ab, und ich musste mich nur noch mit meinem Namen an der Rezeption anmelden. Rita hatte sich um alles gekümmert.

Kein Gepäck, nicht einmal eine Handtasche. Ich kam mir ziemlich blöd vor, als mich ein Hotel-Page in den vierten Stock begleitete und mir das Zimmer zeigte. Ich zögerte, beschloss dann aber, ihm einen meiner kostbaren Dollars zu geben.

Ich schloss die Tür ab und schaute aus dem Fenster. Von der gegenüberliegenden Straßenseite aus konnte ich durch die Fenster eines Wohnhauses sehen, wie Menschen auf mehreren Etagen ihren Geschäften nachgingen. Auf Straßenebene konnte ich gerade noch eine Backsteinmauer erkennen, an der Werbung für die Pizza angebracht war, die der Laden verkaufte. Ich setzte mich auf das Bett und starrte in den Spiegel an der Wand. Meine Gedanken kreisten um meine Mutter und um das, was mit ihr im Iran geschah. Ich konnte mich nicht davon abhalten, an Carol und meinen Vater zu denken und daran, wie besorgt sie jetzt sein mussten.

Ich war wütend auf meinen Vater, weil er mich angelogen hatte, aber gleichzeitig wusste ich, wie sehr sich Carol um ihre Familie sorgte. Und ob es mir nun gefiel oder nicht, ich war ein Teil von ihr.

Ich war hungrig, aber Essen hatte keine Priorität, also beschloss ich, erst einmal nicht daran zu denken. Ich sah mich im Bad und im Schrank um und erkundete den Kühlschrank, der mit Getränken und Snacks gefüllt war, die ich kaufen konnte. Nichts interessierte mich.

New York schien fünf Fernsehkanäle zu haben, aber nur einer davon war auf dem Hotelfernseher deutlich zu sehen, egal, wie ich die Hasenohren einstellte. Schließlich gab ich auf, setzte mich aufs Bett und starrte auf den Bildschirm, ohne wirklich auf die Sendungen und die Werbung zu achten.

Ich muss eingeschlafen sein, denn ich wurde durch ein Klopfen an der Tür geweckt. Ich brauchte eine Minute, um zu realisieren, wo ich war, aber der Nebel lichtete sich, als es erneut klopfte.

Noch bevor ich aus dem Bett aufstand, wusste ich, wer auf der anderen Seite der Tür war. Es ergab alles einen Sinn. Rita hatte ihn angerufen. Ich schüttelte den Kopf, aber ich wusste, dass ich an der Stelle des Reisebüros dasselbe getan hätte. Sie musste ihn anrufen.

Ich ging zur Tür und öffnete sie, wobei der Riegel noch in der Verankerung war. Mein Vater wich einen Schritt zurück.

„Darf ich reinkommen, Omid?"

Er sah nicht wütend aus. Seine Stimme war leise. Aber er sah definitiv verärgert aus.

„Nein ... *na*", sagte ich und wiederholte das Wort auf Farsi. *„Baba, man gole medam ke hame een polo behetoon pass bedam."* Ich versprach, ihm das ganze Geld zurückzugeben, das ich benutzt hatte.

„Es geht nicht um das Geld", sagte er auf Farsi. „Omid, bitte lass mich rein."

„Nein, du hast mich angelogen. Gestern Abend hast du nach Strich und Faden gelogen und mir erzählt, meine Mutter hätte angerufen und es ginge ihr gut." Ich konnte die Tränen nicht zurückhalten, die bei diesen Worten kamen. „Ich will nicht, dass du reinkommst. Ich will nichts mehr mit dir zu tun haben. Ich gehe nach Hause in den Iran, zu meiner Mutter. Dorthin gehöre ich. Ich hätte gar nicht erst hierherkommen sollen."

Er lehnte sich mit dem Rücken gegen die Wand gegenüber meiner Tür. Durch die schmale Öffnung konnte ich nur einen Teil seines Gesichts sehen. Ich sah, dass er seine Augen geschlossen hatte.

„Du musst mich nicht hereinlassen", sagte er. Seine Stimme zitterte. „Aber würdest du mir bitte zuhören?"

„Damit du mir noch mehr Lügen erzählen kannst?"

„Nein. Keine Lügen mehr." Er sah mich jetzt an, aber er hatte sich nicht von der Wand wegbewegt. „Das verspreche ich dir. Ich schwöre es beim Leben deiner Brüder."

Die persische Redewendung, auf das Leben eines Menschen zu schwören, war eine ernste Sache. Er gab damit zu, dass seine Söhne das Wichtigste in seinem Leben waren. Er sagte auch, dass er sie eher sterben lassen würde, als mich noch einmal anzulügen.

Ich habe die Tür nicht geöffnet. Ich habe sie auch nicht geschlossen. Ich wartete und hörte zu.

„Ich habe gestern Abend von dem Schicksal deiner Mutter erfahren. Ein Dutzend Leute fragten herum, suchten, versuchten herauszufinden, wo sie war. Das letzte Mal, dass man sie gesehen hat, war am Tag nach ihrem Gespräch mit dir. Irgendwo zwischen Teheran und Isfahan verschwand sie, und niemand in der Busgesellschaft wollte etwas dazu sagen. Die Regierung wollte nicht sagen, dass sie sie haben."

Ich ließ mich zu Boden gleiten, mit dem Rücken gegen die Wand neben der Tür. Ich zog die Knie an meine Brust und lauschte. Ich konnte nicht aufhören, zu weinen. Die Tränen liefen mir einfach über das Gesicht.

„Ich hatte gestern einen Anruf, als du und Carol unterwegs wart. Mein Albtraum hat sich bestätigt. Ein revolutionäres ‚Komitee' hatte Azar entführt und zurück nach Teheran gebracht. Ihr Prozess sollte hinter verschlossenen Türen stattfinden. Sie durfte keinen Anwalt haben. Sie durften ihr keinen Besuch abstatten."

Ich konnte es in seiner Stimme hören. Er weinte. Mein Vater weinte. Ich stand auf und entriegelte die Tür. Ohne ein Wort zu sagen, stieß er sie auf und ging an mir vorbei. Er ging durch den Raum und ließ sich in einen Stuhl am Fenster sinken. Er vergrub sein Gesicht in den Händen.

„Das hättest du mir gestern Abend sagen sollen", sagte ich. Ich schien meine Emotionen besser unter Kontrolle zu haben als er im Moment. Ich lehnte mich gegen die geschlossene Tür.

„Eines Tages, Omid, wirst du deine eigenen Kinder haben. Mein einziger Wunsch ist, dass du deinem Kind nie sagen musst, dass der wichtigste Mensch in seinem Leben in einer solchen Gefahr schwebt, wie es deine Mutter jetzt gerade tut."

Er holte ein Taschentuch aus seiner Tasche und wischte sich das Gesicht ab. Seine Augen waren rot, als er zu mir aufsah.

„Ich konnte mich nicht dazu durchringen, es dir zu sagen. Noch nicht.

Nicht als ich noch versuchte, herauszufinden, ob man ihr irgendwie helfen kann."

„Ich möchte in den Iran fliegen."

„Sie werden dich nicht zu ihr lassen. Keiner weiß, in welchem Gefängnis sie ist." Frische Tränen sammelten sich in seinen Augen. „Omid, ich habe dir nie von den Telefonaten erzählt, die ich mit Azar geführt habe, bevor du letztes Jahr hierher gekommen bist. Du bist das Wichtigste in ihrem Leben. Sie würde sterben, wenn dir etwas zustoßen würde. Sie sagte mir, dass sie dich nicht mehr beschützen kann. Ihre politischen Aktivitäten hatten sie zu einer gebrandmarkten Frau gemacht, und du warst in Gefahr. Dein Name tauchte bereits auf bestimmten Listen auf. Sie war sich sicher, dass es nur eine Frage der Zeit war, bis *du* von der SAVAK abgeholt werden würdest, egal ob es etwas war, was *du* getan hast, oder ob es nur dazu diente, sie zu bestrafen.

„Sie hätte mit mir gehen können. Wenn sie mich geliebt hätte, hätte sie auch den Iran verlassen können." Die Wut brachte einen Schmerz zum Vorschein, über den ich nie viel nachgedacht hatte. Ich war wütend auf meine Mutter, weil sie ihre Sache mehr liebte als mich.

„Sie liebt dich *wirklich*", schnauzte er. „Sie liebt dich so sehr, dass sie bereit war, ein Stück ihres Herzens herauszuschneiden, um dich wegzuschicken. Du bist ihr ganzes Leben, und ein Teil von ihr ist gestorben, als du in dieses Flugzeug gestiegen bist. Aber sie konnte nicht gehen, selbst wenn sie es gewollt hätte. Die amerikanische Botschaft wollte ihr kein Visum erteilen. Das Pahlavi-Regime war so etwas wie eine Marionette der USA, und der SAVAK hatte jahrelang eine Akte mit Azars Aktivitäten angelegt. SAVAK war der rechte Arm der CIA im Iran. Vor ein paar Sommern sagte mir deine Mutter, sie wolle mit dir nach Amerika reisen, damit du dich hier allmählich wohlfühlen könntest. Sie wollte, dass du hier aufs College gehst, wenn du das möchtest."

„Davon hat sie nie etwas gesagt."

„Nein ... weil ihr Visum abgelehnt wurde. Die US-Regierung wollte sie nicht hierherkommen lassen", erklärte er. „Du kannst mir alles vorwerfen, was du willst. Aber denke niemals ... *denke niemals*, dass deine Mutter dich nicht liebt."

Ich ging ins Bad, um Taschentücher zu holen. Ich starrte in den Spiegel und erkannte kaum das rote, geschwollene Gesicht, das mich ansah. Ich drehte das kalte Wasser auf und hielt meine Handflächen darunter. In der Wasserpfütze kämpften sich Blasen an die Oberfläche und purzelten über die Seiten meiner Hände. Das war ich, diese Blasen − aufsteigend, suchend, aber sofort wieder nach außen stürzend, dem sicheren Vergessen entgegen. Ich spritzte mir das kalte Wasser ins Gesicht.

Als ich endlich wieder ins Zimmer kam, saß mein Vater vornübergebeugt, die Ellbogen auf die Knie gestützt. Er starrte auf seine leeren Hände. Er schaute auf. Für mich sah Habib aus, als wäre er an einem Tag um zehn Jahre gealtert.

„Omid, ich bitte dich nicht um meiner selbst willen ... oder um Carols willen. Ich flehe dich im Namen deiner Mutter an. Dich zu beschützen, ist das Einzige, was Azar je von mir verlangt hat. Geh nicht zurück. Nicht jetzt. Nimm deiner Mutter nicht das Einzige, was ihr im Moment Seelenfrieden gibt."

Ich verschränkte meine Arme vor der Brust. Ich lehnte mich gegen die Wand und ließ die Tränen fließen.

„Aber ich will nicht, dass sie stirbt", keuchte ich durch mein Schluchzen. „Ich will sie nicht verlieren."

Er stand auf und kam zu mir, um mich in seine Arme zu nehmen. Er zitterte, und ich wusste, dass er auch weinte.

„Ich will auch nicht, dass sie stirbt, *Joonam*."

Ich weiß nicht, wie lange wir dort standen, wie lange wir weinten. Aber allmählich wurde mir klar, dass dies das erste Mal in meiner Erinnerung war, dass mein Vater mich in den Arm genommen hatte.

Irgendwann später setzten wir uns einander gegenüber und unterhielten uns. Er nannte mir den Namen des Anwalts, den er in Teheran engagiert hatte, um den Fall meiner Mutter zu verfolgen. Er erzählte mir von Familienmitgliedern, mit denen er schon lange nicht mehr gesprochen hatte, mit denen er aber jetzt in Kontakt stand. Er versicherte mir, dass alles, was für Azar getan werden konnte, auch getan wurde.

Schließlich stellte er mir die Frage, auf die es unweigerlich nur eine Antwort gab.

„Kommst du mit mir zurück nach Connecticut? Wirst du bleiben?"

Kapitel Achtzehn

CAROL HATTE NICHT VERSUCHT, ihre Gefühle zu verbergen, als ich am Sonntagabend mit meinem Vater nach Connecticut zurückkehrte. Sie schimpfte mit mir und umarmte mich. Sie schrie mich an und versuchte, mit mir zu reden. Sie zeigte all die Emotionen, die so viele Menschen mühsam zu unterdrücken versuchen.

Menschen wie mein Vater und ich.

Am Montagmorgen wachte ich auf, um zur Schule zu gehen, aber sie war schon wach und schickte mich zurück ins Bett. Sie hatte sich mit der Schule in Verbindung gesetzt und ihnen gesagt, dass unsere Familie Norooz, das persische Neujahrsfest, feierte und sie mich die ersten drei Tage der Woche von der Schule fernhalten würde. So verbrachte ich am Montag den ganzen Tag im Bett, unglücklich und schweigend. Sie ließ mich in Ruhe.

Am Dienstagmorgen weckte sie mich um neun Uhr und schickte mich los, um banale Aufgaben in letzter Minute zu erledigen. Ich wusste bereits, dass ich den entsprechenden Enthusiasmus an den Tag legen musste, sonst würde sie wieder mit einer Tirade beginnen. Die Zwillinge waren auch zu Hause, und ob sie nun nach ihren Anweisungen oder aus eigenem Interesse handelten, sie würden mich den ganzen Nachmittag nicht in Ruhe lassen.

Carol hatte es irgendwie geschafft, ein halbes Dutzend Bücher über iranische Volksmärchen aufzutreiben. Zwei davon waren in Farsi, und zwei enthielten Geschichten über Amoo Norooz, unsere Version des Weihnachtsmanns. Ich musste den Jungen die Geschichten auf Farsi vorlesen und sie dann ins Englische übersetzen. Das geschah natürlich, während die Zwillinge die Geschichten mit ihren GI-Joe-Actionfiguren nachspielten und ich von Carol ständig mit Fragen über den Feiertag unterbrochen wurde. Ich weiß, dass ich viele ihrer Fragen bereits beantwortet hatte.

Auch mein Vater hatte sich die Tage freigenommen. Aber er war still. Er ging von Zimmer zu Zimmer, lächelte ab und zu über die Possen der Jungs oder saß in seinem Sessel und beobachtete uns einfach. Aber er sagte nichts, es sei denn, er war gezwungen, auf etwas zu antworten, was Carol ihn fragte. Er war besorgt. Und ich wusste auch, warum. Er hatte mir gesagt, dass er darauf wartete, dass seine Kontakte im Iran ihn mit Informationen über meine Mutter anriefen. Das Telefon hat nicht geklingelt.

Die Frühlings-Tagundnachtgleiche sollte in der Nacht zum Dienstag um zweiundzwanzig Minuten nach zwölf stattfinden. Carol hatte Darius und Niroo bereits gesagt, dass sie zum neuen Jahr wach bleiben durften.

Zum Abendessen gab es gegen sechs Uhr Fisch und Reis mit Dill gewürzt. Irgendwo hatte Carol eine Flasche mit eingelegtem Knoblauch gefunden, eine beliebte persische Beilage. Um acht Uhr dösten die Jungs auf dem Sofa und Carol brachte ein paar frische Windbeutel, die sie selbst gemacht hatte. Eine halbe Stunde später hatte der Zucker gewirkt, und die Zwillinge waren in einen weiteren Actionfiguren-Krieg vertieft, während der Rest von uns fernsah.

Das Telefon klingelte. Ich stürzte darauf zu, aber mein Vater erreichte den Hörer vor mir und ging ran.

„Hallo.“

Er hörte einen Moment lang zu.

„Aloo ... aloo. Baleh, managt.“ Hallo ... hallo. Ja, ich bin es, sagte er auf Farsi.

Ich stand in der Mitte des Wohnzimmers und hielt den Atem an. Ich starrte ihn an und wartete darauf, dass er etwas sagen würde. Er hörte zu. Sporadisch flüsterte er nur: *„Baleh ... Baleh ...“* Ja ... Ja ...

Die Zwillinge sprangen auf dem Sofa herum. Carol nahm jeden von ihnen am Arm und zerrte sie aus dem Wohnzimmer. Ich hörte, wie Darius sich bereits beschwerte, als sie das Schlafzimmer der Jungen erreichte. Sie brachte sie mit einer Warnung zum Schweigen, als die Schlafzimmertür hinter den dreien zuschlug.

Mein Vater hatte sich von mir abgewandt, und ich konnte seine Augen nicht sehen. Aber ich wusste es. Ich sah, wie seine Schultern einknickten. Ich hörte, wie er versuchte, zu atmen.

Ich versuchte, etwas zu sagen. Ich wollte ihn fragen, was es Neues gab. Aber ich konnte nicht. Der Knoten in meiner Kehle ließ keine Worte zu.

Ich wusste es.

Ich rannte in mein Schlafzimmer und schloss die Tür. Ich nahm das Kissen von meinem Bett und vergrub mein Gesicht darin, um mein Schluchzen zu unterdrücken.

Ich versuchte, mir alles andere als das Schlimmste einzureden. Dass Azars Prozess stattfinden würde. Dass sie nicht in der Lage waren, einen Anwalt zu engagieren. Dass sie eine Haftstrafe antreten müsste. Ich wollte nicht darüber hinaus denken. Ich fürchtete, wenn ich das Schlimmste dachte, könnte es wahr werden.

Ich versuchte, an etwas anderes zu denken. An irgendetwas.

Ich setzte mich auf. Auf dem Tisch neben meinem Bett fiel mir eine Ausgabe von Hafiz ins Auge. Ich nahm es in die Hand und ließ es auf eine beliebige Seite fallen. Ich schloss die Augen und ließ meine Finger die Stelle auswählen. Durch meine Tränen hindurch las ich die Zeilen,

Die Wasser des Lebens sind nicht mehr klar,
Die purpurne Rose ist blass geworden vor Angst,
Und was ist dem Frühlingswind widerfahren?

ICH KLAPPTE das Buch zu und warf es quer durch den Raum.

Ich weinte immer noch, als er an meine Tür klopfte. Ich setzte mich auf und wartete. Die Tür ging auf. Carol war bei ihm und sie kamen beide herein. Sie weinten beide. Er setzte sich auf mein Bett und Carol stellte sich hinter ihn.

Ich schüttelte den Kopf. „Nein", brachte ich krächzend hervor.

„Ich habe dir versprochen, dass ich dich nie wieder wegen deiner Mutter anlügen würde", sagte mein Vater mit heiserer Stimme.

Ich starrte ihn an. Er sah mir in die Augen.

„Deine Mutter wurde heute Morgen auf Befehl der Mullahs im Evin-Gefängnis hingerichtet."

Buch 2

Der Sturm der letzten Nacht war eine Reise zum Geliebten.
Ich überlasse mich dem, dem Wind,
der mein Freund ist, und meiner Arbeit.

Jede Nacht blitzen die Blitze auf.
Jeden Morgen, eine Brise.

Nicht an einem geschützten Ort, sondern in der Flut
des pumpenden Herzens, im Wind
einer Rosenknospe, die sich öffnet ...

Eine müde Hand bricht zusammen, erschöpft,
die am Morgen wieder dein Haar hält.

Der Friede kommt, wenn wir zusammen Freunde sind,
sich erinnern.

- Hafiz

Kapitel Neunzehn

Litchfield, Connecticut
Mai 2009

AUF FARSI NENNT man es *dell shureh*. Die langsam brennende Angst, die tief in der Magengrube beginnt, sich verselbständigt und dann nagt und kratzt, bis sie die Kehle ihres Opfers erreicht. Die Art von Angst, die man nicht wegdiskutieren kann. Sie kommt ohne Vorwarnung. Es ist das Gefühl, das einem sagt, dass ein geliebter Mensch in Schwierigkeiten ist.

Sie setzte sich erschrocken im Bett auf. Sie hatte keine Ahnung, wie spät es war, und die warme Luft erstickte sie. Sie warf die Decke ab und stellte die Füße auf den Boden. Das Holz war kühl, und sie zwang sich zu atmen.

Omid wusste nicht, was sie geweckt hatte. Sie berührte ihr Gesicht. Ihre Wangen waren feucht. Sie hatte im Schlaf geweint. Wenn sie einen Albtraum gehabt hatte, konnte sie sich nicht daran erinnern. Aber das unangenehme Gefühl in ihrer Magengrube war da. Die Sorge pochte unaufhörlich in ihren Schläfen. Im Haus war es still, bis auf das Tröpfeln des Regens in den Dachrinnen. Wind und der Geruch des Sturms drangen durch das wenige Zentimeter offene Fenster auf der anderen Seite des Zimmers und drückten an den Gazevorhängen wie untätige Geister.

Sie schaute auf die Nachttischuhr. Es war 4:27 Uhr, eine Stunde bevor ihre innere Uhr sie normalerweise wecken würde.

„Was?", fragte John, ohne seinen Kopf vom Kissen zu heben.

Sie richtete sich auf. Sie überlegte, ob sie ihm nicht antworten sollte; er war letzte Nacht wieder spät nach Hause gekommen. Zu spät.

„Ich will sichergehen, dass Hannah zu Hause ist", sagte sie schließlich. Ihre jüngere Tochter war gestern Abend noch bei der Arbeit gewesen, als Omid ins Bett gegangen war.

„Ich war noch auf, als sie nach Hause kam. Sie schläft schon."

In jeder anderen Nacht hätte das genügt, um ihre Nerven zu beruhigen. Als sie in der Dunkelheit stand, spürte sie den Luftzug vom Fenster und fragte sich, wie ihr vorher so warm gewesen sein konnte. Der Holzboden fühlte sich jetzt kalt an unter ihren Fußsohlen, und sie spürte, wie eine Gänsehaut auf ihrer Haut aufstieg. Es war fast Ende Mai, aber so, wie sie sich jetzt fühlte, hätte es genauso gut Januar sein können. Omid ging durch das Schlafzimmer zum Fenster und sperrte den eindringenden Regen und Wind aus.

Der Schlaf war weg und die Unruhe, die an ihr nagte, ließ nicht nach. Sie schlüpfte mit den Füßen in ihre Hausschuhe und nahm ihren Bademantel von der Bank am Fußende ihres Bettes.

Sie blickte zu John hinüber. Er hatte sich bereits auf den Rücken gerollt und schnarchte leise.

Sie wickelte sich in den weichen Bademantel, ein Geschenk ihrer lieben Töchter zum Muttertag im letzten Jahr. Zusammen mit dem Bademantel hatten Sayeh und Hannah ihr auch einen Gutschein für ein örtliches Spa geschenkt. Sie hatte ihn noch nicht eingelöst. Vor ein paar Wochen hatte sie die beiden angerufen, um sich zu vergewissern, dass der Gutschein nicht verfallen war, und sie hatten ihn um weitere sechs Monate verlängert.

Die Reise zum Spa sollte der Entspannung dienen, hatten ihre Töchter sie daran erinnert, etwas, wovon Omid nicht viel wusste.

Das war nicht beabsichtigt. Sayeh machte sich über sie lustig, indem sie sagte, Omid habe einiges mit dem süßen kleinen Terrier von nebenan gemeinsam – hin und her rennen, sieben Tage die Woche, zu jeder Tages- und Nachtzeit aufstehen. Omid konnte ihr Leben nur so leben, wie es für sie natürlich war. Seit sie ein Teenager war, hatte sie sich selbst beigebracht, immer zu planen, zu arbeiten und nach vorne zu schauen. Das war ihre Art, mit ihrer Vergangenheit umzugehen. Sie hat nicht darüber gesprochen. Sie ließ sich keine Zeit, sich damit zu beschäftigen. Sie hatte schon vor Jahren beschlossen, dass sie nie wieder zusammenbrechen würde, nie wieder.

Zum *diesjährigen* Muttertag hatten die Mädchen sie für sechs Yogakurse angemeldet. Sie hatten ihr gedroht, dass sie ab diesem Sommer zu dritt zu den Kursen gehen würden. Daran war nicht zu rütteln.

Dell shureh. Die Sorge kletterte aus ihrem Magen und saß nun wie ein Knoten in ihrer Brust. Omid erinnerte sich, dass ihre eigene Mutter ihr von einem Cousin erzählt hatte, dessen Sohn in Drogen und andere Verrücktheiten verwickelt war. Sie sagte, dass ihr Cousin wegen dieses Sohnes an *dell shureh gestorben sei.* Erst als Omid selbst Mutter wurde, glaubte sie, dass es überhaupt möglich war, dieses Gefühl zu erleben.

Omid ging aus dem Schlafzimmer. Im Flur gab es überhaupt keine Luft. Die Fenster an beiden Enden waren geschlossen. Am Fenster am oberen Ende der Treppe stehend beobachtete sie, wie der Wind an den Ästen der Bäume zerrte. Die knospenden Blätter eines Zweiges, der dem Haus am nächsten war, kratzten leicht an der Scheibe.

Ein Nachtlicht aus der offenen Tür des Mädchenbads warf Schatten in den Flur. Omid blieb bei Hannahs geschlossener Tür stehen und drehte leise den Knauf.

Die Tür gab nur ein leises Geräusch von sich, als sie sie öffnete. Die Blau-, Grün- und Rottöne der vielen elektronischen Geräte im Schlafzimmer gaben genug Licht ab, dass Omid den chaotischen Zustand des Zimmers erkennen konnte. Überall, wo sie hinsah, lagen saubere und schmutzige Kleidungsstücke in Stapeln. Der leere Wäschekorb stand auf der Seite am Fußende des Bettes.

Zu dem Trommeln in ihren Schläfen gesellte sich ein Anflug von Irritation. Gestern hatte sie die Wäsche hier drin sortiert und gefaltet. Sie holte tief Luft, um sich zu beruhigen. Hannah war im letzten Jahr der Highschool und neben der Tatsache, dass sie eine exzellente Schülerin war, kellnerte sie auch zwei Abende pro Woche in einem Restaurant in der Stadt. Omid erinnerte sich daran, dass sie Hannah nur noch zwei oder drei Monate im Haus haben würde, wenn überhaupt. Nur noch drei Wochen bis zum Schulabschluss. Und dann kämen Sommerjobs, das College, ein Semester oder ein Jahr im Ausland, Praktika. Das Leben würde nach ihrer jüngeren Tochter rufen, so wie es auch nach Sayeh gerufen hatte.

Mach dich *nicht* über Kleinigkeiten lustig, ermahnte sich Omid. Sie musste jede Minute genießen, die sie noch mit Hannah hatte.

Omid blickte an dem Chaos vorbei in Richtung des Bettes. Ihre Tochter lag zusammengerollt, so wie sie geschlafen hatte, seit sie ein Kleinkind war. Von der Erkältung, die sie in der Woche zuvor bekämpft hatte, war nichts zu spüren. Ihre Atmung war klar. Omid überlegte, ob sie sich zu ihr setzen sollte, um ihr seidiges schwarzes Haar zu streicheln und ihr einen Kuss auf die Stirn zu drücken, so wie sie es zu tun pflegte, als die Mädchen noch klein waren. Aber Hannah hatte einen so leichten Schlaf, dass Omid es nicht wagte, sich ihr zu nähern.

Einen langen Moment lang stand sie da und starrte ihre Tochter an, in der Hoffnung, dass sich die Unruhe legen würde. Aber das tat sie nicht. Das nagende Gefühl war immer noch da. Das Ziehen in der Magenschleimhaut, der Hauch von Panik, dass etwas ganz und gar nicht stimmte, wollte nicht verschwinden.

Die Quelle ihrer Sorge war nicht Hannah.

Sayeh. Omid musste sich um ihre ältere Tochter kümmern.

Sie verließ das Zimmer und machte sich auf den Weg die Treppe hinunter und durch das Haus ins Arbeitszimmer. Auf dem Weg dorthin schaltete sie das Licht im unteren Stockwerk an, in der Hoffnung, das Gefühl der Vorahnung zu vertreiben, das immer stärker wurde. Sie wusste nicht, ob überhaupt etwas nicht stimmte, und doch spürte sie, wie sie zunehmend verzweifelt wurde.

Die Uhr über dem Kamin zeigte 4:40 Uhr. Omid schaltete den Computer ein und rechnete im Geiste nach, wie viel Uhr es jetzt in Kairo ungefähr sein würde. Sie schätzte, dass es etwa Mittag sein musste.

Sayeh war fast am Ende ihres Auslandsjahres in Ägypten angelangt. Sie anzurufen, war natürlich das ganze Jahr über eine Herausforderung gewesen. Seit ihrer Ankunft in Kairo schien die Zwanzigjährige nie an ihr Mobiltelefon zu gehen. Sie hörte weder Sprachnachrichten ab, noch las Textnachrichten ... zumindest nicht die von Omid, wie es schien. E-Mail war der zuverlässigste Weg, ihr eine Nachricht zukommen zu lassen. E-Mail und Hinterlassen einer Nachricht auf ihrer Facebook-Seite.

Während sie darauf wartete, dass ihr Computer zum Leben erwachte, nahm Omid den Hörer ab und wählte trotzdem die Nummer ihrer Tochter. Wie sie erwartet hatte, kam sie nicht durch.

Sie konnte nicht warten, bis Sayeh zu Hause war. Sie hatte bereits das Rückflugticket ihrer Tochter für die erste Juniwoche gekauft. Sayeh hatte in dieser Woche ihren Unterricht beendet, wollte aber noch in Kairo bleiben und sich mit Freunden die Sehenswürdigkeiten ansehen. Zu Hannahs Abschlussfeier würde Sayeh wieder zu Hause sein. Omid wünschte sich, die Tage würden schneller vergehen. Als sie auf den Computerbildschirm sah, fielen ihr einige Zeilen des Dichters Rumi ein.

Noch während sie an sie dachte, wurde ihr klar, dass sie sie umschrieb: „Oh Engel, bring sie zu mir zurück. Die Augen ihres Herzens waren auf Hoffnung gerichtet, ohne Rücksicht auf die Folgen ..."

Der Computer fuhr endlich hoch, aber Omid machte sich nicht die Mühe, sich zu setzen. Sie griff über den Stuhl, um ihre E-Mail zu öffnen.

„Wieso bist du so früh auf?" Der Ton hinter ihr war anklagend.

Omid zuckte völlig erschrocken zusammen. Sie hatte Hannah nicht die Treppe herunterkommen hören.

Sie drehte sich zu der verschlafenen Siebzehnjährigen um, die an der Tür lehnte und einen gespielten Blick der Missbilligung aufsetzte. In solchen Momenten erkannte Omid in Hannahs Blick so viel von ihrer eigenen Mutter.

„Habe ich dich geweckt, Schatz?"

„Beantworte eine Frage nicht mit einer Frage. Ich habe dich zuerst gefragt."

Omid lächelte. Jeden Tag schien sie nun ihre eigenen Worte zu hören. „Ich war schon früh wach und dachte, ich komme mal runter und checke meine E-Mails."

Hannah schüttelte den Kopf. „E-Mails können warten. Genauso wie das Abrufen deiner Facebook-Nachrichten und der Zugriff auf deine Dateien von der Arbeit, wenn du einen halben Tag am Sonntag vor dem Computer verbringst." Sie betrat das Zimmer, nahm Omids Hände und zog sie zur Tür. „Heute ist dein Geburtstag, Mama. Weißt du noch, wie du mir versprochen hast, im Bett zu bleiben und mich und Dad das Frühstück machen zu lassen?"

Sie hatte vergessen, dass heute ihr Geburtstag war. „Lass mich nur noch meine E-Mails nachsehen – das private Konto – dann gehe ich wieder ins Bett."

„Nein, Mom. Du bist ein schlimmerer Internet-Junkie als ich. Du fängst an zu checken ..."

Omid zog ihre Hand aus der Umklammerung ihrer Tochter. Sie trat zurück zum Computer. „Bitte, Schatz. Es ist wichtig."

Hannah starrte sie an, als sähe sie sie heute Morgen zum ersten Mal. Sie war nun völlig wach.

„Was ist los?" Sie ging zu ihrer Mutter und legte einen Arm um sie. „Du zitterst ja. Du wirst doch nicht krank, oder?"

„Es ist alles in Ordnung, Hannah. Nun, wahrscheinlich nichts", korrigierte sie. Sie wollte stark sein, aber ihre Stimme verriet sie. Sie fühlte sich jetzt bis auf die Knochen durchgefroren. Was auch immer die Ursache für ihre Gefühle war, es wurde nur noch schlimmer. Sie umarmte ihre Tochter, in der Hoffnung, sie beide zu beruhigen. „Ich bin mit einem Albtraum aufgewacht."

„Und du zitterst immer noch?" Hannahs Arme legten sich fester um sie. „Das ist dieser verdammte Regen. Es hat seit einem Monat nicht mehr aufgehört, so scheint es. Ich hasse diese Art von Wetter. Es fühlt sich nicht so an, als ob der Sommer vor der Tür stünde. Ist dir kalt?"

Omid schüttelte den Kopf und begrüßte die Umarmung ihrer Tochter. Hannah war immer die zärtlichere ihrer beiden Töchter. Sie hielt ihre Gefühle nicht zurück, weder im Guten noch im Schlechten.

„Willst du mir erzählen, worum es in dem Traum ging?"

Omid schüttelte den Kopf. „Ich kann mich nicht erinnern. Ich weiß nur, dass ich nach allen sehen muss."

Sie drehte sich um und strich Hannah eine Locke ihres dunklen Haares hinter ein Ohr. Da ihre Schwester nicht da war, war es das erste Mal, dass Hannah die Verantwortung für etwas Besonderes an Omids Geburtstag übernommen hatte. Vor ein paar Wochen waren sie am Muttertag zum Brunch ausgegangen. Auch das hatte Hannah nicht als Omids Geburtstagsfeier gelten lassen, egal, wie sehr sie gejammert hatte. Die jüngere Tochter hatte sogar ihre Schicht im Restaurant getauscht, sodass sie heute den ganzen Tag zu Hause sein würde.

„Schau, Schatz. Du bist hier, sicher in meinen Armen. Ich will nach Sayeh sehen. Lass mich nur sehen, ob es eine E-Mail von ihr gibt. Lass mich das überprüfen und ich verspreche, wieder ins Bett zu gehen."

Hannah hielt inne, als würde sie die Möglichkeiten abwägen. Schließlich nickte sie. „Kann ich dir etwas zu trinken holen? Ein Glas Orangensaft oder eine Tasse Tee?"

„Tee wäre toll", sagte Omid so fröhlich wie möglich, um sich Zeit zu verschaffen. Sie wusste, dass Hannah nicht aufgeben würde, bis sie sie nach oben begleitet hatte.

Sie sah ihrer Tochter beim Hinausgehen zu und setzte sich dann schnell wieder an den Schreibtisch. In diesem Jahr hatten sie sich alle etwas umstellen müssen, weil Sayeh so weit weg war. Ihre ältere Tochter war über Weihnachten für eine Woche nach Hause gekommen. Das war ein wahrer Segen gewesen, vor allem, weil das Saberi-Mädchen im Iran verhaftet worden war, nicht lange, nachdem Sayeh nach Ägypten zurückgekehrt war. Angesichts dieser Nachricht, die ständig im Fernsehen lief, wusste Omid, dass sie es nicht neun Monate lang ausgehalten hätte, ohne ihr Kind zu sehen. Kairo war tausend Meilen von Teheran entfernt, und die Amerikanerin war schließlich freigelassen worden, aber diese Situation hatte Omids Nervosität über die Abwesenheit ihrer Tochter nur noch verstärkt.

Sie hatte vierzehn neue Nachrichten, seit sie gestern Abend nachgesehen hatte. Omid überflog schnell die Liste, bis sie die E-Mail ihrer Tochter fand. Zwei davon ... nacheinander an sie geschickt. Der Anblick dieser Nachrichten hätte eine Erleichterung sein sollen, aber die nagende Sorge wollte nicht verschwinden. Sie überprüfte die erste der beiden. Es war eine elektronische Geburtstagskarte. Sie speicherte sie als neu für später und öffnete die zweite E-Mail.

Alles Gute zum Geburtstag, Mama!

Ich weiß, dass morgen ein Arbeitstag ist, aber ich hoffe, du hast vor, heute Abend lange aufzubleiben und zu feiern. Ich rufe dich gegen Mitternacht deiner Zeit an. Ich habe eine Überraschung.

Ich liebe dich ... vermisse dich ... wünschte, du wärst hier. Sayeh

OMID KONNTE SICH NICHT ERINNERN, wann sie das letzte Mal bis Mitternacht aufgeblieben war. Ihre Töchter kannten sie so gut. Sie war der Typ, der früh ins Bett ging und früh aufstand. Sie hatte jeden Tag einen einstündigen Arbeitsweg, und sie war immer eine der Ersten im Büro. Sie las die kurze E-Mail noch einmal. Sie überprüfte die Zeit darauf. Sie war vor sechs Stunden abgeschickt worden.

„Fühlst du dich jetzt besser?", fragte Hannah, die hinter ihr stand. Sie stellte eine Tasse Tee neben der Tastatur ab. Die Siebzehnjährige las die E-Mail von ihrer Schwester.

„Was ist die Überraschung?", fragte Omid.

„Sei nicht so ein Spielverderber. Du wirst es früh genug erfahren."

„Ich sehe an deinem Gesicht, dass du weißt, was es ist."

Hannah rollte den Stuhl, auf dem Omid saß, vom Schreibtisch weg. „Du hast mir versprochen, wieder ins Bett zu gehen. Nimm deine Tasse Tee und hau ab."

„Bitte, Hannah. Sag es mir."

Omid wurde aus dem Stuhl gezogen und die Tasse Tee wurde ihr sanft in die Hand gedrückt. „Nein. Ins Bett."

Gehorsam verließ sie mit ihrer Tochter das Zimmer und verstand nicht, warum selbst die E-Mail von Sayeh ihre Nerven nicht beruhigt hatte. Sie war heute achtundvierzig Jahre alt, und *dell shureh* war immer aufgetaucht, wenn etwas mit John oder den Mädchen los war. Es wäre lähmend, wenn sie die Nervosität auch bei anderen Familienmitgliedern und Freunden zu spüren bekäme. Das würde eine Menge E-Mails und Anrufe mitten in der Nacht bedeuten.

Gott steh mir bei, dachte Omid. Ich werde immer mehr zum Perser, je älter ich werde.

Kapitel Zwanzig

Teheran
Mai 2009

SAYEH ZOG die Jalousie am Fenster neben ihrem Sitz hoch und blickte durch die Wolkenfetzen auf die sich ausbreitende Stadt hinunter. Der Flieger befand sich im schnellen Sinkflug in Richtung des Flughafens Mehrabad, und sie konnte die Gebäude sehen, die die Landschaft bis zum Fuß der schneebedeckten Berge im Norden säumten. Der schwere Smog und die dunkleren Wolkenfelder, die tief über der dicht besiedelten Hauptstadt hingen, färbten alles einheitlich gelblich-grau.

Fünfzehn Millionen Menschen, dachte sie. *Unglaublich.*

„Kessey forodgah baret medareh?"

Sayeh wandte sich an die ältere Frau, die neben ihr saß. Seit das Flugzeug den Flughafen in Damaskus verlassen hatte, sprachen die beiden immer wieder eine Kombination aus Englisch und Farsi. Mehry Khanooms Englisch war ebenso schwach wie Sayehs Farsi, also sprach jeder mehr in der Sprache, die ihm vertraut war. Dennoch war es den beiden gelungen, sich während des zweieinhalbstündigen Fluges zu unterhalten, wobei die großmütterliche Mehry den größten Teil des Gesprächs führte.

Da es keine Direktflüge zwischen Kairo und Teheran gab, war Sayeh froh, dass sie auf dem zweiten Teil ihres Fluges in den Iran die Gelegenheit hatte, ihr Farsi mit dieser gutherzigen Frau zu üben.

Mehry war die stolze Mutter von fünf Kindern und Großmutter von achtzehn Jungen und Mädchen. Vier ihrer Kinder lebten noch im Iran und die jüngste Tochter war mit einem Syrer verheiratet. Sie lebten in Damaskus. Mehry lebte in Amol, drei Stunden nördlich von Teheran, jenseits der Berge und in der Nähe des Kaspischen Meeres. Sie erzählte Sayeh, dass ihr Sohn sie abhole und sie sofort nach Hause fahren würden, weil die Frau ihres Sohnes im neunten Monat schwanger sei. Sie mussten zu ihr zurückkehren.

Viele der Farsi-Wörter in diesem Gespräch gehörten nicht zum normalen Vokabular von Sayehs Rosetta Stone-Kursen und das Jahr Arabisch, das sie an der Universität in Kairo belegt hatte, war überhaupt nicht von Nutzen, sodass sie ein ziemlich gutes Gefühl hatte, all diese Informationen zu sortieren. Die letzte Frage hatte sie allerdings überrascht.

„*Bebakhsheen?*" Wie bitte? fragte sie.

„Wer? *Schlüssel?*" Mehry Khanoom fing wieder an. „*Kessey forodgah baret medareh?*"

„*Forodgah* ist Flughafen", sagte Sayeh stolz und verstand das Wort beim zweiten Mal. Sie begriff, dass sie gefragt wurde, wer sie am Flughafen abholen würde.

„Keiner. *Hichkass*", sagte sie der älteren Frau. „In Isfahan." Sie deutete mit der Hand ein Flugzeug an. „*Meram Esfahan.*" Sie musste noch einen Flug in jene Stadt nehmen, in der die Verwandten ihrer Mutter lebten.

„*Az Mehrabad?*", fragte Mehry.

„Ja, vom selben Flughafen."

„*Famile daree dar Esfahan?*"

Hatte sie Familie in Isfahan? Sayeh nickte. Sie hatte bereits erklärt, dass ihre Eltern und ihre Schwester in Amerika lebten und dass ihre Mutter Iranerin war. „Tanten und Cousinen. *Khalee va dokhtar khalee.*" Eigentlich waren sie die Tanten und Cousinen ihrer Mutter, aber das war zu kompliziert für ihre Sprachkenntnisse.

Das Flugzeug befand sich im Endanflug auf den Flughafen. Die Passagiere waren bereits aufgefordert worden, ihre Sitze in aufrechte Position zu bringen und alle losen Gegenstände zu verstauen. Eine Flugbegleiterin, die eine letzte Kontrolle durchführte, deutete auf Sayehs Schoß.

Sie sah auf das abgenutzte Notizbuch hinunter, das sie in der Hand hielt. Sie hatte gehofft, während dieser Etappe des Fluges mehr Passagen daraus lesen und übersetzen zu können. Aber ohne ein Wörterbuch war es viel schwieriger, es durchzuarbeiten. Sayeh verstand Farsi im Gespräch besser als beim Lesen, und es fiel ihr besonders schwer, handgeschriebenen Text zu lesen.

Sayeh hatte das Notizbuch vor etwa einem Monat in Kairo von einer ihrer Großtanten, die sie in Isfahan besuchen wollte, mit der Post erhalten. Das Tagebuch gehörte Sayehs Mutter und war geschrieben worden, als Omid im Iran die Highschool besuchte.

Sie steckte das Notizbuch in die Umhängetasche, die sie unter dem Sitz vor sich verstaut hatte.

Vor der Landung ging die Flugbegleiterin noch einmal den Gang hinunter zu ihrem eigenen Sitz. Sayeh dachte an die Artikel, die sie über weibliche Passagiere gelesen hatte, die sich vor der Ankunft auf dem Teheraner Flughafen ein Kopftuch aufsetzten und sich abschminkten. Da dieser Flug aus einem anderen muslimischen Land kam, waren die meisten dieser Vorsichtsmaßnahmen überflüssig, aber Sayeh hatte gesehen, wie ein paar Kopftücher angelegt wurden.

Mehry Khanoom hatte die Augen geschlossen und flüsterte Gebete vor sich hin, wie sie es auch beim Start getan hatte. Sayeh prüfte ihre Uhr und stellte sie auf Ortszeit ein. Die beiden Flüge, die sie bisher genommen hatte, waren pünktlich gewesen. Wenn der nächste Flug planmäßig verlief, würde sie nach ihrer Ankunft in Isfahan genug Zeit haben, um ihre Mutter in Connecticut anzurufen. Mitternacht in Litchfield war der nächste Morgen in Isfahan. Sie sollte mit einigen Tanten und Cousinen frühstücken. Sie könnten Omid gemeinsam „Happy Birthday" wünschen. Ihre Mutter würde aus allen Wolken fallen.

Sayeh war aufgeregt und stolz auf das, was sie getan hatte. Solange sie denken konnte, war sie von der Herkunft ihrer Mutter fasziniert gewesen. Sie und ihre Schwester Hannah hatten schon so oft davon gesprochen, in den Iran zu gehen. Aber sie waren zu jung, um eine solche Reise allein zu unternehmen und Omid wollte nichts davon hören. Die angespannten politischen Beziehungen zwischen den beiden Ländern hatten natürlich nicht gerade dazu beigetragen. Nicht, dass es jetzt keine Probleme gäbe – die Verhaftung von Roxanne Saberi hatte große Schlagzeilen gemacht –, aber es war nicht mehr so ungewöhnlich, dass Touristen hierherkamen, wie es in den letzten Jahren der Fall gewesen war. Man musste nur vorsichtig sein, sich an die Gesetze halten und sich anpassen.

Sayeh und Hannah waren in einem komfortablen Kokon des amerikanischen Vorstadtlebens aufgewachsen, weit entfernt von der persischen

Sprache und Kultur, die Teil ihrer Herkunft war. Ihr Großvater, Habib Mottahedeh, war im Iran geboren, aber er starb, als Sayeh kaum ein Teenager war. Wie ihre Mutter war auch Baba Habib in Amerika ausgebildet worden und hatte sein ganzes Erwachsenenleben hier verbracht. Zu Sayehs Enttäuschung sprachen die beiden also nicht sehr viel Persisch miteinander.

Sayeh wusste nicht viel über die Familie ihrer Mutter im Iran, außer der Tatsache, dass Omid noch zwei Großtanten in Isfahan hatte. *Über Facebook* hatte sie die erste Verbindung zu den Kindern der Cousins ihrer Mutter hergestellt. Sie waren etwa im gleichen Alter wie sie und sie waren genauso daran interessiert, die Verbindung herzustellen, wie Sayeh. Die Entscheidung, ein Jahr lang in Ägypten zu studieren, hatte sie noch näher zusammengebracht. Es gab wöchentliche E-Mails und dann eine Einladung, die Familie am Ende ihres Aufenthalts in Kairo kennenzulernen.

Sie schaute aus dem Seitenfenster, als das Flugzeug in Höhe des Daches einschwebte. Ihre Mutter wäre nicht erfreut gewesen, wenn sie im Voraus erfahren hätte, dass Sayeh dies tat. Deshalb hatte sie es als eine Überraschung vorbereitet. In Omid steckte zu viel Pessimismus. Sie stellte sich immer das Schlimmste vor. Sie hatte zu viel Angst vor allem und sie konnte sich Dutzende von Albtraumszenarien ausdenken, wenn ihre Töchter irgendetwas tun wollten, um ihre Flügel auszubreiten. Dieser Mangel an Ermutigung – oder auch Entmutigung – zeigte sich besonders deutlich, wenn sie davon sprachen, dass sie den Iran besuchen wollten. Omid war im Alter von siebzehn Jahren ausgereist und nie zurückgekehrt. Sie schien auch nicht den Wunsch zu haben, zurückzukehren.

John, Sayehs Vater, war eine totale Niete, wenn es darum ging, Entscheidungen für die Familie zu treffen. Er mochte es nicht, sich einzumischen. Er mochte keine Streitereien. Er vermied um jeden Preis das Drama, das damit einherging, drei Frauen im Haus zu haben. Er mochte seinen Zeitplan und seine Routinen. Er war ein Meister der passiven Aggression und schützte sorgfältig die Pufferzone, die er für sich geschaffen hatte. Omid kümmerte sich um alles in der Familie, und er fügte sich.

Ihr Vater hatte keine Meinung geäußert, als Sayeh vorschlug, ein Auslandsjahr in Ägypten zu machen. Es war nur natürlich, dass eine Studentin mit einem Doppelstudium in Journalismus und Nahostwissenschaften sich für das Kairoer Programm einschreiben wollte. Ihre Mutter hatte nicht energisch widersprochen. Also war Sayeh losgezogen.

Als die Reifen des Flugzeugs die Oberfläche der Landebahn berührten, spürte sie sofort die Aufregung in sich aufsteigen. Am Tag zuvor hatte sie mit Zari, einer Cousine ihrer Mutter, gesprochen. Sie würde Sayeh am Flughafen von Isfahan abholen und sie war von Anfang an großartig gewesen. Zari hatte sogar den Flug gebucht und den Papierkram für Sayehs Visum erledigt. Sie war eine der wenigen Cousinen, die mit Omid in Kontakt blieben. Sayeh hatte ihr einen Eid der Verschwiegenheit abverlangt.

Sayeh glaubte fest daran, dass ihre Mutter kein Problem mit dieser Reise haben würde, wenn sie erst einmal wüsste, dass ihre Tochter ohne Probleme dort angekommen war. Sayeh hatte das Gefühl, dass sie Hannah einen Weg ebnete; sie öffnete sogar Omid wieder die Türen zu den Familienmitgliedern, die sie vor über dreißig Jahren zurückgelassen hatte.

„*Alhamdolah.*" Mehry Khanoom, die neben ihr saß, hob die Hände zur Decke und dankte Allah, als das Flugzeug zum Stillstand kam.

Die Passagiere ignorierten die über Funk verbreitete Aufforderung, die Sicherheitsgurte nicht zu lösen, während das Flugzeug zum zugewiesenen Flugsteig rollte. Die ältere Frau neben ihr war eine der ungeduldigsten.

„*Cheh sahat parvazete be Esfahan?*"

Sayeh übersetzte in ihrem Kopf. Sie wurde gefragt, wann ihr Flug nach Isfahan ging. Sie schaute auf ihre Uhr. „Erst in zwei Stunden. *Doh sahat.*"

„*Bayad az gomrok dar Tehran rad beshee.*"

Die ältere Frau war völlig fassungslos ob dieser Aussage. Sayeh schüttelte verwirrt den Kopf.

„*Gomrok*", wiederholte Mehry.

Sayeh hatte keine Ahnung, was das Wort bedeutete. Sie überlegte, ihr Taschenwörterbuch herauszuholen und das Wort nachzuschlagen. Aber das Flugzeug war am Gate angekommen, und alle standen auf.

„*Shoma* ... Du ... kommst mit mir." Die ältere Frau winkte Sayeh zu sich.

Es störte sie nicht. Es wäre schön, jemanden zu haben, der ihr half, zum richtigen Abfluggate zu gelangen.

Sayeh holte ihr Handgepäck aus den Gepäckfächern herunter. Mehry hatte eine Reihe von Einkaufstaschen. Sie hatte Sayeh erzählt, dass ihre Enkelkinder jedes Mal, wenn sie eine Reise antrat, *sogati* erwarteten, was so viel wie Mitbringsel bedeutete. Sayeh hatte ein paar Dinge aus Kairo mitgebracht, aber sie hoffte, dass ihre Cousinen nichts Besonderes erwarten würden.

Sayeh folgte ihrer neuen Freundin beim Verlassen des Flugzeugs. Sie hatte keine Koffer zu holen. Da sie nur für einen kurzen Besuch gekommen war, hatte sie alles, was sie brauchte, in ihren Handgepäck-koffer packen können. Mehry hatte jedoch Taschen, die sie abholen musste.

Als sie von der Brücke in das Terminal traten, wies ein bärtiger junger Mann in einem grauen Anzug ohne Krawatte jedem Passagier den Weg. Er wechselte ein paar Worte mit Mehry und wies auf ein Schild, auf dem stand, wo sich das Gepäckband befand. Sayeh wollte ihrer Freundin folgen, aber der Mann versperrte ihr den Weg.

„Isfahan." Sie gab ihr Ziel sofort bekannt und reichte ihm ihr Ticket, um Fragen zu vermeiden.

Er murmelte etwas, aber die Worte und ihre Bedeutung waren ihr vollkommen unklar. Sayeh hoffte, dass es sich nicht um eine Frage handelte, die sie beantworten sollte. Sie beobachtete ihn, als er sich den Flugschein genau ansah, vor allem den Namen, der darauf stand. „Sayeh ... Olsen."

Sie nickte.

Er sah ihr ins Gesicht und sie spürte einen Stich der Sorge tief in ihrem Bauch.

„Amerikaner?"

Sie nickte, schüttelte dann aber schnell den Kopf. *„Madaram Irani ast"*, sagte sie. „Meine Mutter ist Iranerin."

Er hielt ihr Ticket weiterhin fest und starrte sie an. „Reisepass."

Die Leute drängten sich hinter ihr. Jemand beschwerte sich. Der Mann winkte jemandem hinter sich zu und im Nu erschien eine zweite Person an seiner Seite und begann, den Reisenden zu helfen.

Sayeh wollte ihm sagen, dass sie keine Hilfe brauchte und ihren Weg schon finden würde. Aber die Farsi-Worte, die sie kannte, waren plötzlich ein einziges Durcheinander in ihrem Kopf. Sie wollte die Sache nicht noch schlimmer machen.

Sie griff in ihre Tasche, holte ihren Reisepass heraus und reichte ihn dem Mann. Sayeh sagte sich, dass es keinen Grund zur Sorge gab. Das waren Standardprozeduren.

„Amerikanischer Pass", sagte er in einem anklagenden Ton, als er ihn nahm.

„Ich habe ein Visum", sagte sie auf Englisch, denn es war offensicht-lich, dass er keine Probleme mit dieser Sprache hatte. „Ich habe den ganzen Papierkram erledigt. Es sollte alles in Ordnung sein."

Er öffnete ihren Pass und blätterte die Seiten durch. Bei dem Visum, das ihr für die Einreise ausgestellt worden war, hielt er inne.

Sie fühlte sich nicht wohler, als er wieder aufschaute. „Haben Sie Gepäck?"

„Nein. Nur Handgepäck", sagte sie und deutete auf die Tasche zu ihren Füßen, die Umhängetasche und die Handtasche.

„Kommen Sie mit", sagte er und wandte sich ab.

Sie hatte keine andere Wahl, als ihm zu folgen. Sie hob ihre Sachen auf und warf einen Blick in die entgegengesetzte Richtung, wo Mehry Khanoom wartete. Das Gesicht der alten Frau zeigte deutlich ihre Besorgnis und sie eilte sofort zu Sayeh.

„Warte ... auf mich ... *dar gomrok*", sagte Mehry und wies in die Richtung, in die der Mann ging.

Endlich ergab das Wort einen Sinn. *Gomrok* musste der Zoll sein. Zari hatte ihr gesagt, dass sie durch den Zoll gehen musste, bevor sie den Flug nach Isfahan nehmen konnte. Irgendwie fühlte sich Sayeh jetzt viel besser. Sie nickte der alten Frau zu und ging hinter dem Mann her, der ihren Pass und ihr Ticket in der Hand hielt. Sie wollte ihn nicht aus den Augen verlieren.

Der Geruch von Zigarettenrauch durchzog die Luft. Sayeh holte ihn auf einer größeren Freifläche ein, wo die Menge in zwei getrennte Reihen für Männer und Frauen aufgeteilt war. Sayeh fiel auf, dass die Schlange der Frauen viel kürzer war und hinter behelfsmäßigen Trennwänden verschwand. Der Mann mit ihrem Pass blieb stehen und sprach mit einer Frau in Kopfbedeckung und Uniform, während die weiblichen Reisenden hinter der Wand verschwanden.

Von einem Bild an der Wand blickte das riesige Gesicht eines Mullahs missbilligend auf sie herab und Sayeh zog das Kopftuch, das sie trug, fester um ihr Haar, als sie sich näherte. Sie fragte sich, warum sie von diesem Mann ausgewählt worden war. Der amerikanische Pass hatte etwas damit zu tun, aber nach allem, was sie gehört hatte, reisten Amerikaner jeden Tag ohne Probleme in den Iran, solange sie ein Visum erhielten.

Sie stand geduldig da und beobachtete die Diskussion. Schließlich ließ der Mann die Dokumente bei der Uniformierten, ohne sie noch einmal anzusehen und ging zurück in Richtung der Tür, an dem er sie angehalten hatte.

„*Farsi sohbat mekonee?*", fragte die Frau. Sprechen Sie Farsi?

„*Yekam*", antwortete Sayeh. Ein wenig.

Die Frau gab ihr ein Zeichen, ihr zu folgen. Hinter der Trennwand trat sie hinter einen Tisch und zeigte auf den Platz auf der anderen Seite, wo Sayeh stehen sollte. „*Hamechee ra bezar royee miz.*"

Sayeh verstand die meisten Worte und nahm an, dass man ihr sagte, sie solle ihre persönlichen Sachen auf den Tisch legen. Sie betrachtete das halbe Dutzend Tische wie diesen zu beiden Seiten von ihnen. Andere Frauen standen in Reih und Glied und ihre persönlichen Gegenstände wurden durchsucht. Obwohl die meisten Reisenden einfach durchgingen, fühlte sie sich trotzdem besser, denn es musste sich um eine Routinekontrolle handeln.

Sie stellte ihren Koffer und ihre Umhängetasche auf den Tisch.

„*Kefet.*" Die Frau deutete auf die Handtasche und Sayeh legte sie ebenfalls auf den Tisch.

Sayeh kümmerte sich nicht um den Inhalt ihrer Taschen. Sie beobachtete, wie die Beamtin den Deckel des Handgepäckkoffers öffnete und mit den Fingern hierhin und dorthin tippte, bevor sie ihn schloss. Aus der Umhängetasche nahm sie ein paar CDs heraus und legte sie beiseite.

„Das sind nur persönliche Dateien", sagte Sayeh schnell. Man hatte ihr vorher gesagt, dass es Einschränkungen bei der Mitnahme von Filmen und Musik gab.

Der Beamte nickte und holte dann den Laptop heraus.

„*Bazesh Coon.*"

Sayeh klappte ihren Laptop auf und drückte auf die Taste, um ihn zu starten.

Während sie darauf wartete, dass der Computer hochfuhr, durchsuchte die Beamtin Sayehs Tasche und nahm einen USB-Stick heraus, den sie ebenfalls auf den Stapel „fragwürdig" legte. Das Letzte, was aus der Tasche herauskam, war das Notizbuch ihrer Mutter. Die Frau sah es an und legte es in die Mitte, unschlüssig, zu welchem Stapel es gehörte.

„Der Computer ist eingeschaltet", sagte Sayeh und drehte den Laptop zur Beamtin hin.

Die Frau ignorierte sie und öffnete stattdessen das Notizbuch. Sayeh verspürte den ersten Anflug von Verärgerung. Es gab keinen Grund für diese Fremde, in etwas so Privaten zu blättern. Sie wusste, dass ihre Tante es ihr geschickt hatte, um es ihrer Mutter in den USA zu bringen. Die Einträge waren angeblich geschrieben worden, als Omid ein Teenager gewesen war. Sayeh hatte mit ein oder zwei Schuldgefühlen gekämpft, als sie in das Notizbuch geschaut hatte und hatte deshalb nur versucht, die ersten paar Seiten zu übersetzen. Zwischen den Seiten befanden sich zwei oder drei kurze Briefe, die von einer Freundin geschrieben worden waren. Im Tagebuch entzifferte Sayeh Informationen, die im Wesentlichen eine Aufzeichnung dessen waren, was Omid tat, wohin sie gegangen war ... und gelegentlich eine Schimpftirade über etwas, das sie an diesem Tag verärgert hatte, unterstrichen mit großen Buchstaben, Sternen und kleinen Zeichnungen von wütenden oder schockierten Gesichtern.

Sayeh hatte noch nichts Wichtiges entdeckt, aber dennoch war es ein Kapitel im Leben ihrer Mutter, über das sie unbedingt mehr erfahren wollte. Ihre Mutter war jedoch ein privater Mensch und Sayeh war sich sicher, dass Omid es ablehnen würde, wenn jemand, einschließlich ihrer Tochter, in ihrem früheren Leben herumschnüffelte.

Da sie jedoch nicht wusste, wie sie dies ausdrücken sollte, sah sie mit wachsender Erregung zu, wie die Beamtin weiter in dem Buch blätterte. Ein kleines Bild fiel heraus. Sayeh griff hinüber und hob es schnell auf. Die Frau riss es ihr aus der Hand.

„Meine Mutter und meine Großmutter", erklärte Sayeh schnell. Auf dem Foto waren zwei Frauen in T-Shirts und Shorts zu sehen. Es war am Kaspischen Meer aufgenommen worden. Die beiden hätten Schwestern sein können, nicht Mutter und Tochter. Sie hatte das Bild in ihrem Tagebuch gefunden. „Es ist ein Familienfoto."

Die Beamtin legte das Bild auf den fragwürdigen Stapel. Sayeh spürte, wie die Irritation immer größer wurde.

„Bitte zerstören Sie das nicht", sagte sie auf Englisch. „Es ist das einzige Foto, das ich von ihnen zusammen habe."

Die Frau blätterte weiter in dem Buch, nun langsamer, und las offensichtlich Passagen.

Die Konzentration der Frau auf den Inhalt des Tagebuchs ließ Sayeh die Haare zu Berge stehen. Es tat ihr leid, dass sie es auf diese Reise mitgenommen hatte. Die Offizierin war etwa ein Viertel des Buches durch und schien die aktuelle Seite Zeile für Zeile zu lesen. Sayeh verspürte das Bedürfnis zu sprechen, um die Frau abzulenken.

„Hören Sie, ich weiß, dass dieses Bild nach heutigen islamischen Maßstäben vielleicht nicht angemessen ist, aber das wurde 1978 aufgenommen."

Sayeh merkte, dass sie keine Angst, sondern Wut empfand. Aber sie war klug genug, um zu wissen, dass sie diesen Leuten mit viel Fingerspitzengefühl begegnen musste. Sie betrachtete die Tischreihe und die Gesichter derjenigen, die ihr Gepäck kontrollieren ließen. Es waren andere Reisende als die, die an den Tischen saßen, als sie angekommen war.

„Bitte ... *khahesh mekonam*", flehte sie. „Ich muss einen anderen Flug erwischen."

Die Beamtin tat so, als hätte sie kein Wort gehört. Ihre Aufmerksamkeit klebte an der Seite.

„Hanooz enjayee, bache?" Du bist noch hier, Kind? Mehry stand nur ein paar Meter vom Tisch entfernt.

Die Stimme der alten Frau war wie eine frische Brise für Sayeh. Mehry hatte eine Hand an einem Wagen, auf dem ein großer Koffer stand. Andere Handgepäckstücke wurden darauf balanciert. Sie ging auf den Tisch zu wie eine Frau, die ein Ziel vor Augen hat.

„Boroo, khanoom", sagte der Beamte scharf, bevor Mehry sie erreichte und wies sie an, weiterzugehen.

„Een dokhtar ba maneh." Dieses Mädchen gehört zu mir", sagte Mehry und passte sich dem scharfen Ton an.

Der Blick, den die Beamtin ihnen zuwarf, war vernichtend. Sie zeigte auf die alte Frau. *„Hamin allan boro ya enkey dastoor medam dastgeret konan."*

Gehen Sie sofort oder ... Sayeh verstand nicht den ganzen Text, aber sie sah, wie Mehrys Gesicht kreidebleich wurde.

„Mich verhaften?", sagte die alte Frau auf Englisch, zweifellos zu Sayehs Nutzen. *„Chera? Chekar cardam?"* Warum? Was habe ich getan?

Die Frau griff nach dem Telefon, das auf einem Tisch hinter ihr stand. Zwei andere weibliche Beamte in der Nähe beobachteten das Geschehen mit Argusaugen.

„Telefon ... Familie", flüsterte Mehry Sayeh schnell zu. Sie winkte ungeduldig mit der Hand, ihr zu geben, was sie wollte.

Sie hatte Zaris Nummer aufgeschrieben, aber die war in der Tasche, die gerade durchsucht wurde. Sayeh sagte schnell ihre Telefonnummer in Connecticut auf.

Zwei weitere weibliche Beamte – ihrem Auftreten nach offensichtlich Vorgesetzte – tauchten aus dem Nichts auf.

„Meram ... meram ..." Ich gehe", sagte Mehry, kehrte zu ihrem Wagen zurück und ging den Gang entlang in Richtung Ausgang.

Als sie ging, sah Sayeh, dass sie etwas vor sich hin brabbelte. Sayeh wusste nicht, ob es ein weiteres Gebet war oder die Zahlen, die sie ihr gerade gegeben hatte, aber sie hoffte, dass es letzteres war.

Kapitel Einundzwanzig

Litchfield, Connecticut

SELBST NACHDEM SIE bis acht Uhr morgens im Bett geblieben war, durfte Omid nicht in die Küche. Stattdessen wurde ihr eine Schüssel Müsli gereicht, damit sie ausharrte, bis Hannah den Brunch fertig hatte.

Sie hatte keinen Appetit. Ihr Magen war unruhig, aber sie sagte weder zu ihrer Tochter noch zu John etwas. Das unausgesprochene Gelübde, das sie vor sich selbst vor Jahren abgelegt hatte, galt immer noch: Mütter wurden nicht krank. Sie hatten keine Zeit für Krankheiten. Das galt auch für weniger körperliche Probleme und Sorgen, wie das, womit sie gerade kämpfte.

Omid war überrascht, als John sie fragte, ob sie an diesem Morgen mit ihm in die Kirche gehen wolle. Er war zwar katholisch, aber er hielt sich nicht an die üblichen Regeln eines guten Kirchgängers. Er hielt sich an die großen Feiertage wie Weihnachten und Ostern, aber zu einem normalen Sonntagsgottesdienst zu gehen, bedeutete, dass er bereits die Sonntagszeitung gelesen hatte und ihm nichts anderes einfiel, was er an diesem Tag tun könnte.

Omid hielt sich selbst für eine sehr spirituelle Person mit einem starken inneren Glauben, aber sie hatte sich nie dazu durchringen können, die von Menschen gemachten Lehren irgendeiner Religion zu übernehmen.

Während ihrer Ehe hatte sie John in die Kirche begleitet, ihre Töchter jede Woche zum Religionsunterricht gefahren und dafür gesorgt, dass sie die Rituale der Erstkommunion und der Firmung durchliefen. Im Grunde hatte sie dafür gesorgt, dass die Mädchen katholisch erzogen wurden, wie es ihre Schwiegereltern wünschten. Trotzdem hat sie sich nie als solche bezeichnet.

An diesem Sonntagmorgen nahm sie Johns Angebot an, weil sie dachte, dass es Hannah mehr als alles andere den Freiraum geben würde, das Meisterwerk zu schaffen, das sie sich vorgenommen hatte. Sie schätzte es aufrichtig, dass ihre Tochter sich die Mühe machte, ein besonderes Essen für sie zu planen und zuzubereiten.

„Du bist heute Morgen nicht wieder eingeschlafen, stimmt's?", fragte John, als sie im Auto saßen.

Omid fand, dass es ihr gut gelungen war, so zu tun, als ob sie schliefe, als ihr Mann aufstand. Sie zuckte mit den Schultern. „Weißt du etwas über eine Überraschung, die Sayeh für mich plant, wenn sie heute Abend zu Hause anruft?"

„Eine Überraschung?"

„Sie hat mir gemailt und gesagt, ich solle heute Abend unbedingt aufstehen. Sie sagte, sie hätte eine Überraschung für mich."

„Sie wird ..." Er unterbrach sich mitten im Satz, weil ihm etwas einfiel. „Du wirst es heute Abend erfahren."

„Du weißt es also *doch*", sagte sie und betrachtete sein Profil. „Hör zu, John, ich mache mir Sorgen. Bitte sag es mir."

„Du wirst mich nicht dazu bringen, etwas zu sagen, also vergiss es einfach", sagte er und wandte seine Aufmerksamkeit der Straße zu. Der nächtliche Sturm hatte seine Spuren auf den Straßen hinterlassen. Abgestorbene Äste lagen auf den Gehwegen, und aus jedem Gully sprudelte Wasser.

Was auch immer Sayeh vorhatte, es konnte nichts Weltbewegendes sein, dachte Omid. Zumindest nicht, wenn John etwas damit zu tun hatte. Er war kein Mensch, der gerne große Entscheidungen über seine Töchter traf. Sayeh war mit ihren zwanzig Jahren natürlich kein Kind mehr, aber die beiden Mädchen hatten immer noch die Angewohnheit, sie einzubeziehen. Gott sei Dank.

„Was dagegen, wenn wir auf dem Rückweg von der Kirche beim Einkaufszentrum vorbeischauen?", fragte John, um das Thema zu wechseln.

„Natürlich nicht, aber erwartet Hannah uns nicht gleich zurück?"

„Ja, aber das wird nicht länger als zehn oder fünfzehn Minuten dauern", erklärte er ihr. „Wir müssen dein Geburtstagsgeschenk abholen."

Omid nickte. Sie kannte die Routine. Sie musste ihr eigenes Geburtstagsgeschenk aussuchen und vor ihrer Tochter so tun, als hätte John es ausgesucht. Irgendwann in ihrer Ehe war Überraschung durch Zweckmäßigkeit ersetzt worden, und Spontanität durch Gewohnheit. Omid kannte ihren Mann sehr gut. Für ihn war es wichtiger, wie ihre Beziehung den Blicken der Familienbeobachter standhielt, als dass das Fundament stabil blieb. Er mochte es nicht, Risiken einzugehen. Er verachtete es, zu raten.

Omid warf einen Blick auf das Profil ihres Mannes. Johns Haaransatz bildete sich zurück, und er wog in diesen Tagen etwa zehn Kilo mehr um seine Mitte, aber er war immer noch ein gut aussehender Mann. Es hatte allerdings viele Momente gegeben – vor allem in den letzten Jahren –, in denen Omid sich gefragt hatte, ob die beiden genug gemeinsam hatten, um zusammenzubleiben, sobald ihre jüngere Tochter aus dem Nest war.

Vierundzwanzig Jahre Ehe und sie hatten nichts getan, um die gleichen Hobbys oder Interessen zu entwickeln. Sie hatten getrennte Freunde. Sie führten ein getrenntes Leben.

Sie führte ein ziemlich langweiliges Leben, das aus den Mädchen, ihrem Haus und ihrem Job bestand. John hingegen hatte seine Freunde, seine Angelausflüge, seine Golfpartien, seine Pokerspiele, seine Casinoabende und eine sehr enge Beziehung zu seinem Teil der Familie. Er verstand es, Spaß zu haben und das Leben unter einen Hut zu bringen ... allerdings zu oft ohne sie in der Gleichung.

Die Kluft zwischen ihnen wurde immer größer, und das war eine Sorge, die sie ständig quälte.

John war immer der einzige Mann in ihrem Leben gewesen. Ihr erster Freund auf dem College. Der Mann, den sie geheiratet hatte. Sie hatte ihn vom ersten Tag an geliebt und seitdem hatte es keinen anderen Mann in ihrem Leben gegeben. Von ihm konnte sie nicht dasselbe behaupten. Zumindest nicht definitiv. Was sie beunruhigte, war die Frage, ob sie ihm genug war.

Omid wusste, dass sie es ihm von Anfang an zu leicht gemacht hatte. Sie war immer für ihn da, für die Mädchen. Sie versuchte, alles zu tun. Sie verlangte keine zusätzliche Arbeit oder Aufmerksamkeit. Sie erwartete nichts von ihm. Keine besonderen Geschenke, keine romantischen Urlaube zu zweit, keine Hysterie im Alltag. Nichts, was ihm das Leben in irgendeiner Weise kompliziert machte. Sie erinnerte sich, dass er einmal vor einem Freund mit ihr geprahlt hatte. Er hatte sie als „pflegeleicht" bezeichnet.

Vielleicht war das wahr. Und vielleicht war es ein Fehler. Mehr und mehr wurde ihr klar, dass es in der menschlichen Natur liegt, nicht zu schätzen, was man bereits hat, nicht die Dinge zu schätzen, die keine Anstrengung erfordern, um sie zu erhalten. Omid glaubte nicht, dass sie sich noch daran erinnerte, wie sie sich selbst an die erste Stelle setzen oder vorgeben konnte, Aufmerksamkeit zu wollen. Sie wusste nicht, wo sie jetzt anfangen sollte.

Der Gottesdienst in der Kirche war derselbe wie beim letzten Mal, als sie dort gewesen war, und auf dem Weg zum Einkaufszentrum hielt sie wie üblich beim Juwelier an, wo Omid eine achtzehn Zentimeter lange Goldkette zu all den anderen Ketten hinzufügte, die sie in der Schachtel oben auf ihrer Kommode aufbewahrte. Weniger als zwei Stunden, nachdem sie das Haus verlassen hatten, waren sie wieder in ihrer Straße und hielten vor dem Haus an.

Omid war überrascht, das halbe Dutzend Autos in ihrer Einfahrt zu sehen. Sie wandte sich an ihren Mann. „Das ist kein gemütlicher Brunch zu dritt. Stimmt's?"

Er lächelte. „Das ist alles Hannahs Werk. Ich hatte nichts damit zu tun."

Kapitel Zweiundzwanzig

„SETZEN.“

Das war das einzige Wort, das sie in den letzten anderthalb Stunden zu Sayeh gesagt hatten. Sie verließ das drahtbewehrte Fenster am Ende des Warteraums und setzte sich wieder auf den unbequemen Metallstuhl in der ersten Reihe.

Der Warteraum, in den man sie gebracht hatte, war klein und stickig. Drei Reihen klappbarer Metallstühle, jeweils vier nebeneinander, waren in den Raum gequetscht. Es gab eine Tür, die vom Terminalbereich des Flughafens aus hineinführte, und eine weitere Tür neben dem Fenster. Auf der anderen Seite des Fensters saß eine mürrische Angestellte in einer Art kleinem Büro mit zwei Schreibtischen an der gegenüberliegenden Wand.

Als Sayeh ankam, war nur eine weitere Person in dem Raum gewesen. Eine deutsche Touristin, die etwa so alt war wie ihre Mutter. Sie hatten sich nur ein paar Minuten unterhalten können, bevor eine andere Frau ans Fenster kam und die Wärterin die Touristin ins Büro gerufen hatte. Sayeh glaubte, die Situation der deutschen Frau so verstanden zu haben, dass es eine Unklarheit über die Dauer ihres Visums gab.

Sayehs gesamtes Hab und Gut, einschließlich ihres Reisepasses und ihrer Flugtickets, befand sich in den Händen dieser Leute. Sie konnte sich nicht vorstellen, was sie getan haben könnte, um ein solches Aufsehen zu erregen. Sie wünschte sich, dass jemand herauskäme und sie befragen würde. Sie wollte wissen, was sie falsch gemacht hatte oder was man glaubte, dass sie falsch gemacht hatte. Das Notizbuch ihrer Mutter hatte das Interesse der Frau geweckt, die zunächst ihre Sachen durchsuchte. Aber warum das dreißig Jahre alte persönliche Tagebuch einer Jugendlichen ein so großes Problem darstellte, dass sie ihren Flug verpassen könnte, war Sayeh schleierhaft.

Sie warf einen Blick auf die Zeiger der Uhr über dem Fenster und ging wieder zum Fenster hinüber.

„Ich weiß nicht, ob Ihnen das klar ist, aber mein Flug nach Isfahan geht in fünfzehn Minuten."

Die Frau hinter der Scheibe starrte sie verständnislos an.

„Flug nach Isfahan", wiederholte Sayeh. *„Parvaz beh Esfahan."* Sie deutete auf die Uhr. *„Hala.* Jetzt."

„Setzen." Die Wärterin wiederholte ihren früheren Befehl.

„Ich muss meine Familie anrufen. Meine Cousine", sagte sie und weigerte sich diesmal, sich zu setzen. Sayeh hatte ihr Mobiltelefon in der konfiszierten Umhängetasche gelassen.

„Sie werden am Flughafen von Isfahan auf mich warten. Kann ich Ihr Telefon benutzen?"

Sie deutete auf das Telefon neben der Frau.

„Setzen Sie sich", sagte die Frau in einem viel schärferen Ton.

Sayeh war versucht, ihre Stimme zu erheben, aber sie musste sich auf die Zunge beißen. Soweit sie wusste, war „sit" vielleicht das einzige englische Wort, das die Angestellte kannte. Gleichzeitig war Sayeh gespannt darauf, wie lange man sie warten lassen wollte. Offiziell war sie nicht einmal im Lande. Wenn mit ihrem Visum etwas nicht in Ordnung war, konnte man sie jederzeit in das nächste Flugzeug zurück setzen. Sie wäre enttäuscht, wenn sie, nachdem sie so weit gereist war, die Familie ihrer Mutter nicht kennenlernen könnte, aber diese Verzögerung machte sie bereits nervös, was ihre großen Pläne betraf.

Sie ging zurück zu ihrem Stuhl und setzte sich. Sie schaute auf die Uhr und rechnete aus, wie spät es in Connecticut war. Es war mitten am Vormittag. Sie hatte Hannah und ihrem Vater erzählt, was sie diese Woche vorhatte, also wussten sie wenigstens, wohin sie wollte. Außerdem hatte sie Geld für das Flugticket und ihre Ausgaben für die einwöchige Reise gebraucht. Ihr Vater hatte das Geld besorgt. Solange er sich nicht um die Vorbereitungen kümmern musste und sie ihm versichert hatte, dass sie in Sicherheit war, hatte er zugestimmt. Es kam nicht allzu oft vor, dass eine seiner Töchter ihn direkt um etwas gebeten hatte.

Omid würde irgendwann von Sayehs Aufenthaltsort erfahren, also wollte sie diejenige sein, die Omid anrief und ihr mitteilte, wo sie war und was sie tat. Sie wollte, dass alles perfekt war.

Sayeh sah, wie sich das Gesicht der Frau vom Fenster aus jemandem zuwandte, der ins Büro gekommen war. Sie sprachen ein paar Worte auf Farsi. Die Tür öffnete sich und Sayeh stand sofort auf, in der Hoffnung, mit demjenigen sprechen zu können, der hier verantwortlich war.

Ein weiterer bärtiger Mann in einem Anzug und einem offenen Hemd kam herein, gefolgt von zwei uniformierten Wachleuten.

„Sayeh Olsen", sagte der Mann, öffnete eine Mappe und sah sich ihren Namen an.

„Ja ... *baleh*", sagte sie auf Farsi und trat vor. Ihre Knie zitterten. Ihr Herz trommelte nervös.

Der Mann machte eine Kopfbewegung zu den Wachen, die sich hinter sie stellten. Sayeh schaute sie nervös an.

„Was ist hier los?"

„*Beyaresh*", befahl der Mann. Bringt sie.

„Wo bringen Sie mich hin? Ich verpasse meinen Flug. Ich muss mit meiner Familie telefonieren."

Sayeh verstummte, als einer der Wachmänner ihren Arm mit einem brutalen Griff umklammerte und sie vorwärts schob.

Kapitel Dreiundzwanzig

Litchfield, Connecticut

„HAST du deiner Schwiegermutter jemals gesagt, dass ihr Name auf Farsi ‚Scheiße' bedeutet?"

„Carol!" Omid brachte ihre Stiefmutter zum Schweigen. „Nein, habe ich nicht. Und du wirst es ihr auch nicht sagen. Benimm dich."

Omid war froh, dass sie sich einen Pullover angezogen hatte, bevor sie auf die Terrasse hinausging. Der Himmel sah weiterhin bedrohlich aus, aber wenigstens hatte der Regen aufgehört. Für heute Abend waren allerdings noch mehr Regen und Wind angesagt.

Omid schaute sich auf der leeren Terrasse um. Die Gartenmöbel standen noch im Keller. Bei dem kalten, nassen Wetter in diesem Frühjahr hatten sie noch nicht draußen gesessen und gegessen oder sich unterhalten. Die Geranien, die sie in der ersten Maiwoche in ihre großen Tontöpfe gepflanzt hatte, sahen schlaff und übermäßig gewässert aus. Sie würde neue Blumentöpfe für die Abschlussfeier kaufen müssen, die sie im Juni für Hannah ausrichten wollte.

Omid legte das Handtuch, das sie mitgebracht hatte, auf das Geländer und lehnte sich daran, während sich ihre Stiefmutter eine Zigarette anzündete. In der Küche waren zu viele Leute versammelt. Familie, Nachbarn, Freunde. Alle versuchten, Hannah beim Abwaschen zu helfen. Omid durfte nicht mithelfen, also hatte sie die Gelegenheit genutzt, um an die frische Luft zu kommen, während Carol ihre Zigarette rauchte.

Carol zog eine Augenbraue teuflisch in Richtung der Glasschiebetür hoch und Omid konnte sehen, wie Ann, Johns Mutter, über irgendein Thema schwadronierte. „Ich finde immer noch, sie sollte wissen, dass ‚Ann' auf Farsi ‚Scheiße' bedeutet."

„Offen gestanden, du bist schlimmer als deine Enkelkinder." Omid warf erneut einen Blick zur Tür, um sich zu vergewissern, dass man sie im Haus nicht gehört hatte.

„Ich bin sechsundsiebzig Jahre alt. Ich muss mich nicht benehmen, wenn mir nicht danach ist." Carol grinste und lehnte sich neben Omid an das Geländer. „Wie lange sind du und John schon verheiratet?"

„Vierundzwanzig Jahre."

„Vierundzwanzig Jahre ... und *diese* Frau hat immer noch nicht gelernt, sich zu benehmen. Sie hat immer noch nicht gelernt, dich mit genügend Respekt zu behandeln. Sie hat immer noch nicht gelernt, dir für alles, was du für deine Familie tust, Anerkennung zu zollen." Carol ahmte die Stimme der anderen Frau nach, als sie fortfuhr. „Sieh dir das Festessen an, das John zusammengestellt hat. Es gibt nichts, was er nicht tun würde. John ist der beste Vater. John ist der beste Ehemann. Haben Sie die Halskette gesehen, die er Omid zum Geburtstag geschenkt hat? Oh, meine Enkeltöchter sind so klug; sie haben ihre Intelligenz von John. Ihr gutes Aussehen ... alles von ihrem Vater. John dies ... John das ..."

„Pssst." Omid schüttelte den Kopf. „Ich kann ihr nicht böse sein, weil sie ihren Sohn liebt. Sie haben eine wunderbare Beziehung. John ist ein treuer Sohn und ihr einziges Kind."

„Nun, du warst für deine Mutter auch ein Einzelkind und ... glücklicherweise die einzige Tochter, die ich bekommen habe. Wenn sie ‚obenauf' spielen will, kann ich sie so tief begraben, dass sie einen halben Meter unter der Erde liegt ... im Stehen."

Omid lachte und legte einen Arm um Carols dünne Schultern. „Ich weiß, dass du das kannst, aber ich will nicht, dass du es tust."

Carol mochte einen Meter fünfzig groß sein und fünfzig Kilo wiegen, wenn sie angezogen war, aber Omid wusste, dass ihre Stiefmutter zäh war und sich ziemlich heftig wehren konnte, wenn es darum ging, ihre Kinder zu verteidigen. Obwohl Omid im Alter von siebzehn Jahren in Carols Schoß gelandet war ... mit einer ganzen Wagenladung Haltung ... wusste sie, dass Carol sie als ihr eigenes Kind betrachtete.

Habib, Omids Vater, war nun schon seit sechs Jahren tot. Omid vermisste ihn, denn er war die letzte Verbindung, die ihre Kinder zu ihren iranischen Wurzeln hatten, aber er war ein Mann für alle Fälle. Die Zwillinge, Darius und Niroo, elf Jahre jünger als Omid, waren seine Jungs. Er wusste nur nie, was er von der Tochter halten sollte, die zu dem Zeitpunkt zu ihm geschickt worden war, als sie gerade ins Erwachsenenalter hinein purzelte. Keiner der beiden hatte sich große Mühe gegeben, die Zäune zwischen ihnen einzureißen. Sie begegneten einander mit Herzlichkeit. Und es war ein gewisser Respekt zwischen ihnen gewachsen. Aber mehr auch nicht.

Nur wegen Carol hatte es Omid länger als eine Woche in den USA ausgehalten.

Carol wollte nicht aufgeben. „Wie wäre es damit? Omid macht alles in diesem Haus. Omid kocht. Omid putzt. Omid hat für alles den Hut auf. Und wer verdient das Geld in dieser Familie? Wer ist der Brotverdiener? Wer arbeitet sechzig oder siebzig Stunden pro Woche, um die Hypothek und die Studiengebühren zu bezahlen und das Essen auf den Tisch zu bringen? Und was ist mit ... John ist nichts ohne Omid?"

Omid streichelte Carols Rücken. „Sei nicht so überdreht. Das bin ich nicht."

„Aber du solltest es sein", schimpfte Carol. „Du solltest sie in die Schranken weisen. Du solltest mit deinem Muttersöhnchen-Ehemann reden und ihm sagen, dass es an der Zeit ist, dass er einige deiner Kämpfe für dich austrägt."

Omid winkte ihrer Stiefmutter ab. „Fang nicht mit John an. Du weißt, dass ich mir das nicht gefallen lassen werde."

„Ich weiß ... aber wie oft hat er allein in den letzten zehn Jahren den Job gewechselt? Wie oft hat er gute Stellen abgelehnt, weil er weiß, dass du die Last tragen wirst? Und was macht er überhaupt? Projektleiter ... was bedeutet *das*? Und wann war das letzte Mal, dass er nicht gegangen ist oder gefeuert wurde, bevor er ein Projekt zu Ende geführt hat?"

„Carol", sagte sie müde. „Es ist nicht Johns Schuld, dass er mit seiner Karriere nicht viel Glück hatte."

„Nein? Nun, dann verteidige ihn eben weiterhin", sagte sie und gestikulierte, als hätte Omid der älteren Frau gerade recht gegeben. „Aber ich würde gerne sehen, wie er ... nur ein einziges Mal ... den Mund aufmacht und seiner Mutter alles erzählt, was du machst. Ich würde gerne sehen, wie er dir die Anerkennung gibt, die du verdienst!"

Das würde ich auch gerne, dachte Omid, als sich die Schiebetür öffnete und ein Vierjähriger herauslief.

„Tante Omid!"

„Es ist zu nass hier draußen, Nick. Wo sind deine Schuhe?" fragte Omid und hob den Jungen in ihre Arme. Sie war erleichtert über die Unterbrechung. Sie liebte ihre Stiefmutter. Aber gleichzeitig zog sie es vor, Ruhe in ihrem Leben zu haben. Sie wollte keinen Ärger bereiten oder die Gefühle anderer verletzen. Ihre Töchter schätzten alles, was sie tat. Das war genug.

„Da ist ein Kuchen drin. Ich habe ihn gesehen ... und auch Geschenke", sagte Nick. „Kann ich dir helfen, die Kerzen auszupusten und die Geschenke zu öffnen?"

„Aber sicher", sagte Omid. Sie wischte Nicks nasse Füße mit der Ecke des Handtuchs ab, auf dem sie saß.

Nick und die zweijährige Neda waren die Kinder ihres Halbbruders Niroo und dessen Frau Sara. Sie wohnten nur zwanzig Minuten entfernt und sahen sich oft. Omids anderer Halbbruder Darius war inzwischen geschieden und lebte in Seattle. Carol war nach dem Tod ihres Mannes in eine Seniorenresidenz in Woodbury gezogen.

„Ist es sicher, jetzt hineinzugehen?", fragte Omid Nick.

„Sicher ... so wie, ob es einen Einbrecher oder ein Feuer gibt?"

Omid lachte darüber, wie wörtlich Nick alles nahm. „Sind sie mit den Aufräumarbeiten in der Küche fertig? Hat Hannah gesagt, dass ich wieder reinkommen darf?"

Er wand sich aus ihren Armen und lief zur Tür. „Ich weiß es nicht. Ich werde es herausfinden."

„Es ist mir egal, ob sie fertig sind oder nicht", verkündete Carol und drückte den Stummel ihrer Zigarette in dem Aschenbecher aus, den Omid auf der Veranda für sie aufbewahrte. Carol muss eine heimliche Raucherin gewesen sein, als die Jungs noch klein waren und Omid mit ihnen im Haus lebte. Erst als die Zwillinge im College waren, begann Carol offen zu rauchen. „Wir gehen jetzt rein."

Omid wartete auf Carol. „Übrigens, hast du mir nicht letzte Woche erzählt, dass dein Arzt dir die Leviten gelesen hat, weil du nach der Bronchitis, die du letzten Monat hattest, immer noch rauchst? Hat er dir nicht alle möglichen Informationen über Programme gegeben, die dir helfen, mit dem Rauchen aufzuhören?"

„Das war letzte Woche. Ich werde ihn erst im nächsten Jahr wieder sehen müssen. Und was zum Teufel weiß der denn schon? Er ist zweiundvierzig Jahre alt, schwul, fährt ein Motorrad und hat Tätowierungen."

„Nun, ich weiß nicht, inwiefern das alles relevant ist, aber ich bin sehr beeindruckt, dass du immer noch zu ihm gehst."

Carol zwinkerte. „Warum sollte ich nicht? Er sieht doch verdammt gut aus."

„Na ja, vielleicht solltest du mal darüber nachdenken, auf ihn zu hören …"

Die Schiebetür öffnete sich, bevor sie fertig war. Hannah war am Telefon und hatte einen panischen Gesichtsausdruck.

„Ghushi … ghushi … dastetoon … äh … warten Sie bitte."

„Ich habe mir auch immer in die Hose gemacht, wenn jemand aus dem Iran anrief und auf Farsi mit mir sprach", sagte Carol lachend, während sie ihrer Enkelin auf die Schulter klopfte.

Hannah reichte das Telefon an Omid weiter. „Es tut mir leid, Mom. Es ist wahrscheinlich einer deiner Cousins, der an deinem Geburtstag anruft und ich habe mich total blamiert. Ich habe sogar vergessen, Hallo zu sagen. Die Verbindung ist schlecht. Ich konnte sie kaum hören. Ich bin so ein Idiot."

Omid nahm den Hörer ab.

„Ist schon gut, Schatz." Sie küsste ihre Tochter auf die Wange. „Sie hätten dich auch auf Englisch grüßen können."

Omid konnte sich nicht vorstellen, wer sie anrufen würde. Sie hatte in letzter Zeit mit einigen ihrer Cousins und Cousinen per E-Mail und Facebook Kontakt gehabt. Keiner von ihnen kannte sich wirklich, als sie aufwuchsen, aber durch Facebook, so vermutete Omid, musste jemand mitbekommen haben, dass heute ihr Geburtstag war.

Sie hielt das Telefon an ihr Ohr. *„Salam, Mann Omidam."* Hallo, ich bin Omid.

Die Verbindung war furchtbar. Die Leitung klang hohl, und ihre eigenen Worte hallten zu ihr zurück.

„… Mehry … mobile pesaram …"

Es war eine Frauenstimme. Jemand namens Mehry. Und sie schien vom Mobiltelefon ihres Sohnes aus anzurufen. Omid versuchte sich zu erinnern, ob sie einen Verwandten namens Mehry kannte. Es war durchaus möglich. Es gab auf beiden Seiten der Familie Tanten, Onkel und Cousins, die sie nicht wirklich kannte. Eine Sache, an die sie sich sehr gut erinnerte, war, dass in der persischen Kultur zwei Menschen zehnmal so weit voneinander entfernt sein konnten, was die Familie anging, aber diese Person war immer noch dein Cousin und erwartete, dass man sie als enge Verwandte behandelte, wenn man sich traf oder miteinander sprach.

„*Salam, Mehry khanoom.*" Omid bemühte sich, freundlich zu sein, und rechnete damit, dass sie früher oder später erfahren würde, worum es in dem Telefonat ging oder in welcher Beziehung sie zueinander standen.

„... *forodgah ... Sayeh ...*" Flughafen ... Sayeh.

Omid spürte, wie jeder Nerv in ihrem Körper Feuer fing. „*Sayeh, dokhtareh man Sayeh?*" Meine Tochter, Sayeh?

Die Leitung war tot, die Verbindung unterbrochen.

Kapitel Vierundzwanzig

Teheran

Sayeh wurde gezwungen, auf einem Metallstuhl an einem rechteckigen Klapptisch Platz zu nehmen. Ein leeres Blatt Papier und ein Stift lagen vor ihr auf dem Tisch. Es gab keine weiteren Einrichtungsgegenstände in einem Raum, der nicht größer als zwei mal drei Meter gewesen sein konnte. Keine Fenster, kein Telefon, keine Kamera, die sie sehen konnte. Nur eine einzige Tür, die von außen verschlossen war.

Man hatte sie allein gelassen und ihr Flug war schon lange weg.

Sie konnte sich nicht daran erinnern, jemals so viel Angst gehabt zu haben wie in diesem Moment. Sie wusste nicht, was sie tun sollte. Es waren ihr keine Fragen gestellt worden. Nichts wurde zu ihr gesagt, direkt nachdem sie hierher gebracht worden war. Sie hatten alle ihre Habseligkeiten. Ihren Reisepass, ihre Flugtickets, ihren Koffer und ihre Taschen. Sie verstand nicht, was sie auf das Blatt Papier schreiben sollte. Sie hatten bereits alle Informationen, die sie von den Gegenständen, die sie ihr abgenommen hatten, haben konnten.

Sie wusste, dass sie immer noch auf dem Flughafen war. Sie hatten sie nicht aus dem Terminalgebäude gebracht, in dem sie festgehalten wurde. Sie versuchte, darin etwas Positives zu sehen. Vielleicht versuchten sie immer noch, eine Verwechslung mit ihrem Visum oder ihren Tickets zu klären. Jeden Moment, so dachte sie, würde jemand den Raum betreten und ihr sagen, dass sie ihre Reise fortsetzen konnte. Sie würden sich für ihren Fehler entschuldigen.

Sie fragte sich, wie oft die Flüge nach Isfahan von diesem Flughafen gingen.

So hatte sie sich ihre Ankunft im Iran sicher nicht vorgestellt. Seit Jahren hatte sie von dieser Reise geträumt. Sie hatte sich vorgestellt, durch die Straßen von Teheran zu gehen und die Paläste des ehemaligen Schahs zu besichtigen. Sie hatte von Yazd gelesen, einer Wüstenstadt mit kuppelförmigen Häusern und Bienenkorbzisternen, die in den Sommermonaten eiskaltes Wasser lieferten. Sie hatte es kaum erwarten können, nach Isfahan zu kommen und die Familie ihrer Mutter zu bitten, ihr die Blaue Moschee zu zeigen. Isfahan wurde als *nesf-e-jahan* oder „die halbe Welt" bezeichnet.

All das kam ihr jetzt wie ein Wunschtraum vor. Was sie sich wünschte und vorhatte, war Äonen entfernt.

So sehr sie sich auch fürchtete, am meisten beunruhigte es sie, dass ihre Mutter davon erfahren würde. Sie würde verzweifelt sein. Sie wusste nicht einmal, dass Sayeh auf diese Reise gehen würde. Sie erinnerte sich an die Einwände ihrer Mutter, wann immer sie eine solche Reise ins Gespräch gebracht hatte. Sie fragte sich, ob Omid Dinge wusste, von denen sie ihnen nie berichtet hatte.

Sie vergrub ihren Kopf in den Händen und versuchte, sich an alles zu erinnern, was man ihr im Laufe der Jahre vielleicht gesagt, sie aber vergessen hatte. Sayeh hatte der Ausrede ihrer Mutter, nicht in den Iran zurückkehren zu wollen, nie viel Bedeutung beigemessen. Omid hatte immer gesagt, es sei einfach nicht sicher. *Aber nicht sicher für wen?* hatte Sayeh jedes Mal gefragt. *Und warum?* Aber darauf gab es nie eine Antwort.

Sie dachte an Roxanne Saberi, die derzeit mit ihrer Familie zu Hause in den USA war. Saberi war wegen des Kaufs von Wein verhaftet und dann fast vier Monate lang festgehalten worden. Aber sie hatte gegen das Gesetz verstoßen, nach iranischen Maßstäben. Sayeh hatte nichts Unrechtes getan.

Die Minuten troffen dahin wie Blei, schwer und tot wie eine schlechte Wirtschaftsvorlesung. Sie hatten ihr die Uhr abgenommen, die Goldkette, die sie um den Hals trug, den Ring an ihrem kleinen Finger, den ihr Großvater ihr in dem Jahr geschenkt hatte, als Baba Habib gestorben war. Eine uniformierte Frau hatte sie durchsucht – zum Glück nur oberflächlich –, aber dennoch alles Wertvolle mitgenommen, was Sayeh bei sich hatte. Sie hatte nur noch ihre Kleidung und sonst nichts.

Die längste Zeit hatte sie Angst, sich von dem Stuhl zu erheben. Dort hatten die Behörden sie sitzen lassen. Doch bald erkannte sie die Unsinnigkeit einer solchen Angst. Sie hatte nichts falsch gemacht. Sie war nicht mit Handschellen an den Stuhl gefesselt. Sie stand auf und begann, in dem kleinen Raum auf und ab zu gehen. Sie fragte sich, ob man sie hören konnte.

„Stellen Sie mir Fragen", sagte sie laut. „Sagen Sie mir, was Sie von mir wollen. Ich habe nichts zu verbergen." Es gab ein Echo in dem kleinen Raum.

Sie dachte an einen Kurs, den sie letztes Jahr über Menschenrechte belegt hatte. Die iranische Regierung war einer der schlimmsten Übeltäter. Sie hatte eine Reihe von Studien gelesen, die von Amnesty International veröffentlicht worden waren. Einige der Vorlesungen waren fakultativ gewesen und Sayeh hatte absichtlich einige übersprungen, bei denen es um Beweise für Folter und Misshandlung von politischen Gefangenen durch die iranische Regierung ging. Sie hatte ihre rosarote Brille nicht absetzen wollen. Sie wollte hierherkommen, um die Schönheit zu sehen, um ihre familiären Wurzeln zu finden und sich nicht von der Politik beeinflussen zu lassen. Mit ihrer Regierung wollte sie nichts zu tun haben. Es war die Familie und die Kultur, nach der sie sich sehnte.

Sie ging zur Tür und klopfte kräftig an.

„Ich werde Ihnen alles sagen, was Sie wissen wollen", rief sie. „Fragen Sie mich nur. Ich werde kooperieren. Bitte."

Sayeh war schockiert, als sie tatsächlich hörte, wie sich das Schloss auf der anderen Seite drehte. Sie wich einen Schritt zurück. Die gleiche Frau, die sie durchsucht hatte, kam herein. Die beiden Wachen standen in der Halle.

Die Frau deutete auf den Tisch, auf dem das Papier und der Stift lagen.

„Name, Adresse, Telefonnummer von Freunden. Schreiben Sie sie auf und gehen Sie."

Kapitel Fünfundzwanzig

Litchfield, Connecticut

„UNBEKANNT ... UNBEKANNT", las Omid laut vor und sah auf das Display des Hörers. Sie konnte den Ton der Verzweiflung in ihrer eigenen Stimme hören. Es war nicht zu ändern. Ihr Herz pochte in ihren Schläfen. Ihr Körper zitterte und ihr war übel. Wenn das Atmen eine bewusste Entscheidung wäre, hätte sie in diesem Moment auf jeden Atemzug verzichtet.

„Weißt du, wer es war?", fragte Hannah, die neben der offenen Schiebetür stand.

Omid blickte zu ihrer Tochter auf. „Wo ist Sayeh?"

Es gab eine Pause. „In Ägypten. Wo sonst?"

Sie kannte ihr Kind. Hannah hatte gelogen.

„Hol deinen Vater. Sofort", schnauzte sie, nicht mehr in der Lage, ihre Gefühle zu kontrollieren. „Ihr beide ... kommt ins Arbeitszimmer."

Hannah erblasste sofort, als ob sie den Ernst der Lage plötzlich erkannt hätte. Omid ging an ihrer Tochter vorbei und durch das Wohnzimmer. Sie umklammerte das Telefon in ihren verschwitzten Händen wie eine Rettungsleine. Sie wünschte sich verzweifelt, dass es wieder klingeln würde.

„Bist du jetzt bereit, ein paar Geschenke zu öffnen?", sagte ihre Schwiegermutter fröhlich.

„Bitte, Ann", sagte Omid angespannt und hielt nicht inne, um mit ihr zu sprechen. „Nicht jetzt."

Tränen trübten ihre Sicht. Sie sah besorgte Gesichter, die sich ihr zuwandten. Wenn noch jemand sprach, konnte sie ihn nicht hören. Sie konnte nicht antworten. Sie wusste nicht, wie sie die Kraft aufbrachte, ins Arbeitszimmer zu gehen und die Tür zu schließen. Sie lehnte sich dagegen. Etwas versuchte, sich in ihren Bauch zu krallen. Sie wurde auseinandergerissen. Irgendetwas stimmte nicht ... etwas Schreckliches. Sie hatte es gewusst, als sie heute Morgen aufgewacht war. Es war Sayeh. Es hatte etwas mit Sayeh zu tun. Sie hatte es schon vor Stunden gewusst, aber nichts unternommen.

Es klopfte an der Tür. „Omid, was ist los?"

Sie öffnete die Tür. John und Hannah standen in der Tür. Hinter ihnen konnte sie die besorgten Gesichter der anderen im Wohnzimmer sehen. Nick versuchte, auf sie zuzulaufen, aber seine Mutter packte den kleinen Jungen am Arm und hob ihn trotz seiner zappelnden Proteste auf. Omid hätte gerne gelächelt, die angenehme, freundliche Seele sein wollen, die jeder von ihr erwartete. Aber sie konnte nicht einmal so tun als ob. Nicht jetzt.

Sie trat zurück, und John und Hannah kamen herein. Sie schloss die Tür.

„Wo ist Sayeh?", fragte sie, ohne eine Sekunde zu zögern.

„Verdirb es ihr nicht." John begann sofort in einem sachlichen Ton. „Sie wird dich heute Abend anrufen und erklären---"

„Dieser Telefonanruf", erklärte Omid. Sie konnte die Panik in ihrer Stimme nicht verbergen. „Wer auch immer die Frau war, sie erwähnte Sayehs Namen ... und sagte Flughafen."

„Du wusstest nicht, wer sie war?", fragte Hannah.

„Nein. Sie sprach Farsi. Sie sagte, sie würde das Telefon ihres Sohnes benutzen und erwähnte Sayehs Namen und den Flughafen. Dann wurde die Verbindung unterbrochen."

„Welcher Flughafen?", fragte Hannah.

„Ich weiß es nicht", wiederholte Omid und zitterte. „Das ist alles, was ich weiß."

John legte ihr beide Hände auf die Schultern. „Komm schon, O., hör dir doch mal selbst zu. Ich verstehe nicht, warum du dich so aufregst. Du regst auch alle im anderen Zimmer auf. Für nichts."

Es war ärgerlich, dass er das Wohlbefinden der anderen für wichtiger hielt als das seiner Tochter ... und seiner Frau.

„Alle müssen einfach verstehen, dass ich mir Sorgen um Sayeh mache. Ich denke im Moment nur an meine Tochter. Verstehst du denn nicht? Es ist etwas passiert. Ich weiß es. Ich mache mir Sorgen."

Er beugte sich hinunter und sah ihr in die Augen, als spräche er mit einem Kind.

„Diese Frau könnte eine von Sayehs Freundinnen sein oder jemand, den sie in Kairo kennengelernt hat. Oder ihr Sohn könnte der Freund unserer Tochter sein. Sie hat uns bereits gesagt, dass es an der Universität in Kairo viele Iraner gibt. Du ziehst voreilige Schlüsse, wenn du denkst, dass etwas nicht stimmt."

„John---"

„Nein." Er nahm ihr das Telefon aus der Hand und legte es auf den Schreibtisch. „Sieh dich an. Du zitterst ja. Komm. Setz dich hin. Hol' tief Luft. Du regst dich ganz umsonst auf."

Tränen liefen über ihre Wangen. Omid wusste nicht, wie sie ihnen begreiflich machen sollte, dass sie *wusste,* dass etwas ganz und gar nicht stimmte. Ihr Körper, ihr Verstand, die Träume, an die sie sich letzte Nacht nicht erinnern konnte ... das alles deutete hin auf ein Problem. Irgendwie wusste sie es.

Und sie *war nicht* für Hysterie zu haben. Im Gegenteil verhielt sie sich in einer Krise eher ruhig, sogar noch souveräner als sonst. Sie kümmerte sich um die Dinge, sah den Weg, Notfälle zu meistern. Zu Hause oder bei der Arbeit. Sie war immer die Ingenieurin. Logisch. Sie ging mit Fakten um.

Aber dieses Mal war es anders.

„Du scheinst vergessen zu haben, dass heute dein Geburtstag ist", sagte John zu ihr. „Soweit wir wissen, hätte Sayeh die Mutter eines Freundes bitten können, dich an deinem Geburtstag anzurufen. Sie hätte von jedem beliebigen Flughafen in den Vereinigten Staaten anrufen können."

„Ihr seid mir keine Hilfe. Redet mit mir" Omid sah zu beiden auf. „Wenn du etwas weißt, was ich nicht weiß, dann sag es mir."

„Es ist eine Überraschung, Mama", antwortete Hannah hoffnungsvoll. „Vielleicht solltest du Sayeh eine Chance geben. Sie hat dir geschrieben, dass sie etwas Besonderes vorhat."

Omid nahm das Telefon, schaute auf die Anzeige und wünschte sich, es würde wieder klingeln.

„Warum ruft mich diese Frau nicht zurück? Wenn sie von einem Flughafen in den USA angerufen hat, warum wird dann keine Nummer angezeigt?", fragte sie die beiden. „Ich fühle mich wirklich krank vor Sorge, und Ihr wisst, dass mir das nicht oft passiert. Ich bin nicht der Typ für Dramen. Ich habe mich in den neun Monaten, in denen sie weg war, brav verhalten. Aber ich weiß nicht, wie ich euch beiden begreiflich machen soll, dass ich in meinem Innersten ... tief im Inneren ..."

Eine Schachtel mit Taschentüchern wurde ihr entgegengestreckt. Sie nahm eines, putzte sich die Nase und wischte sich die Tränen ab.

Hannah war diejenige, die schließlich das Wort ergriff. „Sie fliegt ... heute. Und sie wird dich anrufen. Ich verspreche dir, dass sie dich anruft, sobald sie an ihrem Ziel angekommen ist. Aber jetzt ist es noch zu früh. Sie ist noch nicht angekommen."

„Diese Frau, Mehry, hat von einem Flughafen aus angerufen. Ihr müsst doch wissen, woher sie kommt ... oder wohin sie fliegt." Plötzlich kam ihr ein Gedanke. Mit ihm kam ein Hoffnungsschimmer. „Kommt sie früher nach Hause? Ist das die Überraschung?"

Hannah schüttelte den Kopf. „Nein, Mama."

„Wo will sie dann hin?"

Vater und Tochter sahen sich an. Omid brauchte jetzt etwas von ihnen. Irgendetwas, um ihre Sorgen zu lindern. Sie konnte sich nicht vorstellen, wohin Sayeh gehen könnte, dass es sie so überraschen würde.

Und dann wusste sie es. Sayeh war mit ihrem Unterricht fertig. Aber sie hatte darauf bestanden, dass ihr Rückflug nicht sofort angesetzt wurde. Sie wollte Zeit zum Reisen haben. Um Sehenswürdigkeiten zu besichtigen, hatte sie gesagt. Omid nahm einfach an, dass Sayeh sich die Sehenswürdigkeiten in Ägypten ansehen wollte. Aber das war es nicht.

„Sie fliegt in den Iran. Nicht wahr?"

Kapitel Sechsundzwanzig

AKADEMIKER, Reporter, Studenten, Reisende. Es waren keine Beweise nötig. Ein Verdacht allein genügte, um als Reisender von den Sicherheitskräften aufgegriffen und vom iranischen Geheimdienst befragt oder gar verhört zu werden.

Sayeh ärgerte sich über sich selbst, da sie nun begriff, was sie in den ägyptischen Zeitungen und in ihren Kursen gelesen und in den Nachrichten gesehen hatte.

„Was ist das?", fragte die Frau barsch und hielt das Stück Papier an einer Ecke, als sei es kontaminiert. Ihre Stimmung verschlechterte sich zusehends.

„Meine Adresse in Kairo und meine Universitätsadresse in Amerika", erklärte Sayeh. „Ich bin eine amerikanische Studentin, die in Kairo studiert. Das sind die Informationen, nach denen Sie gefragt haben."

„Wir wollen die Namen von Freunden", schnauzte sie wütend. Sie winkte Sayeh mit dem Papier, die es ihr abnahm. „Leute hier. Leute, die Sie treffen. Mit denen Sie im Iran zusammen sind. Wir wollen die Namen der Leute in *diesem* Land."

Sayeh blickte auf die offene Tür. Zwei männliche Wachmänner standen davor. Sie konnte sie sehen. Sie drehte sich zu der wütenden Frau im Inneren um. Diese Beamtin war kaum eineinhalb Meter groß, aber sie war wie ein massiver Quader gebaut. Sayeh schätzte sie auf Mitte dreißig. Sie trug ein schwarzes Kopftuch, das jede Spur ihres Haares verdeckte. Ihre Augen und Brauen waren dunkel. Ihre Lippen waren eine dünne, zornige Linie. Nirgendwo in ihrem Gesicht war ein Hauch von Sanftheit zu sehen – nur harte Linien und schlechte Laune.

„Ich kann mich nicht mehr an die Adresse und Telefonnummer meines Cousins erinnern. Die Informationen sind in meiner Tasche. Sie haben sie.“

„Andere. Ich will andere. Freunde. Freunde in Ihrer Partei.“

„Ich weiß nicht, was Sie wollen“, schnauzte Sayeh sie an. „Ich habe keine Freunde im Iran. Ich bin eine Touristin. Ich bin allein hierher gereist. Es gibt keine Partei. Ich habe keine Verbindung zu einer politischen Organisation. Ich weiß nicht, warum Sie mich hier festhalten. Ich habe ein Touristenvisum für sieben Tage erhalten, um meine Familie in Isfahan zu besuchen und dann abzureisen. Das war’s. Warum haben Sie mich hier festgehalten? Warum erklärt mir nicht jemand, was ich getan habe?“

Sayeh sah, wie die Hände der Frau zu Fäusten wurden. Die Beamtin war vier oder fünf Zentimeter kleiner, aber Sayeh hatte das Gefühl, dass sie von der Präsenz der Frau erdrückt wurde.

„Notizbuch in Ihrer Tasche. Ihres?“

Es *ging* um das Tagebuch ihrer Mutter, dachte Sayeh. Irgendetwas war da drin, das diesen Leuten nicht gefiel. Sie konnte sich nicht vorstellen, was. Alles, was sie über Omids Vergangenheit wusste, war tadellos. Ein guter Schüler, ein fleißiger Arbeiter, von allen geliebt. Auf jeden Fall kein Unruhestifter. Omid sprach nie über den Iran, nur dass sie ihn nach der Schule verlassen hatte, um bei der Familie ihres Vaters zu leben.

„Antworte“, rief die Frau.

„Nicht meins“, sagte Sayeh. „Das ist eine alte Schrift. Sie wurde vor über dreißig Jahren geschrieben. Lange bevor ich geboren wurde.“

„Namen. Ich will Namen im Iran.“

„Es spielt keine Rolle, was Sie wollen. Ich habe keine Namen, die ich Ihnen geben kann.“

Die Frau, die sich sichtlich bemühte, Sayeh nicht zu schlagen, drehte sich plötzlich abrupt um und wies auf die Tür.

„*Bebaresh. Yek rooz kotak va shoroh mekoneh harf zadand.*“

Das Einzige, was Sayeh verstand, war der erste Satz. Nimm sie mit.

„Mich wohin bringen?“, fragte sie.

Im Handumdrehen waren die beiden Wachen hinter ihr. Sayeh war fassungslos, als sie ihr tatsächlich die Hände auf den Rücken fesselten.

„Warten Sie einen Moment. Ich bin eine amerikanische Staatsbürgerin. Das können Sie nicht mit mir machen." Sie versuchte, ihre Arme freizudrehen, aber das Metall grub sich in ihr Handgelenk. Aus Protest stampfte sie mit den Füßen auf. Sie brachten sie nirgendwohin.

Zumindest dachte sie das. Als ein harter Gegenstand sie hart zwischen den Schulterblättern traf, stolperte Sayeh nach vorn und zuckte vor Schmerz zusammen. Bevor sie sich wieder aufrichten konnte, wurde ihr ein schwarzer Baumwollsack über den Kopf geworfen.

Mit einem Wächter, der beide Arme fest umklammert hielt, wurde sie aus dem Raum geführt.

Die Welt war ein dunkelgrauer Abgrund, und sie konnte ihr eigenes schweres Atmen hören, als sie stolperte und versuchte, die Panik zu unterdrücken, die sie durchströmte.

Sie waren bestürzt über das, was sie im Tagebuch ihrer Mutter gelesen hatten. Sayeh beschloss, ihnen zu sagen, es gehöre ihrer Mutter, da sie außer Landes war. Omid konnten sie nichts anhaben.

Aber sie hatten Sayeh. Durch sie könnten sie an ihre Mutter herankommen, dachte sie.

Sie wusste nicht, dass sich vor ihr eine Treppe befand und sie trat aus dem Raum hinaus. Bevor sie stürzen konnte, verstärkten die Wachen ihren Griff und rissen ihr fast die Arme aus den Gelenken. Die Männer knurrten sie an, beschwerten sich, drohten. Sie zogen und trugen sie teils die Treppe hinunter. Unten angekommen blieben sie stehen und eine Tür öffnete sich. Dann waren sie draußen. Sie spürte die Wärme der Sonne, aber sie hielt nicht lange an. Eine Autotür öffnete sich. Eine Wagentür, erkannte sie, und spürte sofort, wie sie auf eine Metallfläche gehoben und grob auf einen Metallsitz gedrückt wurde. Die Tür knallte zu.

Ihr Herz klopfte so heftig, dass sie glaubte, ihr Brustkorb würde explodieren. Ihre Ohren klingelten noch immer von der zuschlagenden Tür.

„Wo bringen Sie mich hin?", schrie sie und saugte den schwarzen Sack in ihren Mund, während sie atmete. Sie spuckte ihn aus, aber es war nicht genug Luft in dem Fahrzeug. „Was habe ich getan? Bitte sagen Sie es mir."

Sie spürte, wie sich die Fahrer- und Beifahrertüren öffneten und schlossen, und der Motor heulte auf. Als der Wagen mit einem Ruck losfuhr, fiel sie vom Sitz auf den Boden und stieß mit ihrem Körper gegen etwas Weiches. Das dumpfe Grunzen einer Frau. Es war noch jemand mit ihr im Wagen.

„Wer sind Sie?", fragte Sayeh eilig.

Keine Antwort. Sie zwang sich in eine sitzende Position.

Der Wagen schlängelte sich durch den Verkehr. Sayeh klemmte den Kopf zwischen die Knie und versuchte, sich den Beutel vom Kopf zu ziehen. Es war ein hartes Stück Arbeit und als es ihr gelang, ihn vom Gesicht zu ziehen, hatte sich ihr Schal um ihren Hals verheddert, und sie hätte sich fast damit erdrosselt.

Als Sayeh sich umdrehte, um die Frau neben ihr anzusehen, bremste der Wagen und sie schleuderte über den Boden und landete auf der Seite zwischen den sich gegenüberliegenden Metallsitzen. Sie hatte keine Chance, sich aufzurichten, bevor der Wagen wieder losfuhr und sie mit dem Rücken gegen die Türen des Wagens prallte.

Sie stützte sich mit den Füßen ab und sah auf die Frau hinunter, die sich in einer Ecke zusammengerollt hatte. Einen ähnlichen Beutel wie der, den Sayeh getragen hatte, bedeckte ihren Kopf, und sie hielt sich an einem Metallbein eines Sitzes fest.

Es gab keine Fenster, aber in dem trüben Licht konnte Sayeh vier vergitterte Metallsitze an jeder Wand erkennen, die mit dem Boden des Wagens verschraubt waren und sich gegenüberstanden. Sonst gab es im Inneren nichts. Eine massive Metallwand trennte diesen Teil des Wagens vom Fahrer.

„Hallo", sagte Sayeh und näherte sich dem Körper der Frau. „*Salam.*"

Auch die Hände der Frau waren mit Handschellen auf dem Rücken gefesselt. Ihr Gesicht war der Tür zugewandt. Sie sah, wie sich die Finger bewegten.

Sayeh erreichte sie. „Hallo. *Salam*", wiederholte sie. Sie beugte sich vor und versuchte, die schwarze Kapuze auf dem Kopf der anderen Frau mit den Zähnen zu fassen. Es war unmöglich, da sie auf der Seite lag und das Fahrzeug sich bewegte.

„Helfen Sie mir. Können Sie sich setzen? Oder den Kopf heben?"

Die Frau hörte sie. Sie versuchte, ihren Kopf zu heben, aber es war ein Kampf. Nach ein paar Versuchen und indem sie sich gegen Sayeh stemmte, gelang es ihr, sich in eine sitzende Position zu bringen.

Sayeh versuchte es erneut. Der Fahrer fuhr kreuz und quer über die Straße, und einige plötzliche Stopps verlangsamten ihr Vorankommen, aber sie schafften es trotzdem, den Sack von ihrem Kopf zu bekommen.

Sayeh brauchte einen Moment, um ihre Stimme wiederzufinden, als sie das Gesicht der jungen Frau sah. Sie war schwer verprügelt worden. Getrocknetes Blut bedeckte den unteren Teil ihres Gesichts. Ihre Nase schien gebrochen zu sein. Ihre Lippen waren geschwollen und sie blutete immer noch aus dem Mund. Sayeh sah zu, wie sie sich drehte, bis sie mit dem Rücken an der Tür lehnte. Sie hob ihre Knie an und stützte sich mit einem Fuß auf einem Metallsitz ab.

„*Motashaker.*" Dankeschön. Ihre Stimme war nicht viel mehr als ein Murmeln, und Sayeh sah, wie sie zusammenzuckte, als sie ihre Lippen bewegte.

„Kein Problem." Sayeh nickte.

„*Americayee haste?*", fragte die junge Frau. Sind Sie Amerikanerin?

„Ja, das bin ich. Was haben sie mit Ihnen gemacht? *Chee ... kee ...*" Die Farsi-Wörter verließen ihr Gehirn, als sie das Gesicht ihres Gegenübers studierte. Die blauen Flecken an Kiefer und Hals waren deutlich zu erkennen. Sie hatte einen Schnitt am Haaransatz, aus dem Blut tropfte. Sayeh hatte im wirklichen Leben noch nie jemanden gesehen, der so zugerichtet war. Und sie konnte ihr nicht einmal die Hand reichen.

„Fußball", sagte sie.

Sayeh starrte sie perplex an. Die Frau sprach von Fußball? „*Man yekam Farsi harf mezanam.*" Ich spreche ein wenig Farsi. „*Kheli kam.*" Sehr wenig, fügte sie hinzu.

„Ich kann Englisch", sagte sie.

„Was ist mit Fußball?", fragte Sayeh.

Die andere Frau beugte sich über ihr Knie und wischte sich den blutigen Mundwinkel an ihrer Jeans ab. Sie starrte den Fleck einen langen Moment lang an. Sie konnte nicht älter als Sayeh sein.

„Das machen sie, wenn sie jemanden festnehmen", begann sie. „Den Kopf bedecken ... die Hände so ... sie schubsen dich ... von einem Wächter zum anderen Wächter. Sie schlagen meinen Kopf, durch den Sack. Sie spielen Fußball mit meinem Kopf, um mich zum Reden zu bringen. Du hast Glück. Kein Fußball mit dir."

Sayeh zitterte. Noch nicht, dachte sie. Sie betrachtete ihre Begleiterin erneut. Der Frau fehlte einer ihrer Turnschuhe und der Schal, den sie trug, hing ihr um den Hals. Sie hatte kurzes, gelocktes, dunkles Haar und schöne Augen, die trotz allem, was man ihr bereits angetan hatte, vor Trotz leuchteten.

„Ich heiße Mina", sagte sie und stellte sich vor.

„Sayeh."

„Persischer Name!", sagte sie und klang überrascht.

„Meine Mutter ist Iranerin."

„Sie wohnt hier?"

Sayeh schüttelte den Kopf. „Sie lebt in Amerika. Ich bin hergekommen, um einige Cousins in Isfahan zu besuchen. Ich weiß nicht, warum sie mich verhaftet haben. Ich hatte ein Visum. Alle richtigen Papiere. Und niemand hat mir gesagt, was ich falsch gemacht habe."

„Sie werden es dir nicht sagen", sagte Mina achselzuckend. „Sie antworten nicht. Keine Gesetze ... nichts schützt mich ... oder dich. Du reist allein?"

Sayeh nickte und dachte an Mehry. Sie fragte sich, ob die alte Dame die Möglichkeit hatte, ihre Eltern in Amerika anzurufen.

„Weißt du, warum sie dich verhaftet haben?", fragte Sayeh.

„Papiere ... Verteilen von Papieren für ... *entekhabat* ... wie heißt das Wort ...? *Raee* ... for president", sagte sie und sah Hilfe suchend zu ihr auf.

„Wahl? Abstimmen?"

Mina nickte. „*Baleh* ... ja. Meine Freunde und ich haben die Papiere für die Wahl in zwei Wochen verteilt. Sie haben mich verhaftet. Meine Freunde sind abgehauen. Gott sei Dank."

„Sie haben dich verhaftet und geschlagen, weil du Wahlkampf gemacht hast?", fragte Sayeh und blickte entsetzt auf das zerschlagene Gesicht der jungen Frau.

Mina nickte und sah sich im Wagen um. Sayeh erkannte, dass sie nach einer Möglichkeit zur Flucht suchte.

„Weißt du, wo sie uns hinbringen?", fragte Sayeh.

Trotz ihres Mutes zitterte die andere Frau. „Vielleicht ins Evin-Gefängnis. Vielleicht auch an einen noch schlimmeren Ort. Das Kahrizak-Gefängnis ist ein Haus des Todes. Oder irgendwo anders, geheime Häuser, die als Gefängnis genutzt werden. Es gibt viele in Teheran ... auch in anderen Städten."

„Sie werden uns nicht erlauben, unsere Familien anzurufen, oder?" In Sayehs Magen tat sich ein gähnendes Loch auf. „Wir dürfen ihnen nicht sagen, wo wir sind? Sie lassen uns nicht einmal telefonieren?"

Der Laut, der aus Minas Mund kam, war fast ein Lachen.

„Nein ... *ghanoon* ... keine Gesetze. Wir haben keine Rechte", sagte sie mit dünner Stimme. „Iran ist nicht Amerika. Sie werden uns wehtun ... mehr ... weil wir Frauen sind."

Sayeh wollte nicht fragen, wie. Sie brauchte keine wilde Fantasie, um das zu erraten. Sie brauchte nur in Minas Gesicht zu sehen. Und das war es, was sie ihr gleich nach der Verhaftung angetan hatten. Was würden sie mit ihr in einem Sicherheitsgefängnis machen? Sie wusste, dass Vergewaltigung zum Standardverfahren gehörte.

„Können wir irgendetwas tun? Können wir etwas sagen, damit sie uns gehen lassen?" fragte Sayeh.

„Ich weiß nicht, wie es dir geht ... aber ich bin Studentin. Es stehen Wahlen an. Wir haben Papiere für einen Kandidaten abgegeben, den sie zugelassen haben. Informationen. Wie kann das gegen das Gesetz sein? Nur im Iran. Und auch nicht hier. Sie sagen es nicht in der Öffentlichkeit. Trotzdem werde ich verhaftet. Sie verhaften auch alle anderen mit mir, aber sie laufen weg. Das ist es, was sie von mir wollen. Namen von anderen Studenten, die sie verhaften und foltern können." Sie drehte sich um, sodass sie mit dem Rücken an einem Metallsitz lehnte. „Eher sterbe ich, bevor ich ihnen Namen gebe."

Sayeh beobachtete, wie Minas Augen sich auf einen vertikalen Schlitz konzentrierten, wo die Türen des Wagens zusammenliefen. Ein paar Augenblicke lang war ihre Aufmerksamkeit ganz darauf gerichtet. Sayeh sah nicht viel Sinn darin. Ein dünner Rauchschwaden würde durch den Schlitz passen, mehr nicht.

„Vielleicht halten sie im Verkehr an. Wir müssen aussteigen. Die Leute werden uns helfen. Alle sind gegen diese Regierung. Sie hassen sie. Sie warten auf eine Chance zu helfen ... besonders junge Leute wie wir."

Sayeh dachte sich, dass es keinen Sinn hatte, Mina daran zu erinnern, dass die Tür von außen verschlossen war.

Fast wie aufs Stichwort kam der Wagen abrupt zum Stehen. Trotz dass sie sich anspannte, wurde Sayeh über den Sitz vor ihr gehoben, und durch den Stopp wurde sie quer durch den Raum geschleudert. Während sie flog, hörte sie das Geräusch eines Aufpralls – Metall auf Metall und gleichzeitig zersplitterndes Glas. Der Fahrer des Wagens hatte die Hand auf die Hupe gelegt.

Als sie sich aufrichtete, spürte sie, wie Mina sich an sie presste. Aus dem vorderen Teil des Wagens drangen Schreie. Plötzlich schrien die Leute draußen wütend auf, und dann hörte sie das scharfe Vibrieren von Schlägen oder Tritten gegen die Karosserie des Fahrzeugs.

„Das ist besser als der Verkehr. Tür", flüsterte Mina, riss sich aus ihrer Trance und rutschte zurück. „Treten ... du und ich ... zusammen."

Sayeh hielt inne und überlegte immer noch, ob es eine Chance gab, mit einer Erklärung aus diesem Schlamassel herauszukommen.

„Wenn sie dich verhaften, bringen sie dich vielleicht um. Keiner darf es erfahren."

Mina hatte recht. Sayeh nickte. Sie brauchte nicht erst in einem

Gefängnis zu verschwinden, um zu erkennen, wie tief sie in der Klemme steckte.

„Okay." Sayeh rutschte bereits auf ihrem Hintern in Richtung Tür. „Was haben wir zu verlieren?"

„Zusammen treten. In der Mitte." Mina stellte sich neben sie. Die beiden Frauen sahen sich an.

„Ich zähle bis drei."

Mina nickte.

„*Yek, doh, seh.*" Beide traten gegen die Tür.

Es gab ein lautes Geräusch, aber nichts rührte sich. Der Fahrer drückte erneut auf die Hupe. Sie wurden aufgehalten.

„Wir tun es. Treten. *Dobareh.*" Wieder.

Sayeh nickte. „Jetzt." Nichts.

„*Dobareh*", ermutigte Mina.

Die beiden traten weiter gegen die Tür. Nicht mehr im Einklang, aber beide mit einem wachsenden Gefühl der Verzweiflung, herauszukommen. Sayeh wusste, dass die Männer, die den Lieferwagen fuhren, den Lärm hören würden. Sie könnten nach hinten kommen und sie für das, was sie gerade taten, verprügeln. Aber das war ihr lieber, als in eine Folterkammer verschleppt zu werden. Gegenwärtig befanden sie sich im Tageslicht, offensichtlich mitten in der Stadt. Es waren Leute da.

Sie hörte ein Geräusch auf der anderen Seite der Tür. Jemand versuchte, die Tür aufzureißen.

„*Ghofleh*", sagte eine Männerstimme von der Straße her. Verschlossen.

Mina presste ihr Gesicht an den Türspalt und rief: „*Agha, komak koneed. Khahesh mekonam be ma do ta zan komak koneed.*" Mister, helfen Sie uns. Bitte helfen Sie zwei Frauen. Sie wandte sich an Sayeh. „Kick ... *dobareh.*"

Sayeh trat und schrie, wie Mina es tat. Sie wiederholte einige der Farsi-Wörter, die sie nachsprechen konnte. Zu diesem Zeitpunkt verstand sie kaum noch etwas. Der Schrei war ein Hilferuf.

Sie hörten, wie sich die Fahrertür des Lieferwagens öffnete und wieder zuschlug. Draußen wurden die Geräusche der streitenden Menschen lauter. Das Geschrei wurde immer heftiger.

„Ich glaube, wir haben außer den Fahrern keine Eskorte", sagte Mina. „Die Leute helfen, wenn sie nicht gegen bewaffnete Männer kämpfen."

Es gab so vieles, was die Menschen in aller Welt nicht über die Unruhen im Iran wussten. Die Berichterstattung in den ausländischen Medien wurde stark zensiert. Sayeh fühlte sich plötzlich wie ein Soldat an der Front.

Der Wagen rüttelte, und Mina trat gegen die Tür. Die beiden Frauen brauchten keinen weiteren Lärm zu machen. Draußen gab es genug davon. Sayeh wartete neben Mina und ließ sich von der anderen Frau anleiten. Gemeinsam traten sie gegen die Tür. Wieder zerrte jemand von draußen an der Tür. Plötzlich stach etwas Schweres und Metallisches in die Mitte der Tür und dann hörte Sayeh, wie sie aufgestemmt wurde. Das Schloss zerbarst und die Tür schwang auf.

Sayeh schaute hinaus. Der Verkehr war zum Stillstand gekommen. Die Straße sah aus wie ein Parkplatz. Die Leute stiegen aus ihren Autos aus, und es war eine große Menschenmenge um sie herum. Sie konnte den Streit neben dem Wagen hören.

Diejenigen, die am nächsten standen, konzentrierten sich sofort auf Minas zerschlagenes Gesicht. Es gab einige schnelle Fragen und Antworten, von denen Sayeh nichts verstand. Ein junger Mann langte hinein und half Mina beim Aussteigen. Sie verschwanden durch die offene Tür. Der Rest der Versammelten richtete seine Aufmerksamkeit auf die andere Seite, wo Sayeh vermutete, dass ihr Fahrer aufgehalten wurde.

Eine Sekunde später tauchte Minas Gesicht wieder auf. Sie blickte zu Sayeh auf.

„Komm ... jetzt. Mit uns."

Sayeh ließ sich nicht zweimal bitten. Sie schob sich an den Rand des Wagens und trat auf die Straße hinaus.

Kapitel Siebenundzwanzig

KEIN KUCHEN, keine Geschenke. Familie und Gäste wurden gebeten, früher nach Hause zu gehen. Omid wusste, dass sie Hannahs Vorbereitungen zunichtegemacht hatte. Sie wusste auch, dass ihr Verhalten heute Morgen ein Schock für die Leute im Haus gewesen war. Es war nicht Omids Art, die Gastfreundschaft gegenüber Familie und Gästen durch *irgendetwas* beeinträchtigen zu lassen. Kulturell gesehen war das ein Teil von ihr. Es war nicht ihre Art, anderen zu zeigen, dass sie in Not war.

In diesem Moment war es Omid jedoch egal, was sie dachten.

Ihre unmittelbare Familie war wütend auf sie, das war klar. Hannah verschwand in ihrem Zimmer, und John beschloss, den Rasen zu mähen, obwohl er ihn erst vor zwei Tagen gemäht hatte und es wieder zu regnen begonnen hatte.

Sie konnten einfach nicht verstehen, warum sie so aufgeregt war. Sie konnten nicht sehen, dass sie Schmerzen hatte. Das beunruhigte sie. Trotzdem hatte Hannah, bevor sie sich einschloss, den Flugplan für Sayeh überprüft. Angeblich war sie pünktlich in Teheran angekommen. Gegenwärtig befand sie sich auf der letzten Etappe ihres Fluges nach Isfahan. Sie hatte Omid schwören lassen, nicht im Iran anzurufen. Sie sollte Sayeh die Chance geben, sie zuerst anzurufen.

Carol hatte sich natürlich von allen Anweisungen ausgeschlossen. Als

John die Ausrede brachte, dass es Omid nicht gut gehe und alle nach Hause müssten, sagte Carol einfach, dass sie nirgendwo hingehen würde. Als Hannah und John in ihre jeweiligen Ecken geflohen waren, hatte Carol sich in den Sessel im Wohnzimmer fallen lassen und den Fernseher eingeschaltet. Omid wusste, dass ihre Stiefmutter nicht weggehen oder verschwinden würde, egal, wie sehr sie versuchten, sie loszuwerden. Sie wusste auch, dass Carol trotz ihrer ruppigen, unnachgiebigen Art Omids Sorgen verstand. Unter allen anderen verstand allein sie sie.

Nachdem sie im Arbeitszimmer auf und ab gegangen war, bis ihre Füße taub wurden, ging Omid zu Carol ins Wohnzimmer.

„Wann kommt ihr Flug nach Isfahan an?", fragte Carol sie und schaltete den Fernseher stumm.

Omid schaute auf die Uhr. „Noch zwanzig Minuten."

„Und um wie viel Uhr wird sie dich angeblich anrufen?"

„In acht ... zehn Stunden von jetzt an. In ihrer E-Mail stand, sie würde mich um Mitternacht unserer Zeit anrufen. Das ist morgens in Isfahan."

„Von wegen", antwortete Carol unverblümt. „Sie wird sich ausschlafen und dich dann anrufen, wenn du vor meinen Augen zusammenbrichst? Das glaube ich nicht. Es ist mir egal, was der Rest von ihnen sagt. Du gibst mir das Telefon in einer Stunde und ich rufe bei deiner Cousine an."

Omid hatte keinen Zweifel daran, dass Carol das tun würde, obwohl sie kein Farsi sprach und noch nie mit einem ihrer Cousins gesprochen hatte.

„Alle denken, ich werde verrückt", sagte Omid und begann, durch das Wohnzimmer zu gehen.

„Es spielt keine Rolle, was sie denken. Du hast berechtigte Gründe, so zu sein. Wir beide wissen, dass du jedes Recht hast, so zu fühlen, wie du es tust."

Omid rieb sich den Nacken. Sie schaute auf die Wanduhr. Die Zeit verging nicht schnell genug. Sie ging zum Bücherregal und zog die Ausgabe des *Divan von Hafiz* heraus. Seit über dreißig Jahren lebte sie als Amerikanerin, aber dies war ein Teil ihrer Kultur, der nie verschwunden war. Eine Frage zu stellen und den alten Dichter Hafiz um Rat zu fragen, war ein persisches Ritual. Sie dachte an Sayeh und ließ ihre Finger über den dicken Einband gleiten, bevor sie eine Seite aufschlug. Sie las zwei Zeilen:

Oh, wo sind Taten der Tugend und dieser schwache Geist, wo?
Wie weit ist der Raum, der die Reiche von Hier und Dort trennt!

Sie fürchtete sich davor, weiterzulesen – schlimmer zu spekulieren, als sie es sich vorgestellt hatte. Omid schloss das Buch und schob es zurück ins Regal. Hafiz war der beliebteste Dichter des iranischen Volkes. Die meisten konnten seine Gedichte auswendig rezitieren; sie benutzten sie als Sprichwörter.

„Dein Vater hat immer das Gleiche getan", sagte Carol. „Er ging immer zu Hafiz, um Antworten zu bekommen."

Dieser Band hatte ihrem Vater gehört. Omid war gerührt gewesen, als Carol es ihr nach seinem Tod schenkte.

„Ich will nur, dass Sayeh nach Hause kommt."

„Ich weiß, Schatz."

„Meinst du, es war falsch von mir, es ihnen nicht zu sagen?", fragte Omid.

Carol starrte sie einen Moment lang an, dann schüttelte sie den Kopf.

„Was bringt es dir, an dir selbst zu zweifeln?", antwortete sie. „Du hast immer versucht, das Beste für deine Familie zu tun. Du hast sie beschützt. Außerdem waren deine Mädchen zu jung, um so etwas Schreckliches zu verstehen. Ich kann mir nicht vorstellen, wo man überhaupt anfangen soll, jemandem in ihrem Alter die Art von Ungerechtigkeit verständlich zu machen, die deine Mutter erlebt hat. Das ist so fremd für ihr Leben, für die Art und Weise, wie sie Gesetze, Autorität ... Gerechtigkeit sehen. Nein, du hattest nicht Unrecht. Es gibt für alles eine angemessene Zeit."

„Aber was passiert, wenn Sayeh wegen dem, was sie nicht weiß, in Schwierigkeiten gerät?"

„Als du weggingst, herrschte in dem Land totale Unordnung. Das war noch vor den Computern. Wie kommst du darauf, dass diese Leute ein Gedächtnis wie ein Elefant haben? Glaubst du wirklich, dass jemand Aufzeichnungen von vor dreißig Jahren aufbewahrt? Glaubst du wirklich, dass sie eine Verbindung zwischen einem jungen amerikanischen Kind von heute und etwas herstellen können, das genauso gut aus der Vergangenheit stammen könnte?"

Omid wünschte sich, dass Carol recht hatte. Sie hoffte, dass dieser Aufruhr, der sie innerlich zermürbte, wirklich unbegründet war. Sie würde sich gerne bei Hannah und John und bei allen anderen, die heute Morgen hier im Haus gewesen waren, für ihr Verhalten entschuldigen. Es wäre schön, wenn sich das alles im Nachhinein als eine Überreaktion herausstellen würde. Zwei andere Zeilen von Hafiz kamen ihr in den Sinn:

Mein Mund hat Bitterkeit geschmeckt,
und gelernt, den vergifteten Becher der Sterblichen zu trinken.

Sie begann wieder, im Zimmer auf und ab zu gehen. Sie hatte gelernt, das zu trinken, was das Leben ihr einschenkte, so bitter es auch war. Die

Türen zu schließen und die schmerzhafte Vergangenheit zu verbergen, war für Omid so viele Jahre überlebenswichtig gewesen. Sie musste diese Ereignisse begraben und nicht darüber sprechen. Sie hatte immer daran gearbeitet, ihr Leben mit einer undurchlässigen Hülle aus Routine und Aktivität zu füllen. Sie durfte nicht zulassen, dass sich die kleinste Blase der bitteren Wahrheit ihren Weg an die Oberfläche bahnte und zum Vorschein kam. Und das tat sie schon, als sie noch sehr jung war. Schon seit den Tagen, bevor sie John überhaupt kannte.

„Setz dich", befahl Carol. „Du machst mich ganz kirre."

Omid setzte sich auf die Kante des Sofas, doch einen Moment später war sie wieder auf den Beinen.

„Ich sagte, ‚Setz dich'."

„Nein. Ich kann nicht. Und hör auf, so herrisch zu sein."

„Gott sei Dank."

Sie schaute ihre Stiefmutter an. „Wofür?"

„Dass du noch weißt, wie man ‚Nein' sagt."

Omid runzelte die Stirn und begann wieder im Zimmer auf und ab zu gehen. „Du warst heute Morgen hier. Du hast gesehen, dass ich immer noch störrisch sein kann, wenn ich will."

Carol schnaubte. „Du kennst die Bedeutung des Wortes nicht. Ich muss dich dazu bringen, ein paar Stunden am Tag mit den alten Damen in meinem Haus zu verbringen. Dann wirst du die Bedeutung von ‚störrisch' kennen."

Omid schüttelte den Kopf.

„‚Nein' zu sagen, hat nichts mit störrischem Verhalten zu tun", sagte Carol. „Was ich will, ist, dass du anfängst, du selbst zu sein. Hör auf, immer nur an die anderen zu denken. Sag deiner Familie ab und zu, was *du* willst."

Omid blickte aus dem Fenster auf den tief bewölkten Himmel. „Du weißt, dass ich das nicht bin. Ich war noch nie so."

„Ich spreche nicht von *Dingen*, die du willst", schalt sie Carol. „Hör zu, du befindest dich auf einem Crashkurs. Du musst deine Meinung sagen, sagen, was du willst. Sag etwas, wenn du verärgert bist. Hol dir etwas von deinem Mumm zurück, von dem ich weiß, dass du ihn in dir hast."

„Nur etwas davon?"

„Okay, alles." Carol nickte. „Komm schon, Schatz. Ich habe mir schon Sorgen um dich gemacht. All die Stunden, die du arbeitest. Alles, was du zu tun versuchst. Du hörst nie auf. Nimmst dir nie Zeit für dich."

„Du klingst genau wie meine Schwiegermutter ... so wie sie John lobt."

„Ja, aber sie redet nur Mist, ich nicht. John macht ein Dutzend Dinge, die nur für ihn sind. Eigentlich fällt mir nichts ein, was er für irgendjemand anderen tut ... dich und die Mädchen eingeschlossen. Du hingegen ...“ Carol hielt inne und schüttelte missbilligend den Kopf. „Diese Frau hat nicht einen Bruchteil der Dinge, mit denen ich mich brüsten kann.“

„Du klingst ...“

Omid hielt inne, als das Telefon klingelte. Sie schaute auf die Uhr an der Wand. Sayeh sollte erst in fünf Minuten landen. Sie griff trotzdem danach. Hannah hatte bereits abgenommen, aber sie hatte Mühe, da die Person am anderen Ende Farsi sprach.

„Man madar-e Sayeh hastam“, sagte Omid schnell und stellte sich als Sayehs Mutter vor.

Es war Mehry, dieselbe Frau, die heute Morgen angerufen hatte. Die Verbindung war ein wenig besser, aber es gab immer noch ein schreckliches Echo. Omid bemühte sich, geduldig zu sein, als die andere Frau darauf bestand, zuerst die üblichen Höflichkeitsfloskeln durchzugehen und ihr zu erklären, dass sie warten musste, bis sie in der Stadt Amol, ihrem Zielort, angekommen war, bevor sie sie zurückrufen konnte.

„Sayeh to gomrok geer kardeh bood dar Tehran.“ Sayeh saß in der Einwanderungsbehörde in Teheran fest.

„Warum? *Chera?“*

„Nemedonam.“ Ich weiß es nicht. *„Pasdaran devonan. Be kesee keh javab nemedand.“* Die Pasdaran-Wächter sind wahnsinnig. Sie sind niemandem Rechenschaft schuldig.

Omid kannte die Pasdaran. Sie waren eine Art Teil der Revolutionsgarde, der religiösen Streitmacht des Landes, und nur dem obersten Ayatollah unterstellt ... wenn überhaupt. Sie waren die Taliban des Iran, genauso mächtig und genauso boshaft.

Die Frau fuhr fort. *„Man be Sayeh ghoftam ke be shoma zank mezanam.“* Ich sagte Sayeh, dass ich Sie anrufen würde, sagte sie.

„Medoneed kojast?“ Omid fragte, ob sie wisse, wo Sayeh sei.

„Nein. Pesaram porseed va medonam keh Sayeh dar parvaz Esfahan nahesteht.“ Fragte mein Sohn. Ich weiß, dass Sayeh ihren Flug nach Isfahan nicht mitbekommen hat.

Omid drehte sich um und sah John und Hannah in der Tür stehen. Ihrem Gesichtsausdruck war zu entnehmen, dass sie bereits ahnten, dass es sich um schlechte Nachrichten handelte.

Kapitel Achtundzwanzig

Teheran

ES WAR EINE TATSACHE, dass der Staat die Medien kontrollierte. Das Bild des iranischen Volkes, das die westlichen Länder erreichte, bestand immer aus Frauen in schwarzen Schleiern und schmuddelig aussehenden Männern, die ihre Fäuste schüttelten und Slogans wie „Tod für Amerika" riefen. Sayeh hat dieser einseitigen Darstellung nie viel Bedeutung beigemessen. Aber sie hätte auch nie geglaubt, was sie jetzt erlebte, wenn sie nicht ein Akteur in der Szene gewesen wäre.

„Folgt mir."

Sie waren nur zu dritt, aber es schien, als wären schnell hundert oder mehr Menschen von den Autos, den Bürgersteigen und einem nahe gelegenen Marktplatz auf die Straße gekommen. Die Menge war eindeutig auf ihrer Seite. Es gab Protestrufe gegen den Fahrer des Lieferwagens, wütende Worte gegen das System, das seine Bürger so behandelte, wie Mina offensichtlich behandelt worden war.

Sayeh sah, wie sich die Menge teilte, und sie und Mina eilten dem Brechstangen schwingenden jungen Mann hinterher, der sie aus dem Lieferwagen geholt hatte. Als sie vorbeikamen, bildeten die Leute hinter ihnen schnell eine Barriere. Als sie kein Dutzend Schritte vom Lieferwagen entfernt waren, hörte sie, wie das Geschrei lauter und wütender wurde, aber die drei rannten weiter.

Sayeh behielt ihren Blick auf Minas Rücken gerichtet. Sie rannte so nah heran, dass sie der jungen Frau praktisch auf die Fersen trat. Mit den auf dem Rücken gefesselten Händen war es schwierig, zu rennen, aber Sayeh lief weiter. Ihr Kopftuch war weg. Mina war blutverschmiert im Gesicht und ihr fehlte ein Schuh, aber niemand, an dem sie vorbeikamen, hielt sie auf. Es war, als ob zwei misshandelte Frauen, die auf der Straße um ihr Leben rannten, etwas Alltägliches wären.

Sie arbeiteten sich bis zum Bürgersteig vor. Dort standen noch mehr Leute und beobachteten das Geschehen auf der Straße. Sayeh spürte ein paar aufmunternde Klopfzeichen auf ihrem Rücken, als sie vorbeigingen. Nachdem eine alte Frau mit gebeugten Schultern Minas Gesicht gesehen hatte, schlug sie sich selbst mit der Faust auf die Brust und schaute zum Himmel, während sie irgendetwas murmelte.

Es schien keinen Zweifel daran zu bestehen, dass sie alle wussten, wer das getan hatte.

Der junge Mann, der sie anführte, bog in eine enge Gasse ein und sie folgten ihm. Sayeh stolperte fast in einen trockenen Graben, der in der Mitte der Gasse verlief. Ein paar Schritte vor der Ecke blieb er stehen. Zehn Fuß hohe Ziegelmauern und zweistöckige Gebäude auf beiden Seiten hielten die Gasse im Zwielicht, nur wenige Türen führten zu Geschäften und weiter oben ließen noch weniger Türen Licht aus den Gärten und Hinterhöfen hinter den Gebäuden herein.

Drei Leute, die an einem der Tore herumlungerten, blickten erschrocken auf und Sayeh drehte sich um, als eine alte Frau, die zwei Tüten mit Lebensmitteln trug, ihnen in die Gasse folgte und sich ihr näherte. Etwa ein halbes Dutzend Menschen folgte der Frau. Mina sagte etwas zu ihrem Retter und er schüttelte den Kopf. Die kleine Gruppe umringte sie und Sayeh konnte sofort erkennen, dass diese Leute daran interessiert waren, ihnen zu helfen. Ihr Ton war scharf und abschätzig, als sie die Worte „Evin" und „Pasdaran" benutzten, aber sie schauten alle vorsichtig über ihre Schultern, während sie sprachen. Die Angst vor einer Regierung, die zu ihrem eigenen Vorteil die friedlichen Prinzipien des Islams verdrehte, gehörte schon lange zu ihrem Alltag. Diese Menschen wussten nur zu gut, dass die Religion ihrer Vorfahren – ein Glaube, der Verständnis, Wertschätzung und ein friedliches Zusammenleben fördert – von den Mullahs gekapert worden war. Das würden sie jedoch nie akzeptieren.

Die alte Frau stellte ihre Taschen ab und sagte etwas zu Mina. Die Frau nahm ihren Tschador vom Kopf, wickelte das Kopftuch um Minas Haar und band es ihr unter dem Kinn zusammen. Man konnte immer noch das geschwollene Gesicht der jungen Frau sehen, aber es war viel weniger auffällig. Dann griff sie nach Sayehs Schal, der ihr über den Rücken baumelte, und band ihn wieder zusammen.

„*An magazeh.*" Dieses Geschäft, sagte die Frau, nickte in Richtung einer Hintertür und dachte offenbar, Sayeh sei Iranerin. „*Shohareh man masheen dareh. Mebaratoon harjaee mekhaee beree.*" Mein Mann hat ein Auto. Er wird euch hinfahren, wo immer ihr hin wollt.

Sie gab den beiden ein Zeichen, ihr zu folgen, nahm ihre Taschen und ging die Gasse hinauf.

„*Mamnoon.*" Danke", sagte Mina zu dem jungen Mann, der sie nur anlächelte und Sayeh lässig grüßte, als sie der alten Frau nacheilten.

Sie blieben an der Hintertür eines Ladens am oberen Ende der Gasse stehen.

„*Sabr kon.*" Wartet hier. Sie rief in den Türrahmen und wartete, bis ein älterer, schwergewichtiger Mann herauskam und die beiden Frauen musterte, während seine Frau mit leiser Stimme zu ihm sprach. Einen Moment später verschwand er im Gebäude, und die alte Frau führte die beiden zurück zu einem Doppeltor in der Mauer. Der Mann entriegelte das Tor und schwang die Türen auf. Die Frau geleitete sie in den Hof, während ihr Mann in ein Auto stieg, das unter einem Wellpolyester-Dach stand, welches aus dem Gebäude ragte. Der Motor heulte auf.

„*Boro ... boro. Khoda negahdarat bashee.*" Geh ... geh ... Gott pass auf dich auf, sagte die Frau. Sie öffnete die hintere Tür des Wagens und beide stiegen ein.

Der Fahrer lenkte den Wagen gekonnt in die enge Gasse und sie fuhren auf die nächste Straße hinaus.

„*Koja geraved?*" Wohin wollt Ihr?

Sayeh sah Mina ein paar Sekunden lang zu, bevor sie eine Adresse nannte.

Als der Wagen sich der nächsten Kreuzung näherte, sanken beide Frauen in ihre Sitze. Der Verkehr war dicht, aber flüssig und von dem Aufruhr, den sie im nächsten Block verursacht hatten, war nichts zu spüren.

„Wohin fahren wir?", fragte Sayeh Mina. Sie bemerkte, dass der Fahrer sie überrascht ansah, als sie Englisch sprach.

„Wir werden zu einem Freund gehen, der in der Nähe der Universität wohnt. Es ist nicht weit. Er wird uns helfen, die loszuwerden", antwortete sie und deutete auf die Handschellen. „Dann werden wir überlegen, was wir anschließend tun ..."

Die Erkenntnis, dass sie ohne Geld, ohne Ausweis, ohne Reisepass und ohne Flugticket in Teheran war, traf Sayeh in diesem Moment wie ein Schlag. Sie konnte sich nicht einmal an die Telefonnummer ihrer Cousine Zari in Isfahan erinnern. Sie war völlig abhängig von Mina.

„Vertraust du ihm?" Sayeh flüsterte und nickte dem Fahrer zu.

„Wir müssen." Mina zuckte mit den Schultern. „Er und seine Frau mussten uns nicht helfen. Die Menschen auf der Straße brauchten auch nicht zu helfen. Aber die Menschen tun es. Alle Menschen hassen Mullahs. Alle hassen die Pasdaran. Wir helfen anderen. Wir alle sind gegen sie."

„Ich muss die Telefonnummer der Familie meiner Mutter in Isfahan herausfinden und sie wissen lassen, wo ich bin. Sie haben mich heute Nachmittag auf dem Flughafen erwartet."

„Wussten *sie*, wen du in Isfahan besuchen wirst?"

Sayeh wusste, was sie mit ‚sie' meinte: die Behörden. Polizei, Basidsch, Pasdaran – in Sayehs Augen waren sie alle gleich. Es gab keinen Beamten im Iran, dem sie im Moment vertrauen konnte.

„Sie können es herausfinden, indem sie mein Gepäck und meine Papiere durchsuchen. Sie haben alles."

„Du kannst sie nicht anrufen. Noch nicht", sagte Mina. *„Behtareh* ... Am besten ist es, wenn deine Familie wenig weiß ... wenig über dich sagt. Sie werden von den Pasdaran verhaftet werden. Vielleicht sind sie es schon. Sie werden das Telefon abhören. Wenn sie glauben, dass du anrufst, werden sie sie im Gefängnis behalten, bis du auf ... aufgibst ... dich ergibst. Die Pasdaran werden sie benutzen, um dich zu erwischen."

Der Fahrer drückte mit der Hand auf die Hupe, als sie über eine Kreuzung fuhren. Sayeh hielt den Kopf gesenkt und fragte sich, was wohl aus ihr werden würde. Sie musste einen Weg finden, ihre Eltern anzurufen.

Das war sicher nicht die Geburtstagsüberraschung, die sie ihrer Mutter machen wollte.

Kapitel Neunundzwanzig

Litchfield, Connecticut

OMID UND JOHN hatten nie versucht, gleichberechtigt die elterliche Verantwortung zu übernehmen. Ihre Töchter waren nicht mit einer Gebrauchsanweisung geboren worden, und so hatte John schon früh beschlossen, der Fahrgast auf dem Rücksitz zu sein.

Omid war der Versorger. Sie war die Ernährerin. Sie war diejenige, die Zeit mit ihnen verbrachte, als die beiden noch Kinder waren und später, als sie erwachsen wurden. Sie wahrte die Disziplin und traf die Entscheidungen. *Sie traf die Entscheidungen.*

Omid war wütend auf ihren Mann, weil er Sayeh Geld für die Reise in den Iran gegeben hatte. Sie war frustriert darüber, dass John diese spezielle Situation genutzt hatte, um sich in die Rolle des entscheidungsbefugten Elternteils zu versetzen und ihrer Tochter die Erlaubnis zu geben, etwas zu tun, wozu sie bereits „Nein" gesagt hatte. Aber noch mehr als das war sie wütend darüber, dass er die ganze Sache weiterhin so gelassen nahm. Er tat so, als sei alles in Ordnung und als würde Sayeh sie heute Abend anrufen, wie sie es versprochen hatte. Wiederholt hatte er Omid vorgeworfen, überreagiert zu haben, und er war nicht bereit, jetzt irgendwelche Schritte zu unternehmen.

Frustriert ging Omid ins Internet und las alles, was sie über Reisen in den Iran finden konnte. Das beste Szenario, das sie sich vorstellen konnte, war, dass die Zollbeamten einen Fehler in Sayehs Visum gefunden hatten und ihr die Einreise in den Iran verweigert worden war. In diesem Fall würde sie den nächsten Flug nach Ägypten nehmen.

Sie rief die Telefonnummer ihrer Cousine in Isfahan an. Keiner ging ans Telefon. Aufgrund der Zeitverschiebung vermutete sie, dass Zari noch am Flughafen war und auf Sayeh wartete.

Omid legte auf und ging wieder online, um auf der Internetseite des Außenministeriums alles zu suchen und zu lesen, was sie finden konnte. Sie war mitten in der Recherche, als Hannah ins Arbeitszimmer kam.

„Weißt du, Mom, das war das Letzte, was Sayeh wollte. Besonders an deinem Geburtstag." Sie zog einen Stuhl neben Omid heran und setzte sich.

Omid las gerade einen Abschnitt über strafrechtliche Sanktionen.

„Das klingt so, als wäre sie noch nicht einmal ins Land eingereist. Das kann unmöglich auf sie zutreffen", sagte Hannah und deutete auf den Bildschirm.

„Sie führen eine Liste mit Namen", sagte Omid flüsternd.

Hannah lehnte sich näher heran und las laut vor. „... alle Personen, die vor dem Iran-U.S. Claims Tribunal in Den Haag Klage gegen den Iran eingereicht haben ..." Sie schüttelte den Kopf. „Das war, bevor Sayeh und ich geboren wurden. Mama ... bitte ... ich habe dich noch nie so zusammenbrechen sehen. Das ist mehr als nur schlecht geschlafen zu haben ... oder der Geburtstags-Kummer. Ich habe noch nie erlebt, dass du auch nur dein Horoskop liest, geschweige denn, dass du deinem Bauchgefühl vertraust. Was ist wirklich los?"

Sie könnte es ihnen sagen. Sie könnte alles offenbaren. Die ganze Schuld lag bei Omid selbst. Sie war die Schuldige, nicht John oder Sayeh oder sonst jemand. Sie war seit vierundzwanzig Jahren verheiratet. Sie hatte zwei kluge, sensible Töchter großgezogen, aber nicht ein einziges Mal hatte sie ernsthaft in Erwägung gezogen, etwas von dieser Vergangenheit mit ihnen zu teilen. In all den Jahren hatte sie sich mehr Sorgen um sich selbst gemacht, aus Angst vor dem Wiederaufleben dieses schrecklichen, betäubenden Leids. Sie hätte mit ihnen eine Geschichte teilen sollen, die nicht nur die ihre war, sondern auch die ihrer Familie.

Heute war jede Stunde schmerzhafter gewesen als die Stunde zuvor. Omid war sich nicht sicher, ob dies der richtige Zeitpunkt war, um darüber zu sprechen. Was war, wenn John recht hatte? Was, wenn sie zu viel aus all dem machte? Vielleicht *würde* Sayeh bis Mitternacht mit ihr telefonieren.

Sie vergrub den Kopf in ihren Händen. Sie rieb sich die Augen und versuchte zu entscheiden, ob sie sich durch ihr Schweigen noch mehr Ärger einhandelte. Sollte sie das Außenministerium anrufen und ihnen sagen, was sie über die Situation ihrer Tochter wusste? Konnte sie an einem Sonntag überhaupt jemanden ans Telefon bekommen?

„Es war nicht so schlimm wie dies hier, aber erinnerst du dich an die Phase, in der du Angst hattest, dass ich nicht genug esse? Dass ich magersüchtig bin?" Hannahs Hand streichelte sanft ihren Rücken. „Weißt du noch, was du uns immer gesagt hast, dass wir unsere Sorgen teilen sollen?"

Sie sah ihre Tochter an. Es gab so viele Dinge, die sie sich im Laufe der Jahre ausgedacht hatte, als die Mädchen aufwuchsen. Sie hatte viel gelesen, aber sie hatte sich auch oft einfach auf ihren Instinkt verlassen. Kinder zu erziehen war keine Wissenschaft, sondern eine Kunst mit so vielen täglichen Variablen.

„Du vergisst nie etwas, was ich dir jemals gesagt habe."

„Das ist richtig." Hannah lächelte. „Du hast gesagt, dass jeder Probleme hat und es okay ist, Geheimnisse zu haben. Du sagtest, es sei völlig in Ordnung, Dinge für sich zu behalten, solange man sich selbst oder jemand anderem nicht wehtut."

„Ich erinnere mich."

Hannah lehnte ihre Stirn an die von Omid. „Du tust dir weh, Mom. Meinst du nicht, es ist an der Zeit, dass du uns sagst, worum es geht?"

Kapitel Dreißig

Teheran

AUS VERSCHIEDENEN QUELLEN ERFUHR SAYEH, dass die Straßen von Teheran ein Kriegsgebiet für Frauen waren, die sich nicht an die strengen islamischen Kleider- und Verhaltensregeln hielten. Es war in ihrem ureigensten Interesse, nicht gesehen, gehört oder überhaupt bemerkt zu werden. Angeblich war die Sittenpolizei überall und suchte nach jedem Vorwand, um jede Frau zu verhaften oder zu beleidigen und zu demütigen, die es wagte, ihre Unabhängigkeit zu erklären – sich als freier Mensch, als Individuum zu behaupten.

Sayeh schaute aus dem Fenster des rasenden Autos. Sie sah die verblassten Bilder einer amerikanischen Flagge, die einst den schwarzen Asphalt des Highways geziert hatte. Sie sah das antiamerikanische Graffiti, das auf die Seite eines vierstöckigen Gebäudes gemalt war. Sie sah auch, wie die Leute ihren Geschäften nachgingen, ohne auf den Spruch oder das Bild zu achten.

Auf den Straßen waren deutlich mehr Frauen als Männer zu sehen, ein klarer Beweis dafür, dass die Bevölkerung des Landes nach fast einem Jahrzehnt Krieg mit dem Irak und dem Tod von einer Million iranischer Männer zu fast siebzig Prozent aus Frauen besteht.

Es war auch unmöglich, den unverhohlenen Trotz vieler Frauen, an denen sie vorbeikamen, nicht zu sehen. *Monteaus*, die langen, unförmigen

Kleider, die die Frauen tragen mussten, waren kürzer geworden und wurden offensichtlich über hautengen Jeans getragen. Viele junge Frauen trugen übermäßiges Make-up. Die Schuhe und Handtaschen und die bunten Schals, die kaum ihr Haar bedeckten, waren ein deutliches Zeichen ihres Widerstands.

Wie die Frau, die neben ihr saß, erkannte Sayeh, dass diese Menschen mit allen Mitteln für ihre Unabhängigkeit kämpften. Der Wagen wurde langsamer und bog in eine schmale Straße ein.

Mina wusste genau, wohin sie fahren musste, aber Sayeh erkannte, dass ihre Begleiterin kein Risiko eingehen wollte.

Der alte Mann, der das Auto fuhr, setzte sie einen Block von ihrem endgültigen Ziel entfernt ab, und Mina führte Sayeh dann durch ein Labyrinth von Seitenstraßen, bis sie erreichten, was wie eine verlassene, baufällige Garage hinter einem verrosteten Maschendrahtzaun aussah. Durch ein zerrissenes Stück Zaun gelangten sie in einen überwucherten Hof, der mit nicht identifizierbaren Maschinenteilen übersät war. Die verrosteten Wracks mehrerer Autos waren in die Ecken des Grundstücks geschoben worden und dienten nun als Pflanzgefäße für Unkraut und verworrene Ranken.

„Er wird hierher kommen", sagte Mina ihr.

Sayeh wusste nicht genau, wer ‚er' war. Aber nach dem, was sie heute durchgemacht hatte, war keine Vorsicht übertrieben.

Sie setzten sich auf einen Stapel Schlackensteine im Hof hinter dem Gebäude, der von der Straße aus durch weitere Ranken und Sträucher verdeckt war. Ein paar hohe Wohnhäuser blickten einen Häuserblock entfernt auf das Grundstück hinunter, aber Sayeh fühlte sich durch die dunklen Fenster nicht bedroht. Als sie saßen, wehte eine warme Brise, die den Duft von Jasmin und Geißblatt mit sich brachte. Sayeh hatte diese Blumen bisher nur im Garten ihrer Mutter zu Hause gerochen, wo sie sich immer sicher und vor allem Gefährlichen in der Welt verborgen fühlte.

Sie schüttelte das falsche Gefühl der Sicherheit ab. Dies war anders. Dieser Augenblick war anders als alles, was sie bisher erlebt hatte. Sie atmete tief durch, hielt den Atem an und versuchte, ihn in ihrem Gehirn zu verankern.

„Danke", sagte Sayeh zu Mina, als sie sich endlich auf die Gegenwart konzentrierte, auf den Ort und nicht auf den Traum. „Danke, dass du mich mitgenommen hast."

Mina zuckte mit den Schultern. „Du würdest das Gleiche tun."

„Das würde ich." Ein paar Straßen weiter hörte sie das Geräusch des Verkehrs. „Weißt du, wie viel Uhr es ist?"

Die andere Frau schüttelte den Kopf. „Nachmittag ... Ich weiß es nicht."

„Sie haben alle meine Sachen. Reisepass, Brieftasche, alle meine Sachen. Irgendwie muss ich meine Familie kontaktieren. Ich weiß, du sagtest, ich solle nicht versuchen, Leute zu erreichen, die ich in Isfahan kenne, aber vielleicht kann ich meine Eltern in Amerika anrufen. Vielleicht finden sie einen Weg, mich hier herauszuholen."

„Du kannst bei mir bleiben, bis wir einen Weg gefunden haben."

„Danke", wiederholte Sayeh. Sie wollte sich gar nicht ausmalen, wo sie jetzt wäre, wenn sie nicht hinten im selben Transporter gelandet wären.

Sie brauchten nicht lange zu warten. Ein junger Mann, der etwa in Sayehs Alter zu sein schien, kam von der nächsten Straße um das Gebäude herum. Mina kannte ihn und sie sprachen in schnellem Feuer-Farsi, das Sayeh nur bruchstückhaft verstand. Sie schienen auf eine andere Person zu warten, die ihnen das Garagentor öffnen sollte und der Neuankömmling schaute angewidert auf Minas ramponiertes Gesicht.

Mina stellte ihm Sayeh vor. „Ali ist Student an der Azad-Universität in Karaj ... wie ich."

Sayeh nickte und stellte fest, dass Alis Englisch nicht so gut war wie das von Mina, als er ihre Begrüßung auf Farsi beantwortete. Nach dem, was sie von ihnen erfahren konnte, warteten sie auf Alis Onkel, dem die Werkstatt gehörte.

„Chand nafar ra dastgheer kardand?" Wie viele Leute haben sie verhaftet? fragte er.

„Fagat man." Nur mich.

Sayeh freute sich, dass sie einen Teil des Gesprächs verfolgen konnte. Wenn sie sich konzentrierte, konnte sie eine ganze Menge verstehen.

Sie drehten sich alle um, als jemand begann, eine Hintertür des Gebäudes aufzustoßen. Die verrosteten Scharniere und das ungeschnittene Unkraut vor der Tür machten es schwierig und Ali ging hinüber und half, die Tür aufzuziehen. Ein grauer, bärtiger Mann, der eine Brille mit dicken Gläsern trug, schaute vorsichtig in den Hof hinaus, bevor er ihnen ein Zeichen gab, hereinzukommen.

Mina ging als Erste hinein, Sayeh folgte dicht hinter ihr. Mina sprach ehrerbietig mit dem alten Mann und Sayeh griff ihre Worte der Dankbarkeit auf. Ali schloss die Tür hinter ihnen. Sayehs Augen brauchten ein oder zwei Minuten, um sich an die Dunkelheit zu gewöhnen. Der alte Mann zog an einer Schnur über einer Werkbank, und eine einzelne Glühbirne, die an einem dünnen Draht hing, sprühte Funken und erwachte dann zum Leben.

In dem offenen Raum waren Dutzende von Gegenständen in verschiedenen Stadien der Reparatur verteilt. Eine Gefriertruhe, deren Innereien entfernt wurden, stand in der Mitte des Bodens. Eine Waschmaschine stand neben einer der beiden Kipptüren; daneben befand sich ein Karton mit einem Ersatzmotor. Ventilatoren und kleine Klimageräte standen an einer Wand. Überall sah sie Kisten – leere und mit Teilen gefüllte. Die meisten sahen aus, als wären sie ausrangiert.

„Amoo hamechee ra dorost mekoneh", flüsterte Ali Sayeh zu. Mein Onkel repariert alles.

*„Mardeh ... khobee ... be ma ...*help *... komak kard."* Sayeh bemühte sich zu sagen, dass er ein guter Mann war, der ihnen half. Es gelang ihr immerhin, die Bedeutung zu vermitteln, denn Ali nickte verständnisvoll.

„Besheen", wies der alte Mann Mina an, sich zu setzen, zog einen dreibeinigen Hocker an die Bank und winkte ihr zu.

Mina bat Ali zunächst, ihr beim Abnehmen des Tschadors zu helfen und setzte sich dann. Sayeh sah, wie Alis Onkel innehielt und ein paar Dinge sagte, als er die blauen Flecken auf Minas Gesicht sah. Er schüttelte den Kopf und obwohl Sayeh die Worte nicht ganz verstand, waren die Gefühle des Mannes an seinem Gesichtsausdruck abzulesen. Er war wütend.

Alis Onkel betrachtete sorgfältig die Handschellen, mit denen Mina gefesselt war, und kramte dann in einigen Schubladen, die mit Werkzeug gefüllt waren. Nach einem Moment des Durchsuchens fand er, was er suchte. Er zog etwas heraus, das wie ein kleiner Eispickel aussah, hielt ihn hoch und schielte durch seine dicke Brille auf die Spitze, die im 90-Grad-Winkel gebogen war. Zufrieden machte er sich an die Arbeit mit den Handschellen.

Im Handumdrehen waren die Hände ihrer Begleiterin frei und Mina stand auf und rieb sich die Handgelenke.

„Sheer ab anjast. Soratetoo tamiz con", sagte der alte Mann zu Mina, während er Sayeh ein Zeichen gab, sich auf den Hocker zu setzen.

Als Sayeh sich setzte, wurde ihr klar, dass Alis Onkel Mina gesagt hatte, wo sie sich waschen und ihr Gesicht reinigen konnte.

Während der Fahrt im Transporter vom Flughafen hatte Sayeh das Gefühl in ihren Händen verloren. Die Handschellen schnitten in ihre Handgelenke, aber sie hatte bewusst versucht, sie zu ignorieren. Jetzt, als der alte Mann ihre Hände bewegte, schoss der Schmerz in ihre Arme und sie zuckte zusammen.

„*Americayee?*", fragte Alis Onkel.

Sayeh korrigierte ihn sofort. „*Madaram Iranee.*" Es wurde zu einer automatischen Antwort, zu einer Verteidigung. Sie sah die Notwendigkeit, sich zu korrigieren und die Leute wissen zu lassen, dass sie nicht nur eine neugierige Touristin war, dass sie das Recht hatte, hier zu sein. Ihre Mutter war Iranerin.

„*Chera gereftanat?*"

Sayeh schüttelte den Kopf. Sie verstand die Frage nicht.

„Warum ... Verhaftung?" Ali versuchte, die Frage des Onkels zu übersetzen.

Sie nickte. „*Nemedonam* ... ich weiß es nicht. Sie haben meinen Reisepass, mein Ticket. Ich ... *man meraftam Esfahan.*" Sie vermied es, das Tagebuch ihrer Mutter zu erwähnen. Sie wusste nicht, was darin stand und sie sah keinen Sinn darin, darüber zu spekulieren, dass es etwas Belastendes enthielt. Die Behörden am Flughafen schienen keine legitimen Gründe zu brauchen, um jemanden zu verhaften. Mina schien ein perfektes Beispiel dafür zu sein.

„*Barayeh roznameh car mekonee?*", fragte der alte Mann.

„Arbeitest du ... für ... eine Zeitung?" Ali wiederholte die Frage des Onkels. „Wie Saberi?"

Sayeh sah Ali an. Sein Onkel stand hinter ihr und fummelte an den Handschellen herum. „Nein. Ich bin Studentin. Aber mein Hauptfach ist Journalismus." Sie fragte sich, ob die Zollbeamten das aus allem, was sie am Flughafen von ihr gesammelt hatten, hätten herausfinden können. Einen Journalistenausweis oder ein Visum hatte sie jedenfalls nicht.

Ali übersetzte die Informationen.

Der Onkel fing an, etwas zu sagen, das Sayeh völlig überhörte, denn sie vernahm das Klicken des Schlosses und ihre Arme waren frei. Es tat weh, die Schultern zu bewegen und die Hände in den Schoß zu legen, aber sie tat es und wartete darauf, dass der alte Mann die zweite Handschelle öffnete. Der Onkel redete noch immer, als er die Handschellen auf die Werkbank fallen ließ. Sayeh war erleichtert, als Mina vom Waschbecken zurückkam. Sie hatte offensichtlich zugehört, was der ältere Mann sagte, und sie antwortete ihm.

Sayeh rieb die roten Stellen an ihren Handgelenken. Sie beugte ihre Finger. Es ging ihr gut. Es war ernüchternd, zu erkennen, dass es ihr trotz allem, was sie in den letzten Stunden durchgemacht hatte, gut ging. Sie war nicht mehr verängstigt. Sie fühlte sich bei diesen Menschen sicher. Sie war zwanzig Jahre alt, fähig, selbständig zu denken, und zumindest im Moment war sie nicht in unmittelbarer Gefahr.

Ihre Welt in Connecticut schien aus einem anderen Leben, einem anderen Jahrhundert zu stammen. Es war ernüchternd ... und doch auch aufregend ... zu erkennen, dass es Parallelwelten wie diese gab und sie diese hier erlebte.

Mina drehte sich zu ihr um. „*Amoo* sagt, wir sollten zuerst zur Schweizer Botschaft gehen, um einen neuen Pass zu bekommen. Die kümmern sich um amerikanische Staatsbürger, die in den Iran reisen.“

Sayeh fragte sich, ob man ihr einfach einen neuen Pass bestellen könnte oder ob man sie – wie in den Filmen – verstecken und versuchen würde, sie aus dem Land zu schmuggeln.

„*Amoo* sagt auch, dass Menschen wie du ... ein Amerikaner ... ein iranischer Elternteil ... manchmal nimmt die Polizei am Flughafen den amerikanischen Pass, weil sie glauben, dass du Iraner bist. Aber sie nehmen nicht jedes Mal Touristen deswegen fest.“

Sayeh verlor das Interesse an den Gründen der Behörden für ihre Festnahme; sie wusste einfach, dass sie sich auf keinen Fall wieder in deren Hände begeben würde, wenn sie es vermeiden konnte. Sie war fertig damit, ihnen zu vertrauen.

„Ich habe *Amoo* gesagt, dass ich ein Telefon für dich finden werde, damit du deine Eltern anrufen kannst“, sagte Mina. „Er denkt genauso wie ich. Es ist nicht sicher, deine Familie in Isfahan anzurufen. Du würdest sie und dich in Gefahr bringen.“

Sie hatten beendet, was sie vorhatten. In ihrem gebrochenen Farsi bedankte sich Sayeh ausgiebig bei dem alten Mann. Er winkte mit der Hand, als wäre das nichts, als würde er so etwas jeden Tag tun. Mina richtete den Tschador wieder um ihr Gesicht. Ihr fehlte immer noch einer ihrer Turnschuhe, und so nahm sie ein altes Paar Flip-Flops, das vor dem Garagentor abgelegt worden war.

Ali lieh Mina etwas Geld für ein Taxi. Er wollte bei seinem Onkel in der Werkstatt bleiben und ihm beim Abschließen helfen.

„Wir sehen uns heute Abend“, sagte Ali, als sie durch die Hintertür hinausgingen.

Zurück auf der Straße wandte sich Sayeh an ihre neue Freundin. „Werden wir ihn heute Abend sehen?“

„Es ist zu spät, um heute zur Schweizer Botschaft zu gehen. Heute

Abend ist eine Vorlesung an der Universität von Teheran. Du kannst zu Hause bleiben oder mit mir kommen. Du kannst dich entscheiden."

„Es ist nur eine Vorlesung?"

Mina zuckte mit den Schultern. „Auch Marsch ... und *Shohar und Sarseda* ... Lärm ... Beschwerden ... Jubel. Für die kommende Wahl. Wir müssen mehr Demonstrationen planen und durchführen. Wir müssen gewinnen ... wie die Wahl von Obama. Wir müssen unsere Redefreiheit zurückgewinnen. Frauen hatten einst Rechte. Wir wollen sie zurück. Zu lange haben sie uns ... bedrängt ... wie *Magas* ... Pestfliegen. Damit ist jetzt Schluss. Junge Menschen werden es tun. Wir werden auf die Straße gehen und alle anderen aufrütteln."

Sayeh war klar, dass sie damit vom Regen in die Traufe kommen konnte. Aber sie war alt genug, um sich an die Zeit nach dem 11. September 2001 und an den Patriot Act zu erinnern und daran, wie das Aufbegehren gegen die eigene Regierung oft als unamerikanisch bezeichnet wurde.

Die derzeitige iranische Regierung hatte ihre eigene Agenda. Sie war eindeutig gegen die freie Meinungsäußerung und die Verhaftung von Mina heute Nachmittag war der Beweis dafür. Sayeh erinnerte sich, wie aufgeregt sie im letzten Herbst gewesen war, weil sie bei den Präsidentschaftswahlen votieren wollte. Sie hatte darauf geachtet, ihre Briefwahlunterlagen aus Ägypten einzuschicken, damit sie an den Ergebnissen der Wahlen in den USA mitwirken konnte. Die Amerikaner wollten einen Wandel. Sie erinnerte sich, wie sie und ihre amerikanischen Freunde vor dem Satellitenfernsehen in Kairo saßen, als die Ergebnisse bekannt wurden. Das war das einzige Mal, dass sie es bereute, ein Jahr im Ausland verbracht zu haben. Sayeh hatte das Gefühl, dass sie einen wichtigen Moment der amerikanischen Geschichte verpasst hatte.

Sayeh fasste einen Entschluss. Sie musste das tun, nicht nur für sich selbst, sondern auch für ihre Mutter. Sie wollte für die iranischen Frauen ein Teil davon sein.

„Ja, ich komme mit", sagte Sayeh schließlich.

Kapitel Einunddreißig

Litchfield, Connecticut

HEUTE WAR NICHT der Tag für Beichten.

Omid beschloss, das Vergangene für sich zu behalten ... jedenfalls für den Rest des Tages. Sie betete weiter, dass Hannah und John Recht hatten und dass Sayeh sie wie versprochen bis Mitternacht anrufen würde.

Um acht Uhr wollte Carol unbedingt nach Hause und sie ging. Um neun Uhr saß John glücklich vor seinem Ballspiel im Wohnzimmer, als ob sie sich um nichts in der Welt kümmern müssten und Hannah hatte sich in ihrem Schlafzimmer eingeschlossen.

Omids Laune und ihre Unruhe hatten sich den ganzen Tag über nicht gebessert. Sie schickte E-Mails an die wenigen Verwandten, mit denen sie in Isfahan in Kontakt war. Sie rief die beiden Telefonnummern an, die sie hatte – eine von Zari und eine von einer Großtante –, konnte aber niemanden erreichen. Sie hinterließ Facebook-Nachrichten für Sayeh und alle anderen Verwandten, von denen sie wusste, dass ihre Tochter mit ihnen im Iran in Kontakt stand.

Mehr denn je ärgerte sich Omid darüber, dass sie über die Jahre hinweg keinen engeren Kontakt zu ihrer Familie gehalten hatte. Es gab keine einzige Person, die sie anrufen und bitten konnte, sich der Sache anzunehmen. Auch ein Anruf bei der Fluggesellschaft erwies sich als sinnlos. Da

Sayeh über achtzehn Jahre alt war, wollten sie am Telefon keine Informationen preisgeben.

Omid versuchte, sich mit anderen Dingen abzulenken und vergrub sich in die Arbeit, die sie nach Hause mitgebracht hatte. Irgendwie, so dachte sie, musste sie die Stunden bis Mitternacht beschleunigen.

So lange brauchte sie nicht zu warten. Um zehn Minuten vor zehn läutete das Telefon. Omid nahm den Hörer ab, ihre Hand zitterte.

Erleichterung, wie sie sie noch nie erlebt hatte, durchströmte sie, als sie Sayeh singen hörte.

„Alles Gute zum Geburtstag ... liebe Mama ...“ sang Sayeh. „Alles Gute zum Geburtstag für dich.“

Omid war sprachlos. Sie ging auf die Tür zu, als John mit dem Telefon in der Hand aus dem Wohnzimmer hereinkam.

„Alles Gute zum Geburtstag, Mom.“

„Schatz, ich bin gestorben und heute wieder auferstanden“, sagte Omid. Sie setzte sich hin und traute ihren Knien nicht mehr, sie zu halten. Tränen kullerten ihr ungehindert über die Wangen. Sie konnte ihre Gefühle nicht unter Kontrolle halten.

„Ich bin froh, dass du wieder am Leben bist“, zwitscherte Hannah, die oben in einen anderen Hörer sprach. „Heißt das, ich kann jetzt aus meinem Zimmer kommen?“

„Sie hat es aus uns herausgezerrt“, sagte John. „Eigentlich hat sie *geahnt*, dass du in den Iran fliegst. Sie weiß es also.“

„Wie spät ist es dort eigentlich?“, fragte Hannah.

„Wo bist du jetzt?“, fragte Omid, ohne zu warten.

„Es ist ein paar Minuten vor fünf Uhr morgens. Und ich hatte eine kleine Planänderung, also bin ich in Teheran.“

„Was meinst du mit einer Planänderung?“, fragte John.

„Okay, ihr alle. Keine Fragen mehr. Ich kann nicht allzu lange reden. Hört einfach zu, was ich euch zu sagen habe. Ich benutze die Telefonkarte eines anderen und es sind weniger als fünf Minuten übrig.“

Irgendetwas stimmte nicht. Omid hörte es an der Stimme ihrer Tochter. Sie schnappte sich ein Stück Papier und einen Bleistift.

„Gib mir deine Nummer. Wir rufen dich zurück“, drängte Omid.

„Ich kann nicht. Wir bleiben nicht hier ... und außerdem haben sie mich gebeten, die Nummer nicht herauszugeben.“

„Wer sind ‚sie‘? Mit wem bist du zusammen?“

„Mama“, sagte Sayeh streng. „Hör zu.“

Stille herrschte in der Leitung. Omid hatte zu viel Angst, um überhaupt zu atmen.

„Ich bin in Teheran. Ich bin in Sicherheit und wohne bei einer Studentin an der Azad-Universität. Ihr Name ist Mina. Das ist alles, was du wissen musst. Ich rufe dich wieder an, sobald ich die Gelegenheit dazu habe. Es gab ein Problem mit meinen Papieren, als ich am Flughafen durch den Zoll kam. Sie haben meinen Pass, meine Brieftasche und alle meine Sachen beschlagnahmt."

„Aber sie haben dich gehen lassen?", fragte Omid.

„Ich sagte doch, es geht mir gut. In ein paar Stunden ... oder sobald sie öffnen ... gehe ich zur Schweizer Botschaft, um zu sehen, wie ich einen Ersatzpass bekommen kann. Dafür brauche ich vielleicht Geld. Ruft also bitte die Schweizer Botschaft in Teheran an und fragt, ob ihr mir über sie Geld schicken könnt. Außerdem brauchen sie wahrscheinlich eine Bestätigung, dass ich die bin, die ich behaupte zu sein.

„Pässe werden hier über Nacht ausgestellt", sagte Omid ihr. „Wahrscheinlich können sie das auch dort machen. Ich werde meine Cousins in Isfahan anrufen, damit sie dich abholen."

„Das kannst du nicht. Es geht um ihre Sicherheit. Sie dürfen nicht wissen, wo ich bin und was meine Pläne sind. Bitte nimm keinen Kontakt zu ihnen auf. Und wenn sie dich anrufen, sag nichts am Telefon. Sie werden eure Gespräche mithören. Wenn du mit ihnen sprichst, sag einfach, du hast nichts von mir gehört. Bitte, Mama. Vertrau mir."

„Sayeh, was ist hier los?"

„Mama, bitte tu, was ich sage. Es ist wirklich wichtig." Der leichte Anflug von Panik war in Sayehs Stimme nicht zu überhören.

„Wir telefonieren und besorgen dir den Pass. Ich möchte, dass du mit dem nächsten Flug aus diesem Land abreist."

„Das wird ein weiteres Problem sein", sagte Sayeh. „Ich kann nicht über einen Flughafen ausreisen. Für die iranischen Behörden bin ich eine Flüchtige."

Omid konnte einen Moment lang nichts sagen und auch John und Hannah schwiegen.

„Was ist passiert?", fragte Omid schließlich. Ihre Worte waren kaum mehr als ein Flüstern. „Was hast du getan?"

„Sie haben mich wegen nichts verhaftet. Ich habe nichts getan. Sie haben sich meinen Pass und meine Habseligkeiten angesehen und mir Handschellen angelegt."

„Oh, mein Gott ..."

„Ich habe nichts getan, ich schwöre. Sie wollten mich ins Gefängnis bringen und ich bin geflohen ... mit einer anderen iranischen Studentin, die zur gleichen Zeit verlegt wurde."

Omid glaubte, sie könne nicht mehr atmen.

„Die Hauptsache ist, dass ich in Sicherheit bin. In Sicherheit. Erinnere dich immer wieder daran", betonte Sayeh. „Meine Freundin Mina meint, wenn ich es bis zur türkischen Grenze in Aserbaidschan schaffe, kann ich einen Fahrer finden, der mich über die Grenze schmuggelt ... mit genug Geld ..."

Die Leitung war tot. Sayeh war das Geld ausgegangen.

Omid starrte auf das Telefon in ihrer Hand und spürte, wie ihr der Boden unter den Füßen entglitt. Das Leben ihrer Tochter war in Gefahr.

Die Geschichte wiederholte sich.

Kapitel Zweiunddreißig

Teheran

SAYEH MACHTE SICH VORWÜRFE, dass sie das Tagebuch und den Inhalt nicht mit ihrer Mutter besprochen hatte. Sie wählte noch einmal die Nummern auf der Telefonkarte. Sie war sich sicher, dass sie viel weniger als fünf Minuten miteinander gesprochen hatten. Eine Computerstimme meldete sich und teilte ihr mit, dass auf der Karte kein Guthaben mehr sei.

Sie würden nur die eine Nacht – oder eigentlich das, was davon übrig war – in der Wohnung eines von Minas Freunden verbringen. Sayeh hatte die Person, die hier wohnte, noch nicht kennengelernt. Mina hatte zur Vorlesung den Schlüssel mitgebracht und gesagt, dass sie hier bis zum Morgen bleiben könnten. Mina hatte ihr auch die internationale Telefonkarte gegeben, die sie benutzen konnte.

Die Aufregung über die Ereignisse der letzten Nacht durchströmte sie noch immer wie ein Adrenalinstoß. Sayeh war bis zu diesem Moment noch nie von der Stimmung einer Menschenmenge oder der Kraft der kollektiven Stimme einer Gruppe mitgerissen worden. Im Gegensatz zu dem, was die Medien in den USA den Amerikanern berichtet hatten, waren sehr große und freimütige Gruppen – junge und alte Menschen, Männer und Frauen, Studenten und Arbeiter – äußerst unzufrieden mit dem islamischen Regime, das derzeit das Land kontrollierte. Soweit sie es beurteilen konnte, waren diese Gruppen nicht pro-westlich, sondern pro-demokratisch eingestellt. Sie wollten Meinungs- und Religionsfreiheit. Sie wollten das Recht haben, ihre Führer zu wählen, ohne dass irgendwelche Mullahs Kandidaten wegen ihrer politischen Ansichten disqualifizierten. Wie Mina ihr gestern Abend gesagt hatte, ließen sich die Iraner nicht in eine einfache Schublade stecken. Trotz dreißigjähriger Unterdrückung durch islamische Fundamentalisten und jahrzehntelanger Despotie durch die Marionettenregierung des Westens unter dem letzten Pahlavi-König hatten die Iraner viele Standpunkte, die sie auch deutlich zum Ausdruck brachten. Kulturell gesehen war der Iran ein Land ohne Grenzen. Da das persische Reich im Laufe der Jahrhunderte immer kleiner geworden war und verschiedene Marodeure, Kaufleute und Kreuzfahrer über seinen Boden gezogen waren, hatte sich jede Veränderung in das Blut und die Seele des Landes eingeprägt.

Sayeh wünschte sich so sehr, dass sie mehr Farsi verstehen und sprechen würde. Mina war gestern Abend großartig gewesen und hatte ihr einen Großteil der Rede in der Universität von Teheran übersetzt. Sie schätzte, dass etwa fünfhundert Menschen an der Vorlesung teilgenommen hatten. Von dort aus hatten sich die Teilnehmer auf den Weg zum Daneshjoo-Park gemacht und andere hatten sich ihnen auf dem Weg angeschlossen. Als sie ihr Ziel erreichten, war die Menge auf etwa fünftausend Menschen angewachsen, die den Park füllten und sich bis in das benachbarte Einkaufsviertel des Vali-e-asr-Platzes ausbreiteten.

Die Vorplanung der Demonstranten war zu diesem Zeitpunkt bereits deutlich geworden. Es gab Transparente und Redner mit vorbereiteten Manifesten und Resolutionen, die Gleichheit forderten und die geschlechtsspezifische Apartheid verurteilten. Es gab viele Plakate mit Bildern von politischen Gefangenen.

Mina wies sie auf die Gruppen von Paramilitärs und Geheimpolizisten hin, die sich ihren Weg durch die Menge bahnten. Das war der Moment, in dem die beiden gehen mussten. Es war sicher, dass Gewalt und Verhaftungen folgen würden und das konnten sie sich beide nicht leisten. Vor einer Stunde hatten sie sich auf den Weg in die Wohnung gemacht.

Sayeh kam aus dem Schlafzimmer und sah Mina noch immer am Computer im Wohnzimmer sitzen. Sie hatte die Internetverbindung überprüft, bevor Sayeh verschwunden war, um den Anruf zu tätigen.

„Ich habe gehört, wie du mit deiner Familie gesprochen hast", sagte Mina und sah auf.

„Die Telefonkarte ist abgelaufen. Aber ich habe ihnen ausreichend Informationen gegeben, um loszulegen.“

Die Wohnung bestand aus einem miteinander verbundenen Wohn- und Esszimmer, einem Schlafzimmer und einem Bad sowie einer kleinen geschlossenen Küche. Nach dem, was Sayeh sehen konnte, musste die Wohnung der Teilzeitwohnsitz von jemandem sein, denn es gab nicht viele Kleidungsstücke oder persönliche Besitztümer hier. Sie setzte sich auf einen überdimensionalen Sitzsack, direkt ihrer Freundin gegenüber.

„Wir können heute eine neue Karte besorgen.“

„Ich habe meine Eltern gebeten, zu versuchen, mir über die Schweizer Botschaft etwas Geld zu schicken. Mina, ich bin dir sehr dankbar für alles, was du bis jetzt getan hast.“

Mina zuckte mit den Schultern, als ob es nichts wäre. Ihre Aufmerksamkeit war immer noch auf den Computerbildschirm gerichtet.

„Ich habe eine schlechte Nachricht.“

Sayeh starrte sie an, ohne zu erraten, was das sein könnte.

„Sie ... posten ... schicken ... Bilder und Namen von denen ... die gesucht werden.“

„Du und ich sind dabei?“, fragte Sayeh und stand auf.

Mina nickte. „Du, ich ... viele andere. Männer und Frauen. Mein Bild ist aus meinem Studentenausweis. Deines muss das Passfoto sein. Du trägst keinen *Hadschab*.“

Sayeh schaute über ihre Schulter, während Mina durch die Dutzenden von Bildern auf der Seite scrollte. Unter den Bildern stand etwas in Farsi geschrieben. Ihre Freundin schien auf der Website einer iranischen Regierungsbehörde zu sein.

„Die Öffentlichkeit kann das sehen?“

„Nein. Geheim. Nur für Regierungsstellen. Ein anderer Freund hat mir den ... Link ... und das Passwort geschickt.“

Sayeh sah genauer hin. Sie war die einzige Frau auf der Seite, die keine Kopfbedeckung trug. Das Bild war vor mehr als zwei Jahren aufgenommen worden, als sie ihren Pass erneuert hatte. Damals hatte sie kurze Haare.

„Sie haben schon vorher nach uns gesucht“, sagte sie. „Macht es das schlimmer für uns?“

„Wenn die Bilder hier veröffentlicht werden, haben die Pasdaran überall das Gleiche. Wir können nirgendwo hingehen, wo sie unseren Ausweis kontrollieren.“

„Ich habe ohnehin keinen.“ Sie überlegte einen Moment lang. „Solange ich in die Schweizer Botschaft reinkomme.“

„Auch das ist eine schlechte Nachricht", sagte Mina. „Um in die Botschaft auf der Shahid Mousavi – das ist der Ort, zu dem Amerikaner gehen müssen – zu gelangen, müssen wir an der iranischen Polizei vorbei. Sie werden die Ausweise kontrollieren."

Sayeh ließ sich auf die Sofalehne sinken. Das *war* eine schlechte Nachricht. Alles wurde von Minute zu Minute komplizierter.

Kapitel Dreiunddreißig

WENN ES SICH nicht um einen extremen Notfall oder eine Angelegenheit von nationaler Bedeutung handelte, musste der Anrufer während der üblichen Geschäftszeiten zurückrufen.

Eine vermisste Tochter zählte eindeutig nicht zu den beiden Fällen.

Das Außenministerium, die Schweizer Botschaft, die beiden Senatoren von Connecticut, die Vertreter des Bundesstaates, die Internetseite des Konsulats der Islamischen Republik Iran in Pakistan in Washington. Sie versuchte es bei all diesen Stellen und noch mehr. Omid war es nicht gelungen, in den späten Abendstunden des Sonntags und am frühen Montagmorgen einen Menschen ans Telefon zu bekommen, der ihre Fragen beantworten konnte. Bisher hatte auch niemand zurückgerufen.

Irgendwann nach Mitternacht war John nach oben ins Bett gegangen und hatte gesagt, ihm falle nichts ein, was er tun könne, um zu helfen, was seine Frau nicht schon unternahm.

Omid war es leid, für sie beide zu denken. Sie war es leid, ihm zu sagen, was er tun sollte. Seine Untätigkeit, seine distanzierte Haltung frustrierten sie, und sie beschloss, dass es für sie beide besser sei, wenn er auch ins Bett ginge.

Die beiden waren die Verkörperung einer der Maximen von Sa'di: „Wenn du mit jemandem streitest, überlege, ob du vielleicht vor ihm fliehen musst … oder er vor dir." Omid war im Moment weder bereit zu kämpfen noch zu fliehen. Es war besser, es bleibenzulassen. Sie durfte ihre Zeit und Energie nicht mit Streitereien verschwenden, die zu größeren Problemen führen konnten.

Hannah hatte ihrer Mutter so lange wie möglich Gesellschaft geleistet, aber vor etwa einer Stunde war sie auf dem Sofa im Wohnzimmer eingeschlafen.

Für Omid würde es jedoch keinen Schlaf geben. Sayehs Situation war ihrer Meinung nach ein extremer Notfall, also hinterließ sie bei einem Dutzend Stellen Sprachnachrichten. Keiner von ihnen hatte sie zurückgerufen. Ihr einziger Hinweis kam von der Internetseite der iranisch-amerikanischen Anwaltsvereinigung, wo sie einen Anwalt in New York gefunden hatte, der eine Notrufnummer angegeben hatte.

Auch dort musste sie eine Nachricht hinterlassen, aber etwa fünfundvierzig Minuten später rief der Anwalt sie zurück. Er stellte sich als Sohrab Iman vor, und er klang nicht so, als hätte er geschlafen. Noch ein Schlafloser, dachte sie. Bevor sie jedoch mit dem Gespräch beginnen konnte, teilte er ihr mit, dass sie einen Vorschuss mit einer Kreditkarte bezahlen müsse. Danach würde ihr später ein Stundenhonorar in Rechnung gestellt werden. Zu diesem Zeitpunkt war es Omid egal, ob der Preis in Menschenfleisch gewesen wäre – Hauptsache, es war ihres und nicht das ihrer Tochter. Sie würde alles tun, um ihre Sayeh zurückzubekommen. Sie las die Nummer ihrer Kreditkarte vor.

Omid erklärte dann schnell alles, was Sayeh ihnen erzählt hatte. Sie versuchte, wörtlich wiederzugeben, was ihre Tochter ihr gesagt hatte und was sie vorhatte und sie konnte die Finger des Anwalts auf der Tastatur hören. Er machte sich Notizen auf einem Computer.

Omid beschloss, dass sie an diesem Punkt alle Karten auf den Tisch legen musste. Sie erzählte dem Anwalt von der Geschichte ihrer Mutter mit jener Regierung. Sie teilte Sohrab Details mit, über die sie jahrelang mit niemandem gesprochen hatte.

„Ich nehme an, Ihre Mutter hat ihren eigenen Nachnamen behalten, und Ihrer ist ein anderer als der ihrer Mutter?"

„Das ist richtig. Und meine Tochter ist zwanzig Jahre alt", antwortete Omid.

„In ihrem Pass steht kein Hinweis auf mich. Sie heißt Sayeh Olsen."

„Ich wünschte, ich hätte eine Kopie ihrer Visadokumente. Ich würde mich gerne vergewissern, dass auch auf diesen Papieren nichts vermerkt ist."

„Ich habe meine Cousine in Isfahan heute Abend nicht erreichen können. Aber sie war diejenige, die die Vorbereitungen getroffen und sich um das Visum gekümmert hat. Natürlich kennt meine Familie die politischen Verhältnisse der Vergangenheit; sie würden auch kein Wort über Azar verlieren. Meine Cousins haben seit dreißig Jahren keine Probleme, im Iran zu leben."

Der Anwalt stellte weitere grundlegende Fragen zu Sayehs Geburtsort, ihrer Schule, ihrem Studienfach und dem Ort, an dem sie im letzten Jahr in Ägypten studiert und gelebt hatte. Er fragte, ob sie möglicherweise Israel besucht habe und ob sie einen Presseausweis bei sich habe. Omid verneinte die letzten beiden Fragen.

„Könnte da ein Freund im Spiel sein? Könnte sie mit einem männlichen Begleiter in den Iran gereist sein?"

„Das glaube ich nicht. Nein.", fügte sie noch unnachgiebiger hinzu. Es gab keinen Grund für ihre Tochter, eine Beziehung vor ihnen zu verbergen. Das hatte sie in der Vergangenheit nie getan.

„Das ist gut. Wir wollen uns nicht mit Fragen des Anstands und des islamischen Rechts befassen, die zu einer Anklage gegen sie hätten führen können. Wie sieht es mit der Religion aus? Was praktiziert sie?"

„Ich glaube nicht, dass Sayeh ein Dokument bei sich trägt, das sie als Katholikin ausweist. Sie wurde getauft und gefirmt, aber ich glaube nicht, dass sie das praktiziert."

„Niemand in der Familie ist praktizierender Bahá'í?"

„Nein." Im Iran gab es etwa 300.000 Menschen, die den Bahá'í-Glauben praktizierten, und schätzungsweise fünf Millionen Menschen weltweit. Seit der iranischen Revolution 1979 hatte die islamische Regierung versucht, die Bahá'í als Feind im Inneren darzustellen und sie zur Zielscheibe offizieller, legalisierter Diskriminierung gemacht. Es hatte viele Hunderte von Schauprozessen gegeben und viele hatten mit Hinrichtungen geendet.

In der Leitung entstand eine lange Pause und Omid versuchte, ihre Ungeduld zu zügeln. Diese Fragen brachten sie nicht weiter. Wenigstens, sagte sie sich, sprach sie mit jemandem. Vielleicht würde diese Person ihr bei ihrem nächsten Schritt helfen können. Sie wollte nur wissen, was sie tun konnte, um ihre Tochter schnell und sicher nach Hause zu bringen.

„Okay, Mrs. Olsen. Ich glaube, ich habe das im Griff."

Omid wollte erleichtert sein, aber sie war es nicht. Sie hatte noch keine Lösung gehört.

„Ihre Tochter reist mit einem US-amerikanischen Pass, Nachname

Olsen. Aber ihr Vorname ist Sayeh, offensichtlich ein persischer Name. Für die Zollbeamten am Mehrabad-Flughafen in Teheran bedeutet dies sofort, dass sie eine iranisch-amerikanische Staatsbürgerin sein könnte. In der Vergangenheit hat die iranische Regierung Doppelbürger ins Visier genommen. Sie erkennt deren amerikanische Staatsbürgerschaft nicht an. Wenn ein solcher Reisender mit seinem amerikanischen Pass in Teheran ankommt, wird er in jedem Fall beschlagnahmt." Sohrab hielt inne. „Mehr als ein paar Mal wurden diese Reisenden fälschlicherweise der Spionage oder der Bedrohung der nationalen Sicherheit des Irans beschuldigt. Einige von ihnen wurden inhaftiert, andere wurden festgenommen und durften das Land monatelang nicht verlassen. Andere wurden einfach schikaniert und wieder freigelassen.

„Aber sie ist keine iranische Amerikanerin", protestierte Omid. „Ich habe nie etwas getan, um meine Ehe oder die Geburten meiner Kinder bei der iranischen Regierung zu registrieren. Es gibt keinen Grund, dass sie diese Annahme treffen. Es dürfte keinerlei Aufzeichnungen in ihren Akten geben."

„Stimmt und wenn Ihre Tochter geduldig genug gewesen wäre, in Haft zu bleiben, hätten sie das von selbst herausgefunden", sagte der Anwalt ruhig. „Vielleicht nicht sofort, aber irgendwann. Aber Sie gehen auch davon aus, dass hier eine Art von rationaler Entscheidungsfindung stattfindet. Wir reden hier von einfachen, bürokratisch ausgebildeten Zollbeamten. Selbst eine einfache Aussage von ihr über einen Familienbesuch im Iran hätte ausgereicht, um Alarm auszulösen. Sie würden ihr alle möglichen Fragen stellen, die nur darauf basieren."

Omid vergrub ihr Gesicht in ihrer Hand. Das Telefon fühlte sich langsam an, als wäre es permanent an ihrem Kopf befestigt ... und das ohne positive Ergebnisse.

„Was sollen wir jetzt tun?"

„Nun, eine Möglichkeit wäre, dass sie sich stellt und die Konsequenzen trägt, aber da sie aus dem Gewahrsam geflohen ist, wissen wir, dass es weitere Anklagen geben wird. Daher würde ich das zum jetzigen Zeitpunkt nicht empfehlen."

„Gut. Denn das ist *keine* Option", stellte Omid steif fest.

In der Leitung entstand eine lange Pause. Omid war froh, dass sie diesen Anwalt gefunden hatte. Sie hatte Informationen erfahren, die sie vorher nicht geahnt hatte. Zum ersten Mal wurde ihr klar, dass die Vergangenheit ihrer Mutter vielleicht nicht der Grund für das war, was Sayeh durchmachte. Omids Töchter waren stolz auf ihr iranisches Erbe. Sie sprachen viel öfter und ausführlicher darüber, als Omid es je getan hatte. Es wäre nur natürlich, wenn Sayeh das offen zugeben würde, ohne zu wissen, dass das Konsequenzen haben könnte.

„Okay. Was nun die Schweizer Botschaft angeht ...“ Sohrab fing wieder an. „Sie soll die Interessen der USA wahren, aber in einem Fall wie diesem – wenn Sie sofortiges Handeln wünschen – kann ich Ihnen garantieren, dass sie nicht von Nutzen sein wird.“

„Warum? Meine Tochter ist US-Bürgerin und---“

„Frau Olsen, erschießen Sie nicht den Boten. Ich sage Ihnen nur meine Meinung, weil ich in der Vergangenheit mit ihnen zu tun hatte. Sie treffen dort keine Entscheidungen. Alles wird rausgeschickt. Alle Anträge und Unterlagen werden über Bern an das Außenministerium in Washington weitergeleitet. Wenn Sie möchten, können wir immer noch über diese Kanäle gehen und sehen, ob es irgendeine Möglichkeit gibt, Ihrer Tochter zu helfen. Aber ich kann Ihnen garantieren, dass wir in einem Monat wieder telefonieren und versuchen werden, Alternativen zu finden.“

Omid stand auf. Sie lief im Büro umher. Sie war eine Entscheidungsträgerin. Das war sie schon immer gewesen. Es fiel ihr schwer, sich zurückzulehnen und darauf zu warten, dass jemand anderes entschied. Sie wollte, dass jemand alles Menschenmögliche tat ... und zwar jetzt. Sayeh war ihre Tochter.

„Ich möchte alle Möglichkeiten ausschöpfen, die uns offenstehen“, sagte sie dem Anwalt. „Ich möchte über unser Außenministerium und die Schweizer Botschaft arbeiten. Aber das ist nur eine Möglichkeit, die wir verfolgen sollten. Ich bin bereit, alles zu versuchen, was Sie sich vorstellen können. Können wir das tun? Gleichzeitig?“

„Ich könnte einige meiner anderen Fälle zurückstellen und diesem Fall mehr Zeit widmen, aber Sie müssen die Kosten gegen die Unmittelbarkeit der möglichen Ergebnisse abwägen, Frau Olson. Manchmal, wenn man mit der Bürokratie der Zoll- und Einwanderungsbehörden zu tun hat, dauert es einfach seine Zeit, bis diese Dinge ihren Lauf nehmen ...“

„Die Kosten sind mir egal“, schnauzte Omid. „Und ich will nichts von Bürokratie hören. Haben Sie Kinder, Sohrab?“

Er machte eine Pause. „Nein. Ich bin nicht verheiratet.“

„Okay, dann denken Sie an Ihre Eltern. Was würden sie tun, wenn sie erfahren würden, dass Sie in Gefahr sind? Sie sind ein Geschäftsmann und Anwalt. Ich bin eine Mutter, aber ich bin auch Ingenieurin. Ich habe über zwei Jahrzehnte lang gearbeitet, um die Rechnungen meiner Familie zu bezahlen. Ich habe eine gute Vorstellung von Dollars und Cents. Ich weiß, dass es dumm ist, sich auf ein Geschäft einzulassen und die Kosten nicht zu berücksichtigen. Aber für mich ist das kein Geschäft. Hier geht es um das Leben meiner Tochter. Ich muss annehmen, dass Ihre Eltern genauso denken würden."

„Da haben Sie wahrscheinlich recht, Frau Olsen."

„Und ich habe beschlossen, Ihnen zu vertrauen. Stellen Sie sich das vor, in der heutigen Zeit. Jemand vertraut Ihnen das Wertvollste in seinem Leben an und das nur auf Basis eines Telefonats. So ist es. Sayeh und ihre Schwester sind mein Leben. Ich vertraue Ihnen das an. Und was sagen Sie dazu? Werden Sie mir helfen? Werden Sie ehrlich versuchen, alles für meine Familie zu tun, was in Ihrer Macht steht? Werden Sie das tun und mich nicht übers Ohr hauen, Sohrab? Kann ich Ihnen vertrauen?"

Es gab einen langen Moment des Schweigens.

„Das war nicht das, was Sie erwartet haben, als Sie mich zu dieser verrückten Zeit am Morgen zurückgerufen haben, oder?"

„Nein, das war es nicht. Aber Sie können mir vertrauen, Mrs. Olson. Wir stecken jetzt zusammen in dieser Sache und werden alles tun, was wir können. Wie hört sich das an?"

„Das klingt ... richtig. Und wie geht es jetzt weiter?"

Kapitel Vierunddreißig

Teheran

DIE ABTEILUNG für ausländische Interessen der Schweizer Botschaft – das Büro, das sich um die Interessen der USA kümmerte – befand sich in der Shahid Mousavi Street 39. Wie Mina gewarnt hatte, gab es für Sayeh keine Möglichkeit, sich dem Haupteingang des Gebäudes zu nähern, ohne die iranischen Sicherheitskontrollen zu passieren.

In der Wohnung hatte Sayeh einen Brief verfasst, in dem sie ihre missliche Lage schilderte. Sie fügte alle wichtigen Informationen hinzu – ihre Sozialversicherungsnummer, ihren Geburtsort, ihre Heimatadresse in Amerika sowie die Daten und Telefonnummern ihrer Eltern – und verschloss den Brief in einem Umschlag. Sie bat um eine Möglichkeit, jemanden in ihrem Büro zu kontaktieren, ohne die iranischen Sicherheitskontrollen passieren zu müssen. Eine andere Freundin von Mina hatte sie an der Kreuzung Pasdaran Avenue und Mousavi Street getroffen und den Brief entgegengenommen. Das war um 8:00 Uhr morgens.

Jetzt war es nach zehn.

Sayeh und Mina hatten die ganze Zeit über die Viertel in der Umgebung besichtigt. Mina hatte ihr die beiden verschiedenen Campus der Azad Islamic University gezeigt, da sie zu Fuß erreichbar waren. Eine positive Veränderung, auf die Mina stolz war, bestand darin, dass in den letzten dreißig Jahren die Alphabetisierungsrate, insbesondere bei den

Frauen, dramatisch gestiegen war. Mina sagte, die Zahlen lägen landesweit bei 88 %, was im weltweiten Vergleich immer noch niedrig sei, aber viel besser als die 50 % während des Schah-Regimes.

„Die Bildung der Frauen wird sich direkt und positiv auf den wachsenden Kampf für die Rechte der Frauen auswirken", so Sayeh. „Ich bin überrascht, dass die islamische Regierung die Bildung der weiblichen Bevölkerung nicht einschränkt."

„Oh, sie versuchen, uns daran zu hindern. Bis zum letzten Jahr wurde es der Öffentlichkeit nie gesagt, aber jetzt sind alle Universitäten gezwungen, bei der Zulassung ein Quotensystem für Männer und Frauen anzuwenden", erklärte Mina. „Anders als in den Vereinigten Staaten müssen die Studenten im Iran eine schwierige Aufnahmeprüfung ablegen und nur diejenigen, die die höchste Punktzahl erreichen, werden angenommen. Vor dem Quotensystem lag die Aufnahmequote für Frauen an der Universität bei etwa fünfundsechzig Prozent."

„Und wie funktioniert es jetzt?", fragte Sayeh. „Wie sind die Quoten?"

„Das ist von Universität zu Universität und von Studienfach zu Studienfach unterschiedlich ... aber 30 bis 40 % der zugelassenen Studenten werden nach Geschlecht ausgewählt, der Rest nach Testergebnissen. Und wir schaffen es immer noch, besser abzuschneiden als die Männer."

Sayeh brauchte sich nur ihre eigene Familie und einige persische Freunde ihrer Mutter in den USA anzusehen, um zu wissen, dass es sich bei ihnen um wirklich kluge Frauen handelte, die sehr anspruchsvolle Studiengänge absolviert hatten.

Vom Laufen müde, ließen sie sich auf einer Betonbank vor der turkmenischen Botschaft nieder. Sie befand sich in derselben Straße wie die Schweizer Botschaft und war der Ort, an dem Mina ihrer Freundin gesagt hatte, dass sie sie treffen würden.

„Man kheli dardsaram", sagte Sayeh zu Mina und schaute die Straße hinunter zur Schweizer Botschaft. Ich bin eine Menge Ärger.

Mina lächelte. „Guter Akzent."

Sayeh hatte den ganzen Morgen ihr Farsi geübt. Jeder, den sie bisher durch Minas Kontakte kennengelernt hatte, war äußerst freundlich und großzügig gewesen. Sie alle sprachen einigermaßen Englisch. Einige von ihnen sprachen fließend, andere waren schüchtern und sprachen nur gelegentlich englische Wörter. Aber Sayeh wollte sich mit ihnen auf Farsi verständigen können. Sich mit ihnen in ihrer eigenen Sprache unterhalten. Sie wusste nicht, wie sie das alles jemals wiedergutmachen konnte, vor allem nicht den ganzen Ärger, den sie Mina bereitete.

„*Bebashkheed*", sagte Sayeh. Es tut mir leid.

„*Bebakhsheed*", korrigierte Mina.

„Das habe ich doch gesagt."

„Nein, hast du nicht." Sie wiederholte beide Wörter und verfing sich in einem Zungenbrecher.

Sie lachten. Sayeh merkte, dass sie zum ersten Mal seit ihrer Ankunft in Teheran gelacht hatte. Sie schaute sich die Leute an, die vorbeigingen. Genau so hatte sie es sich vorgestellt. Freundliche Gesichter, die gerne ein Nicken oder ein Lächeln erwidern. Jungs, die versuchen, einen anzustarren und innerhalb von ein paar Sekunden Augenkontakt zu flirten.

Sie wandte sich an Mina. „Ich habe viel von dir verlangt. Du hast dich um uns beide gekümmert. Ich habe so viel Ärger bereitet."

„Hör auf mit deinem *Tarouf*."

„Das Wort kenne ich", lächelte Sayeh.

„Solltest du auch. Deine Mutter ist Iranerin. Es liegt dir im Blut."

„Aber das ist kein *Tarouf*. Ich bin nicht schüchtern, wenn du mir mehr Essen oder Trinken anbietest oder ich sage nein, wenn ich Ja sagen möchte, damit ich höflich und rücksichtsvoll wirke. Ich warte nicht darauf, dreimal gefragt zu werden, bevor ich Ja sage."

Mina klopfte ihr auf die Schulter. „Du kennst dich also doch mit *Tarouf* aus. Das ist lustig."

Sayeh machte ein ernstes Gesicht zu ihrer Freundin. „Ich scherze aber nicht. Deine Familie muss krank vor Sorge um dich sein. Du hast Dinge getan, um mir zu helfen, aber das musst du nicht. Du hast mich auf den Weg gebracht. Ich bin sicher, dass es mir gut gehen wird, sobald ich hier in der Botschaft Kontakt aufgenommen habe."

„Nein. Ich werde dich verlassen, wenn jemand aus der Botschaft kommt und sich um deine Sicherheit kümmert. Nicht vorher."

Sie kannten sich erst seit einem Tag, aber Sayeh wusste schon, wann Mina mit einer Diskussion fertig war.

„*Lajbaz*", flüsterte Sayeh. Hartnäckig.

„Wenn du so weiterredest, werde ich dir kein Farsi mehr beibringen."

Sayeh lächelte und betrachtete wieder die Leute, die vorbeigingen. Nach ein paar Minuten des Schweigens wandte sie sich wieder ihrer Freundin zu. Mina hatte heute Morgen die meisten blauen Flecken in ihrem Gesicht gut mit Make-up verbergen können. Eine große Sonnenbrille verdeckte den Rest des Schadens um die Augen herum. „Du sprichst besser Englisch als alle anderen, die ich seit meiner Ankunft hier getroffen habe. Wo hast du das gelernt?"

„In Amerika. In Pittsburgh."

Sayeh drehte sich überrascht zu ihr um. „Wann warst du in Amerika?"

„In der neunten Klasse der Highschool. Mein Bruder und seine Frau lebten in Pittsburgh. Er arbeitete in einem Krankenhaus. Ich habe acht Monate lang bei ihnen gelebt, Englisch gelernt und bin zur Schule gegangen."

„Warum bist du zurückgegangen?"

„Sie zogen nach Kanada. Nach Toronto. Dort leben sie jetzt. Ich bin zurück in den Iran gekommen."

„Hattest du die Wahl, in Toronto zur Schule zu gehen?"

Mina zuckte mit den Schultern. „Wahl? Ja. Wollen? Nein. Ich mag die Frau meines Bruders nicht. Ich fühlte mich schlecht wegen meiner Mutter."

Sayeh erinnerte sich daran, dass ihre eigene Mutter ihr einmal von ihrem Heimweh erzählt hatte, als sie zum ersten Mal in die USA kam. „Wo ist deine Mutter jetzt?"

„In Kanada. Bei meinem Bruder, seiner Frau und seinen Kindern." Mina sah zu ihr hinüber. „Es ist gut. Es gefällt mir. Sie ist dort glücklich und macht sich keine Sorgen um mich, wenn sie bei ihnen wohnt."

„Hast du noch andere Verwandte hier?"

Mina lächelte. „Iraner haben immer Familie. Zu viel davon. Die meisten von meiner sind aus Mashhad. Ich sehe sie nur zu Norooz, wenn ich dort zu Besuch bin. Sie denken, ich sei eine gute Schülerin und lerne die ganze Zeit. Sie glauben, dass ich eines Tages Arzt werde. Mein Bruder ist Arzt. Und mein Vater war auch einer. Aber er ist gestorben, als wir noch klein waren."

„Ich bin sicher, dass du ein guter Arzt sein wirst, wenn es das ist, was du tun willst."

Mina starrte eine Weile geradeaus. „Ich weiß es nicht. Momentan kann ich nicht an die Schule oder das Studium denken. Das ganze letzte Jahr war gleich. Es ist zu viel Kampf in mir ... hier." Sie drückte eine Faust gegen ihre Brust. „Vielleicht kann ich nach der Wahl, wenn wir einen neuen Präsidenten haben, wieder lernen."

Sayeh konnte das nachempfinden. Es gab frustrierende Momente während der Bush-Regierung, in denen sie gerne die Bücher in die Ecke gestapelt hätte, um zu einer Kundgebung oder Demonstration zu gehen.

„Als junge Menschen", sagte sie, „fühlen wir uns verantwortlich, Veränderungen zu initiieren."

„Ja. Es ist unsere Zukunft. Es ist unser Land. Sie haben uns unsere

Stimme, unsere Kultur, unsere Freiheit gestohlen", sagte Mina laut. „Wir sind keine Iraner mehr. Wir sind Araber geworden. Und ich hasse Araber."

Sayeh lachte heftig über diese Bemerkung. „Weißt du, das ist das einzige Mal, dass sich meine Mutter aufregt. Wenn jemand Iraner mit Arabern verwechselt?"

„Ich mag deine Mutter", sagte Mina.

Ihre Aufmerksamkeit wurde auf Farzaneh gelenkt, die junge Frau, die auf sie zukam. Sie war diejenige, die Sayehs Brief in die Schweizer Botschaft gebracht hatte. Mina berührte Sayehs Arm und gab ihr ein Zeichen, aufzustehen. Sie gingen vor Farzaneh her. An der nächsten Straßenecke holte Farzaneh sie ein.

Sie reichte Sayeh einen Stapel gefalteter Papiere. *„Kheli betarbeyatan."*

„Sie waren unhöflich?" Sayeh wiederholte, nicht sicher, ob sie das von Farzaneh verwendete Wort verstand.

Die junge Frau nickte. „Ich warte ... warte ... warte, bis ich zu einem Fenster gehen kann. Ich gebe ihnen deinen Brief. Sie öffnen ihn und geben mir das alles zurück. Das hier lag auf dem Tisch. Darauf brauchte ich nicht zu warten. Ich sage, ich brauche mehr Informationen für meinen Freund. Sie sagen, deine Freundin muss hierherkommen. Ich sage, das kann sie nicht. Lesen Sie den Brief. Die Frau zeigt auf die Formulare und sagt, dass sie diese brauchen. Ich sage, meine Freundin sei in Gefahr. Die Frau sagt, sie solle zur Polizei gehen. Sie ruft nach der nächsten Person in der Schlange."

Farzaneh tippt sich mit der Handfläche an die Stirn. *„Ahmagh.* Dumm. Sie sind dumm. Dumm. *Ahmagh.* Dumm."

Sayeh öffnete die Formulare. Antragsformulare und eine Liste mit allen Dokumenten, die sie brauchten, um ihren Pass zu ersetzen. Sie hatte keines davon.

„Es tut mir leid", sagte sie zu beiden Frauen.

„Macht nichts", sagte Mina und klopfte ihr auf die Schulter. „Du bleibst bei mir. Wir werden uns gegenseitig helfen."

Kapitel Fünfunddreißig

„ICH VERLANGE NICHT ZU VIEL, John. Es ist alles ganz einfach. Du musst nur zur Bank gehen, sobald sie heute Morgen öffnet, und tausend Dollar auf das Konto dieses Mannes in New York City überweisen.“

Sie hatte sich alles notiert. Name, Kontonummer, Adresse, Telefonnummer. Wer der Mann war und warum er in den Iran reisen wollte. Sie hatte Schritt für Schritt erklärt, was zu tun war. Sie hatte den Inhalt ihres Gesprächs mit dem Anwalt auf dem Papier festgehalten. Sie hatte auch die Dinge aufgelistet, die sie heute selbst zu tun gedachte. Ihre Flugnummer und −zeiten.

„Ich glaube, wir müssen hier einen Moment zurückgehen“, sagte John hartnäckig.

„Ich muss einen Flug nach Washington erwischen. Ich muss in den nächsten zwanzig Minuten hier weg, wenn ich rechtzeitig in Hartford sein will.“

Er schüttelte den Kopf, lief in der Küche auf und ab und weigerte sich, die Informationen, die Omid zu Papier gebracht hatte, auch nur anzusehen. Sie hasste es, wenn er sich so verhielt. Hartnäckigkeit siegte über den gesunden Menschenverstand. Er hörte nicht zu, hörte nicht zu. Er verstand die Dinge nur in seinem eigenen Tempo. So oft, als ihre Töchter noch klein waren, waren die Nähte und Verbände schon angebracht, bevor er eine Verabredung zum Golfspielen oder ein Pokerspiel sausen ließ und auftauchte. Er hatte nur eine Geschwindigkeit. Langsam. Die Dringlichkeit setzte ein, wenn die Krise vorbei war. Und dann wollte er immer Antworten darauf, warum etwas auf eine bestimmte Art und Weise gemacht wurde. Dafür hatte Omid heute Morgen keine Zeit.

Sie war erleichtert, als Hannah schläfrig in die Küche stapfte.

Ihre Tochter warf einen Blick auf die Uhr. „Es ist erst zwanzig vor sieben und ihr zwei seid schon dabei?"

Hannah öffnete den Kühlschrank, schloss ihn dann aber wieder, als sie Omid in Geschäftskleidung sah. Sie warf einen Blick auf die Reisetasche, die neben der Tür stand.

„Wo gehst du hin, Mom? Was ist passiert, nachdem ich eingeschlafen bin? Hast du jemanden erreicht?"

Omid zeigte auf ihre Liste. „Schatz, sieh zu, dass dein Vater um neun Uhr zur Bank geht und sich um diese Überweisung kümmert. Ich habe einen Anwalt aufgetrieben, der uns helfen wird. Er kennt einen Mann – Dr. Siman – der morgen in den Iran fliegt. Dr. Siman wird sich darum kümmern, Sayeh das Geld zukommen zu lassen, aber dein Vater muss das Geld heute Morgen überweisen. Und wenn Sayeh anruft, gib ihr die Telefonnummer von Dr. Siman in Teheran und---"

John hielt seine Liste mit Anweisungen hoch. „Woher weißt du, dass dieser Anwalt überhaupt ein Anwalt ist? Welcher Anwalt ruft seine Klienten an einem Sonntag mitten in der Nacht zurück? Woher wissen wir, dass er das Geld nicht einfach einstecken wird?" Er schüttelte den Kopf. „Was ist mit der Möglichkeit, ihr Geld über die Schweizer Botschaft zu schicken?"

Omid biss sich auf die Zunge. Ein Teil von ihr wollte ihren Mann anschreien und ihn daran erinnern, dass er diese Antworten bereits wüsste, wenn er letzte Nacht bei ihr geblieben oder auch nur früher nach unten gekommen wäre.

„Das ist ein seriöser Anwalt. Das sind sein Name und seine Nummer, die ich von der Website der New Yorker Anwaltskammer habe. Er gehört zu dieser Anwaltskanzlei." Sie deutete auf eine bestimmte Zeile auf dem Papier. „Er wird sich heute mit der Schweizer Botschaft in Verbindung setzen und sehen, ob sie etwas für uns tun werden. Aber er bezweifelt es ... zumindest, dass sie irgendetwas zeitnahes tun. Er schlägt vor, Sayeh über diesen Reisenden, der morgen in den Iran fliegt, Geld zu schicken. In der Zwischenzeit werden wir hier einen Ersatzpass für sie bestellen und dann versuchen, ihn ihr über einen anderen Reisenden zukommen zu lassen. Habe ich jetzt alles erklärt?"

„Nein. Ich weiß bis jetzt nicht, wer dieser 'Dr. Siman' ist. Und was soll *ihn* daran hindern, das Geld in die Tasche zu stecken?"

In diesem Moment drehte Omid fast völlig durch. „Er ist jemand, den unser Anwalt kennt", sagte sie mit zusammengebissenen Zähnen. „Er reist zu einer akademischen Konferenz. Ich vertraue dem Anwalt, der Anwalt vertraut diesem Mann, und das ist gut genug für mich."

Eine Hand in die Hüfte gestemmt, blieb Johns Gesichtsausdruck streitlustig. „Nun, ich fühle mich nicht ganz so wohl. Ich weiß nicht, wie du glauben kannst, dass du diesem Anwalt vertrauen kannst. Die beiden könnten uns ausnehmen."

„John, tausend Dollar zu schicken, bedeutet nicht, dass wir uns ausnehmen lassen."

„Und wie viel hat dieser ... dieser Anwalt bereits von unserem Geld eingesackt?"

„Ich habe ihm zweitausend Dollar gezahlt und wir haben ihn in der Hinterhand."

„Perfekt", sagte John kurz. „Jetzt bin ich überzeugt. Die beiden stecken unter einer Decke, du reagierst über, wie immer, und---"

„Überreagieren?", sagte Omid und hörte, wie sich ihre Stimme erhob. „John, es geht hier um das Leben unserer Tochter. Sie ist in Gefahr. Hast du mich verstanden? Wir reden hier nicht über unseren gemütlichen Hinterhof in Connecticut. Sie ist im Iran, wo die Gesetze nicht für jeden gelten, vor allem, wenn man eine Frau und Amerikanerin ist. Und ja, ich bin gerne bereit, dieses Geld wegzuwerfen, wenn auch nur die geringste Chance besteht, dass ich Sayeh damit helfen kann. Betrachte es als Geld, das ich für *mich* ausgeben werde. Ich tue das für mich. Sieh es als mein Geburtstagsgeschenk für das nächste Jahr. Wir können uns das leisten. Das ist nur ein Bruchteil von dem, was du für deine Golf- und Casino-abende und Ausflüge mit deinen Kumpels ausgibst."

„Mom. Bitte, Mom", unterbrach Hannahs Flehen sie. „Ich werde das tun. Sag mir einfach, was ich tun soll. Ich gehe zur Bank und ... wo auch immer wir wegen des Passes hingehen. Ich schaffe das schon."

Omid zitterte. Es dauerte eine Minute, bis sie begriff, dass Hannah das Stück Papier in der Hand hielt und die Informationen darauf durchging. Das beunruhigte sie. Omid nickte und versuchte, sich zu beruhigen. Sie brachte es nicht über sich, ihn auch nur anzuschauen. Sie wusste nicht, warum sie es in ihrer Beziehung so weit hatte kommen lassen. Warum hatte sie ihren Unmut über seine Einstellung und sein egozentrisches Verhalten so lange schwären lassen? Jetzt, wo sie ihn brauchte, konnten sie nicht miteinander reden. Es war alles ihre Schuld.

„Vergiss es. Ich werde es tun." John drehte sich um und schlenderte in Richtung Wohnzimmer. „Lass die Papiere einfach auf dem Tresen liegen."

Omid starrte ihm hinterher.

„Ich werde dafür sorgen, dass es erledigt wird, Mom", sagte Hannah und legte eine Hand auf Omids Arm. „Aber wo willst du denn hin?"

„Ich fliege nach Washington. Ich werde versuchen, mit jemandem im Außenministerium zu sprechen. Wenn nötig, werde ich an alle Türen klopfen. Ich werde auch zum pakistanischen Konsulat gehen. Dort gibt es ein Büro, das sich um die iranischen Interessen in diesem Land kümmert. Ich werde sehen, wie schnell ich meinen iranischen Pass bekommen kann ... damit ich in den Iran fliegen kann.

Kapitel Sechsunddreißig

Teheran

DIE MUSIK WAR HYPNOTISIEREND – eine Mischung aus Streichern und Trommeln, die mit dem Gefühl der Sehnsucht, das jeden Takt unterstrich, direkt die Seele ansprach.

Sayeh starrte an die dunkle Decke. Man hatte sie zu einem Nickerchen geschickt und sie wollte den Zauber nicht brechen. Der schöne Klang der Musik, der Duft der persischen Küche, der aus der Küche hereinwehte, das weiche, saubere Laken, das Zwitschern der Vögel im Garten vor dem offenen Fenster – all das gab ihr das Gefühl von Sicherheit und Geborgenheit.

Sie hatte geduscht und war eingeschlafen. Sie hatte keine Ahnung, wie lange sie geschlafen hatte, aber draußen war es jetzt dunkel.

Nach der erfolglosen Reise zur Schweizer Botschaft hatte Farzaneh Mina und Sayeh zum Haus ihrer Großmutter am Stadtrand von Teheran gebracht. Farzaneh erzählte ihnen, dass sie für ein paar Wochen bei ihrer Großmutter wohnte, während ihre Eltern im Norden, am Kaspischen Meer, Urlaub machten.

Die Großmutter, Shahr Banoo, war in ihren Achtzigern. Sie lebte allein in einer Wohnung im zweiten Stock in einem Vorort namens Karaj. Farzaneh erzählte, dass zwischen all den Kindern und Enkelkindern von Shahr Banoo immer jemand bei der alten Frau wohnte. Die Großmutter liebte es, junge Leute um sich zu haben. Sie versorgte sie gerne, kümmerte sich um sie und erzählte ihnen Geschichten aus ihrer Jugend. Sie hatte große Freude daran, die alten Platten mit klassischer persischer Musik abzuspielen und Gedichte aus dem *Divan von Hafiz* zu rezitieren.

Farzaneh versicherte ihnen, dass die beiden Freundinnen bei ihrer Großmutter in Sicherheit seien. Shahr Banoo verließ die Wohnung nur zu einem Arzttermin oder zum Einkaufen. Sie hatte keine Lust, mit den Nachbarn darüber zu plaudern, wer kam oder ging. Sie war eine gläubige Muslimin, aber sie verachtete diese Regierung zutiefst. Sie würde nicht wissen wollen, in welchen Schwierigkeiten Mina und Sayeh steckten, aber sie würde sie beschützen.

Sayeh sah, wie sich die Tür zum Schlafzimmer ein paar Zentimeter öffnete. Farzaneh spähte hinein.

„*Bedaram*", sagte Sayeh. Ich bin wach.

„Hast du Hunger?" Fragte Farzaneh.

„Ich bin ausgehungert."

„Gut, das Essen ist fertig."

„*Farsi harf bezan*", sagte Sayeh zu ihrer neuen Freundin, als sie sich im Bett aufsetzte. Sag es auf Farsi. Farzanehs Großmutter sprach kein Englisch, und Sayeh war fest entschlossen, ihren Teil dazu beizutragen, mit der freundlichen alten Frau zu kommunizieren.

„*Sham hazereh*." Das Essen ist fertig.

Sayeh schwang ihre Füße auf den Boden und schaltete die Nachttischlampe ein. Sofort wurde der Raum von einem sanften Licht erfüllt. Sie betrachtete anerkennend die übergroßen Kissen aus handgefertigten Teppichen und die Wandteppiche mit Paisleymuster, die an den Wänden hingen. In einer Ecke stapelten sich bestickte Steppdecken und Kissen sowie weitere Laken. Die drei Mädchen teilten sich dieses Zimmer, aber Sayeh war die Einzige gewesen, die praktisch nicht auf den Beinen gewesen war. Farzaneh hatte darauf bestanden, dass sie im Bett schlief, und Sayeh konnte sich an nichts mehr erinnern, nachdem sie zwischen die Laken gekrochen war.

Sie warf einen Blick auf die Uhr auf dem Nachttisch. Es war neun Uhr dreißig. Sie musste also mindestens fünf Stunden geschlafen haben. Farzaneh hatte ihr vorhin Kleidung zum Wechseln gegeben, die sie jetzt anzog.

Seit sie in Teheran angekommen war, hatte Sayeh keine Zeit mehr gehabt, sich mit irgendetwas zu beschäftigen, aber jetzt dachte sie an die Cousine ihrer Mutter in Isfahan und hoffte, dass ihre Eltern mit Zari

Kontakt aufnehmen und ihr wenigstens sagen konnten, dass es Sayeh gut ging.

In den kleinen Handkoffer, den sie aus Ägypten mitgebracht hatte, hatte Sayeh Andenken und kleine Geschenke für ihre Familie gepackt. Als sie sich anzog, ärgerte sie sich erneut darüber, dass die Reise, die aus Liebe zur Familie geplant worden war, nun wegen ein paar Idioten am Flughafen zu einem riesigen Schlamassel verkommen war.

Sie verließ das Schlafzimmer und ging in das Wohnzimmer, das zum Esszimmer hin offen war. Der Tisch und die Stühle im Esszimmer wurden jedoch nur für Gäste benutzt und nicht für Familientreffen. Sayeh war erfreut, dass man sie wie Familie behandelte. Shahr Banoo saß bereits am *sofreh*, einem besonderen, mit traditioneller Poesie bestickten Tischtuch, das in der Mitte des Perserteppichs im Wohnzimmer ausgebreitet war. Das Abendessen, das Sayeh bereits gerochen hatte, war auf dem Tuch ausgebreitet. Farzanehs Großmutter wollte aufstehen, sobald sie Sayeh sah, aber die junge Frau eilte zur Seite, um sie am Aufstehen zu hindern. Mina und Farzaneh kamen mit einem Krug und Gläsern aus der Küche.

„*Boland nasheend. Khahesh mekonam boland nasheend.*" Bitte bleiben Sie sitzen.

„*Mashallah.*" Shahr Banoo hob die Hände und gab Sayeh einen Kuss auf jede Wange. „*Mashallah.*"

Sayeh verstand die Bedeutung des Wortes, ein Loblied auf Gott. Es war in Ägypten so geläufig wie ‚Hallo'.

Vor Jahren, als Baba Habib noch lebte, gab es persische Höflichkeitsformen und Traditionen, auf die Omid die Mädchen in Gegenwart ihres Großvaters hingewiesen hatte. So setzten sie sich zum Beispiel niemals mit dem Rücken zu einem älteren Menschen in einen Raum. Und nicht zu oft in die Küche zu schauen, egal, wie hungrig sie waren. Und nie als Erste nach dem Essen zu greifen. Sie versuchte, sich jetzt an all diese Höflichkeiten zu erinnern.

Sayeh setzte sich neben die freundliche Großmutter und bewunderte den *Sofreh*. Die großen Hauptgerichte standen in der Mitte des bestickten Tuches, umgeben von kleineren Schalen mit Vorspeisen und Gewürzen und natürlich Brot. Wenn es etwas gab, von dem Sayeh wusste, dass ihre Mutter es in ihrer Kindheit vermisst hatte, dann war es das frische persische Brot.

Shahr Banoo nahm es nicht so genau mit der Zeremonie, servierte schnell die Teller mit den Speisen und reichte sie an die drei jungen Frauen weiter. Sie redete ununterbrochen und bevorzugte weder die eine noch die andere. Alle drei wurden gleich behandelt.

Mina saß im Schneidersitz neben Sayeh, und Farzaneh saß neben ihrer Großmutter. Sayeh wurde klar, dass dies die erste hausgemachte Mahlzeit war, die sie in diesem Land bekam. Am Abend zuvor hatten sie an der Straße angehalten und Spieße gekauft, die auf einem Stück Fladenbrot serviert wurden. Kabobs, so erfuhr sie, galten im Iran als Fast Food. Man konnte sie bei Straßenhändlern oder in kleinen, begehbaren Restaurants kaufen. Und natürlich gab es auch Restaurants, in denen sie serviert wurden. Nach einem Bissen wusste sie, dass ein Burger nie wieder den gleichen Reiz haben würde.

Sayeh schätzte sich glücklich, dass sie Mina sowie Farzaneh und ihre Großmutter kennengelernt hatte. Sie schätzte sich sehr glücklich, die freundlichen Gesichter der echten Menschen in der Stadt Teheran gesehen zu haben. Die Kultur der Gastfreundschaft war in das Wesen des iranischen Volkes eingewoben. Was sie um sich herum sah, waren nicht die wütenden Gesichter, die die westlichen Zuschauer auf den Fernsehschirmen sahen. Das waren nicht die iranischen Führer, die sagten, sie glaubten nicht an den Holocaust und wollten Israel vom Angesicht der Erde tilgen. Sie hatte die Worte „Der Iran wurde gekapert" immer wieder aus dem Munde von Menschen gehört, die sie getroffen hatte. Die Fundamentalisten hatten das Land übernommen. Die Mullahs hatten die Revolution des Volkes gestohlen. Die unsinnige Rhetorik, die der Welt von ein paar Idioten präsentiert wurde, war eindeutig das Gegenteil der lebensfrohen Natur des persischen Volkes.

„Wie vertraut bist du mit persischen Gerichten?"

Sayehs Aufmerksamkeit wurde durch Minas Frage zurück in den Raum geholt.

Farzaneh übersetzte die Frage für ihre Großmutter. Shahr Banoo hatte erfahren, dass Sayeh aus Amerika stammte, aber sie hatten sie als eine Universitätsfreundin vorgestellt, die Mina für einen Teil des Sommers besuchte. Und was Minas blaue Flecken betraf, so hatten sie gelogen und Shahr Banoo erzählt, sie seien bei einem Sturz von der Treppe entstanden. Wenn die Großmutter etwas vermutete, ließ sie es sich nicht anmerken.

„Vertraut genug, um zu wissen, dass ich die Küche liebe", flüsterte Sayeh, bevor sie sich an ihre Gastgeberin wandte und versuchte, denselben Satz auf Farsi zu wiederholen. Es war ein Desaster. Sie beschloss, den Großteil der Übersetzung ihren Freunden zu überlassen.

Die Großmutter fuhr fort, die Gerichte zu erklären, die es an diesem Abend gab.

„Tah cheen", zeigte sie.

„Das ist eine Mischung aus Safran und Joghurt mit Huhn, das mit Reis gekocht wird", erklärte Farzaneh.

„Khoresht-e-fesenjan."

„Das ist Hühnchen in einer Granatapfel- und Walnusssoße, die auf Reis serviert wird."

„Khoresht-e-bademjan", sagte Shahr Banoo, der dieses Gericht offensichtlich am meisten zusagte.

„Aubergine", mischte sich Mina ein. „Auberginen sind so etwas wie die Kartoffel des Iran. Es gibt eine Million Gerichte, für die wir Auberginen verwenden."

„Kommen noch viel mehr Leute zum Essen?", flüsterte Sayeh ihren Freundinnen zu.

Sie schüttelten beide den Kopf.

„Das ist die iranische Art zu kochen. Man kann immer eine ganze Armee ernähren. Zum Glück macht sie das nur ein- oder zweimal in der Woche und an den anderen Tagen essen wir die Reste", erklärte Farzaneh. „Aber ich weiß nicht ... wenn du hier bist, kocht sie vielleicht jeden Tag."

Shahr Banoo deutete auf zwei weitere Gerichte. *„Koofteh va kotlet."*

„Weißt du, was da drin ist?", fragte Farzaneh Mina und deutete auf das *Koofteh*.

„Bohnen und Fleisch ..."

Das eine sah aus wie ein riesiges Fleischbällchen, das andere wie eine Hühnerfrikadelle. Sayeh hatte beides schon probiert und war vom Geschmack begeistert.

„Und dann gibt es natürlich noch all die Vorspeisen und andere Gerichte", erklärte Farzaneh und begann zu zeigen. *„Salat Shirazi, Torshi* ... eine Art Relish aus Auberginen ... *Naan* ... und *Panir. Panir* ist eine persische Art von Feta-Käse."

„Und *sabzi*", fügte Sayeh hinzu und deutete auf einen Teller mit frischen Kräutern. „Basilikum, Brunnenkresse, Minze ..."

„Sehr gut", ermutigte Mina.

Shahr Banoo schien begeistert zu sein, dass die Mädchen so viel Interesse an der Erklärung des Essens hatten.

„Ich liebe das alles sehr", sagte Sayeh. „Meine Mutter ist keine gute Köchin, wenn es um persisches Essen geht. Sie hat den Iran viel zu jung verlassen, als sie erst siebzehn war. Aber ich habe viel Zeit in persischen Restaurants in Washington, New York und Boston verbracht und im letzten Jahr auch in Kairo. Ich habe noch nie etwas probiert, das mir nicht geschmeckt hat. Aber das hier ist köstlicher als alles, was ich je zuvor probiert habe."

Diesmal warteten sie, bis Mina die Übersetzung gemacht hatte.

„Gut, vielleicht können wir es dabei belassen", zwitscherte Farzaneh. „Ich werde sehen, ob ich sie davon abbringen kann, dir morgen beim Frühstück *kalleh pacheh* zu geben."

Die Großmutter brauchte keine Übersetzung. *„Kalleh pacheh* gut", versicherte sie. *„Kheli khosmazeh ast."* Wirklich köstlich.

„Ich werde es probieren", sagte Sayeh. *„Man emtahan mekonam."*

„Nein", protestierte Farzaneh und schüttelte den Kopf, während Mina lachte. „Du weißt nicht, worauf du dich da einlässt."

Es war nicht nur ein Wort des Protests. Beide waren sehr lebhaft in ihrer Missbilligung, die eine griff sich an die Kehle, als wäre sie vergiftet, die andere gab Würgegeräusche von sich.

Shahr Banoo ließ sich davon nicht entmutigen und winkte die beiden ab, während sie auf Farsi weiter für das Frühstücksgericht warb. Sayeh ließ das Spektakel um sie herum einfach über sich ergehen und aß weiter das Essen auf ihrem Teller, während sie den beiden anderen dabei zusah, wie sie ungestüm und gutmütig gegen das stritten, was die Großmutter unbedingt zum Frühstück servieren wollte.

Die Diskussion endete, als die Musik zu Ende war und Shahr Banoo Farzaneh Anweisungen gab, welche Platte als nächste gespielt werden sollte.

„Sie hat noch zwei CD-Player und eine Stereoanlage in Kisten in ihrem Schrank", sagte die Enkelin, als sie aufstand. „Sie hat sie von ihren Kindern geschenkt bekommen, weil sie Musik liebt, aber sie mag ihre alten Schallplatten nicht hergeben."

Sayeh hatte das Essen auf ihrem Teller förmlich inhaliert, und Shahr Banoo servierte ihr noch mehr und ließ sich auch von höflichen Bemerkungen über ihr Völlegefühl nicht abhalten. *„Taroof nakon."*

„Sie ist ein großer Fan von Faramarz Payvar", erzählte Farzaneh, während sie eine Platte sorgfältig in die Hülle steckte und eine andere herausnahm.

Sayeh hatte ein paar CDs mit Aufnahmen von Payvar. Er war einer der bekanntesten klassischen persischen Musiker in der westlichen Hemisphäre.

„Ich glaube sogar, dass sie seit fünfzig Jahren in ihn verknallt ist. Wahrscheinlich war sie eine seiner Groupies, als er noch *Santur* spielte und in Teheran Konzerte gab." Sie lächelte Sayeh und Mina verschmitzt an. „Eigentlich habe ich mich immer gefragt, warum mein jüngster Onkel nicht so aussieht wie der Rest der Familie."

„*Chee gofteeh?*" Was hast du gesagt? fragte die Großmutter, als die beiden lachten.

Sie wandte sich an Mina, aber die junge Frau schüttelte den Kopf und zeigte auf Farzaneh. Sie hatte eindeutig keine Lust zu erklären, was Farzaneh gerade ihrer eigenen Großmutter vorgeworfen hatte. Farzaneh kehrte zu dem *Sofreh* zurück und entzog sich mit Erfolg einer Erklärung für das, was sie gesagt hatte.

Während sich die Enkelin und die alte Frau gut gelaunte Sticheleien lieferten, nutzte Sayeh die Gelegenheit, Mina leise zu fragen, was das Frühstücksgericht war, über das sie sich beschwert hatten.

„*Kalleh pacheh*? Schafskopf und −beine in einer Suppe. Mit Augen und Zähnen, die dich beim Essen anstarren." Sie verzog das Gesicht und streckte ihre Zähne heraus, als wären es Schafszähne. „Das ist absolut ekelhaft. Willst du es trotzdem probieren?"

Sayeh sah, dass Shahr Banoo sie hoffnungsvoll ansah, als hätte sie alles verstanden, was Mina ihr gerade gesagt hatte.

Sayeh hatte im vergangenen Jahr in Ägypten viele Tauben gegessen. Mehr als ihr lieb war, weil der Kopf des Vogels in der Füllung mitgekocht wurde. Ihre Mutter war zwar keine großartige Köchin, aber Abwechslung gehörte zu ihrer Küche, als sie und Hannah noch klein waren. Sie waren definitiv keine Familie, die nur aus Fleisch und Kartoffeln bestand, auch wenn ihr Vater das „Sichere und Gleiche" bevorzugte. Sie warf einen Blick auf die köstlichen Speisen, die die ältere Frau heute Abend zubereitet hatte. Sayeh hatte alles gegessen und liebte es.

Sayeh nickte der älteren Frau zu und hätte Farzanehs Großmutter genauso gut eine Million Dollar geben können. Shahr Banoo strahlte.

„*Yad begheer*", sagte sie zu Farzaneh und lächelte. Nimm dir an ihr ein Beispiel.

„Ich erinnere mich, dass es dafür einen speziellen Ausdruck gibt, oder?", fragte Mina. „Speichel ... irgendwas."

„Speichel-Lecker?" Sayeh bot an.

„Das ist es."

Nach dem Essen, obwohl Shahr Banoo darauf bestand, dass Sayeh nicht beim Abwasch half, kümmerten sich die drei Mädchen um das

Aufräumen, während die Großmutter auf dem Balkon ihre *Ghalyun – ihre* Wasserpfeife – rauchte.

Zwei große Kissen mit schönen gewebten Bezügen auf beiden Seiten der Wasserpfeife zierten den Balkon. Jenseits des geschlitzten Geländers war ein Garten zu sehen. In der Mitte des Gartens stand ein kleiner Springbrunnen, in dessen Wasser sich die Lichter der Stadt spiegelten. Der Geruch der Nacht vermischte sich mit dem wohlriechenden Duft von Rosen und Jasmin. Die Großmutter schien in einer meditativen Trance zu sein, während sie rauchte und in die Dunkelheit des Gartens und den Nachthimmel starrte.

Sayeh stand an der offenen Balkontür und spürte, wie all ihre Sinne durch den Anblick und die Gerüche belebt wurden, beobachtete Shahr Banoo und dachte daran, wie sehr sie ihre eigene Mutter vermisste. Sie wollte, dass Omid hier war und die gleichen Dinge erlebte, dass sie das genoss, was sie in so vielen Jahren ihres Lebens verpasst hatte.

Eine sanfte Berührung auf ihrer Schulter. Sie drehte sich um. Mina gab ihr eine Telefonkarte, die sie am Nachmittag für sie gekauft hatte. Sayeh ging wieder hinein.

„Da ihr heute zum ersten Mal hier übernachtet, wird meine Großmutter sicher die Familientradition aufgreifen", sagte Farzaneh. „Wenn sie mit dem Rauchen ihres *Ghalyun* fertig ist, spielen wir eine Partie Backgammon mit ihr, und dann trinken wir Tee und sie rezitiert Gedichte aus dem Gedächtnis ... und ich übersetze sie für dich ins Englische." Sie sah Sayeh an. „Danach geht sie ins Bett. Aber wenn du deine Familie jetzt anrufen willst, bevor sie das Backgammon rausholt, ist das ein guter Zeitpunkt."

Sayeh dachte an die Zeitverschiebung. Es war etwa halb vier Uhr nachmittags in Connecticut. Sie brauchte sich nichts sagen zu lassen und verstand, dass sie Shahr Banoos Telefonnummer auch nicht an ihre Eltern weitergeben konnte. Sie konnte nicht riskieren, die ahnungslose Großmutter in diesen Schlamassel hineinzuziehen.

In dem Schlafzimmer, in dem Sayeh vorhin ein Nickerchen gemacht hatte, gab es ein Telefon. Sie schloss die Tür, bevor sie die Nummer wählte und war erleichtert, als Hannah sofort abnahm.

Ihre Schwester schien sich riesig zu freuen, ihre Stimme zu hören. „Das nächste Mal, wenn du so eine große Tour machst, *musst* du mich mitnehmen."

Dies war sicherlich keine große Tour. Sayeh brachte es nicht übers

Herz, ihrer Schwester zu sagen, dass sie noch nie so viel Angst gehabt hatte wie in jenem Moment, als die Polizei sie auf dem Flughafen festhielt oder in Handschellen in den Van brachte.

„Mama hat mir befohlen, mit dir über nichts zu reden, bevor ich dir nicht diese Information gegeben habe. Hast du Stift und Papier?"

Sayeh hatte bereits eine Liste mit Dingen gemacht, die sie ihnen sagen musste. „Schieß los."

„Mama hat einen Anwalt in New York engagiert. Der meint, dass die Schweizer Botschaft in Teheran nicht viel für dich tun wird. Anscheinend sind sie zu langsam, um etwas zu unternehmen."

„Da hat er recht. Ich habe heute Morgen eine Freundin mit einem Brief von mir hingeschickt, in dem ich alles erklärt habe. Sie haben ihr einen Haufen Formulare ausgehändigt. Wie lautet der Name des Anwalts?"

Sayeh schrieb den Namen und die Telefonnummer auf, die ihre Schwester ihr gab.

„Mom hat deinen Pass als verloren oder gestohlen oder so gemeldet. Sie ist heute nach Washington geflogen. Sie geht zum Außenministerium, um zu sehen, ob sie besondere Hilfe bei der Beschaffung eines neuen Passes bekommen kann. Die Regeln besagen, dass man persönlich vorstellig werden muss, aber da du im Iran bist und offensichtlich nicht alles hast, was du brauchst, versucht sie, Hilfe zu bekommen."

Sayeh war darüber sehr erleichtert.

„Außerdem bekommst du auch noch Geld. Sie hat tausend Dollar an einen Reisenden gegeben, der diese Woche nach Teheran kommt. Er ist Akademiker und fährt zu einer Mathematikkonferenz an einem Ort namens IPM, dem Institut für Forschung in den Grundlagenwissenschaften."

Sayeh notierte sich den Namen des Mannes, das Hotel, in dem er übernachtete und wie lange er in Teheran bleiben würde.

„Er erwartet, dass du ihn anrufst und einen Ort vereinbarst, an dem ihr euch treffen könnt, damit er dir das Geld geben kann. Er wurde von dem Anwalt empfohlen, von dem ich dir erzählt habe. Mama hat gesagt, wir müssen ihm vertrauen."

Sayeh war sehr froh über das Geld. Es war eine Sache, von Mina und Farzaneh abhängig zu sein, wenn es um eine Bleibe ging. Es war eine andere, von ihnen zu erwarten, dass sie für alle ihre Ausgaben aufkommen. Hannah meinte, dass Dr. Siman am Mittwoch in Teheran eintreffen sollte.

„Also bist du die Einzige, die zu Hause ist?"

„Ja. Und weißt du was? Papa ist schon wieder eine Nervensäge."

Sayeh liebte ihren Vater, aber jetzt, wo sie älter war und selbst ein paar Beziehungen hinter sich hatte, verstand sie, dass es sehr schwierig war, mit ihm zu leben. Ihre Mutter war eine Heilige. „Was macht er denn?"

„Das Gleiche wie immer. Mama versucht, alles für dich zu tun ... was auch immer getan werden muss und statt zu helfen, legt sich Papa mit ihr an und sagt, sie würde überreagieren. Er stellt ihr Urteilsvermögen bei Entscheidungen infrage. Ich glaube, Papa fühlt sich schuldig, weil er von der Reise wusste und nichts dazu gesagt hat. Das ist seine Art, damit umzugehen. Er übt noch mehr Druck auf sie aus. Das ist nicht schön."

Ein Wutausbruch durchfuhr Sayeh. „Ich hoffe, sie lässt sich das nicht gefallen."

„Nein. Jedenfalls nicht heute Morgen. Sie hat es ihm gleich heimgezahlt. Ich war stolz auf sie. Aber das ist eine große Belastung für sie."

„Es tut mir leid", sagte Sayeh und meinte es ernst. „Du sagtest, Mom ist jetzt in Washington?"

„Ja ... um zu versuchen, die Sache mit dem Pass zu beschleunigen. Aber das ist nur ein Teil der Sache. Sie hat sich in den Kopf gesetzt, dass sie sich einen iranischen Pass besorgen und dorthin fliegen muss."

„Das kann sie nicht tun", schnauzte Sayeh. Das Notizbuch, das Tagebuch ihrer Mutter, gehörte dazu, dessen war sie sich mehr und mehr sicher. Sie hatte ihrer Mutter immer noch nichts davon erklärt. „Hör mir zu, Hannah. Das ist so wichtig. Sie darf nicht in den Iran kommen. Was mit mir passiert ist, ist nichts im Vergleich zu dem, was sie ihr antun werden. Ihr Leben wird hier nicht sicher sein. Bitte, Hannah. Sorg dafür, dass sie nicht kommt."

„Du weißt, wie sie wird, wenn sie auf einer Mission ist."

„Das spielt keine Rolle. Du musst sie aufhalten."

„Hey, ich werde mein Bestes tun."

„Nein", sagte Sayeh. „Du musst mehr tun als das. Es gibt etwas über ihre Vergangenheit ... als sie hier auf der Highschool war ... Dinge, von denen sie uns nie erzählt hat. Der wahre Grund, warum sie nie zurückgegangen ist. Bitte sag ihr, dass die Pasdaran ihr Tagebuch haben."

„Wer?"

„Die Pasdaran. Die Revolutionsgarde."

„Oh, ja. Ich habe von ihnen gehört. Sie ..."

„Hör mir zu. Sag ihr, dass sie ihr Tagebuch von 1978 haben. Ich glaube, damit hat dieser Schlamassel angefangen. Sie werden sie verhaften, wenn sie versucht, ins Land einzureisen. Versprich mir, Hannah, dass du sie nicht kommen lässt."

„Okay", sagte Hannah mit düsterer Stimme. „Ich verspreche es."

Kapitel Siebenunddreißig

Washington, D.C.

SCHWERE GEWITTER, die über die Gegend von Washington D.C. zogen, führten dazu, dass alle abgehenden Flüge eingestellt wurden. Omid war froh über den leeren Stuhl, den sie in der Nähe eines Delta-Gates fand.

Flughäfen waren noch nie der glücklichste Ort für sie gewesen. Selbst das Reisen mit den Mädchen, als sie noch klein waren, um Familienurlaube zu machen, machte keinen Unterschied. Omid hätte es vorgezogen, die Zeit, die sie hier verbrachte, zu minimieren.

Ein entscheidender Moment in ihrem Leben hatte sich auf einem Flughafen wie diesem abgespielt. Es war unmöglich, sich jetzt nicht daran zu erinnern. Es machte die Dinge nicht einfacher, über eine Entscheidung nachzudenken, die sie getroffen hatte und sich zu fragen, ob der Ausgang anders gewesen wäre, wenn sie einen anderen Weg gewählt hätte.

Ihr Mobiltelefon vibrierte in ihrer Tasche. Das hatte es heute schon öfter getan. Die meisten Anrufe, die sie entgegengenommen hatte, waren von Leuten aus der Arbeit gekommen. Sie war technische Leiterin in einem Robotikunternehmen, in dem ihr zwei Dutzend andere Techniker unterstellt waren. Sie waren gerade dabei, ein neues Produkt für eine Bestückungs-Maschine auf den Markt zu bringen und in zwei Wochen sollte das neue Gerät auf einer Messe vorgestellt werden. Zu diesem späten Zeitpunkt einen Tag freizunehmen, stellte den Rest des Teams vor große Schwierigkeiten, aber Omid hatte sie gebeten, das zu erledigen. Die einzigen anderen Anrufe, die sie heute entgegengenommen hatte, waren die von Sohrab Iman, dem Anwalt. Er hatte sie durch viele Verfahrensschritte sowohl für das Außenministerium als auch für das Büro für iranische Interessen im pakistanischen Konsulat geführt.

Dieser Anruf kam von zu Hause. Hannah war am Apparat.

„Um wie viel Uhr kommst du an?"

Omid schaute auf den Monitor, auf dem die Verspätungen für jeden Flug vermerkt waren. Draußen regnete es in Strömen, und die Lichter entlang der Start- und Landebahnen spiegelten sich im Wasser. „Diese Gewitter sollen in der nächsten Stunde vorbeiziehen. Hat Sayeh angerufen?"

„Ja, ich habe ihr alle Informationen gegeben. Sie hat bereits jemanden zur Schweizer Botschaft in Teheran geschickt, aber die haben ihr nicht weiterhelfen können. Ich habe ihr gesagt, dass du hier versuchst, einen Ersatzpass für sie zu bekommen."

Nach einem Dutzend Formularen und unterschriebenen eidesstattlichen Erklärungen und Anrufen ihres Anwalts, der erklärte, warum Sayeh weder hier noch im Ausland persönlich erscheinen konnte, dachte Omid, dass der Papierkram für Sayehs Pass erledigt sei. Sie hatte keine Ahnung, wie schnell sie ihnen das Dokument tatsächlich schicken würden. Sie erklärte dies alles Hannah.

„Wie geht es ihr? Ist sie in Sicherheit?"

„Sie hörte sich gut an", sagte Hannah. „Sie wohnt mit zwei anderen Studentinnen im Haus der Großmutter von einer von ihnen. Sie sagte, sie könnten nicht netter zu ihr sein."

„Hat sie dir eine Nummer gegeben, unter der wir sie anrufen können?"

„Nein. Sie sagte, sie kann nicht. Aber sie hat versprochen, morgen wieder anzurufen, ganz früh am Morgen, bevor du zur Arbeit gehst."

Omid sagte sich, dass sie sich damit abfinden musste. Wenigstens war Sayeh in Sicherheit.

„Was ist denn mit deinem iranischen Pass?"

„Es ist nicht so einfach, wie ich dachte", sagte Omid. „Meine Geburtsurkunde wurde nie aktualisiert, um den Stempel der islamischen Regierung zu haben. Das muss also geändert werden. Außerdem haben sie etwas, das sie *Cart Meli* nennen, das ist so etwas wie eine Sozialversicherungskarte. Ohne sie kann man nichts tun. Also musste ich das auch beantragen."

„Du hast also noch keinen iranischen Pass?"

„Nein. Ich zahle extra dafür, dass alles beschleunigt wird, aber das wird einige Zeit dauern. Ich kann nicht einmal meinen iranischen Pass beantragen, bevor ich nicht diese beiden Dokumente in der Hand habe."

„Wie viele Tage?", fragte Hannah. „Wochen?"

„Ich weiß es nicht", antwortete sie und spürte, wie Frustration in ihr aufstieg.

„Und du kannst nicht mit deinem amerikanischen Pass in den Iran fliegen, oder?"

„Nein. Der Anwalt meint, das wäre ein großer Fehler. Die iranische Regierung akzeptiert keine doppelte Staatsbürgerschaft."

„Dann hast du also keine Flugtickets in den Iran gekauft?"

„Nein. Noch nicht."

„Gut."

Omid hätte schwören können, dass ihre Tochter vor Erleichterung seufzte. Sie brauchte nicht zu fragen, warum. „Ist dein Vater da?"

„Nein. Ich habe ihn seit heute Morgen nicht mehr gesehen."

Omid schaute auf ihre Uhr. Es war schon nach halb zehn. „Er ist nicht zum Abendessen nach Hause gekommen?"

„Nein, aber er hat vor ein paar Stunden angerufen. Er wollte wissen, ob Sayeh angerufen habe und ob es Neuigkeiten von dir gäbe. Er sagte, er würde heute lange arbeiten. Er wusste nicht, wann er nach Hause kommen würde."

„Hatte er noch andere Vorschläge zu der Situation? Irgendetwas, das wir tun können?"

Am anderen Ende der Leitung war eine lange Pause zu hören. „Ich denke, er hat es dir überlassen, damit umzugehen, Mom. Und du machst deine Sache übrigens sehr gut."

Von allen Anrufen, die heute auf ihrem Telefon eingingen, war keiner von ihrem Mann gekommen. Als sie das Gespräch mit Hannah beendet hatte, tippte Omid sofort eine Textnachricht an John.

> Tut mir leid, dass ich heute so grob war. Wir werden das gemeinsam durchstehen. Hab dich lieb.

Omids Finger schwebten über dem Sendeknopf. War sie zu hart vorgegangen? fragte sie sich. Und was bedeutete „gemeinsam"? Sie war den ganzen Tag in Washington gewesen, war von Tür zu Tür gegangen, hatte telefoniert, Dinge erklärt, sich Sorgen um ihre Tochter gemacht. John hatte nicht einmal angerufen, um zu fragen, wie es ihr ging.

„Wie lange willst du noch in deiner kleinen Traumwelt leben?“, murmelte Omid vor sich hin.

Sie löschte die Nachricht und ließ das Mobiltelefon in ihre Tasche fallen.

Kapitel Achtunddreißig

JOHNS HANDY, das auf dem Nachttisch lag, vibrierte zuerst, bevor es zu klingeln begann, und Omid sah es stirnrunzelnd an. Sie stellte den Wäschekorb ab, den sie aus dem Keller geholt hatte, und starrte in Richtung Badezimmer, wo sie John in der Dusche hören konnte.

Sayeh hatte heute Morgen nicht angerufen, obwohl sie ihrer Schwester gesagt hatte, sie würde gleich heute Morgen anrufen. Es war bereits halb neun und Omid hatte auf der Arbeit angerufen und gesagt, dass sie mittags kommen würde. Sie sah das klingelnde Telefon noch eine Sekunde länger an, bevor sie den Hörer abnahm. Es bestand immer die Möglichkeit, dass Sayeh eines der Handys ausprobieren würde.

„Hallo, hier ist die Bushnell-Kasse", sagte eine Frauenstimme. „Herr Olsen?"

„Hier ist Frau Olsen", antwortete Omid. „Kann ich Ihnen helfen?"

„Ich rufe an, um Ihnen mitzuteilen, dass die beiden Karten, die Herr Olsen für die Greater-Tuna-Show heute Abend reserviert hat, an der Abendkasse auf ihn warten. Er kann sie am Schalter ‚Will Call' abholen."

„Vielen Dank. Ich werde ihm Bescheid sagen. Warten Sie ..." sagte Omid. „Wenn es Ihnen nichts ausmacht, würden Sie noch einmal anrufen und eine Nachricht für ihn hinterlassen. Und sagen Sie nicht, dass Sie mit mir gesprochen haben. Das würde ihm die Überraschung verderben."

„Gewiss. Kein Problem", sagte die Frau fröhlich. „Viel Spaß bei der Show."

Omid beendete das Gespräch und legte das Telefon zurück auf den Nachttisch. Sie war vollkommen überrascht. Sie konnte sich nicht erinnern, wann John das letzte Mal versucht hatte, sie mit so etwas zu überraschen. Sie liebte es, ins Theater zu gehen, aber er war nie besonders begeistert davon gewesen, also kaufte sie ein paar Mal im Jahr Karten und nahm Carol und die Mädchen mit.

Sie schaute auf die Badezimmertür und schüttelte den Kopf. Es war eine nette Geste, wenn auch sicherlich passend zu dem seltsamen Sinn für Timing ihres Mannes.

Sie wusste, dass sie im Moment ein Wrack war, wegen allem, was mit Sayeh passierte. Gestern Abend, als ihr Flug ankam und sie im Haus war, hatte er schon geschlafen. Und heute Morgen war sie schon aus dem Bett und machte unten Hausarbeit, bevor er aufwachte.

Omid zuckte mit den Schultern und sagte sich, dass sie das brauchten. Sie brauchten ein paar Stunden Abstand von all den Sorgen. Ein paar Zeilen von Hafiz kamen ihr in den Sinn: „Dankt für die Nächte, die ihr in guter Gesellschaft verbracht habt, und nehmt die Gaben an, die ein ruhiger Geist bringen kann." Sie konnte ein wenig Ruhe gebrauchen. Das konnten sie alle.

Sie zog die Vorhänge im Schlafzimmer zurück und öffnete die Fenster. Sie fühlte sich bereits leichter, besser, nicht mehr so allein wie gestern Nacht um zwei Uhr morgens, als sie vom Flughafen nach Hause gefahren war. Sie nahm ihre gefalteten Kleider aus dem Korb und legte sie auf die jeweiligen Kommoden. Den Rest des Korbes nahm sie mit in Hannahs Zimmer.

Es gab eine deutliche Veränderung. Das Bett war gemacht. Die Kleidung war vom Boden aufgesammelt worden. Auf den Möbeln befanden sich keine weggeworfenen Gegenstände. Die Schranktüren waren geschlossen. Die Oberfläche des Schreibtischs war sichtbar, und die Bücher waren ordentlich im Regal gestapelt.

Hannah muss die ganze Nacht wach gewesen sein. Die „Typ A"-Seite ihrer Persönlichkeit kam oft zum Vorschein, wenn Hannah unter Stress stand. Die Siebzehnjährige spürte eindeutig den Druck, der von der Situation ihrer Schwester ausging, aber Omid vermutete, dass ihre Tochter wahrscheinlich durch die Art und Weise verärgert war, wie sie und John sich gestern Morgen zueinander verhalten hatten. Hannahs Reaktion auf all das hatte sich gestern Abend darin gezeigt, dass sie ihr Zimmer aufgeräumt und das Bücherregal alphabetisch geordnet hatte.

Omid hoffte so sehr, dass sie Sayeh noch vor Hannahs Abschlussfeier nach Hause bringen konnten. Sie fand es so süß, wie sich die beiden Schwestern so sehr angenähert hatten, seit Sayeh aufs College gegangen war.

Omid räumte die Kleider in die Schubladen. Sie wollte ihrer Tochter keinen zusätzlichen Grund geben, heute Nacht noch mehr Schlaf zu versäumen.

John war bereits in der Küche und hatte seine Müslischale halb aufgegessen, als Omid Hannahs Badezimmer aufräumte und sich auf den Weg nach unten machte.

„Du gehst heute nicht zur Arbeit?", fragte er und blickte überrascht auf, als sie die Küche betrat.

„Ich hatte gehofft, Sayeh würde heute Morgen anrufen. Ich komme erst spät nach Hause." Sie füllte Johns Kaffee nach und goss den Rest in ihre eigene Tasse.

„Und, hat es sich gelohnt, nach Washington zu fahren?"

Sie beschloss, die Art und Weise, wie er die Frage formuliert hatte, zu ignorieren und setzte sich ihm gegenüber. In ein paar Sätzen fasste sie zusammen, wohin sie gefahren war und welche bürokratischen Hürden sie überwinden musste.

„Wenn alles so läuft, wie sie es versprochen haben, sollten wir Sayehs Ersatzpass bis zum Ende der Woche haben. Ich weiß auch nicht, wann mein iranischer Reisepass fertig sein wird."

Er stellte keine Fragen, bot keine Lösungen an. Er aß sein Müsli zu Ende und spülte die Schüssel aus, bevor er sie in den Geschirrspüler stellte. Es war seltsam, dass er heute Morgen damit zufrieden zu sein schien, alles in ihren Händen zu lassen. Es schien, als wäre er mit seinen Gedanken ganz woanders und sie fragte sich, wie viel von dem, was sie ihm erzählt hatte, er überhaupt mitbekommen hatte.

„Ich gehe jetzt zur Arbeit", sagte er und nahm seine Autoschlüssel vom Haken neben der Tür. „Ruf mich an, wenn du etwas von Sayeh hörst."

Omid nickte. Sie bemerkte den Seesack, den er aufhob. Soweit Omid wusste, ging John in kein Fitness-Studio, das er vor oder nach der Arbeit aufsuchte. Allerdings verließ sie das Haus immer lange vor ihm. Vielleicht war das etwas, das sie kannte, und sie wusste es einfach nicht.

Der Telefonanruf ging ihr durch den Kopf. Er war auf dem Weg zu einem Theaterstück in Hartford und hatte sich etwas zum Umziehen mitgenommen. Sie fragte sich, wann er sie wegen heute Abend fragen würde, und dann ging ein Gedanke durch sie hindurch wie eine Kettensäge, die sie ausweidete und sie leer und kalt zurückließ.

Er war mit jemand anderem unterwegs.

An der Tür zur Garage drehte er sich zu ihr um. „Übrigens werde ich zum Abendessen nicht zu Hause sein."

„Du arbeitest lange?", fragte sie und spürte, wie ihr die Worte im Hals stecken blieben.

„Ja. Und nach der Arbeit treffe ich mich mit den Jungs zum Pokern."

„Ist das dein Ernst ... bei all dem, was mit Sayeh los ist?"

„Da gibt es im Moment nichts zu tun." John starrte sie an. „Dein Anwalt tut alles, was möglich ist."

„Warum kannst du heute Abend nicht nach Hause kommen?" Sie konnte es nicht fassen. Warum hatte sie ihn nicht einfach zur Rede gestellt? „Ausgerechnet heute."

„Nein, ich werde meine Pläne nicht ändern, nur um herumzusitzen und mir Sorgen zu machen. Sayeh ist in Sicherheit. Wir müssen ihr nur den Pass besorgen und darum hast du dich gekümmert." Er schüttelte den Kopf. „Nein, ich werde gehen."

„In wessen Haus bist du heute Abend?", fragte sie ohne Interesse und fühlte sich plötzlich innerlich tot.

Er kramte in seinen Taschen und holte seine Schlüssel heraus. „Du kennst ihn nicht. Ein neuer Typ in der Gruppe. Er wohnt in West Hartford. Ich rufe dich gegen Abend von der Arbeit aus an."

„Also gehst du wirklich?", fragte sie.

„Warte nicht auf mich", antwortete er und ging zur Tür hinaus.

Omid starrte ihm noch eine Weile durch die geschlossene Tür nach ... und fragte sich, wer *diesmal* das Interesse ihres Mannes geweckt hatte.

Kapitel Neununddreißig

Teheran

GRÜNE BANNER UND FAHNEN, große und kleine, schmückten die Außenseite des Gebäudes und weitere grüne Fahnen wurden verteilt, als die Menschenmenge eintrat. Sayeh, Mina und Farzaneh trugen grüne Stirnbänder und Armbänder. Die Kundgebung für Mir-Hossein Mousavi fand im Bahman-Kulturzentrum im südlichen Teil Teherans statt, und es hatte sich herumgesprochen, dass der Präsidentschaftskandidat und seine Frau daran teilnehmen würden.

Die Menschen um Sayeh herum trugen Schilder und Bilder von Mousavi und als sie das überdachte Stadion betraten, war die Energie der Menge elektrisierend. Als die drei Frauen einen der Gänge hinunterschritten, fühlte sich Sayeh von einem lebendigen grünen Meer mitgerissen. Unter ihnen sah sie einen Platz voller Menschen, die sich um eine erhöhte Plattform drängten, auf der nur ein einfacher Holztisch und zwei Stühle standen.

Die Menge drängte sie vorwärts. Jemand hinter ihr begann, eine Parole zu skandieren. Andere um sie herum schrien und wiederholten die Worte. Sayeh blickte in die aufgeregten Gesichter der Männer und Frauen. Sie wiederholte die Worte und spürte, wie sich ihr Geist mit den anderen erhob. Sie war jetzt ein Teil davon. Selbst als sie mit den anderen schrie, merkte sie, dass sie keine Angst verspürte, überhaupt nicht. Sie fühlte sich beschwingt und ritt auf der Welle der Begeisterung, die von der Menge selbst erzeugt wurde.

Es gab keine Möglichkeit, sich in irgendeine Richtung zu bewegen, außer mit der Masse der Menschen um sie herum. Sie ging bereitwillig mit und wünschte sich, sie hätte ein Handy, mit dem sie jetzt ihre Mutter anrufen könnte. Sie wollte das Telefon hochhalten, damit sie die Gesänge, die Aufregung hören konnte. Sie hatte heute Nachmittag schon mehrmals versucht, zu Hause anzurufen, aber sie war nicht durchgekommen. Aber das hier war etwas ganz Besonderes. Sie wusste, dass ihre Mutter das zu schätzen wüsste. Diese Stimme der Einigkeit. Bei einer seltenen Gelegenheit hatte Omid über den Geist des iranischen Volkes gesprochen. Die Freundlichkeit, das Vertrauen ... und der Geist. Sayeh wusste jetzt, wovon ihre Mutter gesprochen hatte. Das alles war heute Abend hier unter diesem einen Dach.

Als sie sich dem Platz am Ende des Ganges näherten, unterhielten sich die Menschen miteinander. Ob Freunde oder Fremde, sie hatten ein gemeinsames Ziel, eine gemeinsame Vision für den Iran. Sayeh verstand ziemlich viel von dem, was um sie herum gesprochen wurde.

Flugblätter wurden herumgereicht, und eines, das Sayehs Aufmerksamkeit erregte, war von einer Gruppe von Frauenrechtsaktivisten. Sie erkannte den berühmten feministischen Slogan, der ganz oben stand. „Das Persönliche ist politisch." Die Seite enthielt eine detaillierte Auflistung der Kämpfe der Frauen im Iran und der Regeln der islamischen Regierung, die infragegestellt werden mussten.

Sayeh spürte, wie jemand ihren Arm ergriff. Es war Mina. Sie versuchte, Sayeh durch die Gruppe von Menschen zu ziehen, die sich zwischen sie geschoben hatte. Sayeh stopfte die Flugblätter in ihre Tasche.

„Ich möchte dich nicht verlieren", sagte sie, nachdem Sayeh sich zu ihr durchgeschlängelt hatte.

Farzaneh zerrte sie in eine Reihe am Rande des Platzes. Sie waren keine dreißig Meter von der Bühne entfernt.

„Ein guter Platz", rief sie über den Lärm der Menge hinweg, und Mina nickte.

Sayeh schaute sich im Stadion um. In nur wenigen Minuten hatte es sich fast mit den Menschen gefüllt, die vor der Bühne auf die Öffnung der Türen gewartet hatten. Eine Gruppe von Männern versuchte, den Weg von der Tribüne zu einem Seiteneingang freizuhalten, aber die Leute auf dem Platz drängten mit Macht vorwärts.

Als sie einen Blick auf ihre Freundinnen warf, schrieb Mina mit einem Zauberstift etwas in Farsi auf Farzanehs Handflächen.

Sie las sie für Sayeh laut vor. *„Zan=Mard.“* Frau=Mann.

Farzaneh nahm den Marker und schrieb das Gleiche auf Minas Hände. Sayeh streckte ihnen sofort ihre Handflächen entgegen.

„In Amerika sind Männer und Frauen bereits gleichberechtigt“, erinnerte Mina sie.

Sayeh nickte. „Aber ich bin im Iran und ich will das für dich und mich und meine Mutter und ihre Familie und jede Frau, egal wo wir leben.“ Ihre eigenen Worte ließen sie erstarren. Sie war überwältigt von den rohen Emotionen, die sie durchströmten. Sie meinte diese Worte ernst. Sie glaubte sie.

„Unsere Freundin, unsere Rebellin“, sagte Mina, nahm Farzaneh den Marker ab und schrieb die Worte auf Sayehs Handfläche.

Die Hände der Frauen um sie herum erschienen. Während Mina den Slogan schrieb, lächelte Sayeh in die Menge um sie herum. Viele trugen die Worte bereits auf Transparenten und Schildern, die sie über ihren Köpfen schwenkten. Als sie sich umdrehte, war Farzaneh verschwunden.

„Farzaneh kojast?“, fragte Sayeh und sah sich nach ihrer Freundin um.

Mina nickte ihr über die Schulter zu. „Sie hat einen ihrer Cousins gesehen. Ich glaube, halb Teheran ist mit ihr verwandt. Überall, wo wir hinkommen, sieht sie Verwandte.“

Sayeh entdeckte Farzaneh, die sich durch die Menge auf sie zubewegte. Ein junger Mann, der ein grünes Stirnband trug, folgte ihr. Er war so groß und gut aussehend, dass sich einige Frauen zu ihm umdrehten, als er vorbeiging. Längeres schwarzes Haar lugte unter den Rändern des Stirnbandes hervor.

„Mein Cousin Reza“, rief Farzaneh und stellte ihn vor, bevor sie sich an Sayeh wandte. „Er nimmt diese Woche an der IPM-Mathematikkonferenz teil. Vielleicht kann er dir helfen, die Person zu treffen, die du treffen musst.“

Dr. Siman, der Mann, dem ihre Eltern Geld geschickt hatten, sollte morgen in Teheran eintreffen. Sayeh lehnte sich nahe heran und flüsterte Farzaneh etwas ins Ohr. „Wie viel weiß er über meine Situation?“

„Er weiß genug. Ich habe ihm gesagt, dass du und Mina Verbrecher und ... auf der Flucht seid.“ Sie lächelte. „Ich denke, diese Worte treffen auf die Hälfte der heute Abend hier versammelten Menschen zu.“

Reza war groß und schlaksig. Seine Handfläche war warm und seine

Finger waren kräftig, als er ihr die Hand gab. Seine Augen waren groß und dunkel und einen Moment lang fiel es ihr schwer, den Blick abzuwenden.

„Reza, du bist jetzt dafür verantwortlich, sie zu beschützen", sagte Farzaneh zu ihm.

„Es wird mir ein Vergnügen sein", sagte er und stellte sich neben sie. Er drängte sich höflich an sie heran und tat sein Bestes, um ihr Raum zu geben, aber der Körperkontakt war unvermeidlich. Sayeh machte das nichts aus. Sie bemerkte, dass auch er grüne Armbänder trug.

„Meine Cousine sagte mir, du seist Amerikanerin.

Sein Englisch war perfekt und in seiner Stimme lag eine Spur eines Akzents, der nicht iranisch war. Sie konnte ihn nicht zuordnen. „Ich bin iranisch-amerikanisch", korrigierte sie ihn.

„Ist dies deine erste Reise in den Iran?"

Sie nickte.

„Ich hoffe, du beurteilst uns nicht nach dem schlechten Empfang, den du am Flughafen hattest. Wir sind ein sehr gastfreundliches Volk und wir lieben Amerikaner."

„Ich weiß alles über eure großzügige Gastfreundschaft. Ich wohne seit gestern im Haus von Farzanehs Großmutter. Ich hätte nicht besser behandelt werden können, wenn ich bei meiner eigenen Familie geblieben wäre."

Er nickte. „Shahr Banoo. Sie ist auch meine Großmutter. Meine Mutter ist die Schwester von Farzanehs Vater, und ihre Mutter ist Shahr Banoo."

„Es ist so viel einfacher, das auf Farsi zu erklären. Anstatt dich als Cousin vorzustellen, hätte Farzaneh sagen können, dass du ihr *pesar ameh* bist – *der* Sohn ihrer Tante. Das hätte die familiären Verbindungen vollständig erklärt."

Er lächelte, und sie musste zugeben, dass er wie ein Filmstar aussah.

„Farsi sohbat mekonee?" Sprichst du Farsi?

„Yekam." Ein wenig, antwortete sie. „Dein Englisch ist erstaunlich."

„Das sollte es auch sein. Englisch war praktisch die erste Sprache, die ich gelernt habe."

„Wie kommt das?", fragte sie.

„Mein Vater war Australier. Ich wurde in Sydney geboren und habe dort bis vor acht Jahren gelebt." Er streckte ihr seine Hand entgegen und schüttelte ihre erneut. „Reza Raad Crawford. Ich nenne mich Reza Raad, um nicht zu viel Aufmerksamkeit auf mich zu lenken."

Das erklärte den Akzent. „Und dann ist deine Familie in den Iran gezogen?"

„Nur meine Mutter und ich kamen hierher. Das war nach dem Tod meines Vaters."

„Das tut mir leid", sagte sie.

Er sah weg, offensichtlich wollte er nicht mehr darüber reden. Die Leute drängten weiter hinein, und das Gedränge wurde immer heftiger. Auch der Lärmpegel stieg an. Als Sayeh neben Reza stand, fühlte sie sich noch wohler, hier zu sein. Sie war nicht anders als er. Sie gehörte hierher.

Er stellte eine Frage, die sie nicht verstand. Die Menschenmenge war so laut. Er brachte seinen Mund nahe an ihr Ohr und fragte erneut. „Was weißt du über Mousavi?"

Ein sanftes Kribbeln lief ihr den Rücken hinunter. Sie wurden näher zusammengeschoben.

„Nur das, was Farzaneh und Mina mir erzählt haben. Dass er dem linken Flügel der islamischen Partei angehört. Und dass er für die Gleichberechtigung der Frauen eintritt."

Er nickte.

„Was hältst du von ihm?", fragte sie.

„Ich mag, was er tut. Aber er war früher viel hitzköpfiger als heute. Ich möchte, dass er diesen Extremisten wie Khamenei sagt, dass die Zeit der machtbesessenen Fanatiker vorbei ist."

„Wie war er früher?"

„Ich habe ein altes Interview mit ihm gelesen, in dem er sagte, sein erster politischer Held sei Che Guevara gewesen. Jetzt, sagte er, predigt er eher wie Gandhi." Seinem Tonfall nach zu urteilen, gefiel Reza der alte Mousavi eindeutig besser.

„An Gandhi, seiner Philosophie und seinen Methoden ist nichts auszusetzen", sagte Sayeh, als sie merkte, dass sie den Präsidentschaftskandidaten verteidigte.

Rezas Blick fixierte den ihren mit einer Intensität, die Sayeh den Atem stocken ließ.

„Um diesen Kampf zu gewinnen", sagte er entschlossen, „um die Revolution zu beenden, die dieses Land vor dreißig Jahren begonnen hat, kann man nicht gleichzeitig Che und Gandhi sein. Wir haben es hier mit skrupellosen Gegnern zu tun. Sie werden die Macht und den Reichtum, den sie erworben haben, nicht ohne einen erbitterten Kampf aufgeben. Wir müssen ihnen auf der Straße genauso entgegentreten, wie wir es auf dem Schlachtfeld tun würden."

„Gandhi sagte, ‚Auge um Auge' macht die Welt blind", erinnerte Sayeh ihn.

„Gandhi hat nie im Iran gelebt. Wir reden hier nicht von der Welt. Dieses Land ... nein, ich sollte sagen, diese Regierung hat keinen Respekt vor den Rechten des Einzelnen. Sie misst dem menschlichen Leben keinen Wert bei. Wir können uns an Orten wie diesem versammeln und schreien, bis jeder Atemzug aus unseren Lungen entweicht. Jeder von uns kann in eine Wahlkabine gehen und bekannt geben, wen wir als nächsten Präsidenten haben wollen. Es wird keinen Unterschied machen. Ich sage es dir jetzt. Sie werden unsere Stimmen wegwerfen. Das Endergebnis wird sein, dass Ahmadinejad mit einem Erdrutschsieg gewinnen wird. Die einzige Sprache, die die Revolutionsgarden und die Pasdaran und die Basij und die Patrouillen der sogenannten Sittenpolizei verstehen, ist die Sprache der Angst. Wir müssen sie die gleiche Angst spüren lassen, die sie jedem anderen Iraner einflößen."

„Und du glaubst, dass Mousavi derjenige ist, der das tun kann?"

Er sah sie einen Moment lang an, bevor er sprach. „Ich weiß es nicht. Vielleicht ist er nur ein Schwindler, ein Strohmann für Rafsandschani und die alte Garde, die einen Teil ihrer Macht an Chamenei und den Narren Ahmadinijad verloren hat. Er hat sich in der Vergangenheit an der Unterdrückung beteiligt und ist vielleicht auch jetzt dabei. Einige Leute denken das. Aber sieh dich um. Er bringt die Menschen zu den Kundgebungen und auf die Straße. Die Menschen stellen sich den Mullahs, den Pasdaran und den Basij entgegen und fordern ihre Rechte ein. Wenn noch mehr auf die Straße gehen, könnte eine neue Revolution beginnen. Wenn eine Revolution einmal begonnen hat, kann man nicht wissen, wie sie enden wird. Vor dreißig Jahren ist sie nicht gut ausgegangen, aber dieses Mal könnte sie gut ausgehen ... und ich bin bereit, dafür zu kämpfen."

Seine Rede raubte ihr den Atem. Sie blickte in sein Gesicht. „Wow!"

„Wow, was?", fragte er.

„Ich glaube, du bist der erste echte Revolutionär, den ich in meinem Leben getroffen habe."

Er lächelte und schüttelte den Kopf. „Nein. Du bist hier, anstatt zu Hause bei meiner Großmutter zu bleiben. Du hast es auch im Blut. Wir alle haben es. Nur haben manche von uns ein größeres Maul als andere."

Plötzlich begann die Menge zu schreien. Rufe wie „Mousavi ... Mousavi ... Mousavi" erfüllten die Luft. Als Sayeh sich auf die Zehenspitzen stellte, konnte sie sehen, dass eine Gruppe durch den Seiteneingang hereinkam. Die Masse der Menschen auf dem Platz bewegte sich wie eine Meereswelle, als immer mehr von ihnen versuchten, näher an die Bühne zu kommen. Dann sah Sayeh, wie sich die Menge leicht teilte und das kleine Gefolge, das den Kandidaten und seine Frau umgab, sich zielstrebig auf das Podium zubewegte.

Beim Anblick der beiden – des kleinen, weißbärtigen Mannes in einem einfachen weißen Hemd und der noch kleineren, verschleierten Frau neben ihm – spürte Sayeh, wie sich etwas in ihr regte. Als sie die Sprechchöre der Menge hörte, erinnerte Sayeh sich selbst daran, zu atmen, während in ihrer Brust erneut ein beklemmendes Gefühl aufstieg. Ein Gefühl der Freude, dazuzugehören. Ein Gefühl von Stolz.

Sie sah sich um und konnte weder Mina noch Farzaneh entdecken.

Eine große Hand kam auf ihrer linken Schulter zum Liegen. Sie schaute hin und sah das grüne Armband und dann Rezas Gesicht.

„Ich bin hier", sagte er ihr.

Sie lehnte sich an ihn und richtete ihre Aufmerksamkeit auf die Bühne.

Kapitel Vierzig

ERLEICHTERUNG DURCHSTRÖMTE OMID, als sie die E-Mail von ihrer Cousine in Isfahan öffnete.

> *Ich habe eine Nachricht erhalten, die auf Facebook für mich hinterlassen wurde. Die Behörden haben mich am Sonntagabend am Flughafen angehalten. Fragen für einige Stunden, aber das ist vorbei. Jetzt bin ich zu Hause. Es ist besser, eine andere Vereinbarung zu treffen.*
> *Das Wetter hier ist schon zu heiß. Keine gute Jahreszeit für Touristen.*
> *Liebes-Zari*

Die Worte waren kaum verschlüsselt, und die Bedeutung war klar. Sayeh würde in Isfahan definitiv nicht sicher sein.

Omid schrieb eine kurze Antwort, bedankte sich bei ihrer Cousine und schickte die E-Mail ab. Sie lehnte sich in ihrem Stuhl zurück und blickte automatisch auf die Uhr an der Wand. Es war zwanzig Minuten nach sechs. Sie war die Einzige, die noch im Büro war.

Sie traute sich, John anzurufen und ihn direkt zu fragen, was er heute Abend vorhatte. Sie hatte den ganzen Tag über den Anruf von Bushnell und die Lüge, die er ihr erzählt hatte, nachgedacht und schwankte zwischen gelegentlichen Zweifeln und einer überwiegenden Gewissheit. Es war möglich, dass er die Karten als Geschenk für ein Ehepaar in seinem Büro gekauft hatte, versuchte sie sich einzureden. Nein, diese Erklärung war nicht stichhaltig. Sie versuchte es mit anderen möglichen Erklärungen, aber ebenso erfolglos.

Sie wusste es.

Omid wusste, dass es im Laufe der Jahre andere Anzeichen für Johns ständige Untreue gegeben hatte, aber sie hatte sich immer dafür entschieden, sie zu ignorieren. Sie wollte sich nicht eingestehen, dass ihre Ehe zu einer einfachen Vertrautheit, Bequemlichkeit und Routine verkommen war. Was immer er nicht von ihr bekam, bekam er von anderen Frauen.

Es machte sie krank, aber sie war noch nicht bereit, sich dem zu stellen. Aber was für ein Mann würde das jetzt tun ... in Sayehs Situation und bei all dem Stress, unter dem sie alle standen. Sie starrte auf das Telefon und stellte fest, dass sie ihn gar nicht mehr kannte.

Den ganzen Tag über waren ihr Bilder einer Konfrontation durch den Kopf gegangen. Die Worte, die sie sagen wollte, waren wie eine Endlosschleife in ihrem Kopf abgespielt worden. All der Schmerz, den sie jetzt empfand, stieg in unregelmäßigen Wellen in ihr auf, und bei jedem Scheitelpunkt musste sie wütende Tränen zurückhalten. Zugleich hatte sie Angst. John könnte weggehen. Und sie wusste, dass das das Ende bedeuten würde.

Sie konnte es nicht verkraften. Sie war nicht darauf vorbereitet, jetzt noch mehr Stress und Veränderungen in ihrem Leben zu bewältigen. So lange war es so viel einfacher gewesen, sich dem nicht zu stellen, so zu tun, als ob nichts wäre. Tränen liefen ihr über das Gesicht und sie kämpfte jetzt nicht dagegen an. Omid fühlte sich ungeliebt, allein, besiegt.

Ihr Telefon klingelte. Es war ein interner Anruf. Sie wischte sich hastig die Tränen weg und ging ran.

„Achtung, Omid!", sagte die Empfangsdame an der Rezeption. „Ich habe gerade jemand Besonderen hochgeschickt."

Omid brauchte nicht zu fragen, wen. Sie hörte das Geräusch der Fahrstuhltür, und einen Moment später kam Hannah den Gang zwischen den Büroreihen hinunter. Ihre Tochter zu sehen, war, als würde man nach einem harten Winter die ersten Krokusse durch den Schnee sprießen sehen. Omid verließ den Raum und grüßte sie auf halbem Weg.

„Was machst du hier?", fragte sie.

Hannah zuckte mit den Schultern. „Ich habe Papa angerufen. Er kommt wieder nicht zum Abendessen nach Hause, also dachte ich, wir könnten einen Frauenabend machen. Was hältst du davon?"

Omid umarmte ihre Tochter und wollte sie nicht mehr loslassen.

Sie war nicht allein. Sie wurde geliebt.

„Ich würde sagen, das klingt gut."

Kapitel Einundvierzig

SAYEH WAR DIE ERSTE, die am Mittwochmorgen aufstand. Sie schaute auf die Uhr, und es war bereits 10:45 Uhr. Mina und Farzaneh lagen noch zusammengerollt und schliefen zufrieden, ihre grünen Handgelenks- und Stirnbänder lagen verstreut auf dem Boden.

Auf Zehenspitzen schlich sie ins Bad, duschte und zog das Hemd und die Jeans an, die sie sich von Farzaneh geliehen hatte. Sie schaute in den Spiegel und war erstaunt, wie sehr sich ihr Leben in den letzten Tagen verändert hatte. Wohin ihr Weg auch führen mochte, Sayeh wusste, dass sie nie mehr dieselbe sein würde.

Sie ging leise ins Wohnzimmer und in die Küche, um nach Shahr Banoo zu suchen. In der Wohnung gab es keine Spur von ihr. Nachdem sie auf dem Balkon nachgesehen hatte, entdeckte sie einen Zettel auf dem Esstisch, neben einem Frühstücksbrot mit *Naan-e-Barbari* und Käse und ein paar Gläsern Marmelade und Honig, die Farzanehs Großmutter für sie hinterlassen hatte.

Sayeh versuchte, den Zettel zu lesen. Die Handschrift war eine Schreibschrift, und die einzigen Teile, die sie lesen konnte, waren das Wort „Doktor" und die Uhrzeit. Sie vermutete, dass Shahr Banoo zu einem Arzttermin gegangen war.

Sayeh überlegte, ob sie ihre Eltern jetzt anrufen sollte, aber angesichts der Zeitverschiebung von acht Stunden – und weil sie nichts Neues zu berichten hatte – hielt sie es nicht für richtig, sie um vier Uhr morgens zu wecken. Sie wollte heute Abend Dr. Siman anrufen. Sie hoffte, dass sie ihn morgen sehen und das Geld entgegennehmen konnte.

Sie goss sich eine Tasse Tee ein und suchte einige der Flugblätter, die sie gestern Abend von der Kundgebung mitgenommen hatte. Dasjenige, das sie am meisten interessierte, war von der Frauengruppe. Die Vorderseite war in Farsi geschrieben, die Rückseite in Englisch.

Einige ausländische Reporter hatten gestern Abend über die Veranstaltung berichtet. Die Frauen aus dem Iran wollten irgendwie internationale Aufmerksamkeit erregen. Sie saß auf einem Stuhl im Wohnzimmer und las das Flugblatt. Die Worte waren stark und kompromisslos in ihrer Offenheit. Hinter den Worten las sie die Herausforderung an das gegenwärtige System.

Wenn eine Frau den Zwangsschleier ablehnt, ist sie gegen das Regime.

Wenn eine Frau ihren Partner frei wählen will, ist sie sofort gegen das Regime. Wenn eine Frau es wagt, eine außereheliche Beziehung einzugehen, wird sie zu Tode gesteinigt.

Sayeh erschauderte. Die Worte waren ernüchternd. Wie weit waren die iranischen Frauen unter dieser Regierung gefallen. Sie las weiter über die Schwierigkeiten, die jede Frau hatte, wenn sie nach einer Scheidung ihre Kinder behalten wollte. Über Polygamie und sexuelle Apartheid. Sie las mehr über den Schleier, der für die Frauen im Iran eindeutig zum Symbol und zum Sammelbecken geworden war.

… Frauen können nicht schweigen und werden diese bösartigen Gesetze nicht gehorsam hinnehmen. In den vergangenen dreißig Jahren haben die iranischen Frauen trotz der grausamen Unterdrückung durch das Regime immer wieder ‚Nein!‘ zum Schleier gesagt … ‚Nein‘ zur Erniedrigung. Nur einen Monat nach der Machtübernahme durch das islamische Regime erließ Khomeini sein berühmtes Dekret über die Schleierpflicht. Am 10. März 1979 organisierten iranische Frauen in Teheran einen epischen Marsch gegen Khomeinis Dekret. Unsere Schwestern, Mütter und Großmütter kamen zu Tausenden, um die erste politische Herausforderung des Regimes zu manifestieren.

Sayeh hatte die Tasse Tee vergessen und starrte ausdruckslos an die Wand. Ihre Mutter war damals schon in Amerika gewesen. Aber was war mit ihrer Großmutter? Hatte sie bei diesem Marsch protestiert? Omid hatte ihren Töchtern nur wenig über ihre eigene Mutter erzählt, außer dass sie Universitätsprofessorin war und dass sie bei einem Unfall ums Leben gekommen war, nachdem Omid in die USA gekommen war.

Sayehs Gedanken kehrten zum Tagebuch ihrer Mutter zurück. Wenn es auf diesen Seiten Hinweise auf politische Aktivitäten gab, wäre das Grund genug, das Tagebuch zu beschlagnahmen. Wenn Omid ein Revolutionär gewesen war, so beschloss Sayeh, dann könnte es auch ihre Großmutter Azar gewesen sein. Die Vorstellung ließ sie vor Aufregung und Stolz erzittern. Das könnte das Blut sein, das in ihren Adern fließt, das Blut der Kriegerinnen.

Draußen läutete es an der Tür.

Beim Klang der Klingel wurde sie von der Realität eingeholt und ein Moment der Panik durchzuckte sie. Sie stopfte die Flugblätter unter das Kissen des Stuhls. Was, wenn es die Polizei oder die Pasdaran waren? Was, wenn sie sie hierher verfolgt hatten? Absurde Gedanken an Flucht drangen in ihr Bewusstsein. Sie dachte daran, sich zu verstecken. Sayeh rannte ins Schlafzimmer. Ihre beiden Freundinnen schliefen tief und fest. Der Mut verwandelte sich im Bruchteil einer Sekunde in Feigheit. Sie holte tief Luft.

„Beruhige dich", murmelte sie vor sich hin und ging zurück ins Wohnzimmer. „Keiner darf wissen, dass du hier bist. Öffne nur nicht die Tür."

Noch während sie das sagte, läutete die Person draußen erneut.

Als es ein drittes Mal läutete, erkannte Sayeh, dass die Person draußen wusste, dass jemand zu Hause war und nicht wegging. Es konnte sogar sein, dass Farzanehs Großmutter ihre Schlüssel versehentlich hier in der Wohnung vergessen hatte und draußen ausgesperrt war.

Sayeh atmete tief durch und drückte auf den Knopf der Gegensprechanlage, wobei sie ihr Bestes tat, um einen persischen Akzent zu imitieren. *„Baleh?"*, sagte sie. Ja?

„Guten Tag, Sayeh." Eine Männerstimme meldete sich. Der australische Akzent war nun unüberhörbar. „Ich heiße Reza. Meine Großmutter hat mich zum Mittagessen eingeladen. Ich weiß, dass sie noch nicht zu Hause ist, aber sie sollte in einer halben Stunde oder so zurückkommen. Meinst du, du könntest mich vielleicht hereinlassen?"

Sayeh gab die Tür frei und hatte sofort einen Moment der Panik ganz anderer Art. Sie hatte ihr nasses Haar zu einem Pferdeschwanz gebunden und nicht einmal daran gedacht, sich das Make-up ihrer Freundin auszuleihen. Es war zu spät, um sich Sorgen zu machen, sagte sie sich mit einem Seufzer, denn im selben Moment klopfte Reza an die Tür.

Sayeh öffnete sie und trat einen Schritt zurück. Der Mann, der auf dem Treppenabsatz stand, sah viel ernster aus als der Anarchist, mit dem sie gestern Abend Zeit verbracht hatte. Reza trug ein blaues Oxford-Hemd und eine dunkle Hose. Sein Haar war zurückgekämmt, sein Gesicht glatt rasiert.

„Ich weiß, ich bin früh dran, aber darf ich reinkommen?", fragte er.

Sofort öffnete sie die Tür weit. „Aber sicher. Ich gehe und wecke Farzaneh und Mina. Sie schlafen noch."

„Dann lass sie schlafen", sagte er und sein Gesicht verzog sich zu einem Grinsen. „Das Letzte, was ich brauche, ist der Zorn meiner Cousine, der auf mich niederprasselt. Ich weiß sehr gut, danke, wie sehr die kleine Prinzessin ihren Schönheitsschlaf liebt."

Sayeh schloss die Wohnungstür und folgte ihm in die Küche. Gestern Abend, nach der Kundgebung, hatte Reza sie alle drei zu einem späten Abendessen in ein Lokal namens Monsoon in der Gandhi Avenue eingeladen. Sie war überrascht von dem großartigen Essen und der Atmosphäre, die jedem Restaurant in Georgetown, in dem sie je gewesen war, in nichts nachstand. Das Lokal war voll mit jungen Leuten, und sie hatten Glück, einen Platz zu bekommen. Während des Essens wurde Sayeh klar, dass Farzaneh und Reza – als einzige Kinder in ihren jeweiligen Familien – sich wie Geschwister verhielten. Sie mussten sich über alles streiten.

Reza fühlte sich im Haus seiner Großmutter wie zu Hause. Sie beobachtete ihn, wie er den rechten Schrank öffnete, um sich ein Glas zu holen, bevor er zum Kühlschrank ging und sich Eistee aus einer Kanne einschenkte.

„Du hast uns gestern Abend, als du uns abgesetzt hast, nicht gesagt, dass du heute zum Mittagessen kommst", sagte Sayeh.

„Ich musste mich erst einladen lassen", sagte er. „Nicht, dass meine Großmutter auf solche Förmlichkeiten steht, aber ich wollte sichergehen, dass ihr Termin heute Morgen nichts Ernstes ist. Und das ist es übrigens auch nicht. Ich habe sie heute Morgen gefragt, als ich sie abgeholt und zum Arzt gebracht habe. Nur eine normale Untersuchung."

„Wie kommt sie nach Hause?"

„Sie ist mit meiner Mutter beim Einkaufen. Das ist eine Mutter-Tochter-Sache, die sie einmal in der Woche zusammen machen."

Sayeh ging vor ihm zurück ins Wohnzimmer. Sie war nun noch entschlossener, ihre Freundinnen zu wecken. Sie wollte nicht im Mittelpunkt der Familie stehen, wenn Rezas Mutter und Großmutter eintrafen.

„Weißt du schon, wie lange du im Iran bleiben wirst?"

„Das kommt ganz darauf an." Gestern Abend war das Restaurant nicht der richtige Ort gewesen, um Mina und Sayeh die Schwierigkeiten zu erklären, die auf sie zukamen.

„Hängt wovon ab?"

Sie schaute auf die Tür des Schlafzimmers, in dem ihre Freundinnen schliefen. „Vielleicht sollte ich sie zuerst wecken?"

„Ich bin früher gekommen, in der Hoffnung, ein paar Minuten mit dir allein zu sein."

Sein offenes Eingeständnis überraschte sie. Sayeh war in Ägypten zur Uni gegangen und hatte sich fast ein Jahr lang von flirtenden Männern ferngehalten, aber Reza hatte sie vom ersten Moment an in seinen Bann gezogen. Zwischen ihnen braute sich eindeutig etwas zusammen, und Sayeh konnte es nicht ignorieren.

Sie schaute wieder zur Tür und dann zu ihm zurück. „Warum?"

„Damit wir die Möglichkeit haben, zu reden."

Sayeh wusste, dass sie in Schwierigkeiten steckte, als ihr Körper sich selbst auf das Sofa setzte, obwohl ihr Verstand ihr sagte, sie solle sich auf einen Stuhl am anderen Ende des Raumes setzen. Reza setzte sich an das andere Ende des Sofas.

„Reden?", wiederholte sie.

Seine Augen verrieten seine Belustigung. „Du sagtest, dass dein Aufenthalt von etwas abhängt."

„Es hängt davon ab, wann ich einen neuen Pass bekomme."

„Hast du schon einen beantragt?"

„Meine Eltern haben das getan."

„Hast du etwas dagegen, wenn ich vorbeikomme ... oder sogar mit dir ausgehe, während du darauf wartest, dass er ankommt?"

„Du meinst, mit Farzaneh, Mina und mir ausgehen?"

„Nein." Diese Antwort war ihm klar. „Nur du ... wie ein Date."

„Kann man im Iran ausgehen?", fragte sie halb ernst.

„Sicher. Es gibt sogar ein paar Lektionen über Verabredungen, die wir Iraner unseren westlichen Kollegen beibringen könnten."

„Ernsthaft?", sagte sie und versuchte erfolglos, die Skepsis in ihrer Stimme zu verbergen. „Was für Lektionen?"

Er lachte. „Du wirst es abwarten müssen."

Sie hörten, wie sich der Schlüssel in der Eingangstür drehte. Sayeh sprang auf. Reza nahm ihre Hand.

„Was sagst du dazu?"

„Ja, sehr gerne", sagte sie über die Schulter, während sie ins Schlafzimmer lief, um ihre schlafenden Freundinnen zu wecken.

Kapitel Zweiundvierzig

Litchfield, Connecticut

DER ZEITPUNKT des Anrufs war perfekt. Omid war bereits angezogen, die Treppe hinuntergegangen und starrte auf den kochenden Kaffee, als Sayeh anrief.

„Ich wohne immer noch bei der Großmutter meiner Freundin", erklärte Sayeh. „Und ich kann hier bleiben, bis die Zeit kommt, in der ich das Land verlassen kann."

„Konntest du das Geld bekommen, das wir dir geschickt haben?", fragte Omid.

„Ich habe mit dem Mann telefoniert. Er ist erst heute Nachmittag in seinem Hotel angekommen. Ich habe für morgen früh ein Treffen mit ihm auf dem IPM-Gelände vereinbart. Einer meiner Freunde wird mich dorthin bringen. Dr. Siman sagte, dass er das Geld in Dollar haben wird. Es ist kein Problem, es in *Toman* umzutauschen", sagte Sayeh zu ihrer Mutter. „Übrigens, er war sehr nett am Telefon. Er sagte, er würde sich freuen, wenn er noch etwas für mich tun könnte."

Omid war erleichtert. „Ich habe noch nichts vom Außenministerium wegen deines Passes gehört. Ich habe gestern Abend mit Rechtsanwalt Iman telefoniert. Er sagte, dass sich das Außenministerium mit der Schweizer Botschaft in Verbindung setzen wird, aber wie schnell etwas unternommen werden kann ... nun, es ist sehr unwahrscheinlich, dass sie etwas unternehmen werden. Aber er hatte einen anderen Vorschlag, wie man aus dem Iran herauskommt. Ich glaube, das könnte funktionieren."

„Okay, Mom. Aber bevor du anfängst, ich bin hier erst einmal sicher. Es gibt keine..."

„In Ordnung, Schatz, aber hör mir zu ... bitte", sagte Omid flehend.

„Okay. Schieß los. Ich bin ganz Ohr."

„Der Anwalt schlug vor, dass er, sobald du das Geld hast, denselben Mann anrufen kann, damit er einen Fahrer und ein Auto für dich anheuert. Das Auto wird dich nach Süden zu einer der kleineren Städte am Persischen Golf bringen. Es gibt eine Reihe von Booten, die täglich zwischen dem Festland und der Insel Kish verkehren, die ein Urlaubsgebiet ist. Viele Iraner – und auch Araber und Europäer – machen dort Urlaub, sagt er. Auf Kish ist es viel entspannter, weil so viele Ausländer da sind, und er kann für dich einen Aufenthalt von ein paar Wochen organisieren. Von dort aus, sagt er, kann er ein Boot organisieren, das dich nach Dubai bringt, und du kannst dort auf deinen Pass warten. Wie hört sich das an? Dann wärst du weg aus Teheran."

Sayeh schwieg einen Moment lang.

„Nein, Mama", antwortete sie schließlich. „Ich will nicht dorthin gehen. Mir geht es hier gut. Ich glaube nicht einmal, dass man mich im Moment sucht. Ich habe Freunde gefunden. Ich bin sicher und glücklich. Ich bleibe hier, bis ich meinen Pass habe."

Omid kämpfte gegen den Impuls an, zu argumentieren. Dennoch wollte sie ihrer Tochter zu verstehen geben, dass sie Sayeh aus diesem Land heraus haben wollte.

„Hey, weiß Zari, dass es mir gut geht?" Sayeh wechselte das Thema.

„Wir konnten ein paar E-Mails austauschen. Sie weiß, dass es dir gut geht. Sie wurde von den Behörden in Isfahan festgenommen und befragt, aber sie ließen sie gehen, als sie merkten, dass sie nicht wusste, wo du bist. Es war richtig, dass du sie nicht kontaktiert hast. Es ist das Beste, sich im Moment von der Familie fernzuhalten."

Omid schenkte sich eine Tasse Kaffee ein. Zum ersten Mal seit Tagen beruhigten sich ihre Nerven. Sie konnte klarer denken und handeln. Sie wusste jedoch, dass es ihr viel besser gehen würde, wenn Sayeh zu Hause war.

„Übrigens, Mama, erinnerst du dich an die Tagebücher, die du geführt hast, als du noch ein Teenager warst und hier gewohnt hast?", fragte Sayeh.

Omid setzte sich an den Küchentisch. Sie konnte sich nicht erinnern, ihren Töchtern jemals davon erzählt zu haben. „Ja. Ich habe immer gerne geschrieben. Ich habe so etwas wie ein Tagebuch geführt. Ich hatte eine Kiste voller Notizbücher, gefüllt mit Schriftstücken. Gedichte, Geschichten, Dinge, die passiert sind, wie ich mich gefühlt habe. Ich habe versucht, es fortzusetzen, als ich hierher kam, aber irgendwann habe ich das Interesse verloren." Sie sagte es ihr nicht, aber sie hörte damit auf, weil es zu schmerzhaft war, all das festzuhalten, was sie verloren hatte. „Warum?"

„Weißt du, was mit den Notizbüchern passiert ist?"

„Sie gehörten zu den Sachen meiner Mutter", sagte Omid. Sie hatte sich nie gefragt, was mit den Sachen ihrer Mutter passiert war, mit den Dingen, die sie besessen hatte. Sie hatte es auch nie wissen wollen.

„Dann müssen die Sachen deiner Mutter bei deiner Großtante gelandet sein. Der Mutter von Zari. Als ich in Kairo war, hat Zari mir eines der letzten Notizbücher geschickt, die du vor deiner Abreise nach Amerika geführt hast. Ich glaube, es war das allerletzte."

Omid erinnerte sich an dieses Tagebuch, an die Stunden, die sie jede Nacht darin geschrieben hatte, über alles, was sie in jenen Tagen tat. Bilder von Freunden, Tiraden über ihre politischen Überzeugungen, Ausschnitte aus Gedichten und Artikeln, Fotos von Orten, die sie liebte. Es war ein Mischmasch aus allem, was sie als ihr Leben betrachtete. Sie erinnerte sich auch daran, wie wütend sie gewesen wäre, wenn jemand, einschließlich ihrer eigenen Mutter, ihre privaten Gedanken gelesen hätte. Aber jetzt, so viele Jahre später, schien es keine Rolle mehr zu spielen.

„Das war ziemlich verrückt", sagte Omid schließlich. „Ich kann mich gar nicht mehr an alles erinnern, was ich da geschrieben habe. Hast du es gelesen?"

„Ich habe damit angefangen. Zumindest die ersten Seiten", erklärte Sayeh ihr. „Du hattest damals eine sehr ausgeprägte Handschrift. Viel zu schwierig für mich."

„Das waren noch Zeiten, als Schreibkunst noch zu den Pflichtfächern gehörte. Wenn du es nicht mit deinem Gepäck mitnehmen willst, wenn du nach Kairo zurückkommst, kannst du es per Post schicken, weißt du."

„Eigentlich hatte ich es bei mir, als ich am Flughafen in Teheran ankam. Die Zollbeamtin, die mich befragte und mein Gepäck durchsuchte, fing an, es durchzulesen. Was auch immer du hineingeschrieben hast, hat ihre Aufmerksamkeit erregt. Ich hoffe, es war nichts allzu Privates. Meine Übersetzung war nicht besonders gut, aber offensichtlich war einiges davon für diese Leute ziemlich radikal."

Omid schloss die Augen und spürte, wie sich ein Knoten von der Größe eines Fußballs in ihrer Brust bildete.

Sie wusste es. Was mit Sayeh geschah, *war* schließlich ihre Schuld.

Das Notizbuch enthielt Anspielungen auf ihre Mutter und deren politische Überzeugungen. Und es gab Dinge, die nicht nur für Azar, sondern auch für Omid belastend sein konnten. Daten, Zeiten und Orte, an denen Omid sich mit ihren Freunden traf. Seiten über ihre politische Agenda und was sie zu tun gedachten. Kopien der Flugblätter, die sie zusammengestellt hatten. Ihr Feind war damals die Regierung des Schahs, aber die Rebellion hatte auch einen eindeutig marxistischen Beigeschmack. Damals wussten sie noch nicht, dass sich ein noch gefährlicherer und tödlicherer Gegner erheben und diejenigen vernichten würde, die für den Sturz der Pahlavi-Monarchie kämpften.

So *wenig* wussten sie.

„Oh, Schatz. Es tut mir so leid."

„Nein. Nein. Ich bin wirklich sehr stolz auf dich." Sayeh lachte. „Warst du damals eine Art Revolutionärin?"

„Ich war siebzehn und voller großer Ideen." Omid verspürte keine Lust, zu prahlen.

„Was ist mit deiner Mutter?"

„Ja, sie war sehr freimütig", sagte Omid leise.

„Hat sie gegen den Schah demonstriert?"

Omid erinnerte sich an Azar, wie sie in ihrer Küche saß und über Veränderungen sprach, über die Möglichkeiten eines besseren Lebens für alle Iraner. Omid erzählte Sayeh nie von Azars Aktivismus. Sie erzählte keiner ihrer Töchter etwas von dem, wofür ihre Großmutter stand ... und starb.

„Ja, Schatz. Das hat sie."

„Was ist mit dem Widerstand gegen Khomeini?"

„Azar glaubte an die wahre Demokratie. Gleiche Rechte für alle. Männer und Frauen. Unabhängig von ihrem religiösen Hintergrund. Ja, sie hat auch gegen das islamische Regime gekämpft."

„Ich wünschte, ich hätte sie kennengelernt."

Tränen trübten Omids Sicht. Einige Augenblicke lang konnte sie nichts sagen. Sie nahm einen großen Schluck Kaffee. Die heiße Flüssigkeit brannte in ihrer Kehle und drückte den schmerzhaften Knoten dorthin, wo er schon so lange war ... in ihr Herz.

„Ich wünschte auch, du hättest sie kennengelernt", schaffte es Omid schließlich zu sagen. „Es tut mir leid, Schatz."

Bedauern durchflutete sie und erfüllte sie mit einer fast unerträglichen Last. Sie hätte jede Erinnerung an das kurze Leben ihrer Mutter mit ihren Töchtern feiern sollen. Aber sie war zu viele Jahre lang von der Trauer überwältigt gewesen. Sie hatte die schmerzhaften Momente nie wieder erleben wollen.

Sayeh war nur einen Moment lang still. „Mama, bitte schieb die Schuld für das, was passiert ist, nicht auf dich. Ich wollte in den Iran kommen. Und tatsächlich entpuppt sich diese Reise als viel lehrreicher, als ich es mir je vorgestellt habe. Ich habe wunderbare Menschen kennengelernt und tolle Freundschaften geschlossen."

Es war noch nicht zu spät, sagte sich Omid. Das Leben hatte die Angewohnheit, einen dazu zu bringen, das Richtige zu tun. Sie wusste, dass ihre Mutter wollen würde, dass ihre Enkelinnen von ihr erfahren.

„Gestern Abend war ich mit meinen neuen Freunden auf einer großartigen Kundgebung für einen der Präsidentschaftskandidaten, einen Mann namens Mir Hossein Mousavi. Seine Frau hat auch gesprochen. Sie ist eine Akademikerin. Es war so aufregend. Es waren bestimmt tausend Leute in dieser Sporthalle, hauptsächlich Frauen."

Omid hörte genauer hin. Sie hatte die Politik im Iran seit Jahren nicht mehr verfolgt. Sie hatte kaum mitbekommen, dass dort eine Wahl anstand, geschweige denn, wer dort kandidierte. In dem letzten Zeitungsartikel, den sie in diesem Jahr gelesen hatte, stand, dass sich 475 Kandidaten um die Präsidentschaft beworben hatten, dass aber der ultrakonservative Wächterrat – der angeblich für den Schutz der Prinzipien der islamischen Revolution zuständig ist – nur vier von ihnen zur Wahl zugelassen hatte.

„Ich wünschte, du hättest dabei sein können, Mama und die Energie spüren können. Dieser Mousavi ist das einzig Wahre. Er verspricht, die Gesetze zu ändern, die Frauen diskriminieren. Ich war noch nie in einer so aufgeladenen Menge. Und ich hatte wirklich das Gefühl, einer von ihnen zu sein. Ich gehörte dorthin. Ich glaube, ich war dazu bestimmt, jetzt hier zu sein, zu diesem Zeitpunkt der Geschichte. Ich wünschte mir so sehr, du wärst hier, damit du eine weitere Revolution miterleben könntest."

Was Sayeh in diesem Moment fühlte, entsprang ihren tiefsten Emotionen. Die Frauen in ihrer Familie standen für den Wandel. Sie glaubten an ihre Rechte. Sie kämpften für ihre Überzeugungen. Sayeh und Azar trugen den Geist eines Kriegers in sich.

Es war derselbe Geist, den Omid in den letzten dreißig Jahren versucht hatte, in sich zu unterdrücken.

„Ich weiß, dass ich dich verrückt mache vor Sorge, Mama", gab Sayeh zu und zügelte offensichtlich ihren Enthusiasmus. „Aber ich musste dir einfach mitteilen, was ich fühle ... und dich wissen lassen, was ich hier erlebe. All das hier verändert mein Leben. Ich habe keinen Zweifel daran, dass es meine Zukunft verändern wird – was ich tun möchte, wo ich leben möchte, einfach alles."

„Ich freue mich für dich, mein Schatz", sagte Omid zu ihr. „Aber ich bin deine Mutter, also bin ich natürlich besorgt. Nein, ich *habe Angst davor*, dass die Polizei dort nach dir sucht. Aber ich kann auch die Erregung in deiner Stimme hören. Ich meine es also ernst, wenn ich sage, dass ich mich für dich freue."

Sayeh war noch nicht bereit, aufzulegen. Sie hatte Fragen zu Omids Jahren im Iran. Auf welche Schule sie ging. Wo sie wohnte. Was sie in Teheran am liebsten unternahm. Ob sie glaube, dass es noch Freunde von ihr gebe? Omid antwortete, woran sie sich erinnerte. Alle Straßennamen hatten sich geändert. Die Stadt war über ihre Vororte hinausgewachsen und wurde nun von vier Millionen Menschen mehr bevölkert.

Sayeh wollte auch mehr über die Zeit vor der Revolution wissen. Ob es etwas Ähnliches war wie die Unruhen, die jetzt im Land herrschten?

Omid redete sich ein, dass ihre Tochter in Sicherheit sei. Sie könnte genauso gut in DC an ihrem College sein und sie unterhielten sich von Herz zu Herz über die Vergangenheit. Sie erzählte ihr von der Politik in jenen Tagen, bevor sie den Iran verließ. Sie erzählte ihr von den geheimen Treffen und den Flugblättern, die sie verteilten, und den Demonstrationen, die sie planten. Sie erzählte Sayeh, dass viele dieser Informationen in dem Tagebuch niedergeschrieben waren, das sie am Flughafen beschlagnahmt hatten. Zum ersten Mal offenbarte sie ihrer Tochter auch die Wahrheit darüber, wie ernst Azars Verwicklung in die Politik gewesen war ... und wie sie gestorben war.

„Das ist so traurig, Mama." Das war alles, was Sayeh sagte, als ein Schweigen über die Leitung fiel.

So viele Jahre waren vergangen. Wenn sie jetzt über ihre Mutter sprach, spürte Omid, wie sich tief in ihrem Inneren eine Rosenknospe zu öffnen begann. Es war, als wäre etwas von ihrer Mutter plötzlich wiedergeboren worden ... und sie konnte spüren, wie sich die Blütenblätter dieser Blume in ihr ausbreiteten.

„Aber deshalb will ich auch, dass du da rauskommst", sagte sie zu Sayeh. „Diese Männer sind bösartig, und wenn sie dich erwischen, ist es egal, ob du amerikanische Staatsbürgerin bist."

Sie hörte einen Piepton in der Leitung, eine Erinnerung daran, dass die Zeit auf der Telefonkarte fast abgelaufen war.

„Das ist kein Spiel. Hörst du mich?", sagte sie und erinnerte sich plötzlich an einen Nachmittag, an dem ihre Schuldirektorin das Gleiche zu ihr gesagt hatte.

„Ich weiß. Ich höre dich."

„Ich möchte, dass du in Sicherheit bist, Sayeh, so wie deine Großmutter wollte, dass ich in Sicherheit bin."

„Es gibt so viel mehr, was ich über sie wissen möchte. Es gibt so viele Fragen, die ich habe", sagte Sayeh. „Ich habe dich lieb, Mama. Und danke, dass du das mit mir geteilt hast. Ich fühle mich ... ich glaube, ich verstehe dich jetzt viel besser."

„Ich hab' dich auch lieb, Schatz. Wann wirst du mich wieder anrufen?"

„In ein paar Tagen oder so, aber mach dir keine Sorgen. Vielleicht warte ich bis zum Wochenende, wenn es nichts zu erzählen gibt. Grüß mir Hannah. Und übrigens, wie geht es Papa?"

„Er ist ..."

Die Leitung war tot, als die Zeit auf der Telefonkarte ablief. Omid starrte lange Zeit auf den Hörer. Wie ging es John?

Sie legte ihre Hände um ihre Kaffeetasse und starrte aus dem Fenster. Sie war letzte Nacht nicht aufgeblieben, um auf seine Rückkehr zu warten. So wütend und verletzt sie auch war, sie konnte sich nicht dazu durchringen, eine Szene zu machen. Nicht jetzt. Sie wollte Hannah nicht noch mehr aufbürden, als sie jetzt schon zu tragen hatte. Omid musste dafür sorgen, dass ihr Familienleben in ruhigen Bahnen verlief. Zumindest im Moment. Zumindest, bis Sayeh nach Hause kam.

Ihre Mutter war eine Revolutionärin. Sie hatte eine Bewegung mitbegründet, die die Geschichte ihres Landes verändert hatte. Mitgerissen von der unkontrollierbaren Flut der Revolution, die sie mit angezettelt hatte, war Azar für ihre Überzeugungen und ihr Handeln gestorben. Jetzt, drei Jahrzehnte später, watete Sayeh in denselben Fluten des Wandels. Zwei Frauen mit Mut und Überzeugung.

Und Omid – die lebende Verbindung zwischen diesen beiden Frauen – war ein Feigling. Sie wusste es. Sie hatte sich diese Eigenschaft angewöhnt. Sie war eine Überlebenskünstlerin. Das ist, was sie war und wer sie war. *Besser Rotwein trinken als Tränen,* sagt der Dichter.

So sei es.

Aber dieser Wein hat seinen Preis, dachte sie, und sie war sich nicht ganz sicher, ob der Wein, den sie gekauft hatte, auch hielt.

Kapitel Dreiundvierzig

JAHRZEHNTELANG WAR jede Universität im Iran dem Ruf gerecht geworden, ein Pulverfass zu sein, das auf einen Funken wartet. Während des Pahlavi-Regimes waren die Studenten die erste Gruppe, die sich lautstark und energisch gegen die Regierung aussprach. Und nachdem das islamische Regime 1979 die Kontrolle über die iranische Revolution übernommen hatte, schloss es die Universitäten im ganzen Land für drei Jahre, um sie von regierungsfeindlichen Kräften, einschließlich Kommunisten und Monarchisten, zu „säubern".

Heute, da die Zahl der Studenten auf 3,8 Millionen angestiegen ist, stellen die Universitäten erneut die größte Bedrohung für den obersten Führer des Irans, Ayatollah Ali Khamenei, und seinen amtierenden Marionettenpräsidenten Ahmadinejad dar.

Trotz der nächtlichen Wellen von Reden und Kundgebungen liefen bestimmte international finanzierte Veranstaltungen jedoch wie geplant weiter.

An der Konferenz an der IPM-Universität nahmen über zweihundertfünfzig Männer und Frauen teil. Neunzig Prozent waren Iraner. Die übrigen zehn Prozent kamen aus verschiedenen Ländern der Welt, wobei zwei der Redner aus den Vereinigten Staaten kamen.

Reza war für die Konferenz angemeldet, behauptete aber, er sei zeitlich flexibel und wolle nur an einigen der Seminare teilnehmen. Am frühen Donnerstagmorgen holte er Sayeh vom Haus seiner Großmutter ab. Sie hatte am Vortag ein paar Mal mit Dr. Siman gesprochen und wollte sich mit ihm in der Universitätsbibliothek treffen.

„Du musst mit niemandem reden. Du musst keine Fragen beantworten", sagte Reza zu ihr, als er in der Nähe der Bibliothek an den Straßenrand fuhr. Er hatte vor, das Auto zu parken und sie später draußen zu treffen. Er lächelte sie an. „Es ist absolut üblich, dass weibliche Doktoranden einen Groll gegen junge Männer hegen und diese ignorieren."

Obwohl sie allen anderen sehr ähnlich sah, wusste Sayeh, dass ihr amerikanischer Akzent sie verraten würde. Sie schätzte es sehr, dass Reza sich die Zeit nahm, sie hierherzufahren und sie sagte ihm das auch.

„Du brauchst mir nicht mehr zu danken", sagte er. „Aber sei bitte vorsichtig. Außer vor Mina und Farzaneh muss ich mich jetzt auch noch vor meiner Mutter und meiner Großmutter verantworten, wenn dir etwas zustößt."

„Und deshalb bist du so nett zu mir? Aus Pflichtgefühl?", neckte sie ihn.

„Pflicht? Nein. Aus Furcht vor den Frauen in meiner Familie? Ja."

Sayeh lachte. „Dachte ich mir schon."

Er zuckte mit den Schultern. „Aber ich glaube, du kennst den wahren Grund."

Jede kleine Eigenart Rezas zog sie näher zu ihm hin. Sayeh liebte die Art, wie sein halbes Lächeln seine Augen verdunkelte. Sie konnte es nicht leugnen. Sie war bereits schwer in ihn verknallt. Und die Art und Weise, wie er die Höflichkeitsprotokolle der iranischen Kultur beachtete, der Sinn für Diskretion vor älteren Familienmitgliedern, verstärkte die Anziehungskraft noch. Gestern war Rezas Mutter mit Shahr Banoo gekommen und fast den ganzen Nachmittag geblieben. Sayeh mochte auch Rezas Mutter. Als Familie waren sie äußerst großzügig und hilfsbereit und schienen sich überhaupt keine Gedanken über die Risiken zu machen, die sie eingingen.

Reza war gestern Abend lange geblieben und die vier jungen Leute hingen in der Wohnung herum, saßen auf dem Sofa und auf Kissen auf dem Boden und schauten einen Film.

Nichts Romantisches. Keine heimliche Affäre. Sayeh hielt ihre Beziehung für völlig unschuldig ... bis jetzt. Dennoch war sie sich des Kribbelns sehr bewusst, das sie verspürte, wenn sich ihre Ellbogen berührten oder wenn der Handrücken versehentlich ein Knie streifte.

„Sei vorsichtig", sagte er und berührte ihren Arm.

Sayeh nickte und stieg aus dem Auto aus, wobei sie die Wärme seiner Hand auf ihrem Arm spürte, selbst als sie auf dem Bürgersteig stand.

„Sei vorsichtig, Sayeh", murmelte sie vor sich hin.

Auf dem Campus herrschte reges Treiben. Jeder schien ein bestimmtes Ziel vor Augen zu haben, einen bestimmten Zweck zu verfolgen. Es hatte letzte Nacht und in den frühen Morgenstunden geregnet. Sie atmete den Geruch von Dampf ein, der von den warmen Ziegeln und dem Beton aufstieg. Sie hatte keine Mühe, die Bibliothek zu finden.

Ein älterer, glatzköpfiger Mann, der eine lederne Aktentasche trug, wartete drinnen. Er kam sofort auf sie zu, als sie durch die Tür trat.

„Sayeh?", fragte er.

Sie nickte lächelnd.

„Ahmad Siman", sagte er. Er sah sich um und deutete auf eine Reihe von Tischen hinter einer Reihe von Bücherregalen. Niemand sonst saß dort, und die Regale schirmten sie von der Rezeption ab.

Als sie auf die Tische zugingen, sprach Dr. Siman in leisem Ton. „Falls jemand fragt: Sie sind eine Studentin, und wir treffen uns, um die beiden Seminare zu besprechen, die ich heute Nachmittag und morgen durchführe."

Sayeh nickte, nicht überrascht von der Vorsicht des älteren Mannes. Sie hatte erlebt, wie heftig Regierungsbeamte reagieren konnten, wie verletzlich sie alle waren.

Sie setzten sich an das Ende des Tisches und Dr. Siman stellte seine Aktentasche auf den Tisch, nahm ein dünnes Museums-Taschenbuch über islamische Kunst heraus und schob es ihr hinüber.

„Das Geld, das deine Eltern dir geschickt haben, ist da drin. Tausend Dollar. Ich habe es nicht in *Toman* umgetauscht, aber soweit ich weiß, ist das auf der Straße in Teheran nicht allzu schwierig."

„Das kann ich machen."

Sie öffnete die Vorderseite des Buches und sah den Umschlag darin. Sie legte es lässig auf ihren Schoß und steckte den Umschlag in die Handtasche, die sie sich von Farzaneh geliehen hatte.

„Danke", sagte sie und blätterte nur zum Schein in dem Buch.

„Ich weiß nicht, wie viel Ihnen Ihre Eltern erzählt haben, aber Sohrab ist ein Neffe von mir. Wegen dieser familiären Verbindung habe ich zugestimmt, dies zu tun."

„Das wusste ich nicht", sagte sie ihm. „Ich kann Ihnen wirklich nicht genug danken."

Er schaute sich um. „Wissen Sie, ich war seit fünfzehn Jahren nicht mehr im Iran und es kursieren so viele Geschichten darüber, wie schnell Regierungsbeamte jemanden der Spionage beschuldigen. Die Leute verschwinden in den Katakomben ihrer Gefängnisse und man hört nie wieder etwas von ihnen.“

„Ich glaube, das wäre mir auch geschehen. Deshalb musste ich fliehen.“

Er nickte. „Sind Sie jetzt in Sicherheit? Haben Sie einen Platz, an dem Sie bleibenkönnen?“

„Ja, ich habe ein paar Freunde gefunden, bei denen ich bleiben kann, bis ich einen neuen Pass habe.“

„Ich werde bis Sonntag in Teheran sein. Bitte rufen Sie mich an, wenn Sie etwas brauchen. Mehr Geld. Jemanden, der Sie irgendwohin bringen kann. Mein Neffe sagte, Sie könnten Hilfe brauchen, um ein Auto nach Kish zu bekommen.“

„Ich glaube nicht, dass ich das brauchen werde, aber ich weiß das Angebot zu schätzen.“

„Sohrab sagte mir, dass sich Ihre Eltern große Sorgen um Sie machen. Da ich selbst Kinder habe, kann ich verstehen, was sie durchmachen.“

„Ich habe nicht erwartet, dass so etwas passiert“, sagte sie und schob ihm das Buch zurück. „Aber es wird schon alles gut werden.“

„Warum geben Sie mir nicht eine Minute, um vor Ihnen zu gehen?“, schlug er vor und stand auf. Er zögerte und fügte hinzu: „Rufen Sie mich am Samstag an. Ich würde Ihrer Familie gerne die gute Nachricht überbringen, dass es Ihnen hier gut geht und Sie sich arrangieren können.“

Sayeh sagte ihm, dass sie das tun würde, und sah ihm nach, während er die Bibliothek verließ.

Sie ging zur Toilette, warf den Umschlag weg und steckte das Geld in ein Fach der Handtasche. Als sie wieder herauskam, sah sie keine Spur von Dr. Siman. Sie verließ die Bibliothek und sah sich auf dem von Bäumen gesäumten Weg nach Reza um.

Der Campus war jetzt mit noch mehr Studenten gefüllt. In der Universität herrschte reges Treiben. Sayeh sah sich um und entdeckte kein Zeichen von Reza. Er hatte erwähnt, dass das Parken auf diesem Campus ein Problem sei, also nahm sie an, dass er auf dem Weg sein musste. Ihr Gespräch mit Dr. Siman hatte weniger Zeit in Anspruch genommen, als sie erwartet hatte.

Sayeh ging zu einem Brunnen in der Mitte eines kleinen kreisförmigen Platzes, an dem ein halbes Dutzend Gehwege zusammenliefen. Sie stellte sich wartend an den Brunnen; von hier aus konnte sie den Eingang zur

Bibliothek sehen. Große Betonkübel mit Blumen waren um den Platz herum aufgestellt worden und der Duft der Blumen erfüllte die Luft. Die Sonne schien warm auf ihr Gesicht und Sayeh fühlte sich plötzlich gestärkt. Ein Kribbeln durchströmte sie mit dem Gefühl, dass für sie ein neues Leben begann.

Am Eingang eines Gebäudes neben der Bibliothek bemerkte Sayeh, dass sich eine kleine Menschenmenge versammelt hatte. Im Mittelpunkt des Geschehens standen ein Kameramann und ein ausländischer Reporter, begleitet von einem Übersetzer und einem Produzenten, der ein Klemmbrett trug. Sie alle waren gerade aus dem Gebäude herausgekommen. Der Reporter, ein junger Mann in einem Rollkragenpullover und einer Sportjacke, sprach Englisch und sein Übersetzer wiederholte die Frage auf Farsi. Sie gingen in Begleitung einer Frau mittleren Alters, die ein Kopftuch trug. Als sie sich so weit genähert hatten, dass Sayeh sie hören konnte, stellte sie fest, dass die Frau eine der Organisatorinnen der Konferenz war. Sie blieben nur wenige Meter von Sayeh entfernt stehen, während die Kamera lief.

Es war vor allem Neugier, die Sayeh dazu brachte, stehenzubleiben und dem Gespräch zuzuhören. Etwa ein Dutzend Menschen hatten sich versammelt und standen neben ihr. Die Organisatorin erzählte der Reporterin von der Geschichte der Einrichtung und ihrer Rolle als Tor zum Internet für ihr Land. Sayeh hat viel von dem Farsi aufgeschnappt, und die Übersetzung hat sie nur darin bestärkt, wie schnell sie die Sprache beherrscht.

Sie war völlig unvorbereitet, als der Kameramann die Kamera in ihre Richtung schwenkte und der Reporter sich mit ihr bewegte.

„Wie heißt du?", fragte der Reporter einen jungen Mann, der direkt neben Sayeh stand. Sie atmete erleichtert auf, als der Übersetzer die Frage auf Farsi wiederholte.

„Masoud Darvishvand. Ich spreche gut Englisch."

„Woher kommst du?", fragte die Reporterin.

„Ich bin Student an der Sharif-Universität."

„Die junge Frau neben ihm", sagte der Produzent über seine Schulter. „Gehen Sie mit der Studentin."

Sayeh erstarrte, als sich das Mikrofon vor ihr bewegte und der Reporter sich neben sie stellte.

„Und Ihr Name?"

Zum ersten Mal sah sie die beiden uniformierten Pasdaran, die die Gruppe begleiteten. Sie standen am Springbrunnen und beobachteten sie.

„Esmetoon?", fragte der Übersetzer, der annahm, dass sie kein Englisch sprach.

Sie konnte nicht zurücktreten, aus Angst, eine Szene zu machen. Sie spürte, wie ihr ein Rinnsal Schweiß den Rücken hinunterlief.

„Mina", sagte sie mit leiser Stimme. Sie hoffte, dass der Vorname für sie ausreichte.

„Sind Sie wegen der Konferenz hier?", fragte der Reporter, und der Übersetzer wiederholte die Frage.

„Na."

„Derek, frag sie nach den Wahlen."

„Also, Mina", fragte die Reporterin. „Was halten Sie von den bevorstehenden Wahlen?"

Scheiße. Scheiße. Scheiße.

„Beh entekhabat chee fekr mekonee?", fragte die Übersetzerin.

Ihr Farsi war grauenhaft. Angeblich konnte sie kein Englisch sprechen. Sie hatte Angst, dass ihr amerikanischer Akzent sie verraten würde, wenn sie es auch nur versuchte. Die beiden Mitglieder der Pasdaran waren näher herangetreten, als sie die Frage hörten. Sie starrten sie aufmerksam an.

„Gut. Gut", sagte sie auf Englisch und ahmte einen persischen Akzent nach. Sie begann zu nicken und hoffte, sie würden sie für einen Idioten halten und weitergehen.

„Für wen stimmen Sie?", fragte der Mann.

„Barayeh kee rayee medee?"

Sie versuchte, einen Schritt zurückzutreten, aber andere hatten sich hinter sie gestellt. Ein Kcamerateam war wie ein Magnet. Sie war von allen Seiten eingeklemmt. Es gab kein Entkommen.

„Mousavi", sagte sie mit leiser Stimme.

„Und warum?"

Sie wartete nicht auf den Übersetzer, sondern wies auf die Person, die neben ihr stand. „Fragen Sie ihn."

„Das könnten wir tun. Aber wir sind neugierig auf die Reaktion der iranischen Frauen, insbesondere der jungen und gebildeten Frauen."

Während der Übersetzer ausführlich erklärte, worum es ging, suchte sie in Gedanken nach einem Ausweg aus dieser Situation. Sie schaute sich um. Abgesehen von der Organisatorin der Konferenz, die sie interessiert beobachtete, war Sayeh die einzige Frau in der versammelten Schar von Studenten.

Der Übersetzer war fertig, und das Mikrofon war auf sie gerichtet. Sie warteten auf eine Antwort. Sie ballte zwei Fäuste und führte sie zusammen. „Männer, Frauen, gleich."

Das schien die Reporterin nur zu ermutigen. „Glauben Sie, dass die meisten jungen Frauen im Iran so ..."

Jemand zupfte von hinten an ihrem Ellbogen.

„*Claset deer shodeh*", sagte die Männerstimme barsch. Du kommst zu spät zum Unterricht.

Hinter ihr öffnete sich ein Weg und sie drehte der Kamera den Rücken zu. Sie war erleichtert, Reza zu sehen. Als sie sich aus dem Kreis der Schüler entfernte, schlossen Umstehende den Raum, den sie verlassen hatte.

„Es tut mir leid, dass ich zu spät bin", sagte er mit leiser Stimme.

„Das war knapp", flüsterte sie, als die beiden eilig den Gang entlanggingen.

„Du hast ihnen doch nicht deinen Namen gesagt, oder?"

„Nein, ich habe den von Mina benutzt. Kein Nachname."

Sie blieben beide abrupt stehen. Eine der beiden Wachen, die den Reporter begleiteten, kam an ihnen vorbei, drehte sich um undversperrte Sayeh den Weg.

„*Esmet chee bood?*", fragte er barsch. Wie war Ihr Name?

Kapitel Vierundvierzig

Woodbury, Connecticut

DIE WERBUNG für einen Möbeldiscounter füllte den Bildschirm. Carol zeigte mit der Fernbedienung auf den Fernseher und stellte die Lautstärke stumm.

„Das gefällt mir nicht."

„Was gefällt dir nicht?", fragte Omid.

„Dass du hier sitzt und drei Folgen von *House Hunters* und *House Hunters International* mit mir anschaust."

„Ich dachte, das wäre deine Lieblingssendung", sagte Omid. „Wir könnten uns auch etwas anderes ansehen."

Carol warf ihr einen zweifelnden Blick zu. Sie saßen beide auf dem Sofa in der Wohnung der älteren Frau und hatten die Füße auf dem Couchtisch ausgestreckt. Hannah musste heute Abend arbeiten, also war Omid gegen sieben Uhr gekommen und hatte das Abendessen mitgebracht. Jetzt, drei Stunden später, nach ein paar Gläsern Wein zum Abendessen und einem Eis zum Nachtisch, war sie zu bequem, um sich zu bewegen.

„Du hast mir nicht gesagt, wo dein Mann heute Abend ist."

Omid zuckte mit den Schultern und blickte auf den stummen Fernsehbildschirm. „Er arbeitet."

„Woran?"

„Ich weiß es nicht."

„Und woran hat er gestern Abend gearbeitet?"

Omid sah sie an.

„Und war es dieselbe Sache, an der er am Montagabend gearbeitet hat und an vier der fünf Arbeitsnächte in der letzten Woche und an den meisten Nächten jeder Woche in den letzten sechs Monaten?" drängte Carol.

„Du behältst ihn viel besser im Auge als ich", sagte Omid und stieß ein Lachen aus, das selbst für sie hohl klang.

„Das tue ich nicht. Aber deine Tochter schon", sagte Carol sachlich. „Wir haben uns heute Nachmittag am Telefon lange darüber unterhalten. Hannah macht sich Sorgen um dich."

„Um mich?" Omid verschränkte die Arme vor der Brust. Die abwehrende Geste kam automatisch, aber sie merkte, dass sie es tat und ließ die Hände auf das Kissen fallen. „Ja, um dich. Und ich mache mir auch Sorgen um dich."

„Sayeh ist diejenige, an die wir denken sollten. Nicht an mich", sagte Omid, setzte sich nach vorn und begann, das Geschirr auf dem Kaffeetisch zu sammeln.

„Wir denken an Sayeh. Und dank dir wird alles, was für sie getan werden sollte und kann, getan. Jetzt lass uns zu dir zurückkehren."

„John ist nicht anders, als er immer war." Abwesend, fügte sie leise hinzu. Nie Teil ihres Lebens. Je mehr sie darüber nachdachte, desto mehr akzeptierte sie, dass sie schon sehr lange keine richtige Ehe mehr geführt hatten. Allerdings hatte früher niemand etwas infrage gestellt, auch Carol nicht, weil Omid versuchte, alles zusammenzuhalten. Zumindest den Schein. Und John war klug genug, sein Gesicht zu den richtigen Zeiten zu zeigen.

Aber jetzt brach sie zusammen, und jeder bemerkte es.

Omid begann aufzustehen. Carol griff nach ihr und zerrte an ihrem Arm, damit sie sich wieder setzte. „Du hast abgenommen."

„Ich musste abnehmen ... aber die Schale Eiscreme heute Abend wird nicht helfen."

„Ich scherze nicht. Du solltest nicht auf diese Weise abnehmen. Nicht so schnell."

Sie versuchte, wieder aufzustehen, aber Carol hielt sie fest.

„Omid, setz dich", befahl die ältere Frau scharf. „Es ist mir egal, für wie alt du dich hältst, ich bin immer noch hier, um deine Mutter zu sein. Also, hör mir zu."

Omid drehte sich zu ihr um. Sie liebte Carol und der Respekt vor einer älteren Frau war in ihr Wesen eingewoben. Dieser Wandteppich franste nicht aus, egal, wie alt Omid war. Egal, was passierte.

„Schatz, ich habe das schon einmal mit dir durchgemacht. Ich verstehe, wie du dich fühlst. Ich *weiß, dass* die Sorgen an dir nagen.“

„Dann weißt du auch, dass ich nichts dagegen tun kann. Ich werde so sein, bis Sayeh nach Hause kommt.“

„Das ist verständlich.“ Carol nickte. „Was mich beunruhigt, ist der Fluch, von dem du glaubst, dass er über deinem Kopf hängt. Es ist sinnlos, sich mit der Vergangenheit zu befassen. Was passiert ist, ist vorbei, aber was du jetzt ignorierst, ist---“

„Bitte hör auf.“ Omid brauchte nicht mehr zu hören, um zu wissen, wovon ihre Stiefmutter sprach. Sie richtete sich auf, hob das Geschirr auf und trug es in die Küche.

„Wir wissen beide, dass er herumvögelt. Und zwar schon länger, als du zugeben willst“, sagte Carol fest, bevor Omid die Tür erreichte.

Sie hörte nicht auf. Sie stellte das Geschirr in die Spüle und drehte das Wasser auf. Sie war nicht bereit für dieses Gespräch. Sie konnte nicht noch mehr Veränderungen in ihrem Leben verkraften. Nicht jetzt.

„Er ist nicht einmal mehr diskret dabei. Jeder weiß, dass er herumvögelt.“ Carol stand in der Küchentür. „Ich weiß es. Du weißt es auch. Sogar Hannah weiß es.“

Omid sah sie an. Carols schlanke Statur stand im Widerspruch zu der Wut, die sie ausstrahlte. „Hat Hannah dir das gesagt oder rätst du nur?“

„Sie hat es mir heute Nachmittag am Telefon gesagt“, gab Carol zu. „Aber ich wusste es schon. Vergiss nicht, ich lebe hier in einem Hühnerstall. Jeder hier ist mit jemandem verwandt, der jemanden kennt, der mit jemandem arbeitet, der einmal in der Woche auf eine Tasse Tee oder zum Haareschneiden vorbeikommt. Glaub mir, Connecticut ist nicht wirklich ein Staat ... es ist nur eine kleine Stadt.“

Omid wandte sich wieder der Spüle zu und begann das Geschirr abzuspülen.

„Das beunruhigt Hannah im Moment mehr als alles andere. Sie weiß, wie verletzlich du bist und wie viel Verantwortung du in der Familie trägst. Und ausgerechnet jetzt macht sie der Widerstand ihres Vaters, dir zu helfen ... in dieser Krise keine Rolle zu spielen ... nicht zu dir zu stehen ... verrückt. Sie *macht sich Sorgen* um dich. Sie will dich nicht verlieren, Omid. Sie *liebt* dich.“

„Es gibt nichts, was ich im Moment gegen das unternehmen kann, was

John tut. Ich werde tun, was ich tun muss, zur richtigen Zeit und am richtigen Ort."

Sayeh war im ersten Jahr an der Highschool, als Omid zum ersten Mal ihre Ehe infrage stellte und sich fragte, warum sie es mit ihm aushielt. Aber sie hatte es nie angesprochen. Er hatte nie gesagt, dass er sie nicht liebte oder nicht mehr mit ihr verheiratet sein wollte. Und es gab immer einen triftigen Grund, das Offensichtliche zu ignorieren. Ihre Kinder standen an erster Stelle. Sie wollte nicht, dass sie durch eine Scheidung gezeichnet wurden.

„Der ‚richtige Zeitpunkt' bedeutet nicht, dass man warten muss, bis er den Rest von dir zerstört hat", fuhr Carol fort. „Die Art, wie er dich behandelt – wie er dich immer behandelt hat – ist wie Krebs. Er ist eine Krankheit und er frisst dich auf ... und deine Töchter. Sayeh weniger, weil sie auf dem College war, aber auf jeden Fall Hannah. Ob es dir gefällt oder nicht, du bist davon betroffen und du kannst nicht zulassen, dass es so weitergeht."

Omid stellte das Wasser ab. Sie lehnte ihre Hüfte gegen das Waschbecken und sah die ältere Frau stirnrunzelnd an. „Was meinst du, was ich tun soll?", schnauzte sie.

Carol wandte ihren Blick nicht ab. „Ich habe keine Antwort darauf, Schatz, aber du schon. Ich will damit nur sagen, dass du nicht warten sollst. Pack den Stier bei den Hörnern. Konfrontiere ihn. Danach kannst du tun, was du tun musst."

Kapitel Fünfundvierzig

Teheran

„*ESMET CHEE BOOD*?" Wie ist dein Name? wiederholte der Wachmann.

Sayeh nahm all ihren Mut zusammen und zwang sich, zu antworten. „Mina."

„*Esme familet?*" Ihr Nachname?

So weit hatte sie noch nicht gedacht.

Reza unterbrach sie. „*Clasesh deer Rhodes.*" Sie kommt zu spät zum Unterricht.

Der Pasdaran richtete seinen scharfen Blick auf den jüngeren Mann. „*Toh keh een haste?*" In welcher Beziehung stehst du zu ihr?

Sayeh sah sich um und fragte sich, ob sie rennen und diesem Mann erfolgreich entkommen konnte. Sie sah andere uniformierte Wachen weiter oben auf dem Gang. Wegen der nächtlichen Kundgebungen und Vorträge und weil es sich um eine internationale Konferenz handelte, schienen die Pasdaran in großer Zahl anwesend zu sein.

„*Dokhtar deyee va pesar ameh*", sagte Reza und nannte die genaue Verwandtschaft der beiden Cousins. Sayeh erkannte, dass er versuchte, sie als Farzaneh zu identifizieren. „*Ma deremon shodeh ...*"

fuhr Reza fort zu erklären. Sayeh verstand nur, dass er darauf hinwies, dass sie zu spät zum Unterricht kamen. Sie erkannte auch, dass er durch sein Reden den Beamten daran hinderte, ihr direkte Fragen zu stellen.

Der Mann griff in seine Hemdtasche und holte einen kleinen Block Papier und einen Stift heraus. *„Esmetoo va addresseto?"*, fragte er Sayeh.

„Ch... chera", brachte sie hervor. Und warum?

„Khabar negarha mekhan mosahebeh bekonan." Sie begriff, dass er damit sagen wollte, dass die Reporter später mit ihr sprechen wollten.

Sayeh war erleichtert, dass es einen logischen Grund gab, warum der Mann hinter ihnen her war.

„Na", sagte sie und winkte mit der Hand abweisend in Richtung des Reporters.

„Esmetoo va addresseto", sagte der Pasdaran, die offensichtlich von der ganzen Situation gelangweilt war.

Sie sah Reza an und schüttelte den Kopf.

„Basheh", sagte er mit resignierter Miene. Er nannte dem Mann einen Nachnamen und eine Adresse, die Sayeh noch nie gehört hatte. Der Mann schrieb sie auf, schaute aber trotzdem alle paar Sekunden misstrauisch zu ihr auf.

„Chera khodesh harf nemezaneh?" Warum spricht sie nicht für sich selbst?

„M... man..." Ich ...

Reza sagte sofort etwas. Sie kannte das Wort nicht, vermutete aber, dass es „stottern" bedeutete, denn der Pasdaran sah zu ihr auf und runzelte fast mitleidig die Stirn. Sie wandte ihr Gesicht ab.

Er fragte nach der Telefonnummer, und Reza gab ihm irgendeine Nummer.

„Metooneem bereem?" Können wir gehen? fragte Reza.

Der Mann griff in eine Tasche, holte eine Karte heraus und reichte sie Sayeh. Sie schaute hinunter. Es war die Karte des Reporters. Der Interviewer hatte einen deutschen Namen, aber einer der darauf aufgeführten Nachrichtensender war CNN. Sie zuckte mit den Schultern und steckte die Karte in ihre Tasche, als sie an dem Mann vorbeigingen.

Sie gingen einen Gang hinunter zu einem der Gebäude, aber sobald Reza die Pasdaran nicht mehr über seine Schulter sehen konnte, änderten sie die Richtung und gingen zum Parkplatz.

„Wessen Namen, Adresse und Telefonnummer hast du ihm gegeben?"

„Alles gefälscht", sagte Reza. „Ich bin froh, dass er nicht nach einem Ausweis gefragt hat."

Sicherheit und Gefahr lagen nur einen Atemzug voneinander entfernt, so schien es. Sayeh konnte nicht glauben, wie angsterfüllt sie sich jetzt fühlte, verglichen mit der Zuversicht, die sie noch vor ein paar Minuten gehabt hatte.

„In der Öffentlichkeit bin ich gefährlich", sagte sie. „Ich kann mich schon verraten, wenn ich nur den Mund aufmache."

„Dir geht es gut", versicherte er ihr. „Ich hätte dich allerdings warnen sollen, dass alle Universitätsgelände im Iran in diesen Tagen voller Reporter sind. Es ist das erste Mal seit langer Zeit, dass die Regierung ihnen Visa ausstellt, um über die Aktivitäten vor der Wahl zu berichten."

„Was will die Regierung damit bezwecken? Zeigen, wie eine islamische Demokratie und Wahlen wirklich aussehen?"

„So etwas in der Art", sagte er ihr. „Es gibt viele islamische Länder da draußen. Ich glaube, unser Herr Ahmadinedschad möchte, dass der Iran als Vorbild für die Demokratie im Nahen Osten gesehen wird."

Sie kamen zu einer Straße und hielten am Bordstein an.

„Du glaubst also, dass die kommende Wahl legitim sein wird? Dass die Stimmen und Wünsche der Menschen tatsächlich berücksichtigt werden?"

„Warte."

Sayeh sah, dass zwei Studenten hinter ihnen auftauchten. Sie überquerten alle die Straße, als der Verkehr eine Lücke bot. Die Studenten gingen in eine andere Richtung über den Parkplatz. Als sie außer Hörweite waren, fuhr Reza fort.

„Legitim? Auf keinen Fall. Ich bin ein zu großer Realist, um das zu glauben. Nach dem, was ich in den letzten acht Jahren, die ich hier bin, erlebt habe und nach all den Verhaftungen in den letzten Wochen wegen der Teilnahme an einfachen Wahlkundgebungen, fällt es mir schwer, zu glauben, dass die Betonköpfe bereit sind, ihre Herrschaft freiwillig aufzugeben."

„Was passiert, wenn die Menschen sie abwählen? In den USA wollten die Republikaner das Weiße Haus auch nicht aufgeben, aber das Votum des Volkes hat sie von der Macht verdrängt."

„Du sprichst von den USA und nicht vom Iran. Der Wächterrat hat das letzte Wort und das sind definitiv Ahmadinijad-Anhänger. Sie werden niemals zulassen, dass jemand Präsident wird, wenn sie ihn nicht als ihre gefügige Marionette benutzen können."

Kapitel Sechsundvierzig

Litchfield, Connecticut

OMID MUSSTE NICHT ERST ein halbes Dutzend Jahre zurückgehen, um Beweise zu finden. Die Ereignisse dieser Woche boten ihr reichlich Munition. Ein Telefonanruf gab den Anschlußhalter preis. Mit ein paar Tastenanschlägen im Internet wurde das Bankguthaben überwiesen.

Omid erhielt von ihren Töchtern volle Unterstützung und Verständnis. Mehr brauchte sie nicht.

„Bist du sicher, dass du das alleine machen willst?", fragte Hannah, bevor sie zur Arbeit ging. Sie wollte eine Doppelschicht im Restaurant einlegen.

Omid nickte. „Ich komme schon klar."

Die beiden hatten zuvor mit Sayeh telefoniert. Für Omid war es wichtig, dass ihre Töchter es verstanden.

Sayehs Antwort war das, was sie erwartet hatte. „Mama, ich möchte, dass du glücklich bist. Da, wo du jetzt bist, wirst du nie glücklich sein. Ich liebe Papa und es tut mir leid für ihn, aber er hat dich immer als selbstverständlich angesehen. Diese letzte Sache ist zu viel. Du verdienst etwas Besseres."

Für viele ihrer Freunde − sogar für ihren Bruder Darius, der es selbst durchgemacht hatte − bedeutete eine Scheidung Versagen, Verlust, Fehler,

Groll, Schmerz und Bedauern. Doch jetzt, da sie sich endlich entschlossen hatte, die Scheidung durchzuziehen, fühlte sich Omid völlig im Reinen. Sie dachte an ihre Mutter. Azar hatte immer den Eindruck gemacht, dass sie mit ihrer Entscheidung, sich von Omids Vater Habib scheiden zu lassen, im Reinen war. Wer wusste schon, was die Zukunft bringen würde? Wie immer kam der Dichter Hafiz in ihr Bewusstsein: *„Die Nacht ist schwanger, hast du die Weisen sagen hören. Die Nacht ist schwanger! Welchen Nachwuchs wird sie gebären?"*

Zwei Menschen schlossen eine Ehe. Es brauchte zwei, um sie zu zerstören. Es gab eine Zeit in ihrer Ehe, in der die Beziehung es wert gewesen war, gerettet zu werden. Jetzt nicht mehr.

Im Grunde ihres Herzens waren Omid und Azar beide unabhängige Frauen. Vielleicht war das der Hauptgrund dafür, dass sie mit solch drastischen Maßnahmen umgehen konnten. Sie brauchten keinen Mann in ihrem Leben, der sich um sie kümmerte oder ihnen das Gefühl gab, vollständig zu sein. Omid wusste nicht, ob dies ein Segen oder ein Fluch war, aber sie wusste, dass sie es bereits an ihre Töchter weitergegeben hatte. Sie waren wild und unabhängig. Sie fühlten sich wohl in ihrer eigenen Haut.

Hannah ging zur Arbeit und Omid sah sich im Haus um, um sicherzustellen, dass nichts Wichtiges übersehen worden war. John war heute Morgen losgefahren, bevor Omid und Hannah aufgestanden waren. Auf seinem Zettel auf dem Küchentisch stand, dass er Golf spielen würde. Auf dem Zettel stand weiter, dass er zum Duschen und Umziehen nach Hause kommen würde, aber sie sollten ihn nicht zum Abendessen einplanen. Er würde zu seiner Mutter fahren und dann zu einem Pokerspiel im Haus eines anderen Freundes.

All das war für Omid in Ordnung. Ihr Entschluss stand fest.

Sie wusch eine Ladung Wäsche, beantwortete E-Mails und besuchte auf Facebook die Seiten von Freunden, die sie schon lange nicht mehr besucht hatte. Sie wechselte die Glühbirnen über der Spüle und dem Herd aus und aß ein leichtes Mittagessen. Es war mitten am Nachmittag, als sie zum Telefon griff, die Türen abschloss und ihre Gartenhandschuhe anzog, um in den Garten zu gehen.

Die Luft war trocken. Der Himmel war wolkenlos und hell. Das war eine große Abwechslung zu den kalten, trüben Tagen, die sie in diesem Frühjahr erlebt hatten. Sie hielt das bessere Wetter für ein gutes Omen. Als sie einen Kardinal sah, der sie beobachtete, leuchtend rot auf dem Zweig des Hartriegels, war sie sich dessen sicher.

Omid wusste nicht, wie lange sie schon an den Blumenbeeten arbeitete, als sie hörte, wie John sie von der Seite des Hauses rief.

„Was ist denn mit dem Garagentor los?"

Sie machte sich nicht einmal die Mühe, sich umzudrehen. Sie hatten sich gestern nur im Vorbeigehen gesehen und doch hatte er sie überhaupt nicht begrüßt. Es zählte nur das, was er im Moment wollte. So typisch.

„Omid", rief er, seine Stimme näher. „Was soll das alles?"

Sie wusste, dass er die Kisten gesehen haben musste, die sie auf der Terrasse gestapelt hatte. Sie legte die Gartengeräte in den Korb, zog ihre Handschuhe aus und warf sie auf den Boden. Sie stemmte sich auf die Beine und drehte sich um.

„Auf der Terrasse liegt eine Plane. Ich war mir nicht sicher, ob du die Kisten heute Abend mitnimmst oder ob du sie für ein paar Tage hier stehen lässt. Wenn du dich dafür entscheidest, solltest du die Plane benutzen, um sie vor Regen zu schützen."

„Was? Warum sind die ...? Was ist denn hier los?"

Zum ersten Mal sah sie ihn an und er blieb wie angewurzelt stehen. Drei Meter trennten sie. Das Wetter war in diesem Frühjahr miserabel gewesen, aber John hatte es trotzdem geschafft, braun zu werden.

„Das sind deine Sachen. Ihr persönlicher Besitz."

„Was machen die denn hier draußen?"

„Ich schmeiße dich raus, John. Ich lasse mich von dir scheiden."

Das Temperament brachte mehr Farbe in sein Gesicht. „Wovon zum Teufel redest du?"

„Du betrügst mich."

„Betrügen? Woher willst du das wissen?" Er hielt inne. „Das ist doch lächerlich."

„Es hat keinen Sinn, es zu leugnen. Und wir beide wissen, dass das nichts Neues ist", sagte Omid und hielt jede Spur von Emotion aus ihrem Ton heraus. „Es ist vorbei. Ich habe einen Scheidungsanwalt in der Stadt beauftragt und ich lasse mich wegen ‚unüberbrückbare Differenzen' von dir scheiden. Du kannst deiner Mutter sagen, dass wir uns auseinandergelebt haben, wenn du willst, aber es ist vorbei."

Ein Nachbar auf der einen Seite hatte vorhin seinen Rasen gemäht. Er kam nun mit einer Harke in der Hand in seinen Garten und winkte den beiden zu. Keiner der beiden erwiderte den Gruß.

„Hast du den Verstand verloren?", fragte John mit zusammengebissenen Zähnen, wobei er seine Stimme gedämpft hielt.

„Nein, habe ich nicht." Omid ging auf die Terrasse zu und stellte den

Korb mit den Werkzeugen auf die erste Stufe. „Um die Wahrheit zu sagen, ich kann mich nicht erinnern, wann ich mich das letzte Mal so gut gefühlt habe. Wenn Sayeh nicht in der Situation wäre, in der sie sich gerade befindet, würde ich mich sogar großartig fühlen.“

Er folgte ihr auf das Deck. „Lass uns reingehen und darüber reden.“

„Nein. Wir werden alles genau hier besprechen. Du bist im Haus nicht willkommen. Und ich denke, du hast schon bemerkt, dass die Codes für die Garage und die Schlösser an den Türen alle geändert wurden.“

„Das kannst du nicht tun. Das ist auch mein Haus“, sagte er wütend.

„Nun, es gehört mir und unseren Töchtern, vorerst. Wenn du einbrechen und eine Szene machen willst, nur zu, aber ich denke, es wäre besser, unsere Anwälte und das Gericht entscheiden zu lassen, wie wir unser Vermögen gerecht aufteilen können.“

Sie wollte weggehen, aber er stellte sich schnell vor sie und hob beide Hände. „Omid. Ich weiß, dass du unter großem Stress gestanden hast ...“

„Stress?“ Sie starrte ihn an. „Unsere Tochter ist auf der Flucht in einem fremden Land.“

„Eben. Du kannst nicht klar denken.“

Omid schüttelte den Kopf. „Ich denke klar“, sagte sie mit fester Stimme. „Aber wenn du einen Beweis dafür brauchst, wie wäre es damit, als Beweis für klares Denken? Deine derzeitige Freundin ist Penny Cox, eine attraktive Blondine, mit der du zusammenarbeitest.“

Johns Gesicht wirkte plötzlich etwas weniger braun gebrannt. Es hatte nur ein paar Anrufe in seinem Büro und eine flüchtige Überprüfung der Telefonaufzeichnungen gebraucht, um herauszufinden, wer sein neues Liebesinteresse war. Die Tatsache, dass er nicht mehr diskret war, ließ Omid sich fragen, ob er vielleicht wirklich erwischt werden *wollte*.

„Du machst einen Fehler. Penny und ich ... ich ...“ Er zögerte und blieb dann stehen, sah ihr hilflos ins Gesicht.

Sie hob beide Hände. „Ich hoffe, du willst mir nicht erzählen, dass deine Beziehung zu ihr platonisch ist. Beleidige mich nicht noch mehr, als du es ohnehin schon getan hast. Lass uns doch einmal ehrlich sein. Du liebst mich nicht. Und ich liebe dich nicht. Das reicht jetzt. Lass uns nicht im Dreck wühlen und es hässlicher machen, als es ist. Ich habe mich entschieden, John. Wir lassen uns scheiden.“

Sie versuchte, um ihn herumzugehen, aber er hielt ihren Arm fest.

„Hör zu, es tut mir leid. Okay. Ich gebe es zu. Ich bin dir untreu gewesen. Aber das alles bedeutet mir nichts. Ich liebe dich, Omid ...“

Er redete weiter und weiter und Omid merkte, dass sie den Worten nicht mehr zuhörte. Es war ihr egal, was er sagte. Es spielte keine Rolle, wie verärgert er aussah.

Was für sie wirklich zählte, war, dass das Leben ihrer Tochter in Gefahr war und er nicht darauf reagiert hatte. Die Entscheidung, sich scheiden zu lassen, betraf jedoch ihn. Plötzlich war er emotional. Er tat so, als würde er sich sorgen.

Sie wusste, dass es ihm nichts ausmachen würde, wenn er erst einmal die Chance hatte, eine gute Geschichte für seine Familie und die Öffentlichkeit zusammenzustellen. Die Änderung der Routine würde für ihn lästig sein. Aber am Ende würden sie alle besser dran sein ... am meisten John.

Aber ehrlich gesagt, war ihr das egal.

Vor Jahren hatte ihre Mutter gesagt, dass es für Omid keine halben Sachen gäbe. Sie hatte das mit einem Ton des Respekts in ihrer Stimme gesagt. Aber irgendwann hatte Omid das Gefühl dafür verloren, wer sie war und jetzt wollte sie diese Person zurück. Die Person, die wusste, was sie wollte und es auch durchsetzte. Bis zum Ende.

„Nein", sagte sie und unterbrach, was auch immer er sagen wollte. „In meinem Leben ist kein Platz mehr für dich. Das ist das Ende. Ich habe dir gesagt, dass ich bereits einen Scheidungsanwalt genommen habe. Ich schlage vor, du tust dasselbe. Grüß deine Mutter von mir."

Omid ging die Treppe hinauf auf die Terrasse. Sie zog den Schlüssel aus ihrer Tasche, schloss die Hintertür auf und ging hinein. Als sie sich umdrehte, sah sie John dort stehen, wo sie ihn zurückgelassen hatte und er starrte ihr geschockt nach. Sie schloss die Tür, verriegelte sie und zog die Jalousie zu.

Sie wusste, dass es mit ihm noch nicht vorbei war, aber sie war bereit für ein neues Kapitel in ihrem Leben.

Kapitel Siebenundvierzig

DIE VALIASR-STRASSE – vor der Revolution als Pahlavi-Boulevard bekannt
– verläuft vom südlichen Ende Teherans bis zum nördlichsten Punkt der
Stadt. Valiasr ist nicht nur die längste Straße in Teheran, sondern laut
einem Bericht der BBC auch die längste städtische Straße der Welt.

Nach dem heutigen Tag wird sie als der Ort der längsten Menschenkette bekannt sein, die jemals gebildet wurde. Zwischen vier Uhr nachmittags und sieben Uhr abends würde die Stadt durch eine zwanzig Kilometer
lange Kette von Unterstützern in zwei Hälften geteilt werden. Die mit
grünen Bändern, Schals und Gesichtsbemalung geschmückten Teilnehmer
nahmen ein grünes Seil in die Hand und bildeten eine durchgehende Linie,
die sich über die gesamte Länge der Straße erstreckte, um ihre Unterstützung für den reformorientierten Präsidentschaftskandidaten Mir Hossein
Mousavi zu zeigen.

Über eine Million Botschaften wurden von den Anhängern über
Handys, E-Mail, Twitter und Facebook verbreitet. Es hat funktioniert. Es
sprach sich herum. Schon in den frühen Morgenstunden standen die
Menschen Schlange, um sich einen Platz in der Schlange und in der
Geschichte zu sichern. Als Reaktion auf die Mousavi-Kampagne planten
Ahmadinijad-Anhänger ihre eigene Demonstration in einer Gebetshalle

im Zentrum Teherans. Infolgedessen kam der Verkehr in der Hauptstadt vollständig zum Erliegen.

Sayeh und ihre Freunde machten sich am frühen Nachmittag zu Fuß auf den Weg. Reza hatte bereits einen Platz für sie alle im Stadtteil Yusefabad reserviert. Als sie an der Valiasr-Straße ankamen, waren die Abschnitte des grünen Seils, das sich schließlich über zwanzig Kilometer erstrecken sollte, bereits verknotet worden und in beide Richtungen weithin sichtbar, soweit Sayeh sehen konnte.

Als sie die Straße entlanggingen, war die Atmosphäre festlich und lebendig. Überall, wo sie hinsah, trugen die Menschen grüne Schärpen und Bänder an den Armen oder auf dem Kopf oder sie trugen sie als Maske im Gesicht. Radfahrer mit Fahnen, die wie Umhänge um den Hals gebunden waren, fuhren im Kreis um die festgefahrenen Autos und die feiernden Menschenmassen und die Stadtlandschaft schien mit dem Versprechen dieser grünen Revolution zu tanzen. Die Aufregung war greifbar.

Sayehs Handy klingelte und sie ging ran.

„Mama, ich kann dir gar nicht sagen, wie froh ich bin, dass du anrufst!" Sie hatte die Handynummer am Tag zuvor auf dem Anrufbeantworter hinterlassen.

„Woher hast du ein Handy?", fragte Omid.

„In Teheran kann man *alles* auf der Straße kaufen, solange man bereit ist, dafür zu bezahlen", erklärte Sayeh. „Ich dachte, das wäre die beste Verwendung für einen Teil des Geldes, das du mir geschickt hast."

„Ist es auch. Ich bin so erleichtert, dass ich dich anrufen kann, wann immer ich will.

Sie brauchte es nicht zu sagen; Sayeh konnte es an der aufgeregten Stimme ihrer Mutter erkennen.

„Ich habe gute Nachrichten", sagte Omid ihr. „Dein Ersatzpass ist heute bei uns eingetroffen. Unser Anwalt in New York sagt, er kann die Vorbereitungen mit einem anderen Reisenden treffen und ihn in ein paar Tagen zu dir bringen. Ich möchte ihn bitten, sofort einen Weg zu planen, wie du nach Dubai kommen kannst."

„Nein, Mom. Nicht jetzt."

„Sayeh---"

„Bitte, Mom. Zumindest nicht vor der Wahl. Das sind nur noch fünf Tage", flehte sie. „Hör dir das an."

Sie hielt das Telefon hoch, als eine große Gruppe junger Frauen, die in die gleiche Richtung liefen, zu skandieren begann. *„Zendani seyasee azad* *bayad kardand. Zendani seyasee azad bayad kardand.*" Befreit die politischen Gefangenen.

„Hört ihr das?", fragte Sayeh. „In der letzten Woche war ich jeden Tag mitten in einer Demonstration. Die Leute schlafen nicht. Sie essen nicht. Sie stehen nachts auf den Dächern und schreien im Dunkeln ‚Gott ist groß'. Tagsüber sind sie auf den Straßen. Die Stadt ist buchstäblich lebendig, Mama. Die Menschen wollen, dass ihre Stimme gehört wird. Sie wollen etwas verändern. Ich habe mich noch nie so sehr als Teil von etwas gefühlt, wie ich es jetzt tue. Ich wünschte, du wärst hier und könntest auch daran teilhaben. Du und Hannah."

Omid sagte einige Augenblicke lang nichts. Als sie wieder sprach, zitterte ihre Stimme und Sayeh fragte sich, ob sie weinte. „Erzähl mir mehr, meine Liebe."

Sayeh spürte, wie ihre Schritte leichter wurden. „Wir haben versucht, eine Million Unterschriften von iranischen Frauen zu sammeln. Ich bin mit Mina und Farzaneh überall hingegangen. Das Ziel ist es, die Unterschriften dem Wächterrat zu überreichen, um dagegen zu protestieren, dass die iranischen Frauen ihre Gleichberechtigung unter dem islamischen Regime verloren haben. Wir wollen Gleichberechtigung."

„Ist das sicher? Was ist, wenn die Polizei euch anhält?"

„Es ist sicher. Mina muss auch vorsichtig sein. Wir gehen kein Risiko ein, glaub mir."

„Wie weit seid ihr mit eurem Ziel?"

Sayeh lachte. „Die genaue Zahl kennt noch niemand, aber die Resonanz ist überwältigend. Ich habe gehört, dass die Zahl der Unterschriften bereits auf anderthalb Millionen geschätzt wird. Es kommen so viele Petitionen aus anderen Städten wie Mashhad und Shiraz und Esfahan und Abadan und Tabriz. Aus allen Teilen des Landes kommen Reaktionen. Menschen, die sich vorher nie gegen die Politiker ausgesprochen haben, stehen jetzt in der ersten Reihe der Demonstrationen."

Sie hob das Telefon erneut in die Luft, als ihr Weg eine weitere Reihe von skandierenden jungen Menschen kreuzte.

„Aghar tagalob nasheh, Mousavi aval meshee …"

„Kannst du sie hören?"

„Wenn nicht geschummelt wird, wird Mousavi als Erster ins Ziel kommen", übersetzte Omid am Telefon. „In Anbetracht der strengen Kontrolle des Wächterrats und der Tatsache, dass nur wenige Menschen ihren Namen auf den Stimmzettel bringen konnten, rechnen die Menschen immer noch mit Wahlbetrug?"

„Ja, auf jeden Fall", antwortete Sayeh. „Heute hat eine Gruppe von Mitarbeitern des Innenministeriums einen Brief veröffentlicht, in dem ein hochrangiger Geistlicher, ein Mullah, der Ahmadinedschad nahe steht, tatsächlich die Korrektur der Wahl zugunsten des Präsidenten genehmigt hat."

„Wo hast du denBrief gesehen? Sie können ihn doch nicht in die Zeitungen gesetzt haben, oder?"

Sayeh lachte. „Die Medien, die von der jetzigen Regierung kontrolliert werden, berichten nicht einmal über die Proteste", erklärte sie ihrer Mutter. „Ein Foto des Briefes des Mullahs wurde auf allen reformorientierten Internetseiten veröffentlicht. Keiner vertraut den lokalen Nachrichten. Wir müssen uns alle auf andere Quellen verlassen, um zu wissen, was los ist."

Sayeh und ihre Freunde näherten sich dem Abschnitt der Valiasr-Straße, wo Reza auf sie warten sollte. Der einzige Verkehr auf der Straße bestand aus Männern und Frauen, Jungen und Alten und es waren Tausende und Abertausende. Sayeh schaute auf die Menschenmenge, während sie ihrer Mutter von der Menschenkette erzählte, die sich heute bilden würde.

„Ich erinnere mich an den Pahlavi Boulevard", sagte Omid. „Früher war das eine wunderschöne, von Bäumen gesäumte Straße mit schicken Restaurants und Geschäften in der Nachbarschaft."

„Ich glaube, seit du das letzte Mal hier warst, hat sich viel verändert, aber es ist immer noch wunderschön."

Sayeh sah sich um und stellte fest, dass sie nicht mehr mit Mina und Farzaneh unterwegs war. Ein Handy zu haben, gab ihr jedoch die Gewissheit, dass sie ihre Freunde finden konnte.

„Sayeh, wirst du zu Hannahs Abschlussfeier zu Hause sein?"

„Wann denn?", fragte sie und richtete ihre Aufmerksamkeit auf die Straße. Sie kletterte auf eine Bank und versuchte zu sehen, ob sie Reza oder ihre Freunde entdecken konnte.

„Ende nächster Woche, Schatz."

Das war eine Woche nach den Wahlen im Iran. Sayeh wusste, dass sie gehen musste. Aber sie wusste auch, dass sie, wenn sie einmal weg war, wahrscheinlich nie wieder zurückkommen konnte. Das war ein furchtbarer Gedanke. Wo sie war und was sie tat, war ein wahr gewordener Traum. Sie war nicht bereit, sich so schnell davon zu trennen. Gleichzeitig brachte sie es nicht übers Herz, ihrer Mutter zu sagen, dass sie lieber hier bleiben wollte, als zum Highschool-Abschluss ihrer Schwester zurückzukehren. Trotzdem wollte sie länger als fünf oder zehn Tage bleiben.

Sie sah die winkende Hand von Reza über die Köpfe der Menge hinweg. Sein Handgelenk und sein Arm waren in grüne Bänder eingewickelt. Als er sah, dass sie ihn gesehen hatte, ging er auf sie zu.

„Okay, ich muss gehen, Mom."

„Du hast mir nicht geantwortet."

„Kannst du Hannah bitten, mich anzurufen? Ich werde mit ihr darüber reden."

„Sayeh, Hannah wird nicht dafür sorgen, dass du den Iran verlässt. Sondern ich."

„Ich weiß, Mama. Ich habe dich lieb. Hör zu, ich mache ein paar Fotos mit diesem Telefon und schicke sie dir per E-Mail, okay?"

Reza erreichte sie. Sayeh sah zu ihm hinunter und merkte, dass es ihr schwerfiel, nicht einfach die Arme um seinen Hals zu werfen und ihn zu küssen. Gestern Abend, auf dem dunklen Balkon von Shahr Banoos Wohnung, hatten sie sich zum ersten Mal geküsst. Sie hatte den Moment heute hundertmal wieder erlebt, und jedes Mal durchlief sie ein Schauer.

Er griff nach ihrer Hand und half ihr, von der Bank herunterzukommen. Sein Blick, die Berührung ihrer Finger, versetzten ihr jetzt einen elektrischen Schlag. Gestern Abend hatte keiner von beiden verleugnet, was sie fühlten.

„Ich muss gehen, Mom", sagte sie und löste zögernd ihre Hand aus seiner.

„Sayeh, ich mache mir Sorgen um dich. Ich muss dich da rausholen. Ich brauche ein Datum, eine Antwort. Bitte, Schatz."

„Ich weiß, Mama. Ich werde es versuchen."

„Kann ich mit ihr reden?", sagte Reza und streckte seine Hand aus.

Sayeh war überrascht. Sie hatte mit ihm viel über ihre Mutter gesprochen. Sie hatte ihm auch erzählt, was sie kürzlich über ihre Großmutter erfahren hatte. Sie hatte ihm sogar von der Trennung ihrer Eltern erzählt. Er wusste, dass Omid der Elternteil war, dem Sayeh sich am nächsten fühlte und dass diese Reise sie noch näher zusammengebracht hatte.

„Mama, da will dich jemand grüßen." Sie reichte das Telefon an Reza weiter und sah ihm zu, wie er sich höflich über den Lärm der johlenden Menge hinweg vorstellte.

„Ja, Ma'am. Ich bin der Cousin von Farzaneh, Sayehs Freundin."

Sayeh war sich sicher, dass ihre Mutter verwirrt sein musste. Sie hatte Omid gegenüber nichts von ihm erwähnt.

„Ja, Shahr Banoo ist meine Großmutter“, erklärte Reza. Er hörte zu. „Australier. Mein Vater.“

Er lächelte Sayeh an, als Omid etwas sagte.

„Ja, wir sind uns sehr ähnlich.“

Seine Augen konzentrierten sich auf ihr Gesicht, und Sayeh spürte, wie sie errötete. Es war so seltsam, nur eine Seite des Gesprächs zu hören.

„Ich bin Student. Bauingenieurwesen ... ja. Dreiundzwanzig.“

Jetzt wurde Omid persönlich.

„Ich begleite sie. Fahrer, Beschützer, Cousin, Reiseleiter. Wie auch immer sie mich an diesem Tag nennen wollen. Ich tue mein Bestes, um sie alle drei zu beschützen.“

Nichts hatte sie auf seine nächste Aussage vorbereitet.

„Der Unterschied bei Sayeh ist, dass ich verrückt nach ihr bin.“

Sayehs Kinnlade fiel herunter und verharrte dort.

„Ich denke, Sie sollten sie selbst fragen“, sagte Reza ins Telefon. „Es war mir ein Vergnügen, mit Ihnen zu sprechen ... Ja ... Auf Wiederhören.“

Sayeh nahm ihm das Telefon ab. „Mama.“

„Ich schätze, es gibt wenig mehr als die Wahlaufregung, die dich im Iran hält.“

„Das stimmt ... teilweise“, sagte sie und trat ihm leicht gegen das Schienbein. Er lachte nur.

„Ich habe das Gefühl, dass du für ihn so ziemlich das Gleiche empfindest wie er für dich.“

„Ich schätze, das trifft zu“, gab Sayeh zu. „Aber bitte versteh mich nicht falsch. Ich möchte bei Hannahs Abschlussfeier dabei sein, aber es gibt keine Garantie, dass ich jemals hierher zurückkommen kann und---“

„Ich sage Hannah, dass sie dich anrufen soll, mein Schatz“, sagte Omid sanft. „Und im Übrigen denke ich, dass du es verdienst, jemanden zu haben, der sich nicht scheut, der Welt zu sagen, wie besonders du bist und was er für dich empfindet. Das finde ich großartig.“

Sayeh dachte über die Ehe ihrer Eltern nach. Solange sie sich erinnern konnte, hatte ihr Vater es nie für nötig gehalten, Omid das Gefühl zu geben, etwas Besonderes zu sein. Es war so traurig.

„Danke, Mama. Ich hab’ dich lieb.“

„Ich hab’ dich auch lieb. Pass auf dich auf.“

„Immer.“

Kapitel Achtundvierzig

Teheran
12. Juni 2009

SAYEH WACHTE KURZ nach Sonnenaufgang auf.

Es war Wahltag. Fünfundvierzigtausend Wahllokale im ganzen Land würden bald für die sechsundvierzig Millionen Wahlberechtigten geöffnet sein.

Viele hofften, dass sie diesen Tag noch jahrelang feiern würden, weil sie glaubten, dass zum ersten Mal in der langen Geschichte dieses Landes die wahre Demokratie über die Unterdrückung siegen würde. Ihre neu gewonnene politische Stimme, die lautstark zu hören war, als Männer und Frauen, junge und alte, auf die Straße gingen und sich in Stadien und Hörsälen in großer Zahl versammelten, wurde auf die Probe gestellt. Sie hatten ihre Unzufriedenheit mit dem Status quo zum Ausdruck gebracht. Sie hatten zu lange nach der Freiheit gelechzt, sich auszudrücken. Und sie würden ihren Glauben an dieses geschätzte Recht zeigen, indem sie in noch nie dagewesener Zahl in die Wahllokalen des Landes strömten.

Die streng kontrollierten staatlichen Medien berichteten live aus bestimmten Wahllokalen. Diese wurden natürlich sorgfältig ausgewählt. Es waren die einzigen Gebiete, aus denen ausländische Korrespondenten senden durften.

Zum ersten Mal seit Wochen war es in der Hauptstadt Teheran ruhig.

Da der Wahltag auf einen Freitag fiel, blieben die Geschäfte geschlossen, was dazu beitrug, die Verkehrsprobleme in der Stadt erheblich zu verringern. Mousavi-Anhänger wurden aufgefordert, ihre Stimme in Schulen und nicht in Moscheen abzugeben, um die Bemühungen der Regierung, die Wahl zu manipulieren, zu vereiteln. Der SMS-Versand – das wichtigste Kommunikationsmittel der reformistischen Gruppen – wurde eingestellt. Die Internetseiten reformorientierter Gruppen wurden zensiert und elektronisch gefiltert. Die meisten iranischen Computernutzer bedienten sich jedoch einer Anti-Filter-Software, sodass sie weiterhin kommunizieren konnten.

Um 10:45 Uhr morgens sickerte die Nachricht durch, dass die Wahlhelfer der Reformisten an der Überprüfung einer Reihe von Wahllokalen im ganzen Land gehindert wurden. Keine unabhängigen, internationalen Beobachter waren zur Überwachung der Wahl ins Land gelassen worden und im Iran machte sich ein Gefühl wachsender Unruhe breit.

Etwa zur gleichen Zeit gaben Mousavi und seine Frau Zahra ihre Stimme in der zentralen Moschee des Stadtteils Ray im Süden Teherans ab. Anschließend sollten die beiden mit Reportern sprechen, doch als sie das Podium betraten, stellten sie fest, dass der Strom für die Mikrofone unterbrochen worden war. Mousavi setzte das Interview ohne Strom fort.

Aus Ardebil, nordwestlich der Stadt, wurde berichtet, dass Lastwagen mit Revolutionsgarden in zahlreichen Wahllokalen Kisten mit *ausgefüllten* Stimmzetteln abgestellt hatten. Es wurden Rufe nach Wahlbetrug laut.

Im Laufe des Tages bis zum Nachmittag wurden die Schlangen der Wähler immer länger. In einem Viertel im Norden Teherans reichte die Schlange der Wähler um den ganzen Block herum. Nach Angaben des iranischen Innenministers waren bis 14:00 Uhr vier Millionen Stimmen abgegeben worden und es wurde vorgeschlagen, die Wahllokale bis Mitternacht zu öffnen.

Die Temperatur in Teheran kletterte über 30 Grad, aber die Menschen hielten ihre Plätze in der Schlange und warteten bis zu zweieinhalb Stunden, bevor sie ihre Stimme abgaben.

Um sechs Uhr abends wurde beschlossen, die Wahl um vier Stunden zu verlängern, um der hohen Wahlbeteiligung Rechnung zu tragen. Als die Nacht hereinbrach, öffnete sich der Himmel über Teheran und es regnete in Strömen – eine willkommene Abwechslung an diesem bisher heißesten Tag des Jahres.

Freunde im Lager von Mousavi konnten ihre Begeisterung kaum zügeln. Angesichts der hohen Wahlbeteiligung stand ein Sieg der

Reformer unmittelbar bevor, auch wenn in vielen Wahllokalen im ganzen Land bereits die Stimmzettel ausgingen.

Vor Moscheen, Schulen und Regierungsbüros hingen Flugblätter und Plakate in den Straßen. Jung und Alt zeigten ihre mit Tinte befleckten Finger als Zeichen der Ehre. Mousavi-Anhänger versammelten sich zu Zehntausenden. Sie warteten auf den Straßen. Sie warten darauf, dass die Feierlichkeiten beginnen.

Und Sayeh, die sich unter ihnen befand, wartete darauf, Teil der Geschichte zu werden.

Kapitel Neunundvierzig

Litchfield, Connecticut

NBC, CNN, ABC, CBS. Egal, auf welchen Sender Omid umschaltete, der Fernsehschirm war voll mit Berichten über die Massenproteste in Teheran.

„Iraner, die auf ein wenig mehr Freiheit, eine besser geführte Wirtschaft und ein weniger geschmähtes Image in der Welt gehofft haben", sagte eine Nachrichtensprecherin feierlich, „schwanken heute zwischen Protesten und Verzweiflung."

Sie wählte erneut Sayehs Handy. Besetzt. Das Kommunikationssystem zwischen dem Iran und dem Rest der Welt schien völlig zusammengebrochen zu sein.

„Auf den Straßen rund um den Fatemi-Platz, in der Nähe des Hauptquartiers des führenden Oppositionskandidaten Mir Hussein Mousavi, fuhren Polizisten in RoboCop-Kleidung auf Motorrädern über die Bürgersteige, um die vielen Passanten, die sich versammelt hatten, um ihren Unmut zu äußern, zu vertreiben und einzuschüchtern."

Omid hatte aufgehört zu zählen, wie oft sie Sayehs Nummer heute angerufen hatte. Es war immer das Gleiche. Das ständige Besetztzeichen. Hannah war die Letzte, die mit Sayeh gesprochen hatte, am späten Donnerstagabend.

Das Telefon auf ihrem Schoß klingelte. Omid schaute auf das Display und ging ran.

„Sie hat nicht angerufen, Hannah. Ich kann sie auch nicht erreichen. Ich glaube nicht, dass es eine offene Leitung ins Land gibt."

Hannah und eine Gruppe anderer Oberstufenschüler waren für ein Wochenende an der Küste und es war geplant, am Montag die Schule zu schwänzen. Da es nur noch eine Woche bis zum Schulabschluss war, war Omid froh, dass ihre Tochter die Chance bekam, sich wie ein normaler Teenager zu verhalten.

„Mama, mach dir keine Sorgen um sie. Sie will nicht, dass du dir Sorgen machst. In Teheran leben Millionen von Menschen und das bedeutet nicht, dass sie bei jedem Protest und jeder Demonstration, die im Fernsehen gezeigt wird, dabei ist."

„Woher weißt du, was sie im Fernsehen zeigen? Ich dachte, du würdest am Strand faulenzen."

„Tue ich auch. Ich arbeite an meiner Bräune. Ich habe nur den Fernseher angemacht, um nach dem Wetter zu sehen."

„Lügnerin", stichelte Omid.

Hannah hatte überlegt, nicht an den Strand zu fahren, aber Omid hatte sie praktisch gezwungen. Dies sollte eines der aufregendsten und bedeutsamsten Ereignisse im Leben einer Siebzehnjährigen sein, aber ihre Schwester war weit weg. Ihre Mutter war ein Nervenbündel. Ihr Vater hatte sich wieder bei seiner Mutter einquartiert. Omid wusste nicht, wie ihre Tochter es schaffte, sich zusammenzureißen.

„Papa hat mich heute Morgen angerufen."

Omid war froh ... um Hannahs willen.

„Er hat sich dieselben Berichte im Fernsehen angesehen wie wir alle. Ich glaube, zum ersten Mal macht er sich auch Sorgen. Er hat nach Sayehs Handynummer gefragt, also habe ich sie ihm gegeben."

„Ich hoffe, er kommt durch", sagte Omid und meinte es wirklich ernst.

„Schickst du mir eine SMS, wenn du von ihr hörst?", fragte Hannah.

„Ich rufe dich an." Und sie würde auch John anrufen, beschloss Omid in diesem Moment. Er war immer noch Sayehs Vater.

„Nein, schick mir eine SMS."

Omid wusste, wie es lief. Sie lasen Textnachrichten, aber hörten nie die Mailbox ab.

„Okay. Und jetzt versuch, dich zu amüsieren."

„Immer."

Das Wort zauberte ein zartes Lächeln auf Omids Gesicht. ‚Immer‘. Beide Mädchen benutzten dieses Wort gerne.

Omids Blick wurde wieder auf den Fernsehschirm gelenkt. Sie zeigten Ausschnitte von Interviews auf den Straßen von Teheran.

„Wieder vier Jahre Diktator“, murmelte ein junger Mann. „Das ist ein *Staatsstreich*.“

Andere in der Menge um ihn herum stimmten ihm zu ... lautstark.

„Es war nur ein Film“, sagte eine Frau. Sie weinte offen. „Wir waren alle nur Statisten in einem Film.“

Die Menge begann lautstark zu protestieren, als sich ein Mann in Uniform vor die Kamera drängte und seine Hand auf die Linse legte.

„*Boro. Boro. Nemetonee mosahebe konee.*“ Geh. Geh. Sie können keine Leute interviewen.

Der Sender kehrte ins Studio zurück, wo der Moderator von mehreren Experten begleitet wurde.

„Es ist absolut nicht glaubhaft, dass der Herausforderer Mir Hossein Mousavi die Wahl in seiner Heimatstadt verloren haben könnte“, sagte einer der Analysten hitzig.

„Der Iran hatte eine Rekordwahlbeteiligung von 85 Prozent ... mit Papierwahlen“, betonte ein anderer Experte. „Und trotzdem standen die Ergebnisse schon nach wenigen Stunden fest. Wie kann das sein?“

„Die Opposition behauptet ganz offen, die Wahl sei gefälscht worden ...“

Das Telefon klingelte erneut, und Omid nahm ab, bevor das Display anzeigen konnte, von wem der Anruf kam. Es war Sohrab Iman, ihr Anwalt.

Omid schaltete den Fernseher stumm. Sie erzählte ihm das Wenige, was sie über Sayeh wusste. Es überraschte ihn nicht, dass sie in den letzten zwei Tagen keinen Kontakt zu ihrer Tochter aufnehmen konnte.

„Meine Empfehlung ist, sie so schnell wie möglich aus dem Land zu bringen“, sagte der Anwalt. „Der allgemeine Konsens ist, dass sich die Situation im Iran eher verschlechtern wird, als dass sie besser wird.

„Konnten Sie ihr den Pass schicken?“

„Ja. Die Person, die ihn bei sich hatte, kam am Donnerstag in Teheran an. Ich habe auch nicht mit ihm sprechen können, weiß also nicht, ob die beiden Kontakt aufgenommen haben oder nicht. Ich hatte gehofft, Sie könnten mir sagen, ob Sayeh den Pass erhalten hat.“

Auf dem Fernsehschirm waren Bilder von zwei schwarz gekleideten Männern auf Motorrädern zu sehen, die mit Knüppeln auf eine Reihe von

Demonstranten einschlugen. Omid wurde schlecht, als er sah, wie die Demonstranten von diesen Schlägern zusammengeschlagen wurden, nur weil sie sich auf der Straße versammelt hatten.

„Ich kann dafür sorgen, dass sie das Land schon morgen verlassen kann."

„In welche Richtung soll sie gehen?"

„Wir haben nur wenige Möglichkeiten. Sie könnte durch den südlichen Teil des Iran in eines der arabischen Länder reisen. Wenn sie in den Nordwesten reist, weiß ich von einer Reihe von Menschen, die in der Vergangenheit die Grenze zur Türkei überquert haben. Ich persönlich empfehle ihr nicht, in den Irak, nach Afghanistan oder gar Pakistan zu reisen. Selbst wenn sie an den iranischen Grenzbeamten vorbeikommt, weiß man nicht, wie sie nach dem Überqueren der Grenze empfangen wird. Warten Sie einen Moment."

Omid hörte, wie er mit jemandem in seinem Büro sprach. Warum hatte sie sich nicht schon vor Tagen darum bemüht, Sayeh zur Ausreise über Kish zu bewegen?

„Frau Olsen? Das tut mir leid." Sohrab fuhr fort. „Wir müssen sicher sein, dass sie, sobald die Entscheidung gefallen ist, auch bereit ist zu gehen. Die illegale Ausreise aus dem Iran wird nicht über Reisebüros abgewickelt. Sie wird nicht den Luxus haben, sich den Tag oder die Uhrzeit auszusuchen. Wenn sie bereit sind, muss sie gehen. Und das könnte am selben Tag geschehen, an dem ich meine Leute kontaktiere."

„Ich muss mit ihr reden. Ich muss sicherstellen, dass sie weiß, was Sie mir gerade gesagt haben. Ich möchte mich nicht auf etwas festlegen, bevor ich mit ihr gesprochen habe."

„Ich verstehe, und ich weiß es zu schätzen ..."

Ein Piepton ertönte am Haustelefon. Omid schaute auf das Display. Es war ein Auslandsgespräch. Schnell beendete sie das Gespräch mit Sohrab.

Der Anrufer war Sayeh.

„Ich bin so froh, dass du mich anrufst", sagte Omid zu ihrer Tochter. „Wir haben uns alle solche Sorgen um dich gemacht."

„Es geht mir gut, Mama."

So kurz die Antwort auch war, Omid konnte die Traurigkeit in der Stimme ihrer Tochter hören.

„Hast du deinen Reisepass schon?".

„Ich habe mit der Person telefoniert, die ihn hat. Aber ich habe noch keine Vorkehrungen getroffen, um ihn abzuholen."

„Schatz, wir müssen dich aus dem Land bringen. Der Anwalt ist bereit, die Vorbereitungen zu treffen. Er sagt, du musst sofort aus dem Land verschwinden.“

„Noch nicht, Mom.“

Ihr drehte sich der Magen um. „Wann dann, Sayeh?“

„Ich habe schon mit Hannah gesprochen. Sie ist einverstanden, dass ich bei ihrer Abschlussfeier nicht dabei bin.“

So viel wusste Omid bereits von ihrer jüngeren Tochter. „Hannahs Abschlussfeier ist nicht der einzige Grund, warum ich dich wieder hier haben möchte. Und ich spiele hier nicht die Helikopter-Mutter, und ich dränge dich nicht ohne Grund. Du hältst dich illegal im Iran auf, und das Land kann jederzeit zusammenbrechen ...“

„Mom, hör auf. Ich weiß das alles“, unterbrach Sayeh. „Und es tut mir leid, dass ich dir so viele Sorgen bereite. Aber ich bin noch nicht bereit, zu gehen.“

Omid schloss die Augen und versuchte, die Emotionen zu beruhigen, die außer Kontrolle zu geraten drohten. Es gab so viel, was sie sagen musste, um ihre Tochter an die Gefahren zu erinnern, die ihr Aufenthalt dort barg. Sie könnte ihr Schuldgefühle darüber einreden, was mit ihrer Familie geschah, während sie weg war. Und die Kosten. Aber nichts von alledem würde Sayeh umstimmen. Omid wusste das. Sie sprach das einzige Thema an, von dem sie hoffte, dass es eine Reaktion auslösen würde.

„Was hältst du von diesem Wahlergebnis?“

„Eklatanter Wahlbetrug“, antwortete Sayeh und explodierte. „Aber damit sind wir noch nicht fertig. Das iranische Volk wehrt sich dagegen. Du musst die Menschen sehen, die auf die Straße strömen, Mama. Alle haben die Nase voll von diesem Betrug und der Unterdrückung. Ahmadinedschad hat die Wahlen manipuliert und die Menschen wissen das. Die Menschen hier haben es satt, von der Welt isoliert zu sein und wie Narren dazustehen. Und sie wollen nicht als Unterstützer des Terrorismus bekannt sein.

„Auf verschiedenen Fernsehsendern hier wurden Ausschnitte der Demonstrationen gezeigt. Es scheint weit verbreitet zu sein“, sagte Omid.

„Mehr als weit verbreitet. Es ist eine Flutwelle.“ Sayeh lachte. „Ich weiß, ich klinge wie ein kleines Kind, aber du hättest hier sein müssen, um zu sehen, was ich sage. Heute Morgen waren wir auf dem Azadi-Platz ...“

Sayeh erzählte von den Demonstrationen. Von den Menschen, die sie auf der Straße getroffen hat. Von den Schildern, die sie gemacht hatten, den Flugblättern, die sie verteilten, den nächsten Versammlungen, zu denen sie gehen würden. Und Omid ertappte sich dabei, wie sie sich an die

Begeisterung einer anderen jungen Frau erinnerte, die etwas verändern wollte ... und an eine andere Mutter, die verzweifelt versuchte, ihre Tochter aus dem Land zu drängen. Sie erinnerte sich daran, wie Azar alles getan hatte, um ihre Tochter am Leben zu erhalten.

Omid berührte den kleinen Rahmen, den sie auf dem Kaminsims aufbewahrte. Es war ein Bild von ihr und Azar. Sie erinnerte sich, dass ihre Mutter es ihr geschenkt hatte, als sie sie das letzte Mal gesehen hatte. Auf dem Flughafen Mehrabad.

Sie musste mehr tun, um Sayeh zu befreien. Ihre Mutter hatte sie am Leben erhalten, indem sie Omid aus dem Land schickte. Jetzt war sie an der Reihe. Was sie taten, war nicht genug.

„Mama, ich muss gehen."

„Wir müssen darüber reden, wie wir dich rausholen."

„Mama ..."

„Bitte ruf mich morgen an, wenn ich dich nicht erreichen kann", sagte sie in einem flehenden Ton. „Bitte."

„Das werde ich."

„Und ruf bitte deinen Vater an. Er macht sich Sorgen um dich."

Es entstand eine längere Pause in der Leitung. „Redet ihr beide miteinander?"

„Nein. Aber Hannah tut es, und er macht sich Sorgen um dich, Sayeh. Wir alle machen uns Sorgen."

„Ich werde ihn anrufen, Mama. Ich mache es sofort."

„Gut", sagte Omid. Sie konnte das nicht allein tun. Sie brauchte Johns Hilfe. „Und sei vorsichtig."

„Immer."

Sayeh beendete das Telefonat und Omid starrte lange Zeit auf das Telefon in ihrer Hand. Sie wusste, was sie zu tun hatte. Irgendwie musste sie selbst in den Iran reisen. Das war die einzige Möglichkeit, ihre Tochter zurückzubekommen.

Omid wählte die Nummer des Anwalts in New York.

Kapitel Fünfzig

Teheran

SAYEH KONZENTRIERTE sich auf die E-Mail, die Reza ausgedruckt hatte, und las die Passage laut vor.

„Diejenigen, die sich für die Freiheit aussprechen und doch den Aufruhr verurteilen, sind Menschen, die eine Ernte wollen, ohne den Boden zu pflügen; sie wollen Regen ohne Donner und Blitz; sie wollen den Ozean ohne das Tosen seiner vielen Wasser. Der Kampf kann ein moralischer oder ein physischer sein oder er kann beides sein. Aber es muss ein Kampf sein. Die Macht gibt nicht nach, ohne dass etwas gefordert wird; das hat sie nie getan und wird sie nie tun."

Sayeh beendete die Lektüre und sah zu Reza auf. „Wer hat das gesagt?"

„Dein Frederick Douglass."

Sie lächelte und sah wieder auf den Text hinunter. In den letzten Tagen hatte sie zusammen mit Reza einen englischsprachigen Blog und einen Newsletter zusammengestellt, der aus Informationen bestand, die von iranischen Studenten über Twitter, E-Mail und Facebook eingingen. Die Wutausbrüche prallten weiterhin in den Straßen der iranischen Städte und Gemeinden ab. Auch außerhalb des Landes protestierten Millionen von Iranern gegen die Wahlergebnisse. Und die ganze Welt, so schien es, wollte wissen, was hier vor sich ging.

Ihr Newsletter war eine Möglichkeit, genaue, unzensierte Informationen aus dem Land zu bekommen. Etwa sechshundert ausländische Nachrichtenmedien waren ins Land geholt worden, um über den überwältigenden „Erdrutschsieg" des Amtsinhabers zu berichten, aber nachdem die westlichen Medien über die Vorwürfe des Wahlbetrugs berichtet hatten, waren sie alle zusammen sofort aus dem Land geschickt worden.

Heute Morgen, als sie durch Teheran fuhren, ging Sayeh einen Stapel von E-Mail-Nachrichten durch, die Reza ausgedruckt hatte. Die Nachrichten kamen aus Teheran, Mashhad, Qom, Tabriz, Shiraz, Amol ... von fast jeder Universität im Iran. Sie enthielten Erfahrungsberichte von Studenten auf der Straße. Die meisten waren Antworten auf eine Massenanfrage nach Informationen, die er verschickt hatte. Das Zitat war anstelle einer Unterschrift am Ende seiner Anfrage angebracht.

„Frederick Douglass war ein großer Mann", sagte sie. „Er wusste, wie man kämpft, das steht fest."

Reza nickte. „Ich glaube jedes Wort, das er sagt. Die Mullahs, die hinter dieser Regierung stehen, werden ihre Macht nicht kampflos aufgeben. Eine friedliche Bewegung und ein offener Dialog werden sie nicht beeindrucken. Sie zögern nicht, Schlägertrupps wie die Bassidsch einzusetzen, ihnen Gewehre oder Schlagstöcke in die Hand zu geben und zu sagen: ‚Geht hinaus und verprügelt jeden, der gegen uns spricht. Tötet sie, wenn es nötig ist.'" Er schüttelte den Kopf. „Nichts kann sie daran hindern. Kein Gesetz, das sie aufhält. Keine Angst vor der Justiz, die sie aufhalten könnte. Macht ist das, was zählt ... und warum sollte man sie aufgeben, wenn man sie mit einer angeheuerten Bande behalten kann?"

Da Sayeh die Basij und die Pasdaran in Aktion erlebt hat, kann sie ihm nicht widersprechen. Die sogenannte Grüne Bewegung von Mousavi setzte ihre friedlichen Demonstrationen fort und in den letzten Tagen waren Zehntausende von Menschen auf der Straße gewesen. Aber wie Reza konnte auch Sayeh sehen, wie die Regierung die Gewalt gegen die Demonstranten verschärfte.

Sayeh hatte nicht darauf geachtet, wohin sie fuhren oder welche Straßen sie passierten, aber sie war überrascht, als er auf dem Parkplatz des Homa-Hotels hielt. Sie wusste, wer hier wohnte.

„Ich dachte, wir wollten essen gehen."

„Tun wir auch, aber erst, wenn du deinen Pass an der Rezeption abgeholt hast."

Sie schaute ihn misstrauisch an. „Hat meine Mutter dich angerufen? Hat sie deine Handynummer?"

„Nein." Er lächelte und schüttelte den Kopf.

„Was machen wir dann hier?"

Sein Gesichtsausdruck wurde düster. „Denk daran, wie viel Geld deine Eltern ausgegeben haben, um dir diesen Pass zu besorgen."

Er legte die Schuld auf sich.

„Und dieser Typ hat dir vor drei Tagen gesagt, dass er deinen Pass an der Rezeption hinterlegen würde. Du musst nur hingehen und ihn abholen."

Sayeh wollte sich entschuldigen, aber es hatte keinen Sinn. In den letzten zwei Tagen hatte Reza ihr mehrmals angeboten, sie hierherzufahren, aber sie hatte jedes Mal eine lahme Ausrede parat. Das Problem war, dass sie ihm jedes Mal alles erzählte, wenn sie mit ihrer Mutter sprach. Der Kontaktmann des Anwalts wohnte eine Woche lang in diesem Hotel. Sayeh dachte sich, dass sie noch viel Zeit hatte.

Reza hielt den Wagen unter dem Überhang am Vordereingang des weißen Hochhaushotels an. „Ich warte hier."

Shahr Banoo erzählte ihr, dass dies vor der Revolution im Jahr 1979 ein Sheraton-Hotel gewesen sei. Damals war es eine der schönsten Unterkünfte in Teheran. Sayeh schaute auf die Glasfront, aber sie konnte nicht in die Lobby sehen.

Widerstrebend stieg Sayeh aus dem Auto aus. Ein Portier nickte ihr höflich zu, als sie an ihm vorbeiging. Die Lobby sah aus wie bei jeder anderen Hotelkette und vier asiatische Geschäftsleute saßen in Sesseln. Einer der Männer sprach mit Autorität, während die anderen aufmerksam zuhörten. Sie ging direkt zur Rezeption.

Ein älterer Herr checkte gerade ein. Obwohl er Englisch sprach, dachte sie aufgrund seines Akzents, er müsse Deutscher oder Österreicher sein. Hinter dem Schalter arbeiteten zwei Männer und eine Frau. Ihr fiel auf, dass der junge Mann, der den Gast bediente, fließend Englisch sprach. Sayeh hatte geübt, was sie auf Farsi sagen wollte.

Die Frau gab ihr ein Zeichen, sich zu nähern. „Kann ich Ihnen helfen?", fragte sie auf Farsi.

Sayeh nickte und versuchte, lässig zu wirken. „Ein Gast, Herr Darvish, hat einen Umschlag für mich abgegeben", sagte sie auf Farsi.

„Ihr Name?"

„Azar Mottahedeh", sagte Sayeh. Sie hatten beschlossen, eine Kombination der Namen ihrer Großeltern zu verwenden.

„Bitte warten Sie." Die Frau verschwand in einem Büro hinter dem Anmeldeschalter. Wenn sie Sayehs Farsi misstraute, ließ sie es sich nicht anmerken.

Während sie wartete, spürte Sayeh, wie ihr der Schweiß den Rücken hinunterlief. Dieser Plan hatte viele Schwachstellen. Sie hatte keinen Ausweis dabei, den sie auf Verlangen vorzeigen konnte. Der deutsche Hotelgast beendete das Einchecken und ging in Richtung der Aufzüge. Sayeh schaute sich in der Lobby um. Zwei andere Geschäftsleute, die Europäer zu sein schienen, durchquerten die Lobby in Richtung eines Restaurants auf der anderen Seite.

Komm schon, dachte sie und blickte auf die Tür, durch die die Empfangsdame verschwunden war. Wenn sie weglaufen musste ...

Sayeh hatte keine Zeit, sich weiter mit dieser Möglichkeit zu befassen. Die Rezeptionistin tauchte wieder auf und reichte ihr lächelnd den Umschlag über den Tresen.

Sie nahm ihn etwas verblüfft entgegen, nickte der Angestellten zu und wandte sich zur Eingangstür. Sie hatte nicht vor, den Umschlag in der Hotellobby zu öffnen. Ein Pförtner öffnete ihr die Tür und sie war erleichtert, dass Reza immer noch davor wartete. Sie stieg in das Auto.

„Zufrieden?", fragte sie etwas zu fröhlich und winkte ihm mit dem Umschlag zu.

Er fuhr von der Eingangstür weg und auf den Parkplatz, auf dem er rückwärts in eine Parklücke fuhr. „Jetzt öffne ihn."

Vorsichtig öffnete sie den Umschlag. Darin fand sie ihren amerikanischen Reisepass in einer dicken Mappe. Sie blätterte durch die Seiten.

„Sieht für mich gut aus. Können wir jetzt fahren?"

Er fuhr nicht sofort los, sondern sah sie nur an. „Ich möchte, dass du ihn benutzt, Sayeh", sagte er leise.

Sie starrte ihn an. Sein dunkler Blick war auf ihre Augen gerichtet und sagte ihr genau das, was sie befürchtet hatte. Sie spürte, wie sich ihr Herz zusammenzog. Er streckte seine Hand aus und nahm die ihre.

„Und ich meine nicht nächsten Monat oder nächste Woche. Ich meine morgen. Ich will, dass du den Iran verlässt, und zwar sofort."

„Du weißt wirklich, wie man ein Mädchen bei einem Date beeindruckt." Ihre Stimme zitterte. Sie versuchte, ein falsches Lächeln aufzusetzen und ihre Hand loszureißen. Er ließ sie nicht los. Sie schaute aus dem Fenster. Er streckte seine andere Hand aus, berührte ihr Kinn und drehte ihr Gesicht, bis sie ihn wieder ansah.

„Sayeh, keiner von uns beiden hat einen Hehl daraus gemacht, was wir füreinander empfinden."

Sie spürte, wie sie errötete. Rezas Mutter war für ein paar Tage nach *Shomal,* der nördlichen Region des Landes am Kaspischen Meer, gefahren.

Das Haus seiner Familie für sich allein zu haben, hatte neue und aufregende Möglichkeiten für ihre Beziehung eröffnet, und das hatten sie ausgenutzt.

„Ich liebe dich. Das habe ich dir schon so oft gesagt. Das ist das erste Mal, dass ich so empfinde. Und ich sage dir, dass ich dich nicht verlieren will."

„Aber du willst, dass ich weggehe. Ausgerechnet jetzt. Ausgerechnet jetzt ..."

„Ja ... weil die Dinge sehr schnell hässlich werden. Gestern, heute. Die Demonstrationen sollten friedlich sein. Aber jetzt, während wir hier sprechen, fahren Lieferwagen vor den Häusern der Menschen vor, und ganze Familien, die nichts Illegales getan haben, werden von den Pasdaran in Gewahrsam genommen. Es handelt sich um Männer, Frauen, Teenager. Es spielt keine Rolle."

„Das ist Grund genug, nicht aufzugeben. Wir sprechen von Millionen von Menschen, die von dieser Ungerechtigkeit betroffen sind", argumentierte sie. „Überleg doch mal, wenn alle weglaufen würden, wer würde dann den Kampf führen?"

„Du nicht", sagte er leise. „Du fällst auf. Es ist nur eine Frage der Zeit, bis jemand auf dich aufmerksam wird und dich aufgreift. Und dann bist du erledigt. Sie werden sagen, dass du ein Spion bist, ein ausländischer Agent, der hier ist, um eine Revolution gegen das Land anzuzetteln ..."

„Ich werde nicht in Angst leben, Reza. Diese Situation könnte jedem passieren, ob Ausländer oder nicht. Sie könnten sagen, dass Mina oder Farzaneh für eine westliche Macht arbeiten. Du würdest ihnen nicht sagen, dass sie gehen sollen."

„Wenn sie einen amerikanischen Pass in der Hand hätten und eine Familie, die bereit wäre, die Vorbereitungen für ihre Flucht aus diesem Land zu treffen, würde ich ihnen dasselbe sagen", sagte er eindringlich. „Sayeh, siehst du nicht, dass du diesen Kampf auch von außen führen kannst? Du kannst die Informationen an die Medien weitergeben. Du kannst unseren Kampf vor den Vereinten Nationen und dem Weißen Haus und vor den Botschaften in Washington und New York und überall dort, wo die Leute es bemerken werden, organisieren und für uns kämpfen."

„Ich werde noch nicht gehen", sagte sie hartnäckig. „Ich gehe nicht weg."

„Ich mache mir Sorgen um dich."

„Ich mache mir auch Sorgen um dich. Aber ich verlange nicht, dass *du* gehst."

„Das ist mein Zuhause."

„Ich bin zwanzig Jahre alt. Ich habe beschlossen, dass dies auch mein Zuhause ist."

„Mein Gott. Weißt du, in Australien würden wir dich eine dicke *Sheila* nennen", schnauzte er, ließ ihre Hand los und blickte geradeaus. „Wir wollen keine Preise für Tapferkeit vergeben, aber wenn es einen Preis für Sturheit gäbe, würdest du ihn sicher gewinnen."

Sayeh verschränkte die Arme und sah ihn an, während sie darauf wartete, dass Reza fortfuhr. Doch der saß nur da und starrte schweigend auf den vorbeifahrenden Verkehr.

„Willst du dir eine neue Taktik ausdenken?", fragte sie. „Bemüh' dich nicht."

Er sagte kein Wort und sah sie nicht an.

„Lass mich raten. Dein nächster Trick wird sein, dass du mich nicht mehr sehen willst. Und du erwartest, dass du mich weinend bei deiner Großmutter ablieferst, weil du denkst, dass ich so aufgebracht sein werde, dass ich morgen den Iran verlasse."

„Wirst du gehen, wenn ich das tue?", fragte er und wandte sich ihr zu.

„Nein."

Er schüttelte den Kopf und gab auf.

„Gut", sagte er, beugte sich vor und küsste ihre Lippen.

Sayehs Augen weiteten sich. Sie zu küssen war ein gefährlicher Akt, von dem sie beide wussten, dass er Peitschenhiebe und Gefängnis nach sich ziehen konnte. Er zog sich zurück und legte den Gang ein.

„Gut, warum?"

„Gut, weil ich meine Beziehung zu dir nicht abbreche."

Sie lächelte, als er aus der Parklücke fuhr.

„Ich würde mich mit jedem vereinen, der das Richtige tut und mit niemandem, der das Falsche tut", sagte sie leise.

„Wer hat das gesagt?", fragte er.

„*Unser* Frederick Douglas."

Kapitel Einundfünfzig

Litchfield, Connecticut

„KONNTE JEMALS jemand ihre Leiche abholen?", fragte Hannah weinerlich.

Omid starrte auf den Stapel vergilbter Zeitungsausschnitte, die neben Briefen und einer Handvoll Fotos lagen. Einige waren an ihren Vater geschickt worden, andere stammten von Roya. Aus einer Zeitung, ein paar Zeilen. Aus einem Vortrags-Handzettel, eine Zusammenfassung ihres Vortrags. Aus einer Untergrundzeitschrift ein Artikel, den sie geschrieben hatte, um die Korruption der Regierung aufzudecken. Roya hatte alles gesammelt, was sie in die Finger bekam und es Omid zugeschickt.

„Sie wollten eine Bezahlung für die Kugeln, die sie bei ihrer Hinrichtung benutzt haben."

„Das ist nicht dein Ernst", flüsterte Hannah.

„Doch, es ist wahr. Die islamische Regierung wollte die Leiche meiner Mutter erst freigeben, wenn die Familie Geld für die Kosten bezahlte, die die Sicherheitskräfte für ihre Ermordung veranschlagten. Das steht in einem der Zeitungsausschnitte ..." Omid zog den Artikel aus dem Stapel. „Hier ist er."

Omid spürte erneut einen Kloß im Hals, als sie ihrer Tochter den Ausschnitt reichte. Drei Jahrzehnte lang hatte sie ihre Vergangenheit in einem Schuhkarton auf dem Regal ihres Schranks unter Verschluss gehalten. Jetzt ging sie alles mit ihrer Tochter durch.

Hannah hatte den Ausflug mit ihren Klassenkameraden abgebrochen und war einen Tag früher nach Hause gekommen, um bei ihrer Mutter zu sein. Omid bezweifelte, dass die Siebzehnjährige geahnt hat, dass sie heute Abend genau das tun würden ... auf dem Sofa sitzen, das Leben der Großmutter, die Hannah nie gekannt hatte, auf dem gläsernen Couchtisch ausgebreitet.

„Was steht da?"

Die Worte tanzten vor Omids Augen. Wenn man den Artikel als die ganze Wahrheit ansah, dann waren die einzelnen Zeilen, wer, wo und wie viel, die Gesamtsumme des Lebens einer bemerkenswerten Frau.

„Sie wollten ... umgerechnet fünftausend Dollar für die Freigabe der Leiche. Das hat er nie gesagt ... aber ich glaube, dein Baba Habib hat das Geld bezahlt. Azars Schwestern haben ihre Leiche abgeholt."

„Wie furchtbar."

„Die Regierung erlaubte der Familie keine Beerdigung. Ich nehme an, sie machten sich Sorgen um die Studenten und die anderen, die zu ihr aufschauten. Das Letzte, was sie wollten, war ein Märtyrer für die Opposition. Also wurde sie begraben ... still und leise auf einem kleinen Friedhof in Isfahan."

Hannah schlang ihre Arme um Omid und drückte ihr Gesicht an die Schulter ihrer Mutter. Sie weinten beide offen.

„Oh, Mama ... wie konntest du das alles nur so lange für dich behalten? Wie traurig ... wie furchtbar muss das alles gewesen sein."

Omid akzeptierte nun die Erkenntnis, dass es möglicherweise falsch war, nicht versucht zu haben, die tragischen Erinnerungen zu überwinden. Vielleicht hätte sie sie mit ihrem Mann und ihren Töchtern teilen sollen. Vielleicht hatte sie selbst ihre Ehe vergiftet, indem sie sich zurückgehalten und sich der Vergangenheit nicht gestellt hatte. In vierundzwanzig Jahren hatte sie John nie diese verletzliche Seite gezeigt, diese offene, nicht verheilende Wunde. In Wahrheit hatte John nie die Chance gehabt, den wahren Menschen hinter der gepanzerten Fassade, die sie aufgebaut hatte, kennenzulernen.

„Ich war siebzehn ... so alt wie du ... als ich erfuhr, dass meine Mutter getötet worden war", erzählte sie Hannah. „Ich hatte so große Schmerzen, dass ich mich selbst Stück für Stück, Gedanke für Gedanke zerrissen habe. Meine Schuldgefühle brachten mich um. Ich machte mir ständig Vorwürfe und ging in meinem Kopf immer wieder durch, was ich hätte tun können, um den Lauf der Geschichte zu ändern. Ich brachte mich um, nicht, indem ich mir eine Rasierklinge ins Handgelenk stach oder eine Flasche Pillen schluckte, aber ich brachte mich trotzdem mit jeder Sekunde um."

„Baba Habib und Carol müssen verrückt vor Sorge gewesen sein."

Omid nickte. „Ich war 1,70 m groß und wog 60 Kilo, als ich bei ihnen ankam. In dem Monat nach dem Tod meiner Mutter habe ich 15 Kilo abgenommen. Ich war zweimal im Krankenhaus, aber körperlich war alles in Ordnung mit mir. Die Ärzte und alle anderen wussten, dass es Trauer und Schuldgefühle waren, die mir das Leben aus den Knochen zogen. Also gaben sie mir Medikamente."

„Du hattest Schmerzen. Wie sollten da Medikamente helfen?" sagte Hannah kritisch und schüttelte den Kopf.

Omid zuckte mit den Schultern. „Sie mussten etwas tun und ich wollte mit niemandem reden. Ich wollte nicht essen. Was konnten sie tun? Sie waren verzweifelt. Carol würde sich mit dieser Lösung ohnehin nicht lange abfinden. Sie nahm jede Minute meines Lebens in die Hand. Innerhalb einer Woche setzte sie die Tabletten ab und fuhr mich zum Musikunterricht, zu Wissenschaftsmessen, zum Sprachunterricht, zu Aufführungen und zu allem, von dem sie glaubte, dass es mich von meinem Elend ablenken würde. Sie plante für jede Minute meiner Zeit eine Aktivität. Und sie war auch diejenige, die all diese Dinge über Azar in den Schuhkarton gepackt und auf das Regal gestellt hat. Sie sagte mir, ich könne sie in sechs Monaten oder in einem Jahr wieder hervorholen, aber nicht vorher. Sie sagte, ich brauche Zeit und Raum, um zu heilen. Danach könnte ich damit fertig werden."

„Aber das tatest du nicht."

Omid schüttelte den Kopf. „Nein, das habe ich nicht vermocht. Es tat zu sehr weh, auch nur daran zu denken, diese Dinge wieder anzusehen. Ich habe diese Schachtel mit ins College genommen, in meine erste Wohnung, in unser erstes Haus. Aber ich habe sie nie geöffnet. Ich hatte Angst. All die Jahre über hatte ich Angst."

Sie legte den Zeitungsausschnitt beiseite und hob den Stapel Briefe auf, den Azar ihr bei ihrer Ankunft in den USA geschickt hatte. Ein Brief pro Woche, jede Woche. Omid hatte sie alle aufgehoben.

„Ich wünschte, ich könnte Farsi lesen. Würdest du sie mir vorlesen?"

„Das werde ich. Aber ich muss mich zurückhalten ... wenn ich daran denke, wie sehr ich mir Sorgen um Sayeh mache ... Du musst mir helfen, das alles zusammenzuhalten."

„Du wirst es zusammenhalten, Mama. Für mich und für Sayeh und für dich. Und ich werde dir helfen, wenn ich kann." Hannah streichelte Omids Rücken. „Aber du solltest wissen, dass Sayeh trotzdem in den Iran gegangen wäre, auch wenn sie alles über Azar gewusst hätte. Es ist nicht deine Schuld, dass sie in diesem Schlamassel steckt. Sie trifft Entscheidungen für ihr Leben. Erwachsene Entscheidungen."

Omid sah ihre Tochter an und lächelte durch die Tränen hindurch. „Ich weiß, Schatz. Ich kann das Blut, das in ihren Adern fließt, nicht ändern ... oder in deinen."

„Gut." Hannah lächelte ebenfalls. „Aber ich denke, es ist an der Zeit, dass wir drei anfangen, das Leben meiner Großmutter zu feiern. Findest du nicht auch?"

Kapitel Zweiundfünfzig

Teheran
Montag, 15. Juni 2009

SAYEH TIPPTE den Text am Ende des Newsletters zu Ende. Die Zeilen des Sufi-Dichters Rumi waren ein wenig literarisch, ein wenig krass, aber sie waren auch trotzig ... befreiend.

> *Als Stein bin ich gestorben und als Pflanze wieder auferstanden;*
> *Als Pflanze starb ich und erhob mich als Tier;*
> *Ich starb als Tier und wurde als Mensch geboren.*
> *Warum sollte ich mich fürchten? Was habe ich durch den Tod*
> *verloren?*

Sie drückte auf „Speichern", um sicherzugehen, dass ihre Ergänzungen aufgenommen wurden. Die Nachrichten, die sie überbrachte, waren düster. Die Gewalt der Revolutionsgarde und ihrer bezahlten Marionetten, der Basij, richtete sich nicht nur gegen die Demonstranten auf der Straße, sondern auch gegen die Menschen in ihren Häusern, in den Wohnheimen der Universitäten und sogar in den Notaufnahmen der Krankenhäuser. Kein Ort war mehr sicher.

Millionen von Menschen waren in den vergangenen drei Tagen in fast allen Städten und Gemeinden des Landes auf die Straße gegangen. *Allah*

Akbar, Gott ist groß, schallte nachts von den Dächern wie ein Schlachtruf – ironischerweise aus *Trotz* gegen die Mullahs. Und jeden Tag strömte eine Welle von Männern, Frauen und Kindern auf die öffentlichen Plätze, um der Welt stolz ihr Gesicht zu zeigen und sich der Lüge zu widersetzen, die man ihnen aufzwang. Die Rufe klangen wie Musik, die über das ganze Land schallte.

„Natarseed ... natarseed, Ma ba ham hasteem.“ Habt keine Angst. Habt keine Angst. Wir sind alle zusammen. *„Raee man kojast?“* Wo ist meine Stimme? *„Chera baradarayeh ma ra mekosheed?“* Warum tötest du unsere Brüder? *„Chera khaharayeh ma ra mekosheed?“* Warum tötest du unsere Schwestern? *„Margh bar Diktator!“* Tod dem Diktator!

Und dann kamen die Opfer. Gruppen von Demonstranten, die Schilder mit der Aufschrift „Wo ist meine Stimme?“ trugen, wurden von der von den Pasdaran unterstützten Miliz in der Nähe der Universität von Teheran angegriffen. Auf dem Azadi-Platz wurden Demonstranten und Schaulustige von den Basij erschossen. Bei Demonstrationen in Isfahan, Mashhad und Qom wurden Dutzende unschuldiger Menschen erschossen oder mit Knüppeln erschlagen. Die tatsächliche Zahl der bereits durch die Gewalt ums Leben gekommenen Menschen war viel höher, als die Regierung über die staatlichen Medien zugab. Und die Zahl der Verhafteten stieg mit jedem Tag exponentiell an.

Mina steckte ihren Kopf in den Raum. „Du musst für heute Schluss machen. Wir sollten von hier verschwinden.“

Sayeh drückte erneut auf die Speichertaste und schloss die Datei. Sie überprüfte den Internetzugang. Es war ein Wunder, aber sie hatte heute Morgen ein Signal. Sie schickte die Datei per E-Mail an sich selbst und beschloss, eine Kopie der Datei an ihre Mutter und auch an Hannah zu schicken, während ihre Finger über die Tastatur huschten.

Seit der letzten Woche waren Sayeh, Mina, Farzaneh und zwei Studentinnen der Universität Teheran zu einem Team geworden, das gemeinsam Flugblätter und Rundbriefe schrieb und veröffentlichte. Als Gruppe aktualisierten sie ihre Facebook-Seiten und erstellten Videoclips mit Musik, Fotos und Demonstrationsmaterial für YouTube. Sie waren ein Team in einer wachsenden Armee von Freiwilligen, die unermüdlich daran arbeiteten, Informationen über die Geschehnisse im Iran in der Welt zu verbreiten.

Wegen der gewaltsamen Unterdrückung durch die Regierung mussten sie jeden Tag an einem anderen Ort arbeiten. Die Wohnung von jemandem, das Haus eines Professors, eine leere Wohnung in einem Hochhaus, ein Büro in der Innenstadt bei Nacht. Jeden Tag wurde Reza mit einer SMS benachrichtigt, in der lediglich die Uhrzeit und die Adresse des Treffpunkts angegeben waren. Bislang hatte das System reibungslos funktioniert.

Computer, Hochleistungsdrucker, Internetzugang – alles wurde von den Organisatoren eingerichtet. Alles, was Sayeh und die Gruppe tun mussten, war, zu erscheinen und die Arbeit zu erledigen.

„Beeil dich, Sayeh", sagte Farzaneh und kam herein. Sie begann, die beiden anderen Computer herunterzufahren.

„Ich bin fertig." Sie beendete die Sicherung ihrer Arbeit auf einem Stick und warf einen Blick auf die Uhr des Computers, bevor sie ihn ausschaltete. Es war zwei Minuten vor fünf. Reza sollte die drei Freunde um fünf Uhr am Ende dieser Straße abholen.

Die Wohnung, in der sie heute untergebracht waren, befand sich im zweiten Stock des Vanak-Viertels von Teheran. Das zweistöckige Gebäude hatte für jedes Stockwerk einen eigenen Eingang und lag am Ende einer engen Sackgasse.

„Ein wirklich guter Tag", sagte Mina. Sie kam herein und rückte einen Schal in ihrem Haar zurecht.

Farzaneh nickte. „Ich hoffe, Reza ist nicht im Verkehr stecken geblieben ..."

„*Eena Keyand?*" Wer sind diese Leute?

Als sie den leisen Alarmschrei eines Schülers aus dem anderen Raum hörten, erstarrten die drei Frauen. Sayeh kam als Erste wieder zu sich und ging schnell zur Tür, die die beiden Räume trennte. Die beiden Studenten im vorderen Zimmer schauten durch die geschlossenen Jalousien auf die Straße hinunter.

Sie lief zum Fenster und sah selbst nach. Ein Mann in Zivil führte fünf bewaffnete Polizisten mit schwarzen Westen an. Zwei weitere, schwarz gekleidete Männer mit schwarzen Masken, in denen Mund und Augen ausgeschnitten waren, folgten ihnen auf den Fersen.

Sie sah, wie der Anführer sich umdrehte und jemandem auf der Straße ein Zeichen gab. Es mussten mehr von ihnen sein, als sie sehen konnten.

„Wir müssen hier raus ... über das Dach", sagte Mina hastig.

Sayeh hatte vergessen, wie man atmet. Alle anderen begannen gleichzeitig zu sprechen.

„Bist du sicher, dass die Dächer miteinander verbunden sind?", fragte eine von ihnen auf Farsi.

„Vielleicht sind sie nicht hinter uns her. Wir sollten hier bleiben", schlug ein anderer vor.

„Wir können nicht hier warten und das Risiko eingehen", sagte Mina eilig.

„Wir können nicht zulassen, dass sie uns hier mit all dieser Elektronik finden", erinnerte Farzaneh sie. „Das ist automatisch ein Beweis für unsere Schuld. Morgen früh stehen wir vor einem Erschießungskommando."

Das war die einzige Motivation, die sie brauchten. Eine Tür neben der Küche führte zu einem Innenhof über dem ersten Stock. Zwei der Studentinnen schleppten schnell einen Tisch auf die Terrasse und stellten einen Stuhl darauf. Mina kletterte ohne Schwierigkeiten auf das Dach des Gebäudes und sah sich um.

Sie hockte sich hin und flüsterte, während eines der beiden Mädchen der Teheraner Universität auf den Tisch kletterte. „Wir können auf das nächste Dach springen. Dort gibt es einen Balkon, von dem aus man einen großen Garten überblicken kann. Wir können bis zur nächsten Straße laufen. Beeilt euch."

Die andere Studentin folgte ihr. Farzaneh und Sayeh waren die letzten beiden, die noch auf dem Boden waren.

„Du bist die Nächste", sagte Farzaneh.

„Nein, du."

„*Tarouf nakon*", warnte sie. Keine Höflichkeit. „Reza wird mich umbringen, wenn dir etwas zustößt."

Sayeh wollte gerade auf den Tisch klettern, als sie sich an den Speicher-Stick erinnerte. „Geh, ich komme gleich nach."

Bevor die andere Frau etwas sagen konnte, rannte Sayeh zu dem Computer, an dem sie gerade gearbeitet hatte. Der Stick gehörte einem anderen der Protestorganisatoren. Sie wusste nicht, welche anderen Informationen auf dem Gerät waren.

Es gab kein Klopfen. Keine Vorwarnung, bevor die Wohnungstür mit voller Wucht aus den Angeln flog.

Sayeh rannte zu der Tür, die den Eingangsbereich vom Rest der Wohnung abschloss, und beeilte sich, sie zu schließen.

„Sayeh", schrie Farzaneh.

„Geh, bitte geh", schrie Sayeh.

Sie schloss die Tür und stemmte sich dagegen, während sie versuchte, sie zu verriegeln. Die Tür hätte genauso gut aus Pappe sein können, denn eine Sekunde später flog sie über den Boden und die Tür fiel auf sie nieder.

Sayeh blieb unter der Tür liegen, betäubt und unfähig, Luft zu holen. Sie blieb nicht lange dort liegen.

Die rohe Gewalt, mit der sie von dem Moment an konfrontiert wurde, als sie sie erreichten, übertraf jeden noch so schrecklichen Albtraum. Die Tür wurde zurückgeworfen und jemand packte ihren Kopf und schlug ihn hart auf den Boden. Noch während in ihrem Kopf Lichter aufblitzten, spürte sie, wie ihr jemand in den Magen trat und sie umdrehte. Ihre Hände wurden ihr auf den Rücken gerissen und Männer schrien um sie herum.

„Bala ... bala. Oon taraf raftand", rief jemand. Hoch ... hoch. Sie gingen in diese Richtung.

Sayeh versuchte aufzustehen, indem sie eine Hand frei drehte. Als sie auf die Knie ging, wurde Sayeh sofort wieder von einem harten Tritt in den Rücken zu Boden geworfen. Ein weiterer folgte in den Magen. Sie krümmte sich vor Schmerzen zusammen und konnte erneut nicht atmen. Jemand packte sie an den Haaren und zerrte sie auf die Beine, während sich ein Kabelbinder um ihr Handgelenk legte und ihre Hände hinter den Rücken gezogen wurden. Augenblicklich hatten sie ihre Handgelenke zusammengebunden.

„Bebaresh", befahl jemand. Nimm sie.

Ihre Sicht war trübe. Wegen der Schmerzen in ihrer Seite konnte sie weder aufrecht stehen noch tief Luft holen. Zwei der Polizisten packten sie am Arm und zerrten und schoben sie zur Tür hinaus. Sie trugen sie halb die Treppe hinunter, dann warfen sie sie buchstäblich auf die Straße.

Sayeh spürte, wie ihre Lippe aufplatzte, als ihr Kopf auf dem Pflaster aufschlug und der Geschmack von Blut vermischte sich mit Asphalt in ihrem Mund, als ihr jemand einen Stiefel in den Nacken drückte. Sie lag flach auf dem Gesicht, unfähig, sich zu bewegen. Dann ein weiterer scharfer Tritt gegen ihre Seite. Wieder wurde sie mit einem Ruck auf die Beine gebracht und sie begannen, sie die Straße hinunterzuschleifen.

Sie versuchte, sich zu konzentrieren. An der Ecke, die die Kreuzung teilweise blockierte, wartete ein Lieferwagen mit offener Hecktür. Ein anderer Polizist in Zivil hielt die Tür auf.

Jetzt ist es soweit, dachte sie. *Es ist wirklich passiert.*

Bilder von Gesichtern tauchten vor ihrem geistigen Auge auf. Ihre Mutter, ihre Schwester, ihr Vater. Ein Aufflackern von Traurigkeit. Doch dieser flüchtige Gedanke wich einem anderen, überraschenden Gedanken. *Ich habe mein Leben nicht vergeudet.*

Sofort wurden die unausgesprochenen Worte durch das Geräusch von quietschenden Reifen in der Ferne aus Sayehs Gehirn gerissen. An der Ecke drehte der Polizist in Zivil neben dem Lieferwagen den Kopf und einen Augenblick später sah sie, wie Rezas Auto mit voller Wucht in das Heck des Fahrzeugs krachte und den Polizisten in der Blechlawine einklemmte.

Zerbrochenes Glas explodierte wie Regentropfen und bedeckte die Straße. Die Männer, die Sayeh schleppten, ließen sie los und stürzten auf die Katastrophe zu.

Sayeh stand mit zitternden Beinen da und sah entsetzt zu, wie Reza, sein Gesicht weiß vor Wut, sich aus dem zerstörten Auto stieß und sich auf die beiden Männer stürzte, die sie geschleift hatten.

Sie hörte zuerst die Schüsse und sah dann, wie Reza langsam auf die Knie sank.

„NEIN!" Sayehs Schrei kam aus den Tiefen ihrer Seele.

Plötzlich kämpfte sie mit ihnen, trat und stieß einen mit dem Kopf und schlug mit der Schulter auf den anderen ein. Einer von ihnen fluchte und stieß sie brutal zur Seite und als sie fiel, sah sie, wie Reza versuchte, aufzustehen.

Der Polizist hob erneut seine Pistole und schoss Reza mit einem gezielten Schuss in die Stirn.

Sie sah entsetzt zu, wie Reza zu Boden fiel und auf sein Gesicht fiel. Das Blut begann, sich um seinen Kopf herum auszubreiten, füllte die Risse auf der Straße und sammelte sich zu einer tiefroten Lache.

„MÖRDER ... MÖRDER!" Sie war fast an Rezas Seite, als jemand die Hand ausstreckte, um sie aufzuhalten. Sie biss in die Hand, bis sie Blut schmeckte und der Mörder seine Hand losreißen konnte. Sie drehte sich um und schlug wild um sich.

Ein Polizeiknüppel sauste durch die Luft und traf sie schmerzhaft unter dem Ohr. Sie taumelte, kämpfte aber weiter. Mehr als zwei Männer umringten sie jetzt und schlugen auf ihren Kopf ein. Ein Schlag nach dem anderen traf sie, bis sie nichts mehr spürte.

Sayehs lebloser Körper sank zu Boden und ließ sich neben den von Reza fallen, ihr Gesicht kam auf seinem Ellbogen zur Ruhe. Das Blut, das aus ihrem Mund und ihren Ohren floss, rann über seinen Unterarm, bevor es sich mit seinem Blut auf dem Asphalt vermischte.

Die purpurne Lache war bereits mit dem Staub der Straße bedeckt. Doch selbst als sich ihre Seelen über ihren verstümmelten Körpern erhoben, sickerte das Blut von Sayeh und Reza durch die Ritzen des Straßenpflasters nach unten ... und tief in die Erde des Iran.

Kapitel Dreiundfünfzig

Litchfield, Connecticut
16. Juni 2009

„SAYEH!"

Erschrocken setzte sich Omid im Bett auf, geweckt durch ihren eigenen Schrei.

„Sayeh", wiederholte sie leise. Sie schaute auf die Uhr. Es war 2:14 Uhr morgens.

„Mama?" Die Schlafzimmertür flog auf und Hannah kam herein. „Geht es dir gut?" Sie schaltete die Nachttischlampe an.

„Mir ... geht es gut", sagte Omid schläfrig.

Aber es ging ihr nicht gut. Plötzlich fühlte sie sich krank. Die erste Welle der Übelkeit überrollte sie und ließ ihr kalte Schweißperlen auf der Haut ausbrechen. Die zweite Welle folgte nur Sekunden später und ließ sie ins Bad rennen.

In der Dunkelheit kniete sie neben der Toilettenschüssel. Der Inhalt ihres Magens entleerte sich mit dem ersten Husten. Aber das war noch nicht das Ende. Ihr Körper zitterte unkontrolliert, ihr Herz pochte. In ihrem Kopf bohrte sich ein scharfer Schmerz tief in ihr Gehirn und riss wie eine Kettensäge durch das weiche Gewebe. Und inmitten all dessen konnte sie nicht mehr zu Atem kommen.

„Mom? Was ist los?" Hannah schlang ein Handtuch um ihre Schultern.

Sie spülte die Toilette herunter und hockte sich neben sie.

Das Licht aus dem Schlafzimmer drang in das dunkle Badezimmer und warf tiefe Schatten um sie herum. Omid blickte in das besorgte Gesicht ihrer Tochter. Sie wollte Hannah versichern, dass alles in Ordnung war, aber sie konnte es nicht. In einem Bruchteil einer Sekunde war etwas physisch zerbrochen. Ihr Körper versagte ... schnell. Sie öffnete den Mund, um etwas zu sagen, aber ein Würgegefühl schnürte ihr die Kehle zu. Bevor sie etwas sagen konnte, schoss ein Schmerz wie ein heißer Schürhaken in ihre Brust und riss ihr das Herz auf.

„Mama, was ist los? Du machst mir Angst. Soll ich den Arzt anrufen?"

Plötzlich war der Schmerz in ihrem Kopf und in ihrer Brust verschwunden. Ein losgelöstes Gefühl bewegte sich durch ihren Körper, durch ihren Geist, glitt durch ihre Poren nach außen und umhüllte sie. Omid spürte, wie sie zu schweben begann.

Sie lag im Sterben.

„Bring mich ... bring mich in die Notaufnahme", schaffte sie, zu sagen.

ELEKTROKARDIOGRAMM, Bluttests für Herzschädigungsmarker, Anamnese, körperliche Untersuchung. Sie haben alles gemacht.

Es war nichts zu finden. Bis zum Morgengrauen waren sogar die Symptome verschwunden.

„Ich habe mit Ihrem Hausarzt telefoniert, und er möchte Sie heute Morgen sehen. Er möchte noch eine Reihe von Tests durchführen", erklärte der Arzt der Notaufnahme im St. Mary's Hospital. „Er hat uns gebeten, Sie hierzubehalten, bis er heute Morgen zur Visite kommt."

„Nein", sagte Omid ohne Umschweife. „Ich muss jetzt nach Hause gehen. Ich werde anrufen und einen Termin vereinbaren, um ihn später am Tag in seiner Sprechstunde zu sehen."

„Mrs. Olson", begann der junge Arzt.

„Nein", sagte Omid entschlossener. „Ich muss nach Hause. Bitte machen Sie kein Problem daraus."

Es gab keine Möglichkeit, sie aufzuhalten. Sie hörte sich die Standardanweisungen ohne Interesse an. Sie unterschrieb Formulare, mit denen sie auf ihr Recht verzichtete, den Arzt und das Krankenhaus zu verklagen, da sie gegen deren Empfehlungen ging. Die ermunternden Vorträge des jungen Arztes und später einer Krankenschwester gingen weiter, aber Omid hörte nicht einmal mehr zu. Sie wusste, was gestern Abend schiefgelaufen war. Sie hatte eine Panikattacke gehabt. Wenn sie dreißig Jahre zurückdachte, erinnerte sie sich an eine ähnliche Erfahrung, nachdem sie erfahren hatte, dass ihre Mutter gestorben war.

Das Heilmittel für das, was sie plagte, konnte nicht in einem Krankenhaus gefunden werden.

Schließlich gingen alle, aber bevor Omid sich vom Bett erheben und anziehen konnte, kam Hannah herein.

„Sie sagen mir, dass du nach Hause willst", sagte sie. „Aber mehr wollen sie mir nicht sagen."

„Es war nicht mein Herz letzte Nacht und es war auch kein Schlaganfall. Es war nur eine Panikattacke, das ist alles. Jetzt ist es vorbei."

Hannah half ihr, aus dem Krankenhauskittel und in ihre eigene Jogginghose und ihr Sweatshirt zu kommen. „Ich hoffe, es macht dir nichts aus, aber ich musste Carol anrufen. Sie wollte ins Krankenhaus kommen, aber ich habe sie gebeten, stattdessen zu uns nach Hause zu kommen."

Omid war das recht. Um den Plan, den sie im Krankenhausbett gefasst hatte, durchzuziehen, brauchte sie ohnehin Carols Hilfe. Aber zuerst musste sie mit ihrer Tochter sprechen ... bevor sie nach Hause kamen.

Ein Verwalter brachte noch mehr Formulare, die sie unterschreiben musste, bevor sie tatsächlich aus der Tür gelassen wurde und Omid wartete, bis sie im Auto saßen, bevor sie das Thema mit Hannah ansprach.

„Dein Abschluss ist Ende dieser Woche", sagte Omid.

„Ich weiß", sagte Hannah und startete den Wagen. Ihre Augen waren vom Schlafmangel und den Tränen, die sie in der Nacht geweint haben musste, rot gerändert.

„Du wirst mich dafür hassen, was ich dir jetzt sagen werde."

Hannah stellte den Motor ab und sah sie an.

„Ich muss deine Abschlussfeier verpassen", sagte Omid leise.

„Was meinst du?"

„Ich werde nicht hier sein, um sie mit dir zu feiern. Aber wir werden sie feiern, wenn ich zurück bin. Ich verspreche es."

„Von wo kommst du zurück?"

„Aus dem Iran. Ich werde gehen. Das muss ich. Ich muss gehen und Sayeh zurückholen."

„Mama, du hast keinen iranischen Reisepass. Du hast mir doch gesagt, dass sie dich ohne einen solchen nicht ins Land lassen."

„Ich habe unseren Anwalt gebeten, einen Weg zu finden, mich ins Land zu bringen. Er hat seine Verbindungen. Er hatte vor, Sayeh herauszuholen. Nun, er kann mich auf demselben Weg hineinbringen und dafür sorgen, dass wir beide gleichzeitig ausreisen."

„Das ist verrückt." Hannah begann, den Kopf zu schütteln. Tränen hinterließen Spuren auf ihren Wangen. „Das kannst du nicht. Bitte, Mom. Sayeh hat mir klipp und klar gesagt, dass ich dich nicht dorthin gehen lassen kann. Nach allem, was du mir neulich von deiner Mutter gezeigt und erzählt hast ... bitte ... ich will dich nicht verlieren."

„Du wirst mich nicht verlieren."

„Nein, Mom", Hannahs Stimme erhob sich. Ihre Tränen flossen immer heftiger. „Ich bin auch deine Tochter. Ich sollte bei einer so gefährlichen Entscheidung ein Mitspracherecht haben. Ich brauche dich, Mom. Du kannst das nicht tun. Du kannst nicht gehen."

Omid streckte die Hand aus und nahm Hannahs Hand. „Wenn ich hingehe ... wenn ich an ihrer Tür auftauche, ist das das Einzige, was Sayeh überzeugen wird, zu gehen. Ich muss hingehen. Das ist die einzige Möglichkeit, die mir einfällt, um sie nach Hause zu bringen. Wir beide haben die Kopien der regierungsfeindlichen Rundbriefe bekommen, die sie schreibt und verteilt. Du hast die Berichte über Wahlbetrug gelesen und die Zahlen der Menschen, die verhaftet und getötet wurden. Im Iran gibt es keine Meinungsfreiheit. Wenn man sie erwischt, könnte sie vor ein Erschießungskommando gestellt werden ... nur wegen der Worte, die sie zu Papier bringt."

Sie drückte sanft Hannahs Hand.

„Vor Jahren traf meine Mutter die schwierigste Entscheidung ihres Lebens und schickte mich aus dem Iran. Ich wollte nicht gehen. Aber sie hat mich gezwungen, zu gehen. Und so sehr ich mich damals darüber geärgert habe, weiß ich heute, dass sie mir das Leben gerettet hat. Sie hat mich gerettet, um meinen eigenen Töchtern das Leben zu schenken. Jetzt muss ich dasselbe für Sayeh tun. Ich muss dorthin gehen und sie herausholen."

Hannah starrte sie schweigend an.

„Du und Sayeh seid meine Töchter, mein eigen Fleisch und Blut. Ich kann nicht hier sitzen, am anderen Ende der Welt und einfach hoffen, dass sich Sayehs Probleme von selbst lösen werden. Ich tue dasselbe für sie, was ich für dich tun würde, wenn du in der gleichen Situation wärst. Aber ich möchte, dass du verstehst, *warum* ich das tun muss."

Hannah lehnte ihren Kopf zurück gegen die Kopfstütze und schloss die Augen. Die Tränen hörten nicht auf. Die beiden saßen lange Zeit schweigend da.

Die Panikattacke mitten in der Nacht besiegelte für Omid die

Entscheidung, was sie zu tun hatte. Sie konnte ihren Alltag nicht mehr bewältigen, ohne zu wissen, was Sayeh tat und wie sehr ihr Leben in diesem Moment in Gefahr war. Sie konnte nicht länger damit leben, sich zu fragen, wann ihre Tochter endlich begreifen würde, in welch misslicher Lage sie sich befand. In der letzten Nacht hatte Omid das Gefühl, fast gestorben zu sein, nur um wieder ins Leben zurückzukehren. Diese Erfahrung hat ihr den Weg klargemacht. Jetzt musste sie die Schritte gehen.

Irgendwann später startete Hannah das Auto und fuhr schweigend nach Hause. Omid wünschte sich, dass es nicht so sein müsste. Aber dies war der Erste von vielen Kämpfen, die sie zu bestehen hatte. Carol würde auch gegen diese Entscheidung sein. Und Omid wusste bereits, dass Sayeh verärgert sein würde, denn dies hatte direkte Auswirkungen auf die Beziehung, die sie gerade mit Reza begann, sowie auf die politischen Aktivitäten, an denen sie jetzt beteiligt war.

Es gab auch noch andere Komplikationen, die mit der Arbeit und der Überzeugung des Anwalts zu tun hatten, die Vorbereitungen zu treffen. Es musste jedoch in den nächsten Tagen geschehen. Omid wollte keine Zeit mehr verlieren.

Carols Auto stand bereits in der Auffahrt, als Hannah einfuhr. Ein grauer, regenverhangener Himmel beherrschte die frühen Morgenstunden.

„In der Schule ist diese Woche nichts los, stimmt's?“

„Nein.“

Es gab noch zwei offizielle Schultage und am Ende der Woche stand die Abschlussfeier an. „Wie wäre es, wenn ich anrufe und du im Haus bleibst und mir heute und morgen hilfst?“

„Klar, klingt gut“, sagte Hannah müde und stieg aus dem Auto.

Omid war erleichtert, dass ihre Tochter anscheinend eingesehen hatte, was zu tun war. Sie erinnerte sich daran, dass sie selbst vor Jahren dasselbe getan hatte, als Azar entschlossen gewesen war, sie wegzuschicken.

Sie gingen durch die Garagentür hinein, und Carol kam ihnen in der Küche entgegen.

Kein Schimpfen. Kein *Ich habe es dir ja gesagt*. Kein Witzereißen. Carol ging direkt auf Omid zu und schlang ihre Arme um sie.

Die beiden Frauen hielten sich fest, und die Fassade der Ruhe, die Omid auf dem Heimweg aufgebaut hatte, fiel jetzt auseinander. Zu viele gemeinsame Erinnerungen verbanden sie. Die Vergangenheit war jetzt die Gegenwart. Die schreckliche Angst vor allem, was im Leben schiefgehen konnte, war in ihren Gesichtern und in der verzweifelten Umklammerung ihrer Hände zu sehen.

„Du wirst das durchstehen, meine Liebe", sagte Carol und drückte Omid einen Kuss auf die Stirn. „Du musst deinen Anwalt anrufen. Er hat in der letzten Stunde zweimal zu Hause angerufen. Auf deinem Handy konnte er dich nicht erreichen."

Omid hatte ihr Handy im Krankenhaus ausgeschaltet und sie hatte vergessen, es einzuschalten, als sie gegangen waren. Sie schaute auf die Uhr. Es war erst ein paar Minuten nach sieben. Sie wollte nicht raten, warum der Anwalt sie so früh anrief. Das brauchte sie auch nicht. Die iranische Zeit war acht Stunden voraus. Der Anruf hatte etwas mit Sayeh zu tun.

Omid ging ins Arbeitszimmer, um den Anruf zu tätigen. Sie musste dem Anwalt von ihrem Plan, in den Iran zu gehen, erzählen, aber sie hatte Carol noch nichts davon erzählt.

Sohrab Iman ging sofort an sein Handy.

„Frau Olsen, ich habe gerade mit Ihrem Mann auf dem Handy gesprochen."

Die Merkwürdigkeit dieser Information verblüffte sie mehr als alles andere. Sie fragte sich, wer wen angerufen hatte. Diese Frage erschien ihr jedoch belanglos, als sie plötzlich die Schärfe in der Stimme des jungen Mannes bemerkte. Sie hatte Sohrab noch nicht persönlich getroffen, aber sie hatten oft genug miteinander telefoniert, sodass Omid bemerkte, dass etwas anders war.

„Mein Mann ist im Moment nicht zu Hause", sagte sie.

„Ja, das hat er gesagt." Der Anwalt hielt inne. „Ich hatte in der Nacht einen Anruf aus dem Iran, von demselben Reisenden, der Sayehs Pass zu ihr gebracht hatte."

In einer E-Mail vor ein paar Tagen hatte Sayeh erwähnt, dass sie ihren Pass abgeholt hatte.

„Gab es ein Problem?"

„Gibt es, aber nicht mit dem Pass." Sohrab hielt wieder inne. „Er hat mir eine erschütternde Nachricht überbracht."

Omid setzte sich auf die Kante ihres Stuhls.

„Sie sollten wissen, dass ich noch nichts davon bestätigen kann. Aber wenn ich mich an das Gespräch erinnere, das wir in der ersten Nacht geführt haben ... darüber, wie sich ein Elternteil in einer solchen Situation fühlen muss ... Warten scheint nicht ... Ich musste anrufen und ..."

Er brabbelte vor sich hin. Doch der Unterton in der Stimme des jungen Mannes drang durch die Leitung und umklammerte ihre Kehle mit einem tödlichen Griff.

Omids Stimme war kalt und starr wie Schiefer auf einem Grabmal. „Was ist los, Sohrab?“

„Mein Kontakt hat einen Anruf erhalten … von einer jungen Frau, die sich Mina nannte. Sie sagte, Sayeh habe bei ihr gewohnt.“

Warum *hat sie das getan?* dachte sie.

„Mina erzählte ihm, dass gestern gegen fünf Uhr … Teheraner Zeit … Miliz und Sicherheitskräfte in eine Wohnung einbrachen, in der einige Studenten Rundbriefe zusammenstellten. Drei entkamen … eine von ihnen war die junge Frau Mina. Eine Person wurde entführt … und … und zwei wurden getötet.“

Getötet. Das Wort hallte wieder und wieder in ihrem Kopf nach. *Getötet.*

Nein … das konnte nicht wahr sein. Sie hatte ihm nicht richtig zugehört.

„Mina sagte ihm, dass Sayeh eines der Todesopfer war.“

Kapitel Vierundfünfzig

New York City
1. Juli 2009

„AM FLUGHAFEN in Teheran werden ein Auto und ein Fahrer auf mich warten. Mein Visum ist nur für vierundzwanzig Stunden gültig. Ich muss weder in ein Hotel einchecken, noch über Nacht bleiben. Jemand von der Schweizer Botschaft wird im Auto warten und mir bei ... den Details helfen."

John blickte nicht zu ihr auf. Er stützte sich mit den Ellbogen auf die Knie. Seine Augen bewegten sich nicht von den verschränkten Fingern, die zwischen seinen Knien baumelten. Omid saß still neben ihm und hörte zu.

„Ich bezahle die Kosten ... ich bezahle ... ich ..." Er brauchte einen Moment, bevor er fortfuhr. „Wenn ich Sayehs Leiche bekomme, soll sie für mich bereit sein, damit ich sie direkt zum Flughafen bringen kann."

Die Tränen hörten nicht auf. Sowohl seine als auch ihre. Die beiden saßen auf einer Bank am Geländer mit Blick auf die Abfertigungsbereiche für internationale Flüge, die den JFK Flughafen verließen. Der Lufthansa-Flug sollte erst in einer Stunde starten.

Sohrabs Nachricht war richtig gewesen. Sayeh und Reza waren tot ... und Farzaneh war entführt worden. Die iranischen Beamten bestritten jede Beteiligung an den Todesfällen; sie sagten, die Todesfälle seien das

Ergebnis eines Autounfalls. Sie haben nie zugegeben, Farzaneh in Gewahrsam genommen zu haben.

Dann, vor weniger als einer Woche, wurde Farzanehs Leiche gefunden, die am Rande einer Autobahn in Teheran abgelegt worden war. Die Leiche war stark verbrannt, aber es gab Hinweise auf wiederholte Vergewaltigung und Folter. Öffentliche Beschwerden der Familie wurden jedoch nicht zugelassen. Es wurden keine strafrechtlichen Ermittlungen eingeleitet. Keine Abteilung der Sicherheitskräfte der Regierung wollte die Verantwortung für die grausame Behandlung und den Mord an einer unschuldigen Frau übernehmen. Für die iranische Polizei war der Tod ein unglückliches Verbrechen in einer gefährlichen Stadt.

Als Omid und John von Farzanehs Schicksal erfuhren, kamen sie zu der Erkenntnis, dass es in einer Welt, in der die Justiz das menschliche Leben verachtet – vor allem, wenn es sich bei dem Leben eines Gefangenen um eine Frau handelt – es besser gewesen wäre, wenn Sayeh bei dem Angriff auf die Wohnung gestorben wäre.

Aber die Leiche ihres Kindes wiederzubekommen, war eine weitere mühsame und langwierige Tortur.

Die Iraner bestritten tagelang, die Leiche zu besitzen. Schließlich „gelang es" den Iranern durch die Bemühungen der Schweizer Botschaft, die vom Außenministerium in Washington, DC, dazu gedrängt wurde, Sayehs Leiche „ausfindig zu machen" und es wurden Vorkehrungen für die Rückführung der amerikanischen Studentin getroffen.

Natürlich gab es einen Haken. Die iranische Regierung würde diese „Gefälligkeit" *nur dann* gewähren, wenn ein Elternteil die Leiche abholen würde.

Vom ersten Moment an, als die Bedingungen für die beiden festgelegt wurden, hatte John darauf bestanden, derjenige zu sein, der gehen sollte. Omid vermutete, dass er durch Hannah von ihrer Kindheit und Azars Tod erfahren hatte. Er und Hannah glaubten beide, dass Omids Leben in Gefahr wäre, wenn sie einen Fuß in den Iran setzen würde.

Omid verstand, dass Johns Trauer der ihren entsprach. Beide hatten auf ihrem Weg Fehler gemacht und es gab genug Kummer und Schuldgefühle für alle. Ihre zukünftigen Wege gingen in unterschiedliche Richtungen, aber sie liebten beide ihre Kinder und sie verstanden beide, dass es an der Zeit war, zusammenzuarbeiten ... für Hannah.

„Gibt es sonst noch etwas, was ich während meines Aufenthalts in Teheran tun soll? fragte John.

„Meine Cousine Zari ... sie könnte für einen Tag nach Teheran kommen, um dich zu sehen. Ich weiß es nicht genau. Sie hat eine junge Familie und will die Aufmerksamkeit der Regierung nicht auf sich ziehen. Sie sagte, sie werde eine Nachricht in der Schweizer Botschaft hinterlassen, wenn sie kommen kann."

John nickte. „Was ist mit der alten Frau, bei der Sayeh in Teheran gewohnt hat ... Shahr Banoo? Meinst du, ich sollte sie besuchen?"

Wieder sammelten sich Tränen in Omids Augen. Sie schüttelte den Kopf. „Sie hat zwei ihrer Enkelkinder durch diese Tragödie verloren. Ich weiß nicht ... wie soll man jemandem, dessen Leben auf Liebe und Güte aufgebaut ist, solche Gewaltverbrechen erklären? Ich weiß nicht, wo sie jetzt ist oder wie ihre Familie mit dem Verlust zurechtkommt."

Eines Tages, noch in diesem Leben, würde Omid in den Iran zurückkehren. Es gab Menschen wie Shahr Banoo und Mina, die sie kennenlernen wollte ... und denen sie danken wollte.

Und es gab Orte, die sie besuchen wollte. Den Ort, an dem ihre Mutter in Isfahan begraben war. Wo das Blut ihrer Tochter das Pflaster in Teheran gezeichnet hatte. Sie wollte an diesen Orten niederknien und ihren Lieben sagen, dass ihr Kampf nicht vergeblich war. Sie wollte ihnen sagen, dass ihr Kampf gewonnen wurde. Dass die Menschen im Iran endlich *frei* waren.

Aber dafür würde sie warten müssen ... und arbeiten.

Kapitel Fünfundfünfzig

New York City
25. Juli 2009

BEI STRAHLENDEM SONNENSCHEIN hatten sich mehr als dreitausend Demonstranten in einem kleinen Park in der Nähe des Gebäudes der Vereinten Nationen versammelt.

Diese Kundgebung zum Globalen Aktionstag war Teil einer einwöchigen Veranstaltungsreihe, zu der auch ein dreitägiger Hungerstreik und Reden von Nobelpreisträgern, Leitern von Menschenrechtsorganisationen sowie bekannten Wissenschaftlern und Politikern gehörten. Zwischen den Reden sorgten Auftritte von Haale und dem Saxophonisten Sohrab Saadat für die emotionale Tiefe, die nur die Musik bieten kann. Auf der ganzen Welt fanden ähnliche Kundgebungen in über hundert Städten und auf allen Kontinenten statt.

Die Menschen, die sich in New York versammelt hatten, waren vom Times Square aus losmarschiert und warteten gespannt auf zwei besondere Redner, die im vergangenen Monat durch die Vereinigten Staaten gereist waren, Dutzende von Interviews für internationale Medien gegeben und unermüdlich für diese Veranstaltung geworben hatten.

Die Menge jubelte, als die beiden Frauen vorgestellt wurden. Hand in Hand erklommen sie die Bühne unter dem Klang der Sprechchöre „Azadi … azadi … Freiheit."

„Ich möchte ... ich möchte ...“

Der ohrenbetäubende Jubel der Menge hinderte die jüngere der beiden am Sprechen. Beide waren schwarz gekleidet, denn sie trauerten um den Tod ihres geliebten Menschen. Sie trugen beide Armbänder in leuchtendem Grün. Die Organisatoren an der Seite der Bühne hoben die Hände, um zur Ruhe aufzurufen.

Hannah sprach erneut in das Mikrofon. „Meine Mutter Omid und ich möchten Ihnen danken, dass Sie heute gekommen sind.“

Sie trat zurück und erlaubte Omid, an das Mikrofon zu treten. Omid wusste, dass ihre Augen den Schmerz zeigten, den sie fühlte, einen Schmerz, von dem sie sich nicht befreien konnte.

„Ich bin heute hier“, begann sie, „um Ihnen eine Geschichte zu erzählen. Um Ihnen von zwei großen Frauen zu erzählen – zwei *revolutionären* Frauen –, die Hannah und ich in diesem Kampf verloren haben. Ich spreche von meiner Mutter, Dr. Azar Parham ... und meiner älteren Tochter, Sayeh Olson.“

Mit weit weniger Worten, als sie verdient hätten, erzählte Omid die Geschichte jeder Frau – wofür sie stand und wofür sie starb. Doch während sie von ihnen sprach, spürte sie, wie ihr Geist in ihr aufstieg und ihr Kraft gab.

„Diese beiden Frauen – Frauen mit Stärke, Intelligenz und Mut – sind für unsere Sache gestorben. Für die Sache der Gerechtigkeit und Freiheit und die unveräußerlichen Rechte der unterdrückten Menschen überall. Und sie starben beide für einen freien Iran ... für eine freie Welt.“

Hannah ging als nächstes zum Mikrofon. „Meine Mutter ist das Glied in einer Kette, die die Generation ihrer Mutter und die Generation, die heute auf der Straße marschiert, verbindet – die Generation, zu der meine Schwester und ich gehören. Sie ist das Bindeglied zwischen den enttäuschten Hoffnungen von Revolutionären wie Azar Parham ... und der Hoffnung auf eine freie Zukunft, an die wir immer noch glauben. Wir sind hier, um auf unsere Weise den Kampf zu unterstützen, an dem iranische Frauen seit Jahrzehnten beteiligt sind. Und wir sind an diesem globalen Aktionstag hier, um die folgenden Kernforderungen zu stellen.“

Die Menge hob ihre Fäuste in die Luft.

„Wir sind hier, um die Welt aufzufordern, die Menschenrechte des iranischen Volkes als eine Angelegenheit von internationalem Interesse zu wahren.“

„*Azadi ... Azadi* ... Freiheit“, skandierte die Menge.

„Wir fordern, dass die UNO und die Weltmächte unverzüglich eine

Delegation ernennen, die in den Iran reist, um das Schicksal der Gefangenen und ‚verschwundenen' Personen zu untersuchen."

„*Azadi ... Azadi ...* Freiheit."

„Wir fordern die sofortige und bedingungslose Freilassung aller politischen Gefangenen, einschließlich Journalisten, Studenten und Aktivisten der Zivilgesellschaft. Ein Ende der staatlich geförderten Gewalt und die Rechenschaftspflicht für begangene Verbrechen."

„*Azadi ... Azadi ...* Freiheit."

„Wir fordern Versammlungsfreiheit, Meinungsfreiheit und Pressefreiheit, wie sie in der iranischen Verfassung garantiert sind... dieselben *unveräußerlichen* Rechte, die uns allen zustehen."

„*Azadi ... Azadi ...* Freiheit."

„Und wir fordern dies nicht nur für den Iran, sondern für alle Nationen der Welt."

Die Sprechchöre verstummten, als Omid wieder an das Mikrofon trat.

„In unserer Kultur legen wir großen Wert auf die Worte unserer Dichter", sagte sie. „Der Dichter Sa'di hat einmal geschrieben: ‚Wenn ein Mensch kein Wort sagt, sind seine Fehler und Tugenden verborgen. Denkt nicht, dass jede Wüste leer ist. Sie kann auch einen schlafenden Tiger beherbergen.'"

Omid hielt inne und blickte in die Menge. Auf die jungen Gesichter, glühend und lebendig. Auf die älteren Gesichter, unerschütterlich und sicher.

„Wie viele Menschen in meiner Generation", fuhr sie fort, „habe ich hier in Amerika gelebt und geschwiegen ... aber jetzt nicht mehr. Diejenigen von uns, die in den freien Nationen der Welt leben, sind schlafende Tiger gewesen und heute sind wir erwacht. Unsere Lieben im Iran und die Lieben, die unter repressiven Regierungen auf der ganzen Welt leben, brauchen uns jetzt. *Azadi.*"

Die Menge stimmte erneut in die Sprechchöre ein, und die Worte hallten durch die Straßen der Stadt.

„*Azadi ... Azadi ...* Freiheit."

Und die Sprechchöre gingen weiter. Omid wusste, dass die Schlacht erst begonnen hatte. *Azadi* für den Iran. *Azadi* für die Welt.

Und wieder einmal war sie Teil des Kampfes.

Omid nahm Hannahs Hand und gemeinsam drehten sie sich zu der grünen Wand hinter ihnen. Die Wand war mit Bildern von Menschen bedeckt, die in diesem Kampf verschwunden oder gestorben waren.

Und als sie vom Podium weggingen, hielten sie inne und berührten die

Bilder von Farzaneh und Reza. Omid hatte das Gefühl, sie zu kennen. Es waren die Gesichter ihrer Kindheitsfreunde ... all der jungen Männer und Frauen, die gekämpft hatten und gestorben waren, um den Iran ... die Welt ... frei zu machen.

Vor dem Foto von Sayeh stehend, küsste Omid ihre Finger und drückte sie auf das Bild der Lippen ihrer Tochter.

„*Azadi*, meine Liebe ... für immer."

Vielen Dank, dass Sie diesen Roman gelesen haben.

Dieser Roman wurde zu Ehren jeder iranischen Frau geschrieben, die sich jemals entschieden hat, „Nein!" zu Demütigung und „Nein!" zu Ungerechtigkeit zu sagen. Er ist jeder mutigen Seele gewidmet, die irgendwo auf der Welt ihre (oder seine) Stimme gegen Unterdrückung erhoben hat. Der Kampf für Bürgerrechte, institutionelle Rechte und Menschenrechte geht weiter, so wie er es seit Jahrzehnten tut, trotz des Blutes, das auf unseren Straßen und in unseren Gefängnissen vergossen wird.

Vor allem aber wurde dieser Roman in Anerkennung unserer Mütter, unserer Töchter und unserer Freunde geschrieben, die den Kampf für die Freiheit nicht aufgeben werden.

Über den Autor

Die *USA Today*-Bestsellerautoren Nikoo Kafi und Jim McGoldrick haben unter den Pseudonymen May McGoldrick, Jan Coffey und Nik James über fünfzig rasante, konfliktreiche Romane sowie zwei Sachbücher verfasst.

Diese beliebten und produktiven Autoren schreiben historische Liebesromane, Spannungsromane, Krimis, historische Western und Romane für junge Erwachsene. Sie sind viermalige Finalisten des Rita Award und Gewinner zahlreicher Auszeichnungen für ihre Werke, darunter der Daphne Du Maurier Award for Excellence, die Will Rogers Medallion, der *Romantic Times Magazine* Reviewers' Choice Award, drei NJRW Golden Leaf Awards, zwei Holt Medallions und der Connecticut Press Club Award for Best Fiction. Ihr Werk ist in der Sammlung der Popular Culture Library des National Museum of Scotland enthalten.

 facebook.com/maymcgoldrick

 x.com/maymcgoldrick

instagram.com/maymcgoldrick

Also by May McGoldrick, Jan Coffey & Nik James

NOVELS BY MAY MCGOLDRICK

16TH CENTURY HIGHLANDER NOVELS

A Midsummer Wedding *(novella)*

The Thistle and the Rose

Macpherson Brothers Trilogy

Angel of Skye (Book 1)

Heart of Gold (Book 2)

Beauty of the Mist (Book 3)

Macpherson Trilogy (Box Set)

The Intended

Flame

Tess and the Highlander

Highland Treasure Trilogy

The Dreamer (Book 1)

The Enchantress (Book 2)

The Firebrand (Book 3)

Highland Treasure Trilogy Box Set

Scottish Relic Trilogy

Much Ado About Highlanders (Book 1)

Taming the Highlander (Book 2)

Tempest in the Highlands (Book 3)

Scottish Relic Trilogy Box Set

Love and Mayhem

18TH CENTURY NOVELS

Secret Vows

The Promise (Pennington Family)

The Rebel

Secret Vows Box Set

Scottish Dream Trilogy (Pennington Family)

Borrowed Dreams (Book 1)

Captured Dreams (Book 2)

Dreams of Destiny (Book 3)

Scottish Dream Trilogy Box Set

REGENCY AND 19TH CENTURY NOVELS

Pennington Regency-Era Series

Romancing the Scot

It Happened in the Highlands

Sweet Home Highland Christmas *(novella)*

Sleepless in Scotland

Dearest Millie *(novella)*

How to Ditch a Duke *(novella)*

A Prince in the Pantry *(novella)*

Regency Novella Collection

Royal Highlander Series

Highland Crown

Highland Jewel

Highland Sword

Ghost of the Thames

CONTEMPORARY ROMANCE & FANTASY

Jane Austen CANNOT Marry

Erase Me

Tropical Kiss

Aquarian

Thanksgiving in Connecticut

Made in Heaven

NONFICTION

Marriage of Minds: Collaborative Writing

Step Write Up: Writing Exercises for 21st Century

NOVELS BY JAN COFFEY

ROMANTIC SUSPENSE & MYSTERY

Trust Me Once

Twice Burned

Triple Threat

Fourth Victim

Five in a Row

Silent Waters

Cross Wired

The Janus Effect

The Puppet Master

Blind Eye

Road Kill

Mercy (novella)

When the Mirror Cracks

Omid's Shadow

Erase Me